주름

주름

박범신 장편소설

한겨레출판

차 례

삶이란 때로 그렇다.
평온하고 안정된 삶일수록 은밀히 매설된 덫을
그 누구든 한순간 밟을 수 있다는 것.
생이라고 이름 붙인 여정에서 길은 그러므로 두 가지다.
멸망하거나 지속적으로 권태롭거나.

주름

폭설

　과실 속에 씨가 있듯이, 태어날 때 우리는 생성과 소멸, 탄생과 죽음이라는 2개의 씨앗을 우리들 육체의 심지에 박고 태어난다. 생성과 소멸은 경계 없는 동숙자이다. 우리가 청춘으로 불릴 때조차 푸르른 생성의 그늘 속에선 사멸의 씨앗이 은밀히 자라는 걸 멈추지 않는다. 다섯 살짜리 아이에겐 다섯 살의, 스무 살짜리 청년에겐 스무 살의, 일흔 살 노인에겐 일흔 살의 생성과 소멸이 함께 깃들어 있다. 사랑의 운명도 그럴는지 모른다. 말년의 아버지가 온몸으로 겪었던 인생도 그렇다. 아니, 오랫동안 오로지 외부의 명령에 삶을 내맡긴 채 뜨겁게 살지 못했으므로 말년의 아버지가 갑자기 겪었던 상승과 추락은 더 극적인 느낌이다.

몇 년 사이에 전 세대의 인생을 살다간 아, 아버지.

아버지가 우리 가족을 버리고 이 땅을 떠난 것은 20세기가 막 기울어가던 1997년 한겨울이었다. 그것은, 아버지에게 딸린 우리 가족의 파멸을 의미했다. 그때 나는 군대에 다녀와 대학교 3학년 복학을 준비 중이었다. 국가는 부도 위기에 직면해 있었고, 기업들은 연쇄적으로 쓰러졌으며, 사람들은 앞으로의 길고 잔인한 혹한을 어떻게 견뎌낼지 몰라 한껏 숨을 죽이고 있었다. 20세기라는 거대한 터빈이 밤낮없이 돌며 과잉생산해낸 것들을 사람들은 성장이라고 불렀지만, 기실 그것은 성장이 아니라 욕망의 배설물들에 불과했다. 끝없이 확대 재생산된 욕망의 배설물들이 가득 찬 늪에서 사람들은 겨우 입과 코만 내놓고 헐떡이며 숨을 쉬고 있었다.

저물녘 잠깐 집에 들어왔던 아버지가 말했다. 고향 집 어귀에 있던 미루나무들이 싹 베어지고 없더라. 아버지가 떠나기 전, 마지막 남긴 말은 그것이었다. 어머니는 때마침 집에 없었다. 아버지가 언제 고향 집을 다녀온 것일까. 나는 그때 여자 친구와 낮에 함께 보았던 영화에 대해 전화로 얘기하고 있었기 때문에 근무해야 할 시간에 아버지가 당신의 고향에 다녀왔다고까진 상상할 겨를이 없었다.

뭐라고요, 아버지?

송화구를 손으로 막고 반문했을 때 아버지는 이미 현관문을 나선 다음이었다. 그 회색빛 늪이 의미하는 게 뭐라고 생각해, 라고 여자애는 묻고 있었다. 낮에 여자애와 함께 보았던 영화는 쓰러져가는 낡은 건물의 지하 방에 혼자 사는 키 작은 남자가, 똑같은 영화를 비디오로 종일 반복해 보다가, 밤이 깊으면 멀지 않은 호숫가를 서성거릴 뿐인, 아주 단순하고 지루한 이미지의 연속으로 구성된 작품이었다. 여자애가 늪이라고 부르는 곳을 나는 호수라고 불렀다. 정말 그곳을 늪이라고 생각하니, 라고 내가 묻고, 늪이었잖아, 여자애가 대답할 때 아파트 창 너머로 아버지가 다시 보였다.

　아파트 앞마당은 잔뜩 눈이 쌓여 있었다.

　아버지가 막, 아직도 세설이 그치지 않은 수은등 아래로 걸어가고 있었다. 어딘지 모르게 허둥지둥하는 것 같았다. 무겁기한없는 짐이라도 지고 있는 듯한 느낌이 들기도 했다. 더구나 아버지는 여행용 가방을 들고 있었다. 출장 간다는 말도 없었는데 가방이라니, 하고 나는 잠깐 생각했다. 아버지가 집 안으로 들어왔다가 불과 20여 분도 채 머물지 않고 다시 나갔다는 사실도 새삼 마음에 걸렸다. 아버지가 밤 외출을 하는 것은 아주 드문 일이었다. 아버지는 이 밤에 어디로 허둥허둥 가고 있는 것일까.

　아버지는 그날 이후로 돌아오지 않았다.

아버지가 가출하다니, 놀라운 일이었다.

세기말의 시간들은 정말 잔인했다. 복학은 했지만 아버지의 실종 상태에서 나는 학교를 제대로 다닐 수 없었다. 아버지를 찾아 헤매느라 어머니는 거의 제정신이 아니었고, 여동생은 매일 한숨을 달고 살았으며, 나는 학업을 중단한 채 가장 노릇을 도맡아야 했다. 지치고, 또 외로웠다. 더 이상 젊은 날의 생을 견딜 수 없다고 느낄 때마다, 고향 집 어귀에 있던 미루나무들이 싹 베어지고 없더라, 라던 아버지의 마지막 말이 밑도 끝도 없이 떠올랐다. 청계천 의류 상가에서 자수성가한 친구가 없었다면 국제통화기금, 즉 IMF로 회자되는 그 세기말의 시간에 나는 어쩌면 유리걸식하는 신세로 전락했을지도 몰랐다. 나는 의류 시장에서 소위 한물간 옷들을 무게로 달아 팔고 사는 일에 뛰어들어 밤낮없이 돈 버는 일에만 매달렸다. 내게는 부양해야 할 어머니가 있었고, 여동생이 있었다.

삶은 잔인한 사실주의적 세계였다.

나는 살아남기 위해서 세기말의 시간을 오로지 전투하듯이 보냈다. 여자 친구는 우리가 보았던 영화 속의 회색 공간이 늪이라고 계속 주장했으며, 나는 가타부타 아무 대답도 하지 않았다. 늪에 빠진 건 나 자신이었다. 간간이 음습한 늪으로 어머니와 나를 밀쳐내는 아버지의 꿈을 나는 그 세기말의 시간 속에서 꾸었다.

아버지의 소식을 다시 들은 것은 크리스마스이브였다.

2년여 동안 전혀 소식이 없다가 1999년 말 마침내 아버지의 생존을 알리는 전화벨 소리가 울린 것이었다. 그날은 20세기 마지막 크리스마스였고, 눈이 내리고 있었다. 나는 막 여자 친구의 벌거벗은 몸속으로 나를 박아 넣고 있었다. 받지 마, 전화. 여자 친구가 가쁜 숨을 몰아쉬며 말했다. 다섯 번쯤 울리고 나서 일단 전화기는 침묵했다. 나는 도심 한복판에서부터 우리가 어깨를 안고 걸어왔던 눈 쌓인 도로를 생각했다. 전화벨이 다시 울리기 시작한 것은 그때였다. 전화벨은 끈질기게 울렸다. 팽개치듯이 그녀에게서 상반신을 떼어 일으키며 수화기를 잡아 들었다.

김진영 씨라고 아십니까?

아주 쉰 목소리였다. 김진영이라니, 나는 일단 입 속으로 반문했다. 불과 2년 만인데 김진영이라는 아버지의 이름이 한없이 낯선 기분이었다. 내가 전화를 잘못 걸었나 보군요. 쉰 목소리는 금방 수화기를 내려놓을 기세였다. 잠깐만요. 나는 황급히 소리쳤다. 비로소 눈발 속으로 걸어 나가던 아버지의 뒷모습과 함께, 고향 집 어귀에 있던 미루나무들이 싹 베어지고 없더라, 아버지의 마지막 말이 선연히 떠올랐다.

저의 아버님 되십니다만, 누구신가요?

아하, 그럼 전화를 제대로 건 셈이네요, 라고 사내가 말했다.

치이 치, 하는 금속성 잡음이 잠깐 끼어들었다. 여기는 시베리아입니다. 사내의 목소리가 한 옥타브 올라갔다. 얼어붙은 광활한 시베리아의 이미지가 눈앞에 어릿어릿 스쳐 지나가기 시작했다. 한마디로 설명을 하기는 어렵습니다. 댁의 아버님 되시는 김진영 씨가, 말하자면, 좀 문제가 있어서요. 글쎄, 어떻게 설명을 해야 할는지 원. 사내는 설명하기가 난감한 눈치였다.

우리 아버지가 거기, 시베리아에 계시단 말인가요?

세상에 어찌 그런 일이 있을 수 있는가. 1997년 그 겨울에 아버지는 50대 중반이었고, 모 주류 회사의 회계 업무를 관장하던 이사였으며, 평생 오로지 당신만을 하늘같이 떠받들고 살아온 어머니의 남편이자 학업을 끝내지 않은 남매의 아버지였다. 아버지는 이십몇 년간 오직 한 회사에 몸담아왔을 뿐만 아니라, 결근 한 번 한 적 없고 검은 돈 한 번 만진 적 없는, 어떻게 보면 답답할 만큼 성실한 타입이었는데, 우리가 믿었던 고도성장이 다 거품이라면서 세상이 곤두박질쳐 내려앉은 듯했던 1997년 그 겨울의 어느 저녁, 그야말로 휴거라도 된 듯 홀연히 잠적하고 만 것이었다. 난데없는 실종이었다. 그런데 시베리아라니, 이해할 수가 없었다. 잘못 걸려 온 전화일는지도 몰랐다. 전화를 걸어 온 이 사내의 정체는 무엇인가.

난 당신 아버님과 특별한 관계는 없어요.

내 기분을 눈치챘는지, 사내가 조금 불쾌해진 어조로 말했다. 우연히 여기서 만났어요. 그러니까 나한테 뭘 추궁하진 마시오.

김진영 씨는 지금 누군가의 도움이 절대적으로 필요한 상황에 놓여 있어요. 당신이 정말 그분의 아들이라면 당장, 지금이라도 당장 여기로 오는 게 좋을 거요. 사내의 말은 자못 협박조였다. 전화를 바꿔드리고 싶지만요, 아버님이 계신 곳엔 전화가 없어요. 아니 전화를 한다고 해도 대화를 나눌 형편이 안 되고요.

아, 아버지가…… 아프신가요?

이번엔 내가 약간 풀이 죽어 물었다.

침대를 등지고 선 나의 엉덩판에 여자 친구의 불같은 입술이 닿고 있었다. 나는 그녀의 이마를 확 밀어내며 좀 더 책상 가까이 다가섰다. 글쎄요, 그렇다고 할 수도 있지요, 라고 사내가 대답했다. 사내는 빨리 전화를 끊고 싶어 하는 눈치가 역력했다. 함께 있는 여자가 있을 텐데요? 반문할 말은 그러나 내 목젖에 단단히 붙잡혀 있었다. 댁의 전화번호를 알아내는 것만 해도 쉽지 않은 일이었어요. 부자간에 사연이 깊은 모양이신데, 솔직히 당신들의 개인사는 관심 없습니다. 오든 안 오든 그것도 댁이 결정할 문제고요. 단지 당신 아버님 입장이 하도 딱해서 연락해드리는 것뿐이오. 안 온다면 다시는 아버님을 못 볼 겁니다만.

시베리아 어딘가요, 그곳이?

동시베리아에 이르쿠츠크라는 도시가 있어요. 나는 이르쿠츠크 인투리스트 호텔에서 나이트클럽과 한국 식당을 운영하고 있소이다. 빨리 오는 게 좋을 거요.

전화는 거기서 끊겼다.

나는 책상 한쪽에 놓여 있는 대형 지구의를 끌어당겼다. 러시아를 한 번 다녀온 적이 있지만 이르쿠츠크엔 가본 적이 없었다. 이르쿠츠크는 시베리아 동남쪽에 위치해 있었다. 바이칼 호 근처였다. 초승달 모양의 바이칼 호에 대해 내가 구체적으로 아는 것은 수심이 세계에서 제일 깊은 호수라는 것뿐이었다. 지구의에서 찾아본 이르쿠츠크는 바이칼 호 남쪽 끝과 거의 맞닿아 있었다. 아버지는 어떻게, 언제부터 그곳에 가 있었는가.

나는 오래오래 지구의를 내려다보았다.

이르쿠츠크의 운명을 결정짓고 있다고 생각되는 2개의 선이 내 시선을 끌었다. 1개의 선은 유럽과 극동아시아를 연결하는 시베리아 횡단철도이고, 다른 또 1개의 선은 바이칼 호수를 발원지로 삼은 안가라 강, 그리고 안가라와 이어져 얼어붙은 시베리아 대륙을 남북으로 관통해 북극해로 빠져나가는 대(大)예니세이 강이었다. 한쪽은 현대 기술의 총화를 집적해 만들어낸 장대한 문명의 장강인 셈이고, 또 한쪽은 신이 주관해 빚은 장쾌한 자연의 장강인 셈이었다. 그 의미심장한 2개의 선이 수직으로 교직으로 만나는 지점에 바로 내가 찾아가야 할 이르쿠츠크가 있었다.

나는 다음 날 아침, 일을 서둘렀다.

어차피 가야 한다면 서두르는 게 좋을 일이었다. 청계천 매장은 이미 여동생에게 넘겨준 다음이었다. 남대문시장에서 새 옷 가게를 시작하려고 준비하는 도중이었으니 차라리 빨리 다녀오는 게 나을 것 같았다. 먼저 여행사에 다니는 친구에게 전화를 걸어 이르쿠츠크로 갈 수 있는 빠른 방법을 물었다. 제일 빠른 방법은 이르쿠츠크로 직접 날아가는 전세 비행기의 좌석을 한 자리 얻어내는 것이라 했다. 전세 비행기만 자국 영공을 통과시키거든. 중국 말이야. 친구의 말로는 중국 내륙 지방과 몽골을 관통해 직선으로 날아간다면 서울에서 이르쿠츠크까지 불과 4시간 비행이면 도착할 수 있었다. 그런데 정기 항공편으로 가려면 중국이 정기 여객기의 영공 통과를 아직껏 허용하지 않기 때문에 블라디보스토크나 동시베리아의 하바롭스크를 경유해야 한다는 것이었다.

어쨌든, 가장 빨리 갈 수 있는 방법으로 알아봐줘.

친구에게 부탁한 뒤 나는 잠시 앉아 있었다. 경혜에게 전화를 할까 말까 마음이 정해지지 않았기 때문이었다. 아버지가 가족을 버리고 떠난 것은 한 여자가 화근이 되었다. 아버지의 행로를 찾아 헤매다가 알게 된 일이었다. 이해할 수도 받아들일 수도 없지만 그것은 부인할 수 없는 사실이었다. 아버지가 그곳에 있다면 문제의 그 여자도 그곳에 있을 가능성이 많았다. 바로 경혜의 어머니였다. 아버지를 찾는 과정에서 자연스럽게 여러 번 만났던 경혜는 그 여자의 친딸이 아니라 수양딸이라고 했다. 그 여자는 법적으론 결혼한 적이 없었고, 아버지보다 몇 살 연상이었다. 한참을 망설이다 경혜에게 전화를 걸었다. 지금 여행 가고 안 계신데요. 낯선 여자가 대답했다. 통화가 안 되는 게 차라리 다행이라는 생각이 들었다.

이제, 어머니를 만나러 가야 할 차례였다.

외출복을 입으려다 말고 펼쳐진 지도를 다시 한번 들여다보았다. 예니세이 장강이 흘러 나가는 북극해의 흰 공간이 먼저 눈에 들어왔다. 아버지는 왜 하필이면 얼어붙은 시베리아로 갔을까. 아버지가 이 땅을 떠난 후 최초의 행선지는 그 당시 내가 추적한 바에 따르면 이집트였다. 얼마 후 아버지는 아프리카 대륙을 남행(南行)하여 케냐로 들어갔다가 모로코로 떠났다는 소식을 풍문으로 들었다. 지중해와 대서양과 사하라를 끼고 있는 신비한 이슬람의 나라 모로코의 유서 깊은 도시 페스의 미로에서 아버지 비슷한 사람을 목격했다는 사람도 있었다. 그곳은 적도 가까운 아프리카 대륙, 시베리아와는 너무도 먼 곳이었다. 유난히 추위를 많이 탔던 아버지였으므로 당신이 따뜻한 남행을 택했다면 이해할 만한 일이지만, 설한풍 몰아치는 시베리아 중심부를 향해 흘러가 있다는 것은 도무지 이해할 수가 없었다.

나는 곧 지하 주차장으로 내려갔다.

자동차는 부드럽게 시동이 걸렸다. 어머니가 계신 요양소는 용인 교외의 양지바른 산비탈에 있었다. 차 밖으로 나섰을 때

눈에 부딪쳐 반사한 햇빛이 내 눈을 찔렀다. 참새들 한 떼가 요양소 뒤쪽 숲에서 날아올라 반대편 전나무 사이로 숨어들었다. 어머니는 요양소 2층 창가의 의자에 앉아 막 해바라기를 하고 있었다. 어머니, 저예요. 선우가 왔어요. 50대 초반의 어머니는 얼핏 보아 일흔 살이 넘은 것처럼 늙어 보였다. 반백의 성긴 머리칼도 그랬고 주름살투성이 얼굴도 그랬고 부어오른 듯한 비대한 목선도 그랬다. 어머니는 멍하니 나를 바라보았다. 나를 향했을 뿐 나를 보는 게 아니라, 어디 먼 다른 세계를 보는 것 같은 초점 없는 시선이었다.

닷새가 지나면요, 어머니.

나는 손가락 5개를 펴 흔들었다.

서기 2000년이 돼요, 아시겠어요. 신세기 말이에요. 이번엔 전나무 그늘에서 솟아오른 새 떼들이 아래쪽 개울 부근으로 직진하다 일제히 내려앉았다. 어머니는 아무런 표정 없이 그쪽을 바라보고 있었다. 신세기의 의미를 어머니가 어떻게 알겠는가. 어머니는 감각성 실어(失語)와 운동성 실어를 혼합해 겪고 있을 뿐만 아니라, 기억상실까지 겹친 상태였다. 컴퓨터에서 한순간의 오작(誤作)으로 여태껏 축적한 모든 정보가 단번에 날아가듯이, 어머니는 이를테면, 50여 년간 당신의 두뇌에 입력된 프로그램 전부가 일시에 지워져버린 백지 상태에 놓여 있었다.

엄마, 잘 들으세요.

나는 어머니의 눈을 똑바로 보았다. 아버지 소식을 들었어요.

나는 또박또박 말했다. 보세요. 나를 좀 똑바로 보시라고요. 나는 창 쪽을 향한 어머니의 시선을 내 쪽으로 돌리기 위해 양 손바닥으로 어머니 얼굴을 싸잡아 안았다. 아버지 말이에요. 아버지, 엄마 남편, 김, 진, 영 씨요! 살아 계세요! 시베리아에서 아버지 소식이 왔어요! 그러나 어머니의 눈빛은 여전했다. 제발 뭐라고 말 좀 해봐요. 아버지 소식이라고요. 살아 계시다니, 그 뻔뻔한 얼굴이 어떤지 만나러 가려고 해요. 원하시면, 엄마 앞으로 데려올게요. 소용없는 짓이었다. 본능적인 반응 같은 것이 떠오르길 기대했지만, 반응은커녕, 어머니는 내 존재조차 여전히 알아보지 못하고 있었다.

시베리아에 다녀올게요, 엄마.

어머니가 입을 벌려 하품을 했다. 나는 절망을 느꼈다. 당신이 지켜온 모든 것을 단숨에 물거품으로 만들고, 당신이 쌓아온 50여 년의 헌신적인 삶에도 쾅, 대못을 하나 박아 가두어버린, 아버지의 저 잔인한 반란까지, 어머니는 어떻게 이처럼 완벽하게 당신의 머릿속에서 지워버릴 수가 있단 말인가.

어머니가 쓰러진 것은 1998년 1월이었다. 아버지가 회사 공금을 챙겨 가지고 그 여자를 쫓아 이 땅을 떠나가고 꼭 한 달만의 일이었다. IMF 한파가 몰아닥쳐 온 나라 경제가 꽁꽁 얼어붙어 있던 그때, 그 혹독한 세월과 교묘히 맞물려온 아버지의 배반이 준 고통은 우리 가족에게 끝까지 끔찍했다. 아버지가 챙겨 간 회사 공금이 퇴직금을 상쇄하고도 넘쳐서 끝내 우리가 살고 있는 아파트까지 압류되던 날, 어머니는 아파트 거실에서 아버지의 카디건을 뜨개질하다 쓰러졌다. 그 양반은 꼭 돌아올 거야. 어머니가 뜨개질을 시작하며 한 말이었다. 그러나 아파트 압류 소식을 듣고 나서 어머니는 더 이상 희망이 없다는 걸 알아차렸다. 애야, 뜨개질바늘이 부러졌구나, 라고 어머니는 마지막으로 말했고, 그리고 곧 입에 거품을 물고 소파 아래로 굴러떨어졌다. 그게 어머니의 마지막 말이었다. 뇌 수술을 받았지만 어머니의 정신은 돌아오지 않았다.

이르쿠츠크는 온통 눈으로 덮여 있었다.

우리나라에서 열린 한국과 러시아의 광물자원 관계 세미나에 참석하고 돌아가는 러시아 쪽 사람들이 전세 낸 비행기였으므로 동승한 한국인은 거의 없었다. 마중 나온 사람은 금방 나를 알아보았다. 한 사장님이 모셔오라고 해서요. 마중 나온 청년은 말했다. 이르쿠츠크 시내로 들어가는 길은 곧고 널찍했다.

비행기에서 바이칼을 보셨습니까.

아뇨. 구름밖에 못 봤어요. 길은 첩첩, 눈이 덮여 있었다. 도열하듯 서 있는 자작나무의 설경이 장관이었다. 저렇게 큰 자작나무는 처음 봐요, 라고 이번엔 내가 먼저 말했다. 서울 근교에서 보았던 마르고 휘어진 자작나무들과 비교해 그곳의 자작나무들은 놀랍게 곧고 키가 컸다. 자작나무도 종류가 여러 가지예요. 청년은 대답했다. 봄에 왔으면 수액을 마셔보실 수 있었을 텐데요. 여기 사람들, 자작나무를 아주 신성시해요. 향기도 끝내주고, 줄기도 예쁘고, 그래서 축제 때 꼭 등장하지요. 처녀들이 나뭇가지를 엮어 머리에 쓰기도 하고, 자작나무로 점도 쳐요. 옛날엔 나무껍질을 종이 대신으로 쓰기도 했대요. 우주수(宇宙樹)라고 불러요, 이곳에선.

저기, 숲 너머, 무슨 강입니까.

안가라 강이에요. 바이칼 호에서 흘러나오는 유일한 강이지요. 안가라는 머지않은 곳에서 대예니세이 강과 합류할 터였다. 청년이 안가라 강의 전설을 말해주었다. 옛날에 바이칼이라는 늙은 추장이 있었다고 했다. 추장 바이칼은 늙고 병들게 되자 외동딸 하나만을 의지하고 살았는데 그 외동딸의 이름이 안가라였다. 처녀가 된 안가라는 당연히 사랑에 빠졌지요, 라고 청년은 들뜬 목소리로 말했다. 예니세이라는 젊은 무사가 있었는데요, 안가라가 예니세이한테 빠지고 나자 늙은 아버지인 바이칼은 버려지고 말았다 그 말이에요. 아버지의 반대를 무릅쓰고 안가라는 결국 젊고 힘센 무사 예니세이한테 시집가버리고, 늙은 바이칼 추장은 끝내 혼자 죽었다나 봐요. 예나 이제나, 젊은 딸들이야 모든 늙은 아버지를 버리게 돼 있지요. 그렇지만 청년은 예니세이가 젊고 아름다운 안가라 강물을 어디로 실어 나르는지에 대해선 침묵했다. 바이칼의 물은 안가라와 예니세이에 실려 시베리아 동토를 관통해 마침내 북극해에 닿았다.

북극해는 영원히 썩지 않는 죽음의 바다였다.

인투리스트 호텔은 안가라 강변에 있었다. 나는 청년의 안내를 받아 일단 인투리스트 호텔의 한 방에 들었다. 샤워하시고 호텔 2층에 있는 한국 식당으로 내려오세요. 한 사장님도 그때쯤 식당으로 오신다고 했거든요. 청년은 말했다. 마음이야 조급했지만 그쪽이 정한 스케줄에 따를 수밖에 없었다. 방은 5층에 있었다. 나는 홀로 서서 창밖을 망연히 내다보았다. 순백색으로 얼어붙은 안가라 강 너머, 강안을 따라 달리고 있는 화물열차가 눈에 들어왔다. 시베리아 횡단열차였다. 모스크바에서 극동의 블라디보스토크에 이르는 9200킬로미터의 시베리아 횡단철도는 항공기가 등장하기 전까진 유럽과 아시아를 연결하는 가장 빠른 교통수단으로, 1916년 완성됐다고 했다. 이르쿠츠크는 모스크바에서 블라디보스토크까지 급행으로 장장 8일이나 걸리는 시베리아 횡단철도의 가운데쯤에 위치해 있었다.

나는 30여 분 지나서 방을 나왔다.

엘리베이터에서 내려 한국 식당 안내판을 따라 복도를 걷는데 나보다 몇 걸음 앞서 걷고 있는 한 동양인이 시선을 끌었다. 키가 헌칠하게 큰 사내였다. 즈드라스부이체, 라고 엇갈려 지나는 러시아 남자에게 사내는 인사했다. 파마를 한 듯 곱슬곱슬한 머리에 모던한 바바리코트를 걸치고 있었다. 그 사람이야. 나는 단번에 알아차렸다. 바로 아버지 소식을 내게 전했던 한규철 사장이었다. 이르쿠츠크는 처음이시라고 했지요? 식당 '아리랑'에서 마주 선 한규철 사장은 손부터 잡으며 예의 쉰 목소리로 말했다. 목소리와 달리, 한 사장은 품이 넓고 다감하며 활달한 타입으로 보였다.

아버지께선, 가까운 데 계신가요?

마주 앉자마자 내가 물었다. 아, 숨 좀 먼저 돌립시다. 어차피 저녁 식사를 하셔야 할 텐데. 뭘 하실까. 그러나 내 대답을 들으려고도 하지 않고 그는 자기 멋대로 식사를 재빨리 주문했다. 그런 다음 스스로 성큼성큼 진열장까지 걸어가 보드카 한 병을 들고 돌아와 앉았다. 술잔에 채워지는 투명한 액체를 나는 바라보았다. 집을 등지고 떠나기 얼마 전이었던가, 아버지가 잔 가득 따라주던 소주가 생각났다. 그냥 너하고 술이나 한잔하고 싶었다, 라고 아버지는 그날 아파트 뒤편 포장마차에서 말했다. 자정을 막 넘긴 시각이었다. 할 말이 있으면서 참고 있는 눈치가 역력했다. 회사에 무슨 일 있으세요? 가을부터 휘몰아친 금융 위기는 나라 전체를 국가 부도의 위기 속으로 몰아넣고 있었고, 도산하는 기업은 속출했으며, 일터를 잃고 쫓겨나는 사람들이 줄을 잇는 살얼음판 같던 시절이었다. 시대의 중심엔 IMF라는 새로운 제왕이 군림해 있었다. 아버지는 그러나 고개를 가로저었다. 회사보다도 너의 엄마가, 라고까지 말하다

24

가 아버지는 소주잔을 단숨에 비웠다. 엄마가 왜요? 나는 짐짓 반문했고, 아버지는 대답 없이 당신 잔에 술을 채우고 내 잔에 도 술을 채웠다. 고개를 숙이고서 술을 따랐기 때문에 포장마차 불빛을 역광으로 받고 있는 아버지의 눈빛이 처음엔 보이지 않았다. 한참 만에야 아버지는 고개를 번쩍 들었는데, 충혈된 눈이 놀랍게도 번질번질 젖어 있었다. 너희 엄마…… 불쌍하더라. 잠든 얼굴, 한참이나 내려다봤구나. 기미도 잔뜩 끼고…… 옛날 네 엄마 참 이뻤는데…… 그게 그러니까, 세월인 게지, 잔인한……. 그리고 또 한참이나 침묵을 지키다가, 그냥 그런 감상적인 생각이……라고 덧붙였고, 또 사이를 두었다가, 엄마한테 잘해라…… 아버지는 그 말로 아퀴를 지었다. 그렇게 처연한 표정을 짓는 아버지를 본 것은 그때가 처음이었다. 지금 생각하면 내게 작별의 말을 하고 있었던 셈이었는데 나는 물론 아무것도 눈치채지 못했다.

러시아 보드카, 이거 좋은 술입니다.

나는 빤히 나를 바라보고 있는 한 사장의 보드카 잔에 내 잔을 갖다 대었다. 술이 흘러가는 데 따라 식도에서 일제히 열꽃이 피는 것 같았다. 소주처럼 투명했지만 소주보다도 훨씬 더 열정적인 술이었다. 식욕은 나지 않았다. 나는 한 사장의 빈 잔에 보드카를 따르고 내 잔에도 따랐다. 그게 그러니까, 세월인 게지, 잔인한……이라는, 아버지의 말이 계속 들렸다. 나는 잔을 들어 이번엔 혼자 단숨에 마셨다. 창밖에 희끗희끗 세설이 흩날리기 시작했다.

혹시 아버지께서 돌아가신 건 아닌가요.

아뇨, 하지만, 좀 멀리 계세요. 어차피 오늘 갈 수 있는 데가 아니라서 그렇습니다. 바이칼까지 가야 해서요. 눈이 그쳐야 하는데, 눈이 저렇게 계속 내리면 내일이라도 갈 수 있을지 그게 걱정이네요. 겨울이면 바이칼, 완전히 얼음으로 덮이거든요.

바이칼에 계시다구요?

그래요. 바이칼 호 가운데 올혼 섬이라고 있지요. 여름엔 참 아름답지만 겨울엔 눈으로 덮이는 곳이랍니다. 김 형 아버님, 김진영 씨는 거기 계세요. 거기를 좋아하셨어요. 눈이 그치고, 그래서 내일 일찍 떠난다 해도 저물녘에야 잘하면 도착할 거요. 서둘지 마시오. 겨울에 이곳에선 서둘수록 손해 볼 일밖에 없어요.

거기에서…… 아버진 어떠신가요?

어떠시냐 하면…… 하고, 한 사장은 잠시 말을 끊었다. 무엇부터 어떻게 말해야 할지, 난감한 표정이었다. 아버지가 범상한 상태로 있는 게 아닌 것은 확실했다. 그러나 만약 아버지가 임종을 앞둔 상태라고 한다면, 아버지를 여태까지 거기 그대로 두었을 리는 없었다. 한 사장이 아버지의 소식을 내게 전한 지가 벌써 일주일이나 지났기 때문이었다.

아버진…… 혼자 계신가요?

나는 줄곧 묻고 싶었던 것을 비로소 물었다. 당신의 인생을 모두 버리고 선택해 쫓아간 여자 아닌가. 실존의 잔인한 반란, 이라고 일찍부터 내가 생각했던 아버지의 이기적인 선택이 파국을 맞이했다면, 그 파국을 나는 또렷이 보고 싶었다. 바로 그것을 보는 잔인한 쾌감을 느끼기 위하여 여기 왔다고 말해도 좋을 터였다. 그들, 그 여자와 아버지가 맞이했을 파멸은 어떤 것일까. 서로 미워하고 의심하고 원망하면서, 예전의 말과 맹세를 모조리 부정하면서, 머리칼을 쥐어뜯고 가슴을 짓찧으면서, 그 여자와 아버지가 죽음 같은 절망과 고통 속으로 쓰러져 있기를 나는 바랐다.

무얼 묻고 싶은 건지 압니다.

한 사장이 내 시선을 정면으로 받았다. 천예린 선생이 함께 있느냐 그거지요? 나는 와락 눈살을 찌푸렸다. 선, 선생은 무, 무슨⋯⋯. 그것은 내게 일종의, 지뢰와 같은 이름이었다. 나는 그동안 한사코 천예린이라는 이름을 쓰지도 보지도 않으려고 애썼다. 그 이름을 꼭 입에 올려야 할 경우조차 나는 이름 대신 그 여자, 라고 불렀다. 천예린, 하고 소리 내는 순간, 천예린⋯⋯이라는 그 발성체가 매번 내 가슴 깊은 살〔肉〕 어디를 날카롭게 찢어놓고 지나갔기 때문이었다.

한 사장은 그러나 고개를 저었다.

내게만은 그런 식으로 말하지 마시오. 천예린 선생을 선생이라 붙이지 않고 그냥 부를 순 없어요. 내가 어떻게 보이시오? 나이트클럽 주인에 식당 사장이니까 막된 장사꾼처럼 보이시오? 한 사장은 그런 다음 너털웃음을 쳤다. 웃음 끝이 허허로워 여운이 남는 웃음이었다. 한때는, 그렇소, 한때는 나도 시인이 되고 싶었지요. 그런데 왜 시인이 되기를 포기했냐 하면요, 바로 천예린 선생의 시를 읽고 너무 절망했기 때문이오. 내가 쓰고 싶은 걸 천예린 선생이 이미 다 쓰셨더라고요. 대학 때 얘기지요. 내가 유일하게 좋아하는 시인이 있었다면 바로 천예린 선생이오.

그 여자가 아직 아버지와 함께 있나요?

보드카 잔을 단숨에 비우고 나는 다잡아 물었다. 한국 식당 아리랑에 우리 민요 〈새타령〉이 흐르고 있었다. 한 사장은 종업원이 막 테이블 위에 올려놓고 간 만두 하나를 한입 크게 베어 물었다. 이것 좀 맛보시오. 그가 딴청을 부리려는 듯, 내 접시에 만두를 놔주었다. 겉보기엔 우리 만두하고 똑같지만 내용물은 달라요. 오물리라고, 바이칼 호에서 사는 물고기를 잡아 속을 채운 만두예요. 바이칼이란 말은 사냥감이 풍부한 호수라는 뜻이지요. 이 오물리가 그 대표적 사냥감인 셈인데, 연어의 일종이에요. 혹시 천예린 선생의 〈연어〉라는 시 읽어보셨나요?

아뇨. 전혀…… 관심 없습니다.

나는 만두에다가 젓가락을 탁 박아 넣으면서 대답했다. 천예린. 그 여자가 시인이며 화가인 것은 사실이었다. 그러나 그것이 어떻단 말인가. 내가 느끼기에 그녀는 가증스러운 가면극의 천재에 불과했다. 내가 처음 그 여자의 시를 읽은 건 고등학교

1학년 때였다. 나의 담임이기도 했던 국어 선생님 책상 위에 그 여자, 천예린의 시집이 항상 놓여 있었다. 놀랍게 절망적이고, 화사하고, 섹시하고, 불경스러운 시……라고, 국어 선생님은 시집 첫 페이지 여백에 적어놓고 있었다.

그래요, 천예린 시인도 바이칼에 함께 계세요.

한규철 사장이 느릿느릿 쉰 목소리로 말했다.

올혼 섬까지 한 사장과 나를 데려다준 것은 배가 아니라 설원에서 잘 달릴 수 있게 특별히 개조한 지프였다. 운전은 한 사장이 직접 했다. 바이칼에서 사람 사는 섬은 올혼 섬뿐이지요. 흰 자작나무 숲이 끝나자 사방으로 나무 하나 없는 구릉들이 연이어 나타났다. 이르쿠츠크만큼 적설량이 많진 않았지만, 눈 쌓인 구릉들의 곡선은 정말 부드러웠다. 거대한 나부(裸婦)가 누운 것 같은 구릉 하나를 돌아들자 작은 마을이 나타났다. 마을에 사는 몇몇 사람들이 통나무집 앞에 나와 손을 흔들었다. 마을 사람들은 영락없이 우리의 모습과 똑같았다. 모두 몽골계 부랴트족이었다.

차는 얼어붙은 호면 위를 직진했다.

밖은 영하 20도가 넘었지만, 차 안은 훈훈했다. 얼마 지나지 않아 전방에 남북으로 길게 뻗은 올혼 섬이 보였다. 저쪽이 후지르 마을인데, 섬에 사는 사람들 대부분이 저곳에 모여 살지요. 한 사장이 설명했다. 섬과 설원의 구릉들과 얼어붙은 바이칼 호는 여백이 많은 한 폭의 수묵화 같았다. 차는 세계에서 가장 깊은 호수 중앙을 막힘없이 가고 있었다. 삼태기처럼 생긴 후지르 마을 앞으로 뾰족한 돌섬이 피뢰침처럼 솟아 있는 게 눈에 들어왔다.

샤먼 섬이라고 부르지요. 무당 섬 말이오.

한 사장이 내 시선을 쫓아 눈길을 보내면서 말했다. 이 일대에 사는 부랴트족의 무속 신앙에 따르면, 세계는 선과 악의 수많은 영(靈)으로 가득 차 있대요. 저 섬도 그렇지요. 영은 최소 99개인데, 착한 영 55개와 악령 44개가 서부와 동부에 나뉘어 있다고 그래요. 산, 숲, 강, 호수, 해, 달, 별에게도 각각의 영이 있다는 것이었다. 사람도 제각기 에젠(ezen)이라는 영을 갖고 있으며, 운명은 이것의 지배를 받는다고 했다.

아버지는 후지르 마을에 없었다.

한 사장에게 오물리를 대주는 공급 업자 니키다가 마을 어귀에 마중 나와 있었다. 그는 아주 잘생긴 서른네 살의 백인 청년이었다. 여기서 10리쯤 북쪽으로 더 가야 해요. 사람이 살지 않는 외딴 곳이에요. 한 사장이 설명해주었다. 후지르 마을은 개혁과 개방의 물결이 전혀 닿고 있지 않은 듯했다. 통나무집들이 옹기종기 모여 있는 마을은 적막하기 그지없었다. 사람들은 보이지 않고 늙은 개들만 선착장에 나와 짖지도 않고 우리를 멀거니 바라보고 있었다. 육로는 얼어붙어 호수를 통해 가야 해요. 우리는 다시 차에 올랐다. 차는 후지르 마을을 등지고 호면의 얼음 위, 길 없는 길로 내려섰다. 일몰이 다가오고 있는 시각이었다. 늙은 개들이 차의 꽁무니를 잠시 쫓아오다가 뒤처지고 나자 곧 후지르 마을의 서쪽 절벽이 나왔다. 무당 섬과 마주한 절벽 끝에도 개들이 몇 마리 나와 있었다.

왜 짖지 않죠, 저 개들은?

짖을 만한 열정이 없는 거지 뭐. 한 사장이 대답했다. 생각해봐요. 이 섬에 사는 사람의 대부분은 평생 섬 바깥조차 나가보지 않고 살아요. 변화도 없고 변화에 대한 희망도 없지. 어쩜 변화라는 개념조차 없을걸. 한 사장은 그러면서 담배에 불을 붙였다. 그러니까 개들도 마찬가지인 거지요. 우스운 말이겠지만, 평생 심심하게만 살아와서 짖는 걸 잊어버린 거 같아요. 호수 쪽으로 길게 뻗어 나온 지점을 돌아들자 전방의 적송 숲 사이로 외딴 통나무집 지붕이 눈에 들어왔다. 집은 두 채였는데 한 채는 보통 통나무집보다 유난히 용마루가 길었다.

양을 키우던 어떤 부랴트족 사람이 지었어요.

한 사장이 피우던 담배를 호수로 던지며 말했다.

지금은 물론 비어 있고요. 부랴트족에겐 전통적인 공동 제례로 '타일라간'이라는 동제 의식이 있는데, 보통 말을 제물로 바치고, 말이 없으면 양도 쓰고 그래요. 말을 묶어서 땅에 눕히고, 도살자 중 1명이 복강을 자른 뒤 오른손을 그 속으로 쑥 밀어넣어요. 그러고 나서 엄지손가락으로 말의 횡격막을 뚫고 대동맥을 끊어버리지요. 대단히 주술적 방식의 도살이에요. 저 집에 살던 부랴트인은 그런 일을 맡아서 처리하던 사람이었어요. 그 친구 손에 죽은 말과 양이 아마 엄청날 거요. 그런데 어느 해던가, 그 친구 마누라가 갑자기, 아무런 예시도 없이, 그야말로 갑자기 머리가 돌았다나 봐요. 말이 쫓아온다고 소리치면서 호수로 몸을 던져 죽어버렸다는 거예요. 두 아이가 있었는데 그중 한 아이도 시름시름 앓다 죽었고, 그러자 남은 부랴트 남자 또한 실성해서 섬을 떠돌다가 그만 흔적을 감추어버렸다고 그럽디다. 사내애 하나만 최종까지 남아서 후지르 사람들의 보호를 받다가 2년 전인가 대처로 나가고, 그래서 집이 다 비게 된 거죠. 김 형의 부친과 천예린 시인이 저 집에 든 것은 지난 늦가을이었어요.

차는 뭍으로 올라가지 못하고 멈춰 섰다.

호면에서 집까지는 경사진 길이어서 차로 올라갈 수가 없었다. 우리들은 차에서 내렸다. 호수와 뭍을 구별할 수 없을 만큼 눈이 쌓여 있었다. 눈의 보금자리 같았다. 적송 사이로 곤두박질해 내려오는 바람 소리가 쑤와아, 우리들을 맞이했다.

아버지가 거기 있었다.

이제 아버지는, 이라고 말할 때가 왔다. 아버지는, 남포 불빛을 옆으로 받으며 앉아 있었다. 타인과 같은 눈빛이었다. 처음 침침한 실내에 들어서서 눈을 껌벅거리다가 아버지 얼굴을 보았을 때, 하마터면 나는 아버지를 알아보지 못할 뻔했다. 무심한 눈빛이 아니라 죽은 눈빛이라고 해야 옳을 것이었다. 남포불빛을 사선으로 받으며 의자에 앉아 있는 사람은 나의 아버지가 아니라 늙고 병들어, 이제는 오직 임종을 기다릴 뿐인 한 낯선 노인이었다. 주름살투성이의 거무튀튀한 얼굴, 푹 꺼진 눈, 바짝 말라 함몰된 볼, 그리고 살아 있으면서도 죽은 눈빛. 나는 충격을 받았다. 불과 2년 만에, 사람이 어떻게 이처럼 늙을 수가 있단 말인가.

타락한 사람은 무당이 되고
쇠약해진 양은 말이 된다.

부랴트족 무당들에게 전해져 내려오는 은유적인 주술의 노래를 내게 가르쳐준 것은 니키다였다. 그날 보았던 아버지는 한마디로 쇠약해진 양이 주술에 걸려 폭삭 늙어 주저앉은 말과 같았다. 천예린 시인은 놀랍게도 죽은 채, 소나무 밑에 앉아 있었다.

바이칼 호수가 한눈에 내려다뵈는 위치였다.

평상 같은 데에 음전한 자세로 앉은 그녀는 자작나무 가지로 엮은 화관을 머리에 두르고 있었다. 성신강림절(聖神降臨節)이 되면 러시아 처녀들은 숲에 가서 자작나무 잔가지로 화관을 엮어 쓰지요, 라고 한 사장은 말해주었다. 앉은키의 반쯤이나 되도록 눈이 쌓여 있는 데다가 어깨, 머리에도 눈이 쌓여 있어, 그녀의 주검은 금방이라도 온화하게 미소 지을 듯, 살아 있는 눈사람처럼 보였다. 아버지와 상반된 이미지였다. 산 아버지가 죽은 늙은 말처럼 보였다면 죽은 그녀는 오히려 늙은 말로부터 환생한 젊은 양 같은 이미지라고 할 수 있었다.

나는 비틀, 주저앉았다.

천 선생이 임종한 건 아마 섣달 스무날쯤일 거요. 한 사장이 내 어깨를 부축해 일으키며 말했다. 내가 여기 찾아왔을 때 이 양반, 이미 이렇게 앉아 있었어요. 천 선생 자신이 생전에 자주 그랬대요. 바이칼이 환히 내려다뵈는, 그리고 무엇보다 말년의 두 분이 자주 함께 앉아 있던 바로 이 자리, 여기서 생을 마감하고 싶다고. 내가 올 때마다 두 분이 늘 이 평상에 나란히 앉아 있었는데요. 날씨가 좋은 날 이곳에선 수십 리 밖, 북쪽의 스뱌토이노스 반도까지 한눈에 바라보이지요. 사방 들꽃들이 지천으로 피고, 호수는 짙푸르고. 아마 올혼 섬 중에서도 이처럼 아름다운 명당자리는 드물 거요. 천 선생님은 여기 앉은 채 숨을 거둔 게 분명해요.

별빛이 막힘없이 쏟아지고 있었다.

그렇게 수많은 별이 떠 있는 장관을 나는 처음 보았다. 천예린의 눈 덮인 주검에도 별빛이 쏟아졌다. 그로테스크하면서도 이상하고 이상한 광채가 서린 특별한 정경이 아닐 수 없었다. 한 사장은 살아 있는 사람에게 하듯 그녀의 어깨에 쌓인 눈을 툭툭 털어주었다. 푹 꺼진 눈두덩이에도 설편들이 쌓여 있었다. 수만 광년의 어둠을 가르고 내려온 별빛이 투둑, 투둑, 떨어져 내리는 설편들 사이로 날카롭게 흘러 들어갔다. 눈시울이 뜨거웠다. 세, 세상에, 어찌 시신을 이렇게 둔단 말입니까, 라고 나는 눈물을 닦으며 말했고, 김 형 기분은 압니다, 한 사장은 고개를 끄덕거리며 대답했다. 나도 처음 천 선생님 주검을 보고 큰 충격을 받았으니까요. 아버님이 워낙 설명을 안 해줘 저간의 사정은 잘 모르겠지만, 임종하기 직전 천 선생 스스로 원해 이곳에 데려다 앉혔다고 그래요. 이곳에서 이렇게, 앉아서 임종을 맞은 거예요. 봄까지 여기 그대로 두라는 말씀도 남긴 것 같고요.

아무리 그렇다고 해도…….

날 보고 뭐라고 하진 마시오. 여기, 이 땅 말인데요. 얼마나 깊이 얼었을 것 같소? 무른 곳은 최대한 2미터까지 땅이 업니다. 시베리아는 그런 곳이에요. 봄이 와서 언 땅이 풀리면 철로도 엿가락처럼 휘어져 있기 일쑤이고 건물들은 멋대로 기우뚱 기운 기형적인 모습을 하고 있다고요. 동토란 말이 괜히 나온 게 아니지요. 천 선생님이 그렇게 하라고 하지 않았다 하더라도, 지금 무슨 방법으로, 2미터 이상 굳게 언 땅을 판단 말입니까. 일을 시킬 사람도 없거니와, 포클레인이나 뭐 그런 거 하나 없는 곳이 여기예요. 여기 사람들도 누가 겨울에 죽으면 날 풀릴 때까진 숲에 시신을 그냥 뉘어둬요. 물론 천 선생 시신을 이르쿠츠크로 모시고 나가면 처리할 방법이 생기지만, 그건 무엇보다 김 형 아버님이 허락해야 하는데, 허락을 안 해요. 요지부동 말이 없는걸요. 그래서 김 형을 수소문해 전화를 건 겁니다.

아버지는 말이 전혀 없었다.

임종을 기다리는 늙은 말처럼, 텅 빈 시선으로 의자에 앉아 있을 뿐이었다. 저예요, 아버지. 나를 알아보시겠어요. 나는 여러 번 소리쳐 물었고, 아버지는 그때마다 겨우 고개를 끄덕거렸다. 알아본다는 시늉이었지만 텅 빈 아버지의 시선엔 변화가 전무했다. 나를 알아보지도 못하는군요. 나는 화가 나서 소리쳤다. 그러지 마세요. 한 사장이 보드카 병을 따며 말했다. 아버님은 아들을 알아보았어요. 정신이 없으신 것도 아니에요. 아버님이 전혀 정신이 없다면 내가 어떻게 김 형을 찾았겠어요. 한 사장이 보드카를 병째 들고 마신 다음 내게 건네주었다. 마셔요. 속이 좀 풀릴 거요. 그리고 슬픔에 꽉 눌려 있는 아버지께 시간을 좀 드리시오. 2년이나 기다렸다면서 그까짓 하루 이틀쯤 더 못 기다립니까?

내일 당장 아버지를 데려가겠어요.

나는 낮게 부르짖었다. 저 여자, 천예린 씨는 내가 알 바 아니고요. 어쨌든 아버지를 우선 모셔 갈게요. 내일 당장. 이르쿠츠크의 병원에라도 말이오. 이런 상태로 그냥 둔 한 사장님을 솔직히 이해할 수 없습니다. 여기 사람들도 그래요. 죽어가는 사람과 이미 죽은 시신을 그냥 두고 보다니요. 하다못해 경찰도 없습니까? 한 사장은 내 말에 고개를 저었다. 니키다는 입이 무거운 사람이오. 마을 사람들은 아무도 이곳 상황을 모르고 있다는 뜻이오. 봄이 될 때까지 여긴 그 누구도 찾아오지 않아요. 그리고 분명히 말하지만, 김 형 아버님은 중병이 든 게 아니오. 저녁이면 페치카에 장작을 쟁이고 불을 붙여요. 아시겠어요? 아까 우리가 여기 들어섰을 때 장작불이 잘 타고 있었잖소? 끼니도 챙겨 먹습니다. 니키다가 매일 한 번씩 여기에 들렀고 매일 한 번씩 내게 전화를 해주었어요. 니키다는 만두를 빚고 있는 아버님을 본 적도 있어요. 당신에겐 이곳이 비정상적으로 보이겠지만, 또 그렇게 볼 만도 하지만, 그러나 아버님으로선 최소한의 정상적인 생활을 유지해오고 있다 그 말이오. 내가 어떤 조치도 취하지 않은 것은 부친이 그걸 원했기 때문이오. 보시오. 아버님이 지금 무얼 원하는지 정말 모르겠소? 아버님은 당신이 사랑했던 여자하고 이 겨울만이라도 함께 있길 원하고 있다고요.

말도 안 돼. 말도 안 되는 소리야.

아버님이 아예 실어증에 걸린 것은 아니에요. 지난번에 내가 왔을 때는 니키다에게 이즈비니체, 라고 말했어요. 미안하다고 말이오. 엊그제에도 중얼거리더랍니다. 천 선생님에게요. 아두반치크, 라고요. 러시아 말로 민들레란 뜻입니다. 봄이 오면 이 일대는 온통 민들레 꽃밭이 되거든요. 장관이지요. 아버님은 봄을 기다리고 있어요.

그렇다면.

나는 아버지의 얼굴에 내 얼굴을 들이대었다.

말 좀 해봐요, 아버지. 러시아 말이 아니라 우리말로, 뭐라고 이 상황을 설명해보시라고요. 하다못해 선우야, 아시지요, 내 이름 선우. 선우야, 라고 내 이름이라도 한번 불러보시란 말이에요. 아버지는 눈을 감았다. 소리치고 의자를 흔들었지만 소용없는 일이었다. 다만 손과 턱이 심하게 떨릴 뿐이었다. 이것이 대체 무엇이란 말인가. 아버지가 당신의 인생과 가족을 송두리째 버리면서 꿈꾸어왔던 것들이 겨우 이렇게 저주받은 종말이라곤 믿을 수 없었다. 아버지는 죽을 때 죽더라도 지금 눈 부릅뜨고 설명을 해야 할 의무가 있었다. 그것은 2년 만에 먼 곳에서 달려온 당신의 아들에게 당신이 짊어져 보여야 할 최소한의 책임일 터였다.

어쨌든 아버지를 모셔갈 거요.

마침내 선언하듯이 나는 한 사장에게 말했다. 보드카 병은 거의 비어 있었다. 니키다는 페치카에 장작을 잔뜩 쟁여 넣은 뒤 건넛방으로 건너갔고, 한 사장 또한 취기가 오르는지 하품을 했다. 아버님이 잠든 것 같네요. 잠든 것이라기보다 아버지는 의자에 앉은 채 죽은 듯했다. 김 형이 안아다 침대에 뉘어주시오. 한 사장은 새 보드카 병을 따고 있었다.

나는 잠시 망설이다가 아버지를 안아 들었다.

오랫동안 잠을 자지 못했었는지 내가 안아 들었을 때에도 아버지는 잠든 그대로 있었다. 너무 가벼워서 상한 새 한 마리를 안은 것 같았다. 침대는 한 번도 사용하지 않은 것처럼 깨끗했다. 침대 시트가 보라색이어서 인상적이었고, 방 안에 가구는 거의 없었다. 나는 붙박이 옷장과 투박하게 짠 나이트 데스크와 부호 같은 그림이 든 작은 액자 몇 개와 몇 권의 책 따위를 둘러보았다. 지나치게 깔끔하고 지나치게 완벽히 준비되어 있어, 아버지가 아닌 천예린의 손길을 나는 방 안에서 확연히 느꼈다.

투박한 나이트 데스크가 내 시선을 끌었다.

아버지의 솜씨로 느껴지는 것이 있다면 바로 그 나이트 데스크였다. 아버지는 나무 다루는 것을 좋아했고, 웬만한 의자나 탁자쯤은 당신 스스로 짜서 사용할 만한 목공 솜씨를 갖고 있었다. 퇴직하고 나면 목공소나 하나 내고 싶다, 라고 언젠가 말한 적도 있었다. 그러고 보면 거실에 놓인 탁자나 의자도 미상불 아버지가 손수 만든 것 같았다. 사랑하는 여자를 위해 구슬땀 흘리며 대패질을 하는 아버지의 모습이 어른어른 눈앞에 떠올라 보였다. 나이트 데스크 위엔 만년필과 메모지가 놓여 있었다.

우리가 타라사에 있을 때
우리는 다섯 사람과 관계를 끊었다.

우리가 아르다에 있을 때
우리는 열 사람과 관계를 끊었다.

천예린 시인이 쓴 시인지는 알 수 없었으나 구조화된 세상에서 끝없이 튕겨 나가 마침내 모진 광야의 어둠 속에 혼자 남은, 어떤 고절한 이미지가 나를 자극했다. 남겨진 메모는 그것 말고도 여러 가지가 있었다. 아버지의 필체가 아닌 것으로 보아 그것들을 메모한 것은 틀림없이 천예린일 것이었다. 이런 메모도 있었다.

돌의 끝을 무디게 하고
늑대의 이빨을 뽑아라
나의 77년을 나는 바친다.

나는 메모지를 들고 나와 한 사장에게 뜻을 물었다. 한 사장은 고개를 갸우뚱했다. 천 선생의 시가 아니라 부랴트족의 희생 제례에 사용하는 주문 같은 게 아닐까요. 악령을 부르는 주문요. 내일 아침 니키다에게 물어보지요.

어느덧 자정을 훨씬 넘긴 시각이었다.

간헐적으로 송림(松林) 사이를 지나는 바람 소리가 계속 들렸다. 아버님보다 술이 세시네, 라고 한 사장은 말했다. 취기가 올라왔다. 본래는 아버지처럼 술을 전혀 못했지요. 약간 혀 꼬부라진 소리로 내가 대답했다. 하지만, 살다 보니까 절로 술이 늘었어요. 다 아버지 때문이지요. 아버지가 떠나고 그해 봄에, 살고 있던 아파트에서 쫓겨났었어요. 어머니랑 동생이랑요. 한순간 거리로 내쫓기기도 하며 살았는데, 이까짓 보드카, 독하면 얼마나 독하겠어요. 한 사장님도 IMF 시대의 한국에서, 대학 중퇴한 가장 노릇 해봐요. 무서운 게 하나도 없어질 거예요. 소주든 양주든 보드카든, 세상만큼 독하겠어요?

허허, 맞는 말이오.

한 사장이 맞장구를 쳤다.

나도 그래서 배웠지. 하던 사업 다 들어먹고 가재도구까지 빚쟁이들한테 들어 내이고, 처가에 식구 맡기고 시베리아로 떠나올 때요. 예전 일들은 생각하고 싶지 않아요. 보드카는 맑고도 독해서 좋지요. 천 선생은 보드카를 사랑하셨소. 나하고 첨 만날 때도 밤새워 마셨거든. 그 양반 그때 이미 죽을병에 걸려 있었던 건데, 난 그것도 모르고.

언제 처음 만났는데요?

지난해 초여름이었을 거요. 우리 식당에서 밥을 먹었지요. 식사할 땐 몰랐는데 계산대로 나오는 걸 보니까 천예린 선생입디다. 대학 시절 한때 나를 문학적으로 뜨겁게 달구고 또 절망시킨 장본인인데, 내가 못 알아볼 리가 있나. 천 선생님이시죠, 라고 묻자 첨엔 고개를 가로저어요. 시치미를 떼고요. 사진에서 보던 것과 비교하면 많이 늙고 병색이 있어 뵀지만, 난 알아봤어. 본인이 아니라고 했는데도 천 선생이라고 나는 믿었지요. 계산을 하고 호텔 복도를 걸어 나가는 그 양반 뒷모습을 쫓아가서 바라봤는데, 그 뒷모습이 뭐랄까, 허청허청 걷는 게 꼭 허공을 딛는 것 같고, 저러다 저 양반 쓰러지겠다, 그런 느낌이 들고…… 그래서 쫓아갔지요. 선생님, 차 한잔하고 가시지요, 라고 나는 막무가내 붙잡았어. 붙잡고 보니까, 아따, 금방 쓰러질 것 같던 사람이 술은 왜 그리 센지, 밤을 꼬박 새우며 마셨소. 나하고 둘이서. 백야의 끝물이었지. 지금 생각해보면 그래, 그놈의 백야 때문이었는지도 몰라. 백야가 절정에 이르면 멀쩡한 사람도 어질병이 나는 것처럼 돌아버리기 십상이거든.

아버님은 그때 함께 안 계셨나요?

모르시는군. 두 분은 함께 오지 않았어요. 아버님께서 이르쿠츠크에 나타난 것은 늦가을 녘, 암튼 눈이 내리기 시작한 뒤였어요. 난 몰라요. 두 양반이 어떻게 해서 각각 달리 시베리아로 왔는지. 워낙 말씀들을 안 해요. 좌우간 두 분이 오래 따로따로 흘러 다녔다는 건 알아요. 말하자면 바이칼에서 재회한 거지. 살다 보면, 그렇지 않소? 합리적으로 이해할 수 없는 무엇이 우리들 내부에서 우리를 교묘히 조작하는 것 같은 느낌. 불가사의한 그 무엇.

아버지가 어디서 왔다는 말은 안 했나요?

캅카스에서 왔다고 그럽디다. 한 사장은 다시 하품을 했다. 겨울새 우는 소리가 호수 안쪽에서 났다. 흑해와 카스피 해 사이에 도도히 뻗어나간 수백 킬로미터의 대(大)산맥이 눈앞을 스쳐갔다. 오랜 세월 동안 아시아와 유럽의 경계를 이루면서 사철 만년설의 빙하가 쌓여 있는 산맥이었다. 체첸은 아시지요? 러시아와 전쟁을 했던 체첸요. 불과 100여 만 명밖에 안 되는 민족이 러시아하고 맞짱 뜬 나라요. 캅카스 산맥 근처. 아버님은 체첸 민요를 부를 줄 알았어요. 슬프고도 장엄한. 아마도 체첸 근처에서 상당히 체류한 뒤 중앙아시아를 횡으로 따라 이르쿠츠크에 온 것 같아요. 카스피 얘기도 자주 했고, 타클라마칸 산맥, 투르크멘 얘기도 했고…… 특히 중앙아시아 지방의 복사꽃 핀 정경에 대해 말할 땐 매번 아버님은 실눈을 뜨곤 했어요.

아버지 고향에 복숭아밭이 많습니다.

나는 말했다. 아버지의 고향은 복숭아 과수원이 유난히 많은 음성이었다. 한 사장은 더 이상 견딜 수 없었던 모양인지, 내가 복사꽃에 대해 생각하는 사이, 잘 자라는 말도 없이 니키다가 잠든 방으로 건너가더니 퍽 소리를 내며 쓰러져 누웠다. 아버지의 고향 집에서 복사꽃이 만발한 것을 본 적은 한 번밖에 없었다. 나지막한 야산을 따라 올라가 천지사방 복사꽃이 핀 그 한가운데 섰을 때, 나는 꽃에 취한 것처럼 어지러웠다. 좋지? 아버지는 속삭여 내게 물었고, 보름달 달빛 아래 서서 보면 더 좋다, 라고 혼잣말처럼 덧붙였다.

보드카는 전신을 알맞게 데워놓고 있었다.

나는 긴 의자에 옆으로 쓰러져 잠들었다. 꿈에 눈 감은 천예린의 모습이 보였다. 그녀는 깊고 깊은 바다 밑 한가운데 조용히 눈 감고 앉아 있었다. 북극해의 심연이라고 나는 꿈속에서 생각했다. 아버지는 그러나 그곳에 없었다. 내가 누군가의 울음소리 때문에 퍼뜩 잠이 깬 것은 아버지가 캅카스 산맥을 고통스럽게 넘는 꿈을 막 꾸고 있을 때였다. 격심한 융기 때문에 천 길 단애로 둘러쳐진 캅카스 산맥의 어느 외진 골을 아버지가 눈보라에 등 떼밀려 비틀비틀, 가고 있는 꿈이었다. 몰아치는 설한풍에 금방이라도 추풍낙엽처럼 단애 밑으로 날아가 쑤셔박힐 것만 같았다. 아버지…… 꿈속에서 나는 소리쳐 불렀다.

바로 그때, 그 울음소리가 들렸다.

잠을 깨고 나서도 나는 잠시 그대로 있었다. 산맥의 안쪽 어디에서 상처받은 밤 짐승들이 내는 소리인가, 하고 나는 생각했다. 울음소리는 그러나 내 곁에서 나고 있었다. 아버지였다. 놀랍게도 아버지가 내 곁에 무릎 꿇고 앉은 채 울고 있었다. 나는 상반신을 일으켰고, 소리 죽여 울고 있는 아버지의 낮은 등을 내려다보았다. 산맥의 깊고 험한 단애 끝을 쓰러질 듯 걷고 있던 꿈속의 아버지 모습이 오버랩되어 보였다. 아버지의 어깨 위에 가만히 손을 올려놓았다. 용서해야 할 것들이 너무 많은 아버지였지만 마음에 응어리진 매듭쯤은 그 순간 아무것도 아니었다. 아버지. 나는 나지막이 아버지를 불렀다.

선, 선우야…….

반응은 갑작스럽고 또 발작적이었다.

아버지가 나를 소리쳐 불렀다. 그리고 곧 당신의 앙상한 손과 어깨와 얼굴이 와락 내 품 안으로 쏟아져 들어왔다. 그리고 아버지는 울었다. 선우야, 선우야, 라고 아버지는 계속 나를 소리쳐 부르면서 울고 있었다. 나의 눈앞도 뽀얗게 흐려졌다. 옹골찬 매듭이 툭, 투두둑 하고 풀리는 것을 나는 느꼈다. 나는 아버지를 힘주어 안았고, 화답이라도 하듯 아버지가 엉엉 어린아이같이 더 큰 소리로 울기 시작했다. 둑이 터져 나간 꼴이었다. 평생 울어야 할 것을 모아 한꺼번에 우는 것처럼, 그렇게 오랫동안, 그렇게 격렬하게 아버지는 내 품 안에서 울고 있었다.

불길 같았던 개발의 시대에 오로지 생산성의 몸집만을 야수적으로 불려온 한 재벌 회사에서 오로지 충직한 시종처럼 살아온 아버지는 왜, 어느 날, 그 모든 걸 팽개치고 떠났는가. 왜 나와 어머니를, 아니 당신 자신의 인생을 버렸는가. 영화관조차 찾는 일 없었던 아버지가, 문화 예술과 너무도 먼 삶을 살았던 아버지가 어떻게 시인이자 화가였던 천예린을 만나고 거기에 삽시간에 빠져들었는가. 어디를 어떻게 떠돌았는가. 얼어붙은 바이칼 호수 이 외진 올혼 섬은 당신에게, 천예린 시인에게 과연 무엇인가. 그 멀고 뼈저린 길 끝에서 아버지는 당신의 어떤 에젠을 만났는가. 천예린의 주검을 지키는 일은 아버지 당신에게 과연 무엇을 지키는 일인가. 수많은 질문들이 내 가슴속에 들끓고 있었지만 말은 터져 나오지 않았다. 나는 기다릴 것이었다. 아버지는 말할 것이라고, 말해야 한다고 나는 생각했다. 아버지에겐 침묵할 권리가 없었다. 아버지에게가 아니라 인간 김진영에게 묻고 싶은 나의 최종적인 질문은 바로 이것이었다.

당신은 도대체 누구입니까.

새날들의
시작

　나는…… 김진영이다.

　그렇다. 우회 화법을 쓰고 싶진 않다. 내가 박 아무개나 이 아무개가 아니고, 김진영이다……라고 먼저 내 본명부터 선언하듯 말하고 나서는 것은, 사실을 사실대로 똑 부러지게 말하고 싶다는 내 의지 때문이다. 적어도 지금은 그러하다.
　다시 말하지만, 나는 김진영이다.
　1997년, 소위 IMF 한파가 몰아쳐 왔을 때 나는 50대 중반으로 가고 있었고, 매일매일 숨 가쁘게 돌아오는 당좌나 어음 따위를 막기 위해 전투하듯이 뛰어야 했던, 주류 제조 회사의 자금 담당 이사였다. 그리고 또 내게는 좀 병약했지만 평생 온순하고 정직하게 살아온 아내가 있었고, 군에서 제대해 다시 대학 복학을 앞둔 성실한 아들과 그보다 한 살 아래의 딸이 있었다. 나는 말하자면 우리 세대의 남자들이 걸어온 보편적인 길을 따라 비교적 안전하고 성공적인 위치를 확보하고 있었던 셈이다.

50대의 나이는 변수가 적다.

내가 50대가 됐을 때 솔직히 말해 나는 인생의 본문을 다 써버린 것 같은 느낌에 사로잡혔다. 사장까지는 언감생심 바라지도 않았고, 큰 풍파 없이 무난히 지나면 아마도 상무이사쯤은 하리라고, 나는 내 앞날을 내다보고 있었다. 그사이 아들과 딸은 대학을 졸업하여 제 짝을 찾아 결혼할 터이고, 그런 뒤 회사에서 퇴직하면 지천으로 봄마다 복사꽃 만발하는 고향에 내려가 아내와 함께 안온하게 살리라 꿈꾸었다. 모든 것은 정해져 있었으며, 정해진 대로 시간을 좇아 흘러갈 일만 남았다고 나는 생각했다.

그러나 삶이란 끝이 없다.

삶이 계속되는 한 어느 날 갑자기 우리들 뒷덜미를 사정없이 잡아채어 수렁 속으로 내던지고 마는, 악마의 손길 같은 삶의 어두운 변수는 결코 끝나는 법이 없는 것이다. 왜 그때는 그걸 예상하지 못했을까. 평생 동안 배운 대로, 혹은 윗사람이 지시하는 대로, 융통성 하나 없이, 오로지 근면 성실하게, 조심조심 살아온 내 삶의 보편적 관성으로 보건대, 내가 장년의 연대에 만났던 의미심장하고 잔인하고 재빠른 변화는 나 스스로도 도무지 이해하기 어렵다. 아마도 나는 그때, 뭔가에 씌어 일생을 통해 일관되게 둘러치고 살았던 나의 방어벽을 자청하다시피 허물고 있었던 것은 아닌지 모르겠다.

비가 내리고 있었다. 직장 생활 25년, 나는 일관되게 유지해 온 시간의 눈금들을 갖고 있었다. 이를테면 6시면 어김없이 눈을 뜬다. 비가 내리나 눈이 오나 그렇다. 잠든 시각은 달라도 깨어 일어나는 시각은 변화가 없다. 가벼운 운동 후에 아내가 챙겨주는 아침 식사를 끝내면 보통 7시 10분쯤 된다. 와이셔츠에 넥타이를 매고 마지막으로 거울 앞에서 머리를 빗고 나면 출근 준비는 끝난다. 집에서 회사까진 지하철을 이용해 30여 분 걸린다. 특별히 새벽같이 나가야 되는 날만 제외하면 내 출근 시각은 어김없이 8시 10분 전이다. 정해진 출근 시간은 철 따라 9시가 되기도 하고 9시 30분이 되기도 하지만 나는 어쨌든 내가 정한 그 시각에 내 자리에 앉아 있어야 한다. 25년여를 한결같이 그렇게 살아왔으므로 그 시각이 돼도 회사에 닿지 않으면 마음이 불안하다.

그날도 물론 그러했다.

내가 안방 거울 앞에 서서 와이셔츠 단추를 채우고 있을 때, 아내의 화장대 위에 놓인 탁상시계는 막 7시 10분을 가리키고 있었다. 아내는 부엌에 있었고, 딸애는 잠 속에 빠져 있었다. 창밖엔 비가 내리고 있었으나 모든 것은 언제나 있어왔던 그대로였다.

나는 무심히 와이셔츠 단추를 채웠다.

소맷부리 단추였다. 소맷부리 단추를 채우려다가 오른손 소맷부리 단추 하나가 늘어져 있는 걸 발견했다. 여보, 라고 부르면 아내가 달려와 소맷부리 단추를 1분쯤이면 다시 단단히 매달아줄 것이고, 그것이 으레 있어온 관행이었다. 일상적인 관행을 두고 어떤 이는 권태롭다고 말하지만 내겐 길들여진 시간, 길들여진 삶의 스텝만큼 편안하고 좋은 것은 없었다. 나는 오래된 옷이라서 실밥의 일부가 풀려 나와 그 끝에 대롱대롱 매달려 있는 와이셔츠 단추를 무심히 바라보았다.

그때까진 아무 일도 일어나지 않았다.

7시 10분이니 단추 때문에 설령 5분쯤 늦게 집을 나간다고 해도 출근 시각을 맞추는 것은 아무 지장이 없었다. 이게 언제 산 와이셔츠였더라, 라고 나는 생각했다. 옳거니. 내가 부장 진급했을 때 부원들이 사준 것이로구나. 그렇다면 벌써 여러 해 전부터 입어온 와이셔츠였다. 옷감이 고급이고 목 사이즈가 잘 맞아 즐겨 입어온 와이셔츠였다. 나는 아내를 부를까, 아니면 다른 와이셔츠로 갈아입을까 하다가, 때마침 화장대 위에 놓인 실과 바늘이 눈에 들어왔으므로 화장대 의자에 엉거주춤 주저앉았다. 그까짓, 두어 바늘, 바늘로 잡아매면 될 것을 가지고 부엌에 있는 아내를 부르고 싶지 않았다. 나는 돋보기를 찾아 쓰고 늘어진 와이셔츠 소맷부리 단추를 다시 물끄러미 바라보았다.

50

그 순간, 어떤 변화가 내게 찾아왔다.

변화의 단초는 아주 미미한 것이어서 처음엔 나 자신도 그것이 어떤 변화인지 전혀 인식하지 못했다. 나는 다만 바늘을 든 채 멈칫했다. 먼저 대롱대롱 매달려 있는 단추를 탁 잡아채고, 그다음 나머지 실밥을 뽑아낸 뒤, 그 자리에서 바늘로 단추를 잡아매면 될 일이었다. 그런데 나는 단추를 잡으려다가 멈칫하고 있었다. 감정의 자연스러운 흐름 어느 한편이 무엇인지에 걸려 멈칫멈칫 부자연스럽게 걸려 넘어지는 걸 나는 느꼈다.

이것이…… 늙은 거야.

마침내 나는 나도 모르게 중얼거렸다.

그것은 아주 언짢은 자각이었다. 단추를 매단 실의 일부가 풀어진 것은 인위적인 힘이 가해져서가 아니라 여러 번의 세탁 과정을 거치면서 실의 어느 한 부위가 마모되어 풀린 게 확실했다. 요컨대, 와이셔츠가 늙은 탓이었다. 흔한 일이었고, 그러거나 말거나 기계적으로 단추를 달면 그뿐인데, 그날 아침은 달랐다. 이것이 늙은 거야……라고 중얼거리고 나자 평소의 나답지 않게, 나의 내부 어디에서 매우 격정적인 소용돌이가 이는 것을 나는 충분히 느낄 수가 있었다. 포장된 길을 걷다가 난데없이 쇠똥을 밟고 회까닥 나뒹군 기분이 그럴 것 같았다.

재수 없어. 재수 없는 아침이라고.

나는 와이셔츠를 꽉 오그려 잡았다. 아내가 마침 방문을 열고 들어왔다. 집에서 여자가 도대체 뭐하는 거야, 라고 나는 소리쳤다. 나도 모르게 터져 나온 짜증이었다. 나의 서슬에 아내가 놀란 눈빛을 했다. 소리부터 지르는 것은 본래의 내 스타일이 아니었다. 나는 물론 자상하고 따뜻하게 감정을 표현하는 타입이라기보다 과묵하고 뚝뚝한 편이지만, 그렇다고 상한 감정을 여과 없이 소리쳐 드러내는 일은 거의 없었다.

왜, 왜 그래요?

여기 소맷부리 단추 좀 봐.

나는 와이셔츠를 내던졌다.

출근할 때 입어야 할 와이셔츠가 이따위로 돼 있으면 어떡하라는 거야. 와이셔츠 하나 완벽하게 못 해놔?

금방 달아맬게요. 1분이면 되는걸요.

놔둬. 당신 느러터진 손으로 그게 1분에 돼? 좌우간, 하루 온종일 집에 있으면서 대체 무슨 생각을 하고 사는 거야? 생각이 있긴 있는 사람이야, 당신?

무, 무슨 말을 그렇게 해요?

답답해서 그래. 답답해서.

나는 다른 와이셔츠를 재빨리 입고 넥타이를 매는 둥 마는 둥 하고 나서 안방 문을 거칠게 열고 나왔다. 간밤에 늦게까지 딸애가 텔레비전을 보느라 그랬는지 거실엔 방석 따위가 잔뜩 흩어져 있었다. 물론 아침 식사다, 세수다, 벌써 몇 번씩 지나다니며 보았던 거실인데, 나는 새삼스럽게 그 모든 것이 짜증스러웠다. 봐. 거실 꼴이 이게 뭐냐고. 나는 계속 볼멘소리로 말했다. 어제오늘 할 것도 없어. 만날 이 타령이야. 지긋지긋해. 다른 애들은 알바다 뭐다 학비도 다 자신이 벌어서 댄다는데, 우리 집 애들은 맨날 늦잠이나 자고, 그래도 어미는 암말 없고⋯⋯.

아파트를 나서며 나는 탁 현관문을 소리 나게 닫았다.

평상심을 회복하려고 일부러 헛기침을 해봤지만 언짢은 기분은 조금도 회복되지 않았다. 궂은비가 오고 있었다. 아파트 광장을 걸어 나오는데 순백색 승용차 한 대가 곁을 지나치며 고인 빗물을 튀겼다. 남의 구두와 양말을 적셔놓고도 천연스럽게 앞서나가는 승용차엔 새파랗게 젊은 부부가 타고 있었다. 저런, 버릇없는 것들! 입 속으로 나는 중얼거렸다. 지하철역은 아파트에서 도보로 겨우 5분 거리였다. 이상한 나라야, 라고 나는 생각했다. 내가 사는 아파트 단지에선 제일 작은 아파트가 40평형으로 시가 5억 원이 훨씬 넘는데, 도대체 이제 겨우 30대 초반이나 될까 말까 한 젊은 부부가 어떻게 들어와 사는지 알다가도 모를 일이었다. 25년여, 남보다 열심히 일하고 남보다 적게 쓰고 살며 장만한 전 재산에 해당하는 아파트가 아닌가.

그동안 나는 뭐하고 살아온 거야.

빗속을 걷고 있는 나의 자각이 거기에 이르렀다.

전에 없던 자각이 아닐 수 없었다. 어제까지만 해도 나는 나의 인생이 순탄하고 성공적으로 이어져왔다고 자부하고 있었다. 불과 600여 평 복숭아밭과 하천 부지의 척박한 논 두어 마지기를 가지고 있던 가난한 집에서 태어나 대학까지 공부할 수 있었던 것도 그렇고, 입사할 때만 해도 구멍가게 같았던 회사가 지금의 대(大)주류 회사로 성장한 것만 해도 그렇고, 그 회사에서 자금 담당 이사까지 승승장구해온 것만 해도 그렇다. 월급쟁이로 산다고 누구나 다 이사가 되고 상무가 되는 것은 아니지 않은가. 게다가 그게 전 재산일망정 특별시에서 어쨌든 5억 원이 넘는 아파트의 주인으로 살고 있으니 그 또한 아무나 누릴 수 있는 복은 아니었다.

그런데 이 기분은 뭐란 말인가.

갑자기 지하철을 타기 위해 빗속을 걷고 있는 나 자신이 형편없이 초라하게 느껴지니 별일이었다. 아무것도 이룬 게 없는 듯했다. 이루기는커녕 도대체 뭐하러 이날 이때까지 살아왔는지조차 알 수 없었다. 이제 돋보기를 쓰지 않으면 결재 서류를 볼 수도 없고, 컴퓨터에 앉아도 다른 직원들에 비해 일의 속도가 너무나 더뎠으며, 지하철역 계단을 내려갈 때도 언제부턴가 조심조심 난간을 붙잡는 버릇이 생겼다. 회식이라도 하는 날엔 숙취가 풀리지 않아 다음 날 하루 종일 몸이 무겁고 머리가 아팠다. 생각해보면, 요즘 연일 몸이 찌뿌드드한 게 미상불 어디 속병이라도 든 것은 아닌지 모를 일이었다. 이룬 것이 뭐 있단 말인가.

종합검진이라도 받아봐야겠어.

나는 지하철역 입구에 당도해 섰다. 우산을 접어야 할 참이었는데 오래된 우산이라 그런지 얼른 접히지가 않았다. 그때 누군가 우산을 툭 치면서 지하 계단으로 달려 내려갔고, 그 바람에 내 우산은 데굴데굴 계단을 따라 굴렀으며, 나는 넘어지지 않기 위해 난간을 붙잡아야 했다. 우산을 치고 달려 내려간 사람 역시 갓 입사했음 직한 청년이었다.

　저, 저런 씨팔 새끼!

　뜻밖의 욕지거리가 목젖을 타고 올라왔다.

　맹렬한 적개심을 나는 느꼈다. 더구나 평소에 전혀 써본 적이 없는 천박한 욕지거리를 비록 입 속으로나마 내뱉고 나자 분노는 그 때문에 더욱 증폭됐다. 그것은 확실히 분노였다. 이 나이 될 때까지 세상의 온갖 추악하고 치사한 꼴을 볼 만큼 보며 살아왔지만 이런 식의 밑도 끝도 없는 맹목적 분노와 적개심은 처음이었다. 온몸이 풍뎅이처럼 부풀어 오르는 걸 나는 느꼈다. 나는 지하철에 올라탔다. 객차에 올라탈 때에도 누군가 내 몸을 밀치며 앞서 들어갔는데 역시 젊은 남자였다. 나는 쫓아가 따귀라도 치고 싶은 걸 간신히 참았다. 지하철이 출발했다. 나는 기우뚱하다가 간신히 손잡이를 잡았고, 그 순간 내가 탄 열차가 평소와 반대 방향으로 진행되고 있다는 걸 알아차렸다. 역시 한 번도 없던 실수였다. 내 전신을 풍뎅이처럼 부풀려 놓은 적개심 때문에 무심코 반대편의 지하 계단을 따라 내려왔던가 보았다. 아차, 했을 때는 이미 지하철이 속력을 내기 시작한 다음이었다.

어떻게 이런 실수가 있단 말인가.

분노와 적개심은 자연히 나 자신에게로 옮겨와 있었다. 다음 역에서 내려 제 방향으로 가는 지하철로 바꿔 탄다고 해도 평소보다 대략 20여 분 이상 늦을 터였다. 출근 시각은 충분히 맞추겠지만 오늘따라 주례 이사 회의가 8시로 맞춰져 있다는 점이 문제였다. 무릎에서 힘이 쭉 빠졌다. 왜 그 생각을 못했을까. 매주 수요일마다 있어온 8시 주례 회의는 벌써 네 번째였는데, 그 점을 생각 못한 것도 따져보면 그놈의 와이셔츠 단추 때문이었던 것 같았다.

임 전무한테 찍히면 안 좋은데.

초조해져서 나는 생각했다. 지금의 임 전무가 다른 계열사에서 이쪽으로 부임해 온 것은 한 달쯤 전이었다. 전무는 회장의 조카사위였고, 올해 마흔 살로 나보다 한참이나 어렸다. 그럼에도 불구하고 그는 이미 계열사의 사장을 하고 있는 회장의 젊은 아들에 비해 자신이 너무 억울한 대접을 받는다고 생각하는 듯했다. 이사 회의를 왜 9시 넘어서 한단 말입니까, 하고 그는 부임해 오자마자 말했다. 정해진 출근 시각 이전에 회의가 끝날 수 있도록 하라는 것이었다. 8시에 이사 회의가 열리도록 된 것은 전적으로 전무의 지시 때문이었다. 그는 특별한 일도 없으면서 어떤 때는 밤 9시에 회의를 소집하기도 하고, 토요일에도 저물도록 전무실을 떠나지 않는, 그런 타입이었다.

낭패가 아닐 수 없었다.

과연, 헐레벌떡 회의실 문을 열고 들어갔을 때 회의는 시작되어 있었고, 임 전무는 낯선 사람처럼 눈을 찢어져라 흘겼다. 내가 바라는 건 긴장감이에요, 라고 전무는 말했다. 구체적으로 늦게 온 나를 지목해 말하는 것은 아니었지만, 나는 한껏 목을 움츠렸다. 긴장감이 해이해지면 곧 조직의 와해로 이어지기 십상이지요. 그 점을 생각해주세요들. 전무는 손가락 끝으로 회의 탁자를 탁, 탁, 탁, 쳤다.

그 일이 벌어진 것은 가을 초입이었다.

정부가 외환 시장의 개입을 실질적으로 포기하여 1달러 환율이 1,000원을 돌파한 그해 10월 17일이 IMF 시대의 개막을 알리는 가시적 기점이라고 하지만, 그보다 한 달여 전부터 나는 이미 우리의 경제 사정이 심상치 않게 돌아가고 있음을 눈치채고 있었다. 회계와 자금 담당 업무를 오랫동안 맡아 돈의 흐름에 관한 한 내 몸은 일종의 예민한 풍향계와 한가지였다. 한보가 부도를 낸 것은 1월이었고 진로그룹이 4월, 대농그룹이 5월, 급기야 기아그룹이 7월 부도 유예 사태를 맞았다. 내수 경기가 그다지 나쁘지 않은데도 돈을 끌어다 쓰는 게 전과 달리 뻑뻑해졌다.

김 이사, 괜찮겠어요?

임 전무도 뭔가 느꼈던지 내게 다짐을 해두었다.

경제부총리도 기아그룹 문제 따위는 수수방관하면서 걸핏하면 이르기를, 경제의 펀더멘털(기초적 변수)이 튼튼해 우리 경제는 아무 문제도 없다, 라고 큰소리치고 있었다. 하지만 이제 와서 구차히 그런 걸 상기해본들 무슨 의미가 있겠는가. 확실한 것은 정부의 큰소리와 달리 차츰 자금을 끌어오는 게 쉽지 않았다는 것이고, 전무하고의 관계가 원활하지 못했다는 사실이다.

고백하거니와, 그날 이후 나는 연일 우울했다.

비 오는 날 아침, 실이 늘어진 와이셔츠 단추 하나 노려보다 말고, 이것이 늙은 거야……라고 자각한 것이 우울증의 시초였다. 겉으로의 생활은 물론 변화가 없었다. 여전히 나는 남보다 일찍 출근했고 늦게 퇴근했으며 임 전무와의 관계를 호전시키기 위해 최선을 다하기도 했는데, 그러나 전에 없이, 내 중심 어딘가가 비어 있다고 나는 느꼈다.

난 실패한 인생이 아닐까.

어느 땐 불현듯 중얼거리기도 했다.

지하철 계단을 뛰어 내려오다시피 할 때도 그랬고, 결재 도장을 꾹꾹 누를 때도 그랬고, 스물몇 해, 거의 변함없는 식단으로 짜인 밥상머리에 앉아 있을 때도 그랬다. 시도 때도 없이 멍해지기 일쑤였고, 밥맛조차 없었다. 하루가 다르게 내 내부에서 살(肉)이 닳아 없어지는 것 같은 기분이었다. 공연히 이제까지 살아온 것이 수치스럽기도 하고 억울하기도 했다. 전에 없이 건망증도 생겼다. 생각하면 와이셔츠 단추 때문에 지각하던 날, 지하철을 잘못 탄 것도 마음속의 분노 때문이 아니라, 건망증 때문이었는지도 몰랐다. 며칠 지나지 않아 그런 일이 또 생겼으니까. 식당에 서류 봉투를 두고 나오는 것만 해도 전엔 상상조차 할 수 없는 일이었다. 어느 편이냐 하면, 나는 꼼꼼하고 참을성이 많은 타입으로 평생 우산 한 번 잃어버린 일이 없었을 뿐만 아니라, 아무리 바쁜 날에도 내 업무와 관계되는 숫자들은 억대 숫자까지 컴퓨터처럼 기억해두는 성격이었다. 그런데 그 무렵엔 자주 내가 외운 숫자들이 틀렸으며, 서류 봉투와 우산 따위를 잃어버리는 일이 생겼다. 불과 한두 주일 새 그 증세는 급격히, 그리고 가혹하게 나를 괴롭혔다. 한번은 그날 지불해야 하는 당좌 거래 내역을 임 전무가 물어 온 일이 있었다. 그것쯤 파악해서 외우고 있는 거야 늘 있어온 일이었으므로 나는 이내 확인할 것 없이, 자신 있게 얼마라고 말해주었다. 임 전무는 그러자 단번에 이맛살을 찌푸렸다.

틀림없나요, 그 액수가?

그럼요. 틀림없고 말고요.

큰일 났네요. 다른 사람도 아니고 김 이사가 그런 걸 엉터리로 알고 있다니, 이봐요, 확인을 좀 해보세요. 어떻게 그리 무책임할 수 있단 말이오?

그, 그럴 리가…….

확인해보니 전무가 알고 있는 내역이 맞는 것이었다. 그런 일은 적어도 내겐 일어날 수도, 또 일어나서도 안 되는 일이었다. 요즘 어디 아픈 거 아니오, 라고 전무는 말했다. 아니면 나이 탓인지도 모르지, 라고 또 그는 덧붙였다. 그 말에 나는 더욱 화가 났다. 어쩌다 저지른 한 번의 실수를 가지고 나이는 왜 들먹거리는가. 격렬한 분노가 솟구쳤다. 그리고 그 분노는 최종적으로는 상대편을 향해 나타나는 것이 아니라 나 자신을 향해 나타났다.

나는 도대체 여태껏 뭘 해왔던가.

그날도 비가 내리고 있었다.

마감 시간까지 당좌 결제를 체크하느라 잔뜩 지쳤는데도 부사장이 난데없이 소집한 회의에 참석하느라 퇴근을 거의 9시 무렵이 돼서야 할 수 있었다. 나는 습관처럼 회사 빌딩의 현관까지 내려왔고 현관 앞에 와서야 비가 내리고 있다는 걸 알았다. 비는 세필로 내리고 있었다. 우산이 사무실에 있었으므로 다시 돌아가 가지고 오는 것도 싫고, 그렇다고 비록 세우(細雨)지만 빗속으로 나설 수도 없어 멍하니 서 있는데 뒤늦게 퇴근하던 여직원 2명이 반갑게 인사를 했다.

어머, 이사님. 우산이 없으신가 봐요.

글쎄, 비 오는 줄 모르고 사무실에 두고 나왔네.

이거 쓰세요. 우린 둘이 함께 쓰고 가면 되는걸요.

그럴까, 하고 얼결에 우산 하나를 들었는데, 우산 빛깔이 밝은 노란색이었다. 나는 우산을 펴 들려다가 너무 밝은 빛깔에 멈칫하고 스톱모션이 되었다. 스무 살쯤 된 처녀들이나 쓰면 어울릴 법한 날렵하고도 화사한 우산이었다.

하지만 밤인데 뭐 어떨라구.

좀 민망하긴 했으나 나는 곧 스톱모션을 풀고 우산을 펴 들었다. 지하철역은 불과 2, 3분 거리였다. 거리로 내려서자 이내 가로등 불빛이 반투명한 노란 우산 속으로 비쳐들었고, 그러자 우산 속이 너무 밝고 따뜻해 마치 커다란 꽃 한 송이 들고 있는 것 같았다. 뜻밖에 그런 느낌이 언짢지는 않았다.

모든 것이 다 우산 때문이었을까.

그래. 모든 것이 다 우산 때문은 아니었겠지만, 그 꽃 한 송이 같던 노란 우산이 이미 죽어 박제된 줄 알았던 내 감수성의 어느 성감대에 점 하나 찍었던 것은 부인할 수 없다. 왜냐하면 직장 생활을 시작한 이후 나는 오로지 성장 제일주의 관성만을 따라왔을 뿐, 그것과 배치되는 그 어떤 문화적 감수성도 스스로 죽이기 위해 노력했고, 또 죽었다고 생각했으므로. 그런데 그날은 달랐다. 지하철역 입구에 당도했을 때, 난데없이 빗속을 혼자 걷고 싶었던 것이다. 전에 없던 낯선 감정이었다.

나는 지하철역 입구에서 우두커니 거리를 내다보았다.

걷는다고 해도 4, 50분이면 집에 도착할 수 있을 터였다. 레스토랑과 카페와 기념품 가게와 중국집과 또 다른 카페 간판들이 비에 젖고 있는 풍경은 아주 낯설었다. 저런 가게들이 언제부터 저기 있었던가, 하고 나는 생각했다. 아침저녁, 적어도 하루에 두 번은 그것들 앞을 지나쳤을 터인데, 모두 생전 처음 보는 것 같았다.

나는 다시 빗속으로 나왔다.

천천히, 마치 흐르듯이 걸었다. 돌이켜보면, 그 빗속을 흘러가던 나의 걸음걸이엔 분명히 이제까지 달려온 관성으로서의 삶과는 다른, 그 관성으로서의 삶 밖으로 튕겨져 나가고야 말, 홀연한 일탈의 분위기가 있었던 건 사실이었다. 어디에나 있을 법한 평범한 거리였는데도 모든 것이 다 낯설다는 느낌부터 그랬다. 특별한 생각 같은 건 하지 않았다. 걷는다기보다 나는 흐르고 있었다.

한 소녀가 내 곁을 지나 골목 안으로 들어갔다.

소녀라고, 나는 생각했다. 걷기 시작한 지 10여 분쯤 뒤였다. 내 등 뒤에서 홀연히 나타나 골목 안쪽으로 한순간 사라진 소녀는, 내가 쓰고 있는 우산과 같은 빛깔의 모자까지 달린 노란 우의를 입고 있었다. 소녀는 장감장감, 마치 어린 나비가 춤추듯 걸었으며, 일시에 골목 안쪽으로 사라졌다. 나는 좀 더 걸음을 빨리해 소녀가 사라진 골목 안쪽을 바라보았다. 차는 통행할 수 없는 좁은 골목이었다. 국밥집과 꽃가게와 세탁소가 이어져 있었다. 소녀는 종종걸음으로 세탁소 앞을 지나더니 곧 어둠침침한 낡은 2층 건물로 들어갔다. 탁, 탁, 탁, 탁, 소녀가 층계를 밟고 올라가는 발소리까지 나는 들을 수 있었다.

그곳은 미술학원이었다.

나는 소녀가 들어간 미술학원의 불 밝은 창을 올려다보았다. 소녀가 그렸을지도 모르는 데생 작품들이 창에 붙어 있었고, 창턱엔 아그리파, 줄리앙 따위의 석고들이 역광을 받은 채 놓여 있었다. 사위는 아주 고요했다. 나는 석고들이 보여주는 명암을 홀리듯 보고 있었다. 그것은 이제껏 살아온 내 세계관에 비추어본다면, 뭐랄까, 현실감이라곤 없는, 그리하여 효용성이 전혀 없는 비사실적인 생소한 아름다움을 지니고 있었다. 다른 때 같았으면 전혀 아무런 느낌도 받지 못했을 터였다. 그런데 내 눈이 그 미술학원 창가에 놓인 명암 짙은 석고상들에게 달려가 박혔을 때, 나는 감전된 것 같은 느낌을 받았다. 전에 없이, 그것들이 나를 강렬하게 끌어당기고 있었다.

나는 자석에 끌려가듯이 미술학원 층계를 밟고 올라갔다.

한 여학생이 안쪽에서 그림을 그리고 있었고, 입구에 놓인 소파에 또 다른 2명의 여자가 앉아 있었다. 그림을 그리고 있는 여학생은 내가 본 소녀와 달리 키가 컸다. 내가 소녀라고 생각한 노란 우의의 주인은 소파에 앉은 2명의 여자 중 1명인 것 같았다. 차를 끓이는지 커피포트에서 쌔애, 물 끓는 소리가 났다. 누굴 찾아오셨나요. 소파에서 몸을 일으키며 젊은 처녀가 물었다.

저기…… 나 같은 사람도 그림을 그릴 수 있나 하고요.

생각지도 않은 말이 내 입에서 튀어나왔다.

좀 전에 소녀가 입었을 노란색 우의가 현관에 걸려 있었다. 우의 밑으로 아직도 빗물이 뚝뚝 떨어졌다. 취미로 하시려고요? 젊은 처녀가 물었다. 그, 그야……라고 입을 뗐지만 얼른 뒷말이 이어져 나오지 않았다. 노란 우의를 입고 온 소녀는 누구일까. 내가 뒷말을 잇지 못하고 이리저리 살피는 품이 마음에 들지 않았던지 처녀는 이내 딱딱한 어조가 되어 채근하듯 다시 물었다.

전에 그림을 그려본 적은 있으세요?

전에…… 글쎄요. 아주 옛날…….

아주 옛날……에서 뜻밖에 내 목소리가 떨려 나왔다. 그렇구나, 미술학원 창의 삽화를 올려다보았을 때 내가 받았던 정서적 반응의 진원지가 바로 그것이었다. 아주 옛날……이 비로소 툭 떠오른 것이었다. 정말 옛날이었고, 까마득히 잊었던 일이었다.

네 회화적 직관이 놀랍구나.

고등학교 1학년 때였던가. 새로 부임해 온 젊은 미술 교사가 했던 한마디 말이 죽어 부식한 감수성의 각질을 뚫고 솟아올라 내 머릿속에서 울리고 있었다. '가을'이라는 제목을 주고 그림을 그려보라 했을 때, 내가 그렸던 것은 아버지의 초상이었다. 친구들이 단풍이나 억새풀이나 기러기 따위를 그린 것과 달리, 나는 이제 늙어, 철 늦은 복숭아밭 둑에 앉아 있는 아버지의 처진 어깨와 주름진 눈매를 그린 것이 계기가 되었다. 미술 선생은 그 그림에 대한 상으로 내가 그때까지 한 번도 사용해본 적이 없는 질 좋은 스케치북과 수채화 물감을 선물해주었다.

그렇지만 화가의 꿈은 사치에 불과했다.

선생님의 칭찬을 받고 짧은 한때 화가를 꿈꾸긴 했으나, 나는 이내 꿈을 접어야 했다. 얼마 되지 않는 복숭아밭에다 어린 자식들의 미래까지 엮어놓고 살던 아버지가 과로와 농약 때문에 쓰러져 반신불수가 되고 났을 때였다. 나는 남몰래 복숭아밭으로 나가 미술 선생님이 준 스케치북과 수채화 물감을 불사르고 말았다. 화가라니, 내 환경에선 말도 되지 않는 꿈이었다. 스케치북은 삽시간에 재가 되었다. 헐벗은 동생들, 병원조차 변변히 가보지 못하는 아버지, 깊은 밤 장독대로 나가 소리 죽여 울곤 했던 어머니의 울음소리 등의 기억 사이에 그 불탄 스케치북의 기억이 내장돼 있었다.

전에 데생이라도 해보셨어요.

처녀는 이제 아예 짜증을 냈다.

아니요, 라고 말해야 한다고 생각했으나 아니요, 라는 말은 단지 목젖에 걸려 있었다. 스케치북을 찢던 밤엔 유난히 달이 밝았다. 서울로 온 뒤부터는 한 번도 생각해보지 않은 기억이었다. 어떻게 그 밤의 기억을 그동안엔 완전히 잊고 있었을까.

애, 무슨 말투가 그러냐.

그제야 소파에 앉아 있던 다른 여자가 말했다.

기왕에 찾아오신 손님인데, 라고 덧붙인 여자의 눈빛이 비로소 똑바로 내게 건너왔다. 나보다 어려 보이기도 하고 나보다

65

늘어 보이기도 하는, 나이를 종잡을 수 없는 여자였다. 여자는 아주 깊은 눈빛을 지니고 있었다. 이리 앉으세요. 차 한잔 같이 하십시다. 여자가 들고 있던 수건을 내려놓고 찻잔에 물을 따랐다. 어린 학생처럼 여자의 말을 좇아 맞은편 의자에 내가 앉은 것은, 여자가 빗물을 닦아낸 수건을 내려놓는 순간, 노란 우의의 주인이 바로 그 여자라는 것을 깨달았기 때문이었다. 우의의 주인이 소녀인 줄로 안 것은 내 착각이었다. 체구가 작고 날씬한 편이라, 모자까지 달린 노란 우의를 입은 뒷모습을 보고 나는 순간적으로 소녀라고 착각했던 것이었다.

녹차로 하시지요.

여자가 내 앞으로 찻잔을 밀어 놓아주었다.

커피포트를 들었을 때 나는 여자의 마른 손등 위에 불쑥 솟아 나온 검푸른 정맥을 보았다. 피부는 희고 눈자위는 깊었으며 입술은 선홍빛이었다. 눈가의 잔주름은 많았지만, 나이와 관계없이 표정 어딘가에 소녀 같은 천진한 기색이 역력했다. 무엇보다 맑고 깊고 은은한 그 눈빛이 좋았다. 내가 만나본 많은 커리어 우먼들과는 다른 분위기였다.

직장이 요 근처신가 보네.

예. 멀지 않습니다.

드세요. 비 오는 저녁이면 따뜻하고 향기로운 커피가 좋은데, 화실 주인인 이 아가씨가 내게 커피를 마시지 말라고 강요하는 군요. 내 딸이에요. 그나저나 연세도 있어 뵈고⋯⋯ 꿈을 찾아오셨군요, 이 화실에. 맞지요?

그냥…… 지나가다가 얼결에…….

그렇다니까요. 그런 노랫말이 있습디다. 신해철인가, 유령처럼 옛꿈들이 등 뒤에서 날 원망하며 서 있다고요. 빗속을 지나시다가 옛꿈의 유령을 쫓아 여기 들르신 거예요. 학교 때 좀 그려보셨지요?

예. 고등학교 때니까, 너무 오래돼서…….

거봐요. 뭐, 마음 부담은 갖지 말아요. 옛꿈을 잃을 수는 있지만 옛꿈을 버리지는 못하는 게 인간이랍니다. 얘 같은 젊은 아이들은 그걸 몰라요. 부담 갖지 말고 틈날 때 여기 와서 그림을 그려봐요. 세상 살맛이 새롭게 날 겁니다.

저 우의 입고 들어오셨지요?

왜요. 색깔이 좀 튀던가요?

그게 아니라, 여기 들어오시는 걸 봤거든요.

밝고, 좋잖아요, 노란색! 나는 노란색 좋아해요. 여자는 천진하게 웃었다. 그러고 보니 여자가 입고 있는 옷도 노랑이 많이 섞인 화사한 빛깔이었고, 디자인 또한 소녀들이 입음 직한 앳된 스타일이었다. 나는 차를 마시면서 홀린 듯 자주 여자를 보았고, 여자와 눈이 마주치면 소년처럼 얼굴을 붉혔다. 여자는 계속해서, 유령처럼 등 뒤에 서서 쫓아오는 옛꿈들……에 관하여 말했다. 그런 표현을 일상 회화에서 쓰는 여자를 전엔 본 적이 없었다. 다른 별에서 온 여자 같은 느낌이었다. 옛꿈들의 유령은 노란색 옷을 입고 있지 않아요. 그날 그녀가 한 말 중 하나였다.

옛꿈들이 날 원망하며 서 있네.

이 노랫말 한 줄 때문에 나는 그날 여자를 운명적으로 만난 셈이었다. 나는 여자를 만나기 전까지 신해철이 누군지도 모르고 있었다. 옛꿈과 유령이라는 말이 그녀의 입에서 발음됐을 때, 나는 그녀와 내가 재빨리, 포악하게 하나의 페미로 페어지는 것 같은 위태로움을 본능적으로 느꼈다. 옛꿈의 유령들은 그럼 무슨 색깔 옷을 입습니까? 나로서는 크게 용기를 내어 반문했으나 어리석은 질문이었다. 여자는, 사람마다 시각마다 다르겠지만, 이라고 전제한 뒤에, 내 꿈은 때때로 선홍빛으로 아직껏 불타는데 선생은 어떠실지, 우리 한번 그림으로 그려보지요, 라고 덧붙여 말했다. 재미있는 숙제를 내는 유치원 선생 같은 표정으로 당장 그녀는 스케치북을 두 권 꺼내놓고 억지로 내게 연필을 쥐어주었다.

자, 나하고 각각 옛꿈을 먼저 그려봅시다. 그 유령을.

하도 예전에 그려봐서, 그, 그림을 감히······.

그림은 기술이 아니라우. 배우고 말고 할 것도 없어요. 여자의 눈빛에 광채가 서렸다. 그 첫 만남에서 그녀가 내게 보여준 최초의 이미지는 소녀였고 노란색이었으며, 두 번째 준 이미지는 그 눈빛의 광채였고, 세 번째 준 이미지는 바로 그녀의 제안에 따라 스케치북에 그린 옛꿈의 이미지였다. 나는 이상한 신열에 휩싸인 채, 여자가 억지로 쥐여주는 연필과 크레용으로 나의 옛꿈을 더듬더듬 그렸고, 그녀는 한 손으로 쓱쓱, 유연하게 옛꿈을 그렸다. 돌이켜보거니와 그것은 이상야릇한 놀이 같았다. 나는 어느새 그림의 포로가 아니라 그녀의 포로가 된 셈이었다. 그녀를 어머니라고 부른 키 큰 처녀는 그녀와 나의 이상야릇한 놀이 따위엔 전혀 관심도 없다는 듯 하품만 연거푸 하고 있었다.

어디 한번 비교해보십시다.

이윽고 그녀가 먼저 스케치북을 내밀었다.

그녀의 스케치북에 그려진 것은 선홍빛 붉은 입술이 검은 기둥에 꽁꽁 묶인 형상이었다. 나는 그 그림에 충격을 받았다. 스케치북 속의 입술은 살아 꿈틀거리듯 사실적이었고 선연했다. 그보다 더 육감적인 입술을 나는 전에 본 적이 없었다. 그것에 비해 나는 검은 망토에 둘러싸인 얼굴 없는 한 형상을 그렸다. 그림 솜씨가 서툴러서 내가 그린 검은 망토의 그림은 울룩불룩한, 검은 빛깔의 어떤 무기물 같아 보였다. 나는 나의 옛꿈들이 죽어 내 가슴에 묻혔으므로 검은 망토를 서툰 솜씨로 그린 것이었다.

죽은 꿈을 그리신 게군요.

그, 그림이랄 것도 없지요. 서양식이네요. 뵙기는 안 그런데. 죽음이 검은빛이라고 생각하는 건 서양식이지요. 희랍 신화에 나오는 죽은 이들은 대개 검은 옷을 입고 있어요. 폼페이 벽화에 등장하는 죽음의 빛깔도 그렇고. 요즘 우리네 초상집의 검은 상복도요. 본래의 우리는 안 그랬어요. 땅에 묻히는 시신을 직접 보신 적이 있으시죠?

네. 부모님 돌아가셨을 때요.

우리는 보통 삼베로 염을 해서 묻으니까 죽음이 노란색을 하고 있지요. 관을 땅에 묻을 때 관을 닦는 공포(功布) 역시 노란 삼베고. 질 좋은 삼베의 노란 빛깔, 얼마나 은은하고 화사해요. 명정(銘旌)만은 다홍색이지만요.

명정이라 하시는 것은…….

명정, 모르세요? 상여 나갈 때 맨 앞에 들고 가는 것. 보통 죽은 사람의 직위나 이름 따위를 쓴 조기인데, 다홍색이죠. 암튼, 검정색은 아니라는 거죠. 좋은 삼베가 얼마나 순한 노란빛을 띠는지는 잘 아실 거예요. 다음엔 죽은 꿈을 그린다 해도 명도 높은 크레용을 한번 사용해봐요. 두려워할 거 없어요. 내 말이 이상하게 들리나요?

아, 아닙니다.

나는 이마의 땀을 훔쳤다.

그림도 그렇고, 인생의 빛깔을 골라내는 데 있어, 뭐랄까요, 고정된 관념이란 죄에 가까워요. 그녀는 검은 망토를 그린 내 그림을 내려놓으면서 말했다. 고정된 관념…… 죄……라는, 말이 나의 내부에 깊이 아로새겨졌다. 나는 원인을 알 수 없는 그 무엇에 너무 큰 정서적 충격을 받은 나머지, 덥지도 않은데 계속 이마의 땀을 훔치면서 마지막으로 간신히 토를 달아 물었다.

화가시군요, 선생님은?

화가보다 시인이라고 불리는 게 난 좋습니다.

그녀는 그 말을 끝으로 일어섰다. 그 스케치북은 가지세요. 선물이에요. 그녀가 약속 시간이 됐다면서 떠나고도 나는 멍해져서 그 자리에 그대로 앉아 있었다. 다시 스케치북이라니, 무엇엔가에 분명 홀린 기분이었다. 키 큰 처녀가 다가와 이제 화실 문을 닫아야겠다고 말했다. 처녀는 그림을 그리고 싶다면 먼저 레슨비를 내야 한다면서 한 달에 얼마씩 내야 하는지, 언제 나오면 되는지, 무엇 무엇을 준비해 올 것인지를 내게 시시콜콜 설명해주었다. 화실은 바로 그 처녀가 운영하고 있었다. 어머니는 가끔 오실 뿐이에요, 라고 처녀가 말했다.

어머니 성함이 어떻게 되십니까.

천씨 성에 예 자, 린 자요. 화가지만 시인으로 더 유명하세요.

거리엔 아직도 비가 내리고 있었다.

천예, 린……이라고 중얼거리면서, 나는 빗속을 천천히 걸었다. 노란 우산을 화실에 두고 나왔다는 걸 곧 알았으나 되돌아가진 않았다. 여전히 빗속을 걸어가며 나는 낯선 거리, 낯선 건물, 낯선 사람 들을 보았다. 저렇게 높은 건물이 저기 있었던가. 누군가 지나가다 말고 반갑게 인사하며 김진영 이사가 아니냐고 말했을 때도 낯은 익었으나 상대편이 누군지 알 수 없었다. 노란 삼베로 싸인 아버지의 시신이 간헐적으로 내 눈앞에 떠올랐다.

아버지…….

아주 오랜만에 나는 소리 내어 불러보았다.

슬픈 기분은 아니었다. 물론 그렇다고 환호작약하는 것은 더더욱 아니었다. 비애로우나 슬프다고 말할 수 없고 뜨거우나 기쁘다고 말할 수 없는, 아주 독특한 느낌이었다. 이런 세계가 있었구나, 라고 나는 소리치고 있었다. 죽음은 검은 빛깔이 아니었구나……라고도 생각했다. 특별한 세상이었다. 높은 명도로 뒤덮인 드높고 깊고 우아하고 은은한 세계의 문 앞에, 내가 서 있는 것 같았다. 그것은 분명 이제까지 전혀 경험해보지 못한 특별한 세계로 들어가는 관문이었다.

여보, 스케치북을 받았어.

나는 아파트 현관 앞에서 아내에게 말했다. 비를 맞으며 거의 30여 분이나 걸었으므로 내 머리칼도 양복도 모두 비에 젖어 있었다. 젖지 않은 건 양복 안쪽에 간직해 온 스케치북뿐이었다. 아내는 내가 내미는 스케치북 따위엔 전혀 관심을 두지 않고 젖은 양복부터 벗겨 들더니 끌끌끌, 혀를 찼다.

화실에 우산을 두고 나왔지 뭐야.

화실? 무슨 말이에요. 도대체?

스케치북 말이야. 이것 좀 봐. 나 그림을 그릴 거라고.

당신이, 그, 그림을 그려요? 아내가 놀란 눈빛을 했다. 그러면 그렇지, 라고 나는 속으로 쾌재를 불렀다. 아내도 나처럼 감정이 고양되는 게 당연하다고 나는 생각했다. 내가 전혀 문화적 감각이 없는 사람이라는 점에 아내는 그동안 얼마나 실망했던가. 실망을 넘어서, 그런 쪽에 대해 아내는 내게 기대를 완전히 저버린 게 오래전이었다. 당신같이 무미건조한 사람은 세상에 없을 거예요. 아내는 여러 번 말한 적이 있었다. 아내뿐만 아니라 애들도 그랬다. 아버지는 무채색의 갑옷을 입고 있다고 표현한 사람은 딸애였다. 가족들은 나를 다만 돈 버는 사물처럼 취급했고, 또 그렇게 살아온 것 또한 부인할 수는 없었다. 그러나 이제 나는 변화할 생각이었다.

당신이 놀랄 줄 알았어.

나는 그래서 의기양양하게 말했다.

놀랄 줄 알았다니까. 문화 예술엔 내가 완전히 목석인 줄 알았지? 나도 말이야, 여보. 한땐 화가가 꿈이었다고. 천재적인 화재(畵才)를 지녔다며 고등학교 미술 선생님이 나한테만 최고의 물감을 선물한 적이 있다고. 이제 말이야, 내 등 뒤에 유령처럼 서 있는 나의 옛꿈을 찾아갈 거라고. 유령처럼 서 있는 옛꿈. 당신 눈엔 그게 안 보여? 유령처럼 당신 등 뒤에서 쫓아오고 있는 옛꿈 말이야.

아내의 반응은 그러나 예상을 완전히 빗나갔다.

나처럼 박수치고 나서기는커녕, 내 말에 완전히 질린 표정을 아내는 했다. 내가 집에서 한꺼번에 그렇게 말을 많이 하는 걸 아내는 처음 보았을 터였다. 그러나, 나는 말을 멈출 수가 없었다. 아내의 질린 표정이 무엇인지 생각할 겨를도 없었다. 용솟음치듯 솟아나는 어떤 푸른 기운이 내 안에서 소리치듯이 많은 말들을 밀어내고 있었기 때문이었다. 마치 한꺼번에 모든 죄를 용서받는 어린아이와 같은 심정이었다.

　내 스케치북을 나는 손으로 쓰다듬었다.

　이것은, 다른 누가 아니라 바로 나, 김진영이 것이야. 이 한 장 한 장에 내 그림이 담길 거야. 고정관념을 뛰어넘어서…… 고정관념이란 죄에 가까우니까. 알겠어, 내 말? 고정관념을 뛰어넘는 나의 빛깔과 형상이 이 스케치북에 하나하나 쌓이는 걸 상상해보란 말이야. 멋지잖아!

　대체, 무슨 말을 하는 거예요?

　아내가 참지 못하겠다는 듯 내 말을 끊고 물었다.

　옛꿈이니, 고정관념이니, 그림이니, 난 하나도 못 알아듣겠어요. 고정관념이 죄라는 것은 말이야, 죽음이 검은 옷을 입고 있다고 상상하는 것은 말이야……라면서 내가 아내에게 설명하려 할 때, 아내의 목소리가 한 옥타브 올라섰다. 당신 미쳤군요. 아내가 내 말허리를 자르면서 소리쳤다. 갑자기 왜 그래요! 덧붙여 물을 때 아내는 애소하는 눈빛이 되었다. 회사에서 무슨 일 있었어요? 그렇죠? 말해봐요. 무슨 일이에요. 대체?

74

나는 순간 뒤통수를 세게 얻어맞은 기분을 느꼈다.

아내의 입장에서 평소와 너무도 다른 내가 많이 낯설긴 했을 터였다. 그러나 아내의 반응은 내가 원하는 것과 너무도 멀었다. 나는 일그러진 얼굴로 아내를 노려보았다. 뻔한 일상에 사로잡힌 평범한 아줌마가 나를 바라보고 있었다. 아내에게선 어떤 느낌도 나지 않았다. 지금의 내가 아니라 지금의 아내가 무기물이었다. 나는 갑자기 깊은 나락으로 떨어지는 것 같았다. 나는 마침내 소리쳤다.

그래. 회사에서 잘렸다, 왜!

어떤 울분이 나를 강력하게 사로잡고 있었다.

그런 대답을 듣고 싶다면 얼마든 해줄 수 있어. 잘려서 미친 거야. 미쳐서 스케치북을 안고 왔다고. 됐어, 이제? 설움 같은 것이 더 복받쳐 올랐다. 마누라 하나 잘 얻어 내 나이보다 훨씬 앞질러 이사 되고 전무 되고 사장 되는 자가 얼마나 많은 세상이냐. 아니 언감생심 거기까진 바라지 않더라도 부업으로 시작한 마누라의 장사가 잘돼 돈 걱정 없이 사는 친구도 있거니와, 돈은 못 벌지언정 호리낭창한 데다 상냥하기가 봄바람 같아 집에만 가면 피로가 눈 녹듯 사라진다는 친구도 있는데, 똑똑하지도 못하고, 돈도 못 벌고, 호리낭창하지도, 상냥하지도 못한 것이 대뜸 한다는 말이, 당신 미쳤군요……라니, 사람 환장할 일이 아닐 수 없었다.

미쳤냐, 그 말밖에 못해! 무식하긴, 정말!

그래요. 난 무식해요.

나는 그냥 취미로 한번 그림을 그려보고 싶다는 거였어. 그걸 가지고 미쳤냐고 하다니, 무식하지, 그럼. 거기서 끝났으면 좋았을 터였다. 그런데 무식하다는 표현에 마음을 다친 아내의 스텝이 한 번 더 엇나간 게 화근이었다. 나는 비록 무식하지만, 이라고 아내는 토를 달았다. 나는 무식하지만, 난데없이, 당신이 그림을 그리다니, 그건 뭐 썩 어울리는 짓인 줄 알아요? 애들한테도 물어봐요. 당나귀 귀치레가 따로 없다고 할 거예요, 아마.

뭐, 당나귀 귀치레?

비유하자면 그렇다고요!

당나귀! 내가 당나귀란 말이야! 에라 순…….

내 손이 전광석화처럼 움직였다. 아내의 모멸하는 듯한 눈빛과 딱 부딪친 순간, 스스로 자각할 겨를도 없이, 내 손은 허공을 가르고서 아내의 뺨에 호되게 감기고 만 것이었다. 특별히 다감하게 지낸 것은 아니었으나 그렇다고 아내에게 손찌검을 한 적은 없었다. 평생 처음이었다. 아내가 그 자리에 털썩 주저앉았다. 창 너머엔 여전히 검은 비가 내리고 있었다.

아내와의 사이엔 그날 이후 사막과도 같은 황폐한 간격이 생겼고, 그것은 알게 모르게 확장됐다. 아니다. 돌이켜보거니와, 아내와의 황폐한 간격이라는 것이 그날부터 생겨났다고 말하는 건 옳지 않을 터였다. 돌이켜보면, 얼마나 뻔한 관계로 살아

왔던가. 아주 오래전부터 아내와 나는 너무도 뻔한, 기계로 찍어낸 싸구려 공산품 같은, 황폐하고 부식된 삶을 살아오고 있었다는 자각을 뚜렷이 한 것도 그날부터였다. 아무런 긴장과 감흥이 없는 소위 무난한 부부 관계. 광 속에 버려져 있는 묵은 그릇처럼 세월과 일상의 더께에 묻혀 그 형상조차 온전하게 남아 있지 않은, 그리하여 관습과 관행만이 느린 운행을 거듭할 뿐 서로의 자아조차 붙잡을 수 없는, 텅 빈 허깨비 같은 죽은 삶의 의례적 형식, 무난한 부부 관계. 부부 관계는 물론 나의 모든 지난 인생이 무채색의 흐릿한 휘장에 덮여 있었다는 걸 깨달은 것도, 생각하면 바로 그날이었다.

내가 천예린을 다시 만난 것은 일주일쯤 후였다.

물론 나는 화실엔 더 이상 가지 않았다. 그 일주일 동안 아내와 여전히 냉전 중이었던 것이 첫 번째 이유였고, 내가 과연 그림을 그릴 수 있을까, 자신감을 가질 수 없었던 것이 두 번째 이유였다. 그렇다고 스케치북을 찢어버리거나 하진 않았다. 스케치북은 내 책상에 올려놓아 있었다.

이게 뭡니까.

지나가던 전무가 물었다.

스케치북입니다, 전무님.

스케치북이요? 그림을 그립니까, 김 이사가?

아뇨. 그냥 생긴 거라서 거기 두고 볼 뿐입니다만.

거기 두고 본다? 전무는 노골적으로 나를 비웃었다. 김 이사님 이제 보니 시인이시네. 멋져요. 이 경쟁 사회에서 스케치북을 사서 두고 본다니, 굉장한 로맨티시스트시군요. 나는 물론 로맨티시스트가 아니었다. 나는 어떻게 살아왔던가. 70년대의 삶은 초조하게 달리는 경주마 같은 신세였다. 하루 열몇 시간씩 일한 적도 많았다. 점심과 저녁, 2개의 도시락을 싸 가지고 다니던 시절이었다. 반찬이래야 적당히 썰어 고춧가루에 무친 단무지가 전부였다. 그래도 도시락을 싸는 게 제일 싸게 먹히므로 몇 년간 도시락 지참을 멈추지 않았고, 웬만한 거리는 버스비를 아끼기 위해 걸어 다녔다. 그러지 않고선 어린 동생들과 병든 부모를 뒷바라지할 수 없었기 때문이었다.

80년대도 마찬가지였다.

반독재 투쟁이나 노동운동조차도 나에겐 배불러 하는 짓거리쯤으로밖에 보이지 않았다. 나는 수당이 있든 없든 밤늦게까지 일했고, 상사에겐 무조건 복종했으며, 경우에 따라선 몸종처럼 봉사하길 자청하다시피 했다. 일은 나의 취미였고 사랑이었다. 어쩌다 아내와 아이들이 일밖에 모른다고 불평해 와도 나는 내 삶의 방식이 틀렸다고 생각한 적이 한 번도 없었다. 차장 시절 처음 아파트를 장만했을 때 나는 내 회사와 세상에 대해 진실로 감사했다. 반만년 대물려온 가난의 사슬을 나 자신부터 벗어났을 뿐 아니라, 그 과정을 통하여 은혜롭게도 나의 조국 또한 중진국 대열에 접어들어 있었다. 가난하다는 것은 관념도 추상도 아니었다. 그런데 로맨티시스트라니, 내게 그런 말은 정말이지 어울리지 않았다. 나는 추상이 아니라 사실의 세계를 신봉했으며 여전히 믿고 있었기 때문이었다.

　말도 안 돼요. 로맨티시스트라니요!

　말은 그러나 입 속으로 맴돌 뿐이었다.

　바로 그날, 신문을 뒤적이다가 우연히 천예린이라는 이름을 발견한 것은 그런 점에서 하나의 분기점이었다. 만약 그 신문을 보지 않았다면 나는 스케치북을 보다가 말았을 것이고, 그 뒤부터는 더욱 급속히 낭만주의자들이 지향하는 저 추상의 세계에서 등을 돌리고 내가 가던 길을 다시 걸어갔을 것이었다. 그렇지만 신문의 문화면 한 귀퉁이에 실린 천예린 이름과 사진을 보았을 때, 로맨티시스트라는 지적에 대한 본능적 혐오와 달리 가슴은 둥 둥 둥, 낮은 북소리를 내며 뛰기 시작했다. 신문은 주말에 있을 여류 시인들의 시 낭송 행사를 알리고 있었다. 천예린이라는 이름이 불화살처럼 내 가슴에 박혀왔다.

　화창한 날씨였다. 시 낭송이 열리는 곳은 동숭동에 있는 어떤 소극장이었다. 소극장 개소 10주년 행사로 기획한 '시 낭송의 밤'은 대중적 인기가 높거나 문제 시인으로 알려진 10명의 여류 시인을 초대하여 시를 낭송하고, 독자와 대화를 나누며, 사이사이 연주나 간단한 무용 따위를 곁들이는 식으로 프로그램이 꾸며져 있었다.

나는 그날 새 와이셔츠를 입었다.

노란색을 떠올렸지만 차마 노란색 넥타이를 맬 수는 없어 주황색 물방울무늬가 촘촘히 박힌 밝은 빛깔의 넥타이를 맸다. 전무의 지시에 따라 토요일에도 출근한 것이 오히려 다행이었다. 업무가 끝난 것은 5시였고, 나는 근처의 목욕탕으로 달려가 목욕재계했으며, 늦지 않은 시각에 물어물어 소극장에 당도했다.

가슴이 두근두근했다.

그때까지 내가 생각한 것은 오로지 천예린 시인을 다시 만난다는 사실뿐이었다. 소극장 앞에 사람들이 줄지어 서 있었다. 내가 쭈뼛거리며 다가서자 사람들이 힐끔힐끔 나를 돌아다보는 것 같았다. 입장을 기다리는 사람 중에 나 같은 사람은 아무도 없었다. 우선 그들은 하나같이 아주 젊었다. 아니 그저 젊기만 한 것이 아니라 옷차림과 표정과 포즈에서 젊은 문화라고 묶어 말함 직한 어떤 단일한 톤을 갖고 있었다. 그들은 한 동그라미 안에 함께 들어서서 무리를 이룬 채 배타적인 눈빛으로 나를 바라보는 듯했다. 나만 다른 별에서 온 사람이었다. 게다가 입장을 기다리는 그들은 하나같이 입장권으로 보이는 표를 들고 있었다.

나는 아주 당황했다.

어디에 매표구가 있는지도 알 수 없었고, 매표구가 있다면 돈을 받고 표를 파는 것인지, 아니면 미리 다른 곳에서 표를 나누어 받는 것인지도 알 수 없었다. 그들은 다 알고 있는 것을 나만 모르고 있다고 나는 느꼈다. 나만 오직 홀로 '신사복'을 빼입고 있었으며, 또 오직 홀로 이미 삼분지 일쯤이나 벗겨진 이마에 식은땀을 매달고 있었다. 보나마나 내 이마는 번질번질 빛나고 있을 터였다. 도저히 가까워질 수 없는 세대 간, 혹은 문화적 간극이 내 앞에 놓여 있는 것을 나는 보았다. 견딜 재간이 없었다. 얼결에 사람들의 줄을 가르고 지났다. 상상하지 못했던 참담한 결과가 아닐 수 없었다. 소극장 앞도 지나 기역 자로 꺾어 돌자 비로소 소극장이 보이지 않게 되었다. 수많은 젊은이들이 물결처럼 나를 스쳐 지나고 있었다.

갑자기 눈물이 핑 돌았다.

바로 그 순간 차 한 대가 내 곁에 섰다. 소극장 입구가 보이지 않는 곳으로 피신했다고 생각했는데 겨우 소극장 뒤편의 주차장 입구에 내가 서 있다는 것을 나는 그제야 깨달았다. 나는 얼른 건물 외벽 쪽으로 한 발 물러섰다. 차는 그러나 계속 내 앞에 서 있었다. 차창이 열리는 걸 나는 멍하니 보았다. 여자의 얼굴이 보였고, 나와 눈이 마주쳤다. 먼저 활짝 웃은 것은 여자 쪽이었다. 놀랍게도 그 여자가 바로 천예린 시인이었다.

어머, 그분이 맞네요.

그녀가 명랑한 목소리로 먼저 말을 걸었다.

시 낭송이 시작됐을 때 나는 그녀의 배려로 좌석에 자리 잡

81

고 있었다. 그녀는 '십자가'라는 제목의 시를 읽었다. 첫 번째 만났을 때와 달리 그녀는 검정 옷을 입고 있었다. 화장 때문인지 조명을 받은 그녀의 얼굴은 석고로 떠낸 것처럼 희고 그 명암이 또렷했다. 시의 내용을 다 꿰뚫어 알 수는 없었으나, 인상만으로 해석하기에 매우 불경스러운 내용을 담고 있었다. 당신은 십자가에 매달려 허공에 떠 있다……라고 그녀의 시는 시작됐다. 요컨대, 당신은 드높은 당신의 자리에 요지부동 두 팔 벌려 서 있으나 시인인 나는 진흙밭에 벌거벗고 엎드려 당신을 부른다……라고 했다. 그것은 신에 대한 갈망과 격렬한 반항이 교차되는 시였다. 허공에 떠 있는 당신은 비겁하다고, 그녀는 소리쳤다. 작고 앙증스러운 그녀의 체구와는 너무도 딴판이었다. 그녀는 어느 순간엔 천진한 소녀 같은, 어느 순간엔 중세의 마녀 같은, 또 어느 순간엔 육감적인 탕녀 같은 표정으로 시를 읽었다. 시를 읽는다기보다 하나의 격렬한 마음을 보는 듯했다. 내려와……라고 마침내 그녀가 낮되 포악한 힘이 느껴지는 어조로 허공을 노려보며 외쳤다.

내려와
나의 성감대 살아 뒤집히는
그 반란의 지평으로.

깊은 뜻은 알 수 없으나 섬뜩한 느낌이 드는 시였다. 한 음절 한 음절을 떼어, 마치 십자가에 매달린 예수의 손바닥에 대 못을 박듯 시의 마지막 구절을 그녀가 읽고 났을 때, 다른 경우 같으면 곧이어 우레와 같은 박수가 터져 나왔을 텐데, 소극장 안엔 긴장된 침묵이 흘렀다. 아주 이상한 침묵이었다. 그녀가 인사를 하고 자기 자리로 돌아갈 때쯤에야 누군가가 박수를 쳤고, 뒤따라서 꾸물꾸물, 이 빠진 박수 소리가 이어 나왔다.

문제가 생긴 건 2부 순서에서였다.

2부는 시인과 관객의 대화 순서로, 단상에 앉은 시인들을 향해 관객이 묻고 시인이 대답하는 프로그램으로 되어 있었다. 천예린 시인께 묻겠습니다, 라고 안경 쓴 젊은 여자가 제일 먼저 자리에서 일어나 말했다. 스물이나 막 넘겼을까 싶은 여드름투성이의 그 젊은 여자는 천예린 시인을 도전적으로 노려보고 있었다. 시인은 마이크를 넘겨받으면서, 그러나 잔잔한 미소를 먼저 지어 보였다. 젊은 여자는 아까의 이상한 침묵을 대변하듯, 나의 성감대 살아 뒤집히는 그 반란의 지평……은 무슨 뜻이냐고 물었다.

시는 뜻으로 이해하려 해선 안 돼요.

천예린 시인은 처음 원론적으로 대답을 했다. 그냥 느껴지는 대로 읽으면 된다고 봐요. 그녀는 이어서 말했다. 어려운 낱말은 없잖아요. 성감대의 지평이라 하는 것은, 말하자면 만질 수 있는 실제적 거리를 말하는 거지요. 열린 감수성 같은 거요. 사랑이라는 것은 만질 수 있는 거리에서 비롯되는 게 아닐까요.

시인의 대답은 그녀의 시처럼 부분적인 추상을 담고 있었다.

뒷좌석의 관객 몇 사람이 뭐라고 소곤거리며 키득키득 웃었다.

그것이 왜 하필 성감대지요?

여드름투성이 젊은 여자가 한 걸음 더 나아갔다.

성감대면 어때서 그래요, 라고 천예린 시인은 반문했다. 성감대라는 말이 천박하게 느껴져서 그러나요? 우린 누구나 성감대를 가지고 있어요. 육체도 그렇고 정신도 그렇지요. 감출 필요는 없어요. 성감대가 열려 있다는 것은 살아 있다는 증거가 아니겠어요? 질문자가 뭘 말하려는지 잘 모르겠군요.

주님에 대한 모욕적인 표현이에요!

이상한 논리군요. 나도 물론 신을 믿어요.

천예린의 어조가 그 대목부터 팽팽해졌다. 내 오관도 그녀의 어조에 따라 역시 팽팽히 긴장하는 걸 나는 느꼈다. 그녀가 나이로 자신을 위장하거나 고상한 시인의 얼굴 뒤로 숨지 않고, 돌연히 눈빛을 빛내며 앞가슴을 쭉 펴고 말하기 시작했을 때, 내 온몸 역시 신열에 휩싸이는 기분이 들었다. 야릇한 감흥이 아닐 수 없었다.

신은 관념인가요?

먼저 그녀는 관객에게 반문했다.

그렇군요. 질문자에게 신은 단지 관념적이고 이상적인 존재예요. 그렇다고 해서 나까지 관념 속에 갇힌, 죽은 신을 노래할 필요는 없다고 봐요. 나는 신이 실존이지 관념이 아니라고 생각하는 편입니다. 실존으로 느끼고자 하는 신에게, 십자가에서 내려와 내 손이 닿을 수 있는 곳으로 와달라는 간구가 그토록 천박하고 타락한 것이라면, 나 혼자 천박하고 타락한 것이 아니라 우리 모두, 그러니까 인간의 본모습이 천박하고 타락한 운명으로 타고났다는 것이고, 그 범주엔 질문자도 포함돼 있어요. 신은 우리를 만들었고, 우리의 성감대도 예비해두었어요. 성감대라는 것은 물론 육체와 정신의 다양한 감각적 알레고리로 사용한 시어지만요. 두루뭉술, 관념적으로 날 변호하고 싶진 않아요. 성감대라는 낱말이 문제라면, 신이 만든 우리 몸속엔 성기가 있고 성감대도 있다는 말을 하고 싶네요. 질문자는 굳이 그 사실을 감추고 싶은 것인가요?

일부 사람들이 키득키득 웃었다.

여드름투성이의 젊은 여자는 그 순간 심한 모욕감을 느꼈던가 보았다. 얼굴이 벌겋게 달아오르면서, 더러워요, 라고 외쳤다. 더럽고 타락한 시예요, 라고. 천예린 시인은 그 순간 이미 마이크가 놓인 연탁을 돌아 나와 연단의 끝에 와 서 있었다. 깡마른 단구였으나 허리는 잘록했고 가슴은 팽팽해 보였다. 나는 손바닥에 배어 나온 땀을 바지에 문질러 닦았다. 젊은 여자가 덧붙이는 말이 내 귓구멍을 한순간 강하게 파고들었다. 독이 잔뜩 오른 목소리로 여자는 말했다. 주님은 당신을 용서하지 않을 거예요. 그 타락한 재능으로 성스러운 사제를 유혹하셨던가요?

　장내가 일시에 아주 조용해졌다.

　성스러운 사제를……이라는 여자의 말을 나는 물론 이해할수 없었다. 내가 직관적으로 알아차린 것은 여드름투성이의 젊은 여자가 처음부터 천예린 시인에게 어떤 적대감을 갖고 있었다는 것과, 마침내 무엇인가 말해선 안 될 것을 말하고 말았다는 것과, 나만 빼놓고 거기 모여 있는 대부분의 사람들은 그 내용을 이미 알고 있다는 사실뿐이었다. 침묵은 팽팽한 긴장감을 수반하고 있었다. 천예린 시인의 눈빛에 형언할 수 없는 슬픔 같기도 하고 분노 같기도 한 광채가 지나갔다. 사회자가 사태를 수습할 양으로 자리에서 일어선 것과 천예린 시인이 입을연 것은 거의 동시였다.

　그것은 내 프라이버시예요.

　그녀는 천천히, 단호하게 잘라 말했다.

　그 점에 대해선 아무 말도 안 하겠어요. 십자가는 무겁습니다. 그것은 우리를 짊어지지만 우리는 그것을 짊어진 적이 별로 없다고 카를 힐티는 말했어요. 십자가에 못 박히신, 이라고 우리가 표현하는 잔인한 패러독스를 이겨낼 사람이 누가 있겠어요? 다만, 잘못된 관념, 무지한 편견, 감상적인 자애심으로 무장한 우리들의 허세와 분칠한 가짜 얼굴이야말로 오늘 우리가 스스로 짐 지고 갈 십자가라고 나는 생각해요. 더럽고 천박하다고 할지라도 나는 내 시를 사랑합니다.

86

천예린 시인은 조용히 무대에서 물러났다.

그녀가 무대를 또박또박 걸어 왼쪽 출구로 사라지려 할 때 비로소 박수가 터져 나왔다. 시를 낭송했을 때보다 훨씬 더 큰 박수였다. 뭔가, 바늘 같은 것이 내 가슴 한가운데를 찌르고 가는 듯한 감동에 나는 목젖이 뜨거워지는 것을 느꼈다. 그 감동의 실체가 무엇인지는 나 자신도 알 수 없었다. 그녀가 침묵 속에서 무대 중앙을 뚜벅뚜벅 걸어 나갈 때, 그녀의 프로필이 주는 느낌은 이를테면 날카롭게 지고 마는 유성과 같은 것이었다. 그녀의 모습이 늙어 뵌다고 내가 느낀 것은 그 순간이 처음이었다.

천예린 시인은 나보다 무려 네 살이나 위였다. 그녀를 처음 만났던 1997년 가을에 그녀는 이미 50대 끝물의 스러지는 시간대를 살고 있었다. 그녀의 신상에 대해 보다 깊이 천착해 마침내 나이를 알고 났을 때 나는 물론 크게 놀랐다. 아주 많다고 해도 내 또래가 채 못 됐거나 아니면 그보다 훨씬 더 젊은 것으로 느꼈기 때문이었다. 그녀는 주름살조차 많지 않았다. 어느 순간의 그녀는 불과 30대 초반쯤으로 보이기까지 했다. 얼굴도 물론 그러했고, 그녀의 정신과 포즈도 물론 그러했다. 하지만 나이가 무슨 상관이랴. 나이를 먹는다는 것은 감정을 감추는 데 조금 익숙해진다는 것 정도겠지만 천예린 시인은 그 점에서도 다른 사람과 달랐다. 그녀는 감정 표현에서는 아주 정직했고, 이성 판단에서는 타협과 우회를 모르는 아주 곧은 타입이었다. 생의 희로애락을 감지하는 감수성도 나이와 관계없이 언제까지나 늙지 않을 수 있다는 것을 내게 가르쳐준 이가 바로 그녀, 천예린 시인이었다.

천예린 시인은 자신의 차에 혼자 앉아 있었다.

극장에서 서둘러 나온 내가 다가가자 탈래요, 하면서, 아무 일도 없었다는 듯 그녀는 차 문을 열어주었다. 극장 안에선 행사가 진행 중이었다. 나는 어린아이처럼 꾸벅, 절을 하고 그녀의 차에 탔다. 예상하지 못한 상황이었다. 차가 곧 떠났다. 주말의 동숭동 거리는 젊은 인파로 넘치고 있었다. 매일매일 은행 마감 시간에 맞추어 컴퓨터처럼 들어오고 나가야 할 돈의 계산을 따라 살아온 나 같은 인생은 거기에 아무도 없었다. 그들은 보고 느끼고 사랑하기만 하면 되는 사람들로 내 눈에 보였다. 한 번도 눈여겨본 일이 없는 충만한 세상 사이로 차가 가고 있었다. 어떤 젊은 남녀는 어깨를 안고 길 한복판에 서 있었다.

아니, 차가 오면 비켜줘야지 원.

내가 차 문을 열고 나가려 하자, 가만히 있어요, 천예린은 심드렁하게 말했다. 클랙슨도 누르지 않고 그들이 스스로 비킬 때까지 그녀는 기다렸다. 차가 곧 동숭동을 빠져나와 남산 길을 거쳐 한남대교 쪽으로 들어섰다. 천예린은 아무 말 없이 운전을 했다. 어디로 간다는 말도 없었고 어디로 가겠느냐고 묻지도 않았다. 그렇다고 소극장 안에서 있었던 일 때문에 불쾌한 기분에 매어 있지도 않은 것 같았다. 어떤 상념에 깊이 빠진 얼굴이었다.

어, 어디로 가십니까.

참지 못하고 내가 이윽고 물었다.

운전할 줄 알아요? 그녀는 동문서답을 했다. 내가 그렇다고 대답하자 그녀는 곧 가로 한쪽에 차를 세웠다. 김 선생이 운전을 좀 해요, 라고 그녀가 말했고, 네? 내가 반문했다. 어디 바쁘게 갈 데 있으신가요? 아, 아닙니다. 나는 고개를 저었다. 회계 업무를 관장하는 이사라고 하셨죠. 그러면 바쁠 텐데, 바쁜 일이 있다면 여기서 내려 택시 타고 돌아가세요. 아니라니깐요! 나는 부정했다. 선생님 시를 듣기 위해 왔던 겁니다. 그제야 그녀가 나를 돌아다보았다. 그럼, 날 위해 운전을 해봐요! 그녀를 위해 운전한다면 나로선 영광이었다. 내가 운전석에 앉았고, 그녀는 차의 뒤 트렁크에서 뭔가를 꺼내 오더니, 뒷좌석으로 가 신발을 벗고 옆으로 길게 다리를 뻗고 앉았다. 트렁크에서 꺼내 온 것은 위스키였다.

강변을 타고 가세요.

기사에게 하듯 그녀는 자연스럽게 지시했다.

그녀가 위스키를 병째 마시기 시작했다. 나는 신사사거리에서 차를 유턴한 다음 이내 강을 따라 올림픽대로로 들어섰다. 강은 어둡고 도로는 밝았다. 왜 화실엔 그 뒤에 오지 않았나요,

라고 그녀가 물었다. 나는 우물쭈물했다. 그래요. 알 만하네요. 자신감의 문제지요.

말은 거기에서 또 끊어졌다.

차는 잠실을 지나 곧 중부고속도로 진입로가 뵈는 지점까지 다가들었다. 고속도로로 들어가요. 그녀가 지시했다. 나는 중부 고속도로를 가리키는 화살표를 따라 차를 우회전시켰다. 길은 막힘없이 열려 있었다. 어느덧 밤 9시가 넘은 시각이었다. 차가 곧 톨게이트를 지났다. 그때까지만 해도 나는 단순한 드라이브 정도로 생각하고 있었다. 중부고속도로를 따라 나가다가 다시 경부고속도로로 돌아오는데 이 정도 길이 열려 있다면 천천히 운행한다고 해도 대략 11시 전후엔 다시 시내로 돌아올 수 있을 터였다. 그러나 영동고속도로와 만나는 인터체인지 부근에서 그녀가 한 말은 내 예상과는 전혀 딴판이었다.

바다로 가요. 동해 일출이 보고 싶어요.

잠시 망설였으나 나로선 어떻게 해볼 처지가 아니었다. 아주 이상하고 이상한 길 떠남이었다. 한밤의 질주를 내가 받아들인 것부터 생각하면 이미 상궤를 벗어나 있었다. 어떻게 그런 일이 있을 수 있단 말인가. 토요일이라곤 하지만 어쨌든 한밤이 었고, 동해행이었고, 단 두 번째 만나는 그녀, 천예린 시인과의 동행이었고, 그리고 아무런 계획과 의도가 없는 충동적인 떠남이었다. 양복 안주머니엔 언제나 내 스케줄 수첩이 들어 있었다. 어느 편이냐 하면, 나는 회사 일을 제외하곤 철저히 계획한

일만 하는 스타일이었다. 그런데도 나는 말없이 운전만을 했다.

내 머릿속 회로의 어디가 흐트러진 게 틀림없었다. 그녀가 동해 일출이 보고 싶어요, 라고 말했을 때, 고백하지만 나는 크게 놀라지도 않았다. 이런 충동은 오직 그녀만 결행할 수 있는 일이라는 점은 의심의 여지가 없었는데, 그녀를 만났을 때부터 나 또한 그것을 미리 예감하고 있던 것 같은 기분이 든 것도 신기했다. 기쁘거나 흥분되는 감정이라고도 할 수 없었다. 마치 지금까지 속해 있던 어떤 세계로부터 불가항력적으로 다른 세계로 밀려 들어온 것 같았다.

차는 어둠 속을 달리고 있었다. 사제에 대해 나와 관계된 스캔들을 김진영 씨도 알고 있나요, 라고 그녀가 물은 것은 차가 원주 부근을 지날 때쯤이었다. 심야의 고속도로는 텅 비어 있었다. 그녀는 이미 취해서 혀 꼬부라진 소리를 냈다.

아뇨, 모릅니다.

나 때문에 어떤 외국 신부가 사제복을 벗은 건 사실이에요. 아까 소극장에서, 그 처녀가 말한 그대로예요. 오래전의 일인데 독자들은 그런 걸 다 시시콜콜 기억해요. 사제복을 벗은 그 사람하고 한 2년쯤 함께 살았어요. 신의 아들을 내가 뺏은 셈이라, 그 처녀는 유감이 많은 것 같아. 죄가 많은 여자야, 내가. 김진영 씨는 내가 무섭지 않아요?

무섭지 않습니다.

이상하네. 이런 얘기하면 남자들이 날 무서워하던데. 백미러
좀 잘 봐요, 김진영 씨. 거울엔 본모습이 비친다고 하잖아. 나,
100년 묵은 여우인지도 몰라.

나는 백미러를 통해 그녀를 보았다.

그녀는 100년 묵은 여우가 아니라 본래의 모습 그대로 앉아
계속 위스키를 마시고 있었다. 위스키 병이 어느덧 삼분지 이
쯤이나 비어 있었다. 봤습니다만, 여우가 아닌데요. 내가 진지
한 어조로 말하자 그녀는 숨넘어갈 듯 웃기 시작했다. 평소의
나는 농담을 할 줄 몰랐다. 그녀가 계속 유쾌하게 웃었으므로
덩달아 내 기분 또한 좋아졌다.

크, 크큭, 웃기네, 정말.

제가 웃겼습니까? 영광입니다, 선생님.

저, 저 봐. 크큭. 정말 웃긴다니까. 제가 웃겼습니까? 영광입
니다, 선생님. 그 말, 크큭, 희극배우가 따로 없어. 김진영 씨 개
그맨 해도 되겠어. 크, 크큭. 대사도 좋고.

칭찬해주셔서 고맙습니다.

나는 더욱더 진지한 어조로 말하면서 어린 학생처럼 꾸벅 앞
을 향해 고개까지 숙여 보였다. 그녀는 내가 기대앉은 운전석
등받이를 치고 웃다가 그것만으로는 참을 수 없다는 듯 내 어
깨를 두들기며 웃고, 급기야는 내 목을 뒤에서 끌어안는 것처
럼 잡았다. 차가 잠시 비틀비틀했다.

위스키 병이 바닥을 드러내고 있었다.

대관령을 넘을 때에도 계속 사제에 대해 말했지만, 사제와 사제 사이에 잡다한 다른 얘기들이 산만하게 끼어들었기 때문에 나는 그녀의 말을 온전히 한 꿰미로 꿰지 못하고 있었다. 사제의 얘기라고 생각하고 듣고 있다 보면 사제의 얘기가 아닌 경우도 많았다. 그녀는 많은 남자 얘기를 했다. 이름을 들어본 정치가도 있었고, 작가도 있었고, 외국 남자도 있었다. 그러다가 시시때때 사제의 얘기가 다시 시작됐으며, 그러다가 다시 정치가의 얘기로 자유롭게 비약했다. 그는 말이야, 안경을 썼는데, 글쎄, 큭큭, 섹스할 땐 한밤중이라도, 벗어둔 안경을 꼭 찾아 써야 하는 그런 사람이었어. 그렇게 말하고 나면 그 '안경 쓴 남자'가 사제인지 정치가인지 작가인지 요령부득이었다. 요컨대, 내가 확실히 알아들은 것은 그녀가 비교적 많은 남자들과 사랑을 나누었다는 사실이었다. 그것은 평생 외도 한 번 못해본 나 같은 사람으로선 놀랄 일이었지만, 나는 놀라지 않았다. 그녀에게 그것이 너무도 잘 어울리는 일이었고, 특별했으므로 그녀에겐 그럴 권리가 당연히 있다고 생각했다. 나는 어제의 내가 아니었다. 어제까지의 내가 금기 체계에 잘 길들여져 있던 인간이었다고 한다면, 그 순간의 나는 사회윤리적 금기 체계에 관해 너무도 너그러운 존재로 돌변해 있었다. 다만 그녀가 어떤 순간, 나는 아무도 사랑하지 않았어……라고 말했을 때 나는 문득 화가 났다. 뜻밖의 노기였다.

정말, 아무도 사랑하지 않았단 말입니까.

응, 나는 사랑의 완성을…… 한 번도…… 보지 못했어.

아까는 사제의 옷을 벗게 했노라 말씀하시고, 사랑하지 않으셨다니, 왜, 왜 그러셨습니까.

왜라고 묻지 마! 그녀가 발작하듯 소리쳐 대답했다. 난 있지, 끄윽, 왜라고, 왜, 왜라고 묻는 인간들을 제일 혐오하니까. 왜 사랑했냐, 왜 헤어졌냐, 끄, 끄윽. 개 같은 질문이야. 사랑이 어디 있는지, 어떻게 생겨먹었는지 당신이 알기나 해? 봤어? 사랑을…… 봤냐구? 그녀는 딸꾹질을 계속했다. 경포대 해수욕장 부근이었다. 끄윽, 다, 당신은 지금 담당 이사라고 했어. 끄윽, 온종일 들어오고 나가는 돈의 기호들을, 끄윽, 볼 거야, 숫자들을. 사람들은…… 다 그래. 사람들은 겨, 겨우 사제복과 시인이라는, 그것만 볼 뿐이라고. 사람은 보지 않고 스캔들만 보거든. 개떡 같아. 끄윽, 소극장의 그 젊은 여자애처럼……. 차가 바닷가로 들어섰다. 바닷소리가 들렸지만 그녀는 아직 바닷소리를 듣지 못한 것 같았다. 사제복 속에 사람이 들어 있다는, 끄윽, 그 간단한 걸 왜…… 사람들은 보지 못할까. 그녀는 계속 말했다. 알고 있으면서…… 모르는 체하는 잔인한 것들도 수, 수두룩하지. 그런데, 당신 누구야! 끄윽, 당신 대체 누군데…… 나한테 감히, 왜라고 묻냐! 아까 소극장, 끄윽, 그 안경 쓴…… 젊은 년 아비라도 돼?

바다에 왔습니다, 선생님.

나는 마침내 차의 시동을 껐다. 바닷소리가 쏴아 하고 밀려

들어왔다. 그녀는 뚝, 침묵했다. 바다를 내다보고 있는가. 그녀는 전혀 움직이지 않았고, 숨소리조차 내지 않았다. 해안 초소에서 내쏘는 서치라이트 불빛이 백사장을 훑으며 휘이익, 호선(弧線)을 그리고 지나갔다.

한참 만에 무슨 소리가 들렸다.

갓난아이가 옹알이하는 것 같은 소리였다. 차 밖에서 들리는 소리인가 했으나 차 안에서 나는 소리였다. 그녀는 잔뜩 몸을 오그리고 앉아 두 손바닥으로 귀를 막은 채 울고 있었다. 속으로 쟁여 넣기 위해 옹알이하는 것 같던 울음소리가 불현듯 커졌다. 그녀는 격렬하게, 그리고 오래 울었다. 나는 숨죽인 채 다만 가만히 있었다.

새벽 3시가 넘은 시각이었다.

이대로 서울로 돌아간다고 해도 아침 7시 전엔 닿지 못할 것이었다. 출장 갈 때를 빼고 외박한 적이 언제 있었던가. 아내는 거실의 소파 한쪽에 쭈그려 앉아 있을 터였다. 밤새 전화 한 번 울리지 않고, 그렇게 새벽이 오면 아내는 이윽고 자리를 털고 일어나며, 무슨 사고가 생긴 거야, 결론을 내릴 것이었다. 그런데도 나는 아무렇지 않았다. 너무도 오랜 습관적 삶에서부터 거두절미, 이처럼 쏙 빠져나올 수도 있다는 사실이 놀랍기 그지없었다. 그녀가 검은 옷을 입고 소극장 무대에 올라가 내려와……라고 소리쳤을 때, 주님은 십자가에서 내려오지 않고, 겨우 내가 그녀의 부름을 받아 일상의 시궁창에서 끌려 나온 셈이었다.

그녀가 차 문을 열고 나가 길바닥에 앉았다.

정신 차리세요, 선생님. 괴롭습니까? 나는 얼른 휴지를 들고 나와 그녀 곁에 쭈그려 앉았다. 나는…… 죽을 거야. 그녀가 내 팔을 잡으면서 말했다. 예순도 안 돼 죽어야 하는 자의…… 심정이…… 뭔지 당, 당신은 끄윽, 모를 거야. 그녀가 오물을 토하기 시작했다. 나는 그녀의 등을 두들겨주고 그녀의 입을 닦아주었다. 놔. 저기…… 바, 바다로 들어가고 싶어. 죽음에게…… 쫓기고 싶지 않아. 죽음의 눈, 눈구멍을 똑바로 보면서 죽…… 을 거야. 무슨 말을 하는지는 모르지만, 그러나 그녀가 토하고 싶은 것이 단지 오물만이 아니라고 나는 느꼈다. 나보다 더 외로운 사람이 그녀라는 생각도 들었다.

거두절미 말하자면, 그녀는 그때 이미 자신이 오래 살지 못한다는 것을 알고 있었다. 몸 안에 불치의 병이 똬리를 틀었다는 것을 알고 나서, 그녀는 처음 억울하고 분해서 잠이 오지 않았다고 했다. 훗날 고백한 바에 따르면, 그녀는 그 무렵, '죽음이 검은 망토를 입고 머리맡에 우두커니 앉아 있는 걸' 매일 밤 보고 살았다. 그녀는 때로 10년만 더 살게 해달라고 기도했고, 그러다가 7년, 5년으로 소망을 줄여 기도했으며, 이윽고 '십자가'라는 제목이 붙은 연작시를 쓸 때쯤, 그녀는 부디 남은 생애가 얼마든, 고통 없이 깨끗하게 살아 있게 해달라고 기도했다.

암송한 시에서의 '성감대'는, 내려와 / 나의 성감대 살아 뒤집히는 / 그 반란의 지평으로……라는 그것은, 그녀의 내부에선 불꽃같은 생명 에너지를 말하는 것이었다.

하지만, 그때의 나는 물론 아무것도 몰랐다.

우리는 더 남행해 삼척 부근에서 일출을 맞았다. 계속 남행을 요구한 건 그녀였다. 그러나 해가 떠오를 때 그녀는 정작 엎드려 자고 있었다. 나는 잠든 그녀를 그대로 두고 새 위스키 병을 따서 일출을 보며 혼자 마셨다. 구름이 껴 일출은 혼연하지 않았다. 빈속에서 위스키가 불꽃처럼 타오르는 느낌이 참 좋았다. 일요일 아침이었다. 부지런한 사람들은 더 공격적으로 살아가기 위해 조깅을 시작할 시간이었다. 일요일이지만 전무가 비상 연락망을 가동해 불시 회의를 소집했을는지도 몰랐다.

그 무렵의 회사는 새로운 설비 투자를 준비하고 있었다.

전무는 경쟁사에 비해 매출액이 상대적으로 밀리고 있는 맥주의 판매량을 비약적으로 늘릴 수 있는 사업 계획에 착수했다. 세계적인 외국의 맥주 회사와 제휴하여 설비의 일부 시스템을 바꾸고 상표를 바꿔 달아 맥주의 수요가 폭발하는 1998년 여름 시장에 신상품으로 내놓아 맥주 업계의 판도를 일시에 바꿔놓겠다는 야심만만한 전략이었다. 설비 자금은 김 이사가 맡으시오. 우격다짐의 명령과 다름없었다. 그 무렵의 자본시장은 미묘했다. 큰손들이 이유 없이 자금을 회수하려는 기미가 역력했다. 한보 사태에서 기아의 부도 유예로 이어지는 대기업 부도 도미노 현상의 반작용이겠지 생각했지만, 어떤 사채업자는 자금을 회수해서 그것으로 달러를 사는 눈치였다. 외환 위기가 올 것이란 소문도 있었다. 나는 조심스럽게 전무에게 사태를 설명하고 설비 투자 부분을 당분간 보류하라고 직언했다. 전무는 그러나 화부터 냈다. 공격적 대응이 아니면 살아남을 수가 없어요. 그는 말했다. 도대체 김 이사는 무엇을 근거로 그런 말을 합니까. 자금 담당 이사가 뭐예요? 회사에서 돈이 필요하다면 끌어와야 하는 것이 자금 담당 이사의 할 일이지, 사업 계획이나 늦추라고 하는 게 자금 담당 이사가 할 일인가요. 그리 소극적이니 만날 우리가 지는 거지.

바로 그런 날들이 계속되고 있었다.

전무의 확장 계획에 앞장을 서든 안 서든 나는 어쨌든 매일매일 벼랑 끝으로 내몰리는 기분이었다. 신상품이 전무의 말대로 히트 상품이 된다면 보나마나 주조 회사는 전무의 손아귀에 완전히 쥐어지게 될 터였다. 그 반대의 경우도 마찬가지였다. 설비 투자를 늘려 새로운 제휴 상품을 내놓고 나서 그 결과가 실패로 나타났을 때, 책임의 칼날이 전무 몫으로만 돌아가지 않을 것이었다. 로열패밀리인 전무는 실패를 하고도 살아남을 가능성이 많았지만 나 같은 임원은 살아남을 가능성이 전무했다. 나는 선택을 강요받고 있었다.

나는 삼척에서 더 남하했다.

정선이라고 쓰인 이정표가 보였다. 돌아가려면 정선을 거쳐 제천 방면으로 나가 중앙고속도로와 합류하는 방법도 있었다. 모든 책임은 내가 지겠소, 라고 말하는 전무의 목소리가 계속 따라왔다. 나는 액셀을 더 힘껏 밟았다. 어디론지, 무조건 가고 싶었다. 그녀와 함께가 아니라도 상관없었다. 나 역시 취해 있었으며, 그녀는 구겨진 채 죽은 사람처럼 계속 자고 있었다. 굳이 말하자면, 나는 어쩌면 바다의 끝을 보고 싶었던 것인지도 모르겠다. 바다의 끝은 어디일까. 땅과 닿는 곳이 바다의 끝인가, 시작인가. 바다는, 섹시했다. 어느 때의 바다는 수천의 청동색 말들이 일제히 내닫는 것 같았고, 어느 때의 바다는 검은 보랏빛으로 주술적이었다.

정오가 됐을 때 차는 울진을 지나는 중이었다.

나는 피로와 술에 젖어 이윽고 깜박 잠이 들었다. 울진을 지나 월송정이 멀지 않은 바닷가 외진 곳에 차를 세우고 잠시 쉰다는 것이 비몽사몽 잠에 빠지고 만 것이었다. 비몽사몽 가운데에도 뒤척이며 내는 바다의 젖은 숨소리가 계속 들렸고, 부풀어 오른 바다가 간헐적으로 내 몸 안으로 밀려 들어왔다. 바다처럼 섹시한 잠이었다. 혼곤하게 잠들어 있으면서 내 몸이 육감적인 감흥에 젖어드는 걸 충분히 느낄 수 있었다.

천예린은 담배를 태우고 있었다. 내가 잠에서 퍼뜩 깨어나자 그녀가 기다렸다는 듯이 담배에 불을 붙여 내게 건네주면서, 굉장히 피곤하신가 봐요, 라고 말했다. 술이 어느 정도 깬 눈치였다. 물안개가 끼어 있었다. 너무 미안해요. 여기가 어딘지 모르지만 이제부턴 내가 운전할게요. 김진영 씨는 뒷자리로 와서 좀 더 주무세요. 미상불 피곤한 건 사실이었다.

잠깐만요. 내 신발이…… 어디 박혔는지 원.

그녀가 허리를 굽혀 조수석의 의자 밑을 더듬고 있었다. 뒷문을 열고 서서 나는 그녀가 내리기를 기다렸다. 술이 깨지 않아 자꾸 눈앞이 가물가물해졌다. 재킷을 벗은 그녀는 소매 없는 셔츠 차림이었다. 명철히 보송보송한 벗은 팔뚝과 마른 허리쯤이 한순간 내 눈을 찌르고 들어왔다. 그녀에게 가졌던 또 다른 욕망의 발화를 처음 느낀 순간이었다. 불끈 솟은 어깨뼈, 앙바틈하게 흘러나온 가슴, 고혹적인 허리가 나를 건들고 있었다. 신열이 올랐다. 취기 때문인지 그녀에 대한 욕망 때문인지 알 수 없었다.

제, 제가…… 찾아볼까요?

나는 허리를 굽혀 조수석 아래로 손을 들이밀었다.

내 팔이 아직 뒷좌석에 앉아 있는 그녀의 대퇴부에 자연스럽게 닿았다. 조수석 아래로 밀려 들어간 그녀의 신발은 얼른 손에 잡히지 않았다. 나는 더욱 몸을 낮췄고, 그 바람에 내 겨드랑이 부분이 그녀의 대퇴부에 더욱 밀착됐다. 나의 촉수들이 전신에서 지옥 불로 타오른 건 바로 그때였다. 왜 이래, 라고 그녀가 외쳤을 때에야, 언제 조수석 밑에서 빠져나왔는지 모를 내 손이 그녀의 대퇴부를 더듬어 상행하고 있다는 걸 인식했을 정도였다. 몸의 감각은 뇌가 보내는 신호를 듣지 못하고 있었다. 그녀가 주먹으로 내 등을 마구 두들겼다. 그녀는 그러나 의자 바닥과 내 몸 사이에 끼어 꼼짝도 할 수 없는 상태였다. 이 자식이……라는 비명도 들렸다. 그녀의 대퇴부는 깡마르고 강인했다. 내 손이 파죽지세 상향하고 있었다. 몸의 심지에서 솟아나는 폭발적 에너지를 나 자신도 어떻게 제어할 도리가 없었다. 내 욕망이 최종적으로 가고 싶은 곳은, 바다의 중심이었다. 보랏빛 바다의 중심이 마침내 손끝에 닿았다.

내 육체의 중심에서 순간, 뜨거운 비산(飛散)이 느껴졌다.

가야 돼요. 김진영 씨, 라고 말하는 그녀의 말에 소스라쳐 깨어났을 때는 새벽이 가까워지고 있는 시각이었다. 영일만 주변의 어느 해안 부근이었다. 그녀는 그사이 화장을 새로 끝낸 상태였으며, 우아한 시인의 모습으로 되돌아가 있었다.

새벽길은 잔뜩 젖어 있었다.

어느새 일요일 한밤이었다. 포항에서 영천으로, 영천에서 경부고속도로로 차가 진입해 들어갔다. 운전은 그녀가 했고, 나는 우두커니 조수석에 앉아 있었다. 김 이사는 고향이 어디세요. 그녀가 물었고, 음성입니다, 복숭아밭 많은, 이라고 내가 대답했다. 회사 업무는 어떠하냐, 부인과의 관계는 원만하냐, 애들은 몇이냐, 그녀는 간헐적으로 물었다.

딸 하나 아들 하나 뒀습니다.

애들이 사랑스러운가요? 사랑스러운지, 그런 것을 스스로 물어본 바가 없어서 나는 뭐라고 대답해야 할지 막막했다. 막상 사랑스럽냐고 대놓고 질문을 받자 내게 먼저 떠오른 것은 의무감이라는 낱말이었다. 사랑하는지는 알 수 없었으나 아비로서의 의무를 게을리한 적은 없었다. 그녀는 그러나 내 대답 따위에 전혀 관심이 없어 보였다. 긴 여정에서 변한 것은 나뿐이었다. 일상적인 대화를 이끌어내고 있었으나 의례적일 뿐, 그녀가 나에 대해 특별한 관심을 가진 건 아니라는 게 시시각각 느껴졌다. 그녀는 짐짓 지난 시간을 다 지우려고 하고 있었다. 나를 단지 운전기사로 활용한 거뿐이야. 나는 생각했다. 따님이 한 분뿐인가요? 이번엔 내가 물었다. 아, 경혜. 화실에서 본 그 애, 배 아파 낳은 딸은 아니에요. 데려다 기른걸요. 걔가 여남은 살 됐던 때였던가, 회현동 남산 밑에서 살 때였어요. 눈 내리던 어느 날 저녁, 외출했다가 돌아오는데 어린것이 우리 집 대문 앞 층계에 앉아 울고 있더라고요. 측은해서 하루나 이틀만 데리고 있으려 하다가 평생 어미가 돼버렸지요.

사제에 대해 말씀하셨는데요.

아, 결혼한 건 아니었어요. 결혼이라니, 끔찍하다고 생각했죠.

끔찍하다는 그녀의 말에 내가 몸을 떨었다. 소름까지 돋는 기분이었다. 습관에 따라 살아온 나의 지난 삶에 대한 자각의 몸서리였다. 그녀가 이틀 사이에 내게 주었던 모든 정서적 문화의 충격은 그 순간의 그 몸서리로 집약됐다. 그녀와 달리, 나는 하룻밤 새 내 자신이 혁명적으로 변모했다고 여겼다. 내게는 새로운 생이 기다리고 있었다.

서울에 도착했을 땐 이미 비구름이 걷힌 화창한 날씨였다. 나는 평생 처음으로 한 주일이 시작되는 월요일에 무단 지각을 했다. 처음 하는 지각이었다. 확실히 예감하진 못했으나, 그때 이미 나는 내 앞에 은밀히 놓인 덫을 향해 나아가고 있었다. 삶이란 때로 그렇다, 평온하고 안정된 삶일수록 은밀히 매설된 덫을 그 누구든 한순간 밟을 수 있다는 것. 그것이야말로 어쩌면 생의 심연이 지닌 본질적이고 절대적인 권한일는지도 모르겠다. 생이라고 이름 붙인 여정에서 길은 그러므로 두 가지다. 멸망하거나 지속적으로 권태롭거나.

검은 보랏빛
바다의 중심

　섹스, 검은 보랏빛 바다의 중심에 내 전신이 가미카제식으로 날아가 통렬히 박히는 일, 죽음 같은. 미리 말해두거니와, 그녀를 만나기 전까지 나는 섹스를 한 것이 아니다. 아내와의 관계는 그저 관습적인 의식에 가까웠을 뿐이다. 행위가 끝나고 나서도 그 행위를 기억하지 못하는 그것. 절체절명의 비명처럼, 절로 사랑해, 사랑해……라고, 부르짖지 않고선 견딜 수 없는 섹스는 없는가. 이를테면 실존의 위기와 같은 것. 사랑해……는 그럴 때, 비명이고 폭발이다. 사랑해……라는 비명을, 너를 죽여버리겠어……라든지, 아, 나를 죽여줘……라고 바꾸어 소리쳐도 좋다. 죽음과 맞물려 있지 않고선 그 지경에 갈 수 없을 것이므로. 그런 통절한 정사를 내가 경험했다면 바로 그녀 천예린이 처음이다.

그녀를 다시 만난 것은 나흘쯤 후였다.

꾀죄죄한 양복 차림으로 월요일 정오쯤 출근했던 나는, 그날 이후부터 더욱더 전무에게 소외받고 있었다. 전무는 자금 문제를 상의할 일이 있어도 나를 부르는 게 아니라 내 밑의 김 부장을 불러 상의했다. 새로운 맥주를 생산하기 위한 계획은 급속도로 진행되고 있었다. 여느 때처럼 새벽같이 출근했지만 하루 온종일 나는 극심한 스트레스에 시달렸다. 회사의 현관 수위로부터 걸려 온 전화를 받은 것은 목요일 정오쯤이었다.

천예린 씨라는 분이 면회를 왔는데요.

뜻밖이었다. 영일만에서부터 서울까지 돌아오는 그 먼 길의 귀로에서 그녀가 일관되게 나를 대해준 포즈는 아주 의례적이었으며, 어떻게 생각하면 모멸적이기까지 했다. 강릉까지 갈 때의 그녀 모습은 온데간데없었다. 그녀는 무심했고, 딱딱했고, 의례적이었다. 보통 사람들이 그런저런 여정을 함께 겪었다면 돌아오는 길에선 떠날 때와 달리 아주 깊어진 관계로 더욱 정겨웠을 법한데, 그녀는 돌아올 때 오히려 막 인사를 나눈 타인처럼 굴었다. 후회하시는군요. 참지 못하고 나는 묻기도 했다. 그녀는 대답하지 않았다. 그녀가 나를 오로지 운전기사로 이용했다는 것은 그것으로 명백해졌다. 모멸감을 느꼈다. 후회하기로 하면 나 또한 다르지 않았다. 그녀는 물론 그런 무모한 일탈을 허용한 나 자신도 도무지 이해할 수 없었다. 다시는 만나지 않으리라. 나는 다짐했다. 퇴근할 때나 점심시간, 그녀가 혹 나와 있을지도 모르는 화실 쪽은 바라보지도 않았다. 그녀에게서 멀어지는 것이 내가 갈 길이었다.

놀랐나요, 내가 찾아와서?

근처의 레스토랑에 마주 앉고 나서 그녀가 말했다. 그녀는 시 낭송 때와 달리 화사한 빛깔의 옷을 입고 있었다. 표정은 밝았고, 빛났다. 그녀는 웃는 얼굴로 나를 빤히 바라보았다. 솔직히 말하자면…… 그, 그렇습니다. 내가 대답했다. 원래 부끄러움이 많은 성격이신가 봐. 지금도 내 눈을 똑바로 못 보시고. 어머, 귓불도 붉어지셨네. 김진영 씨 앞에 있으면 뭐랄까, 시 쓰는 내가 오히려 세속적이구나 싶어요. 아이 같으세요.

그, 그럴 리가요. 저는, 세속적으로만 살아온 사람인걸요.

부정하지 마세요. 평생 회계장부나 들여다보고 사신 분이, 복마전의 큰 기업 이사이신 분이, 그토록 순수하다는 게 신기해요. 시인들은 오히려 안 그래요. 오만과 편견과 세속과 천박의 덩어리들이지요. 계산서들, 소송, 서류…… 보들레르의 시에 있어요. 시인의 머리는, 보들레르에 따르면, 영수증에 돌돌 말린, 무거운 머리털이 가득 찬, 서랍 달린 육중한 장롱 같아요. 그에 비하면 차라리 김진영 씨의 머리에선 풀 향기가 나요.

무식한 저를 두고 별말씀을 다…….

무식하다니, 그럼 유식한 게 뭔데요? 삶을 도표 같은 것으로 분해하여 그리는 거? 불확실한 건 확실하게, 확실한 건 불확실하게 바꾸는 거? 온갖 명목의 팻말을 내거는 것? 뭘 좀 안다는 자들은 대개 그 명목에서 자기 자신만 해방시켜요. 더럽고 야비한 이중인격자들이지요. 지식인들은요, 남의 똥구멍에 대해선 세밀한 도표를 잘 만들지만 정작 제 똥구멍에 대해선 아예 없다는 식으로 딴청 부리는 자들이에요. 그들에게 콤플렉스 느낄 거 없어요.

멋, 멋지세요.

나는 더듬더듬 말했다.

솔직한 고백이었다. 그녀는 사통팔달 막힘이 없었고, 무슨 문제가 나와도 호(好) 불호(不好)가 분명했으며, 그것을 표현하는 어휘 또한 적확하고도 새로웠다. 내 전신은 일종의 스펀지처럼 그녀의 모든 것, 눈빛과 제스처와 말씨 따위를 속속 빨아들였다. 정, 정말입니다. 선생님. 나는 수줍음을 타면서 덧붙였다. 그럼, 단도직입적으로 말해야겠네. 그녀가 내 시선을 단단히 붙잡으며 말했다. 사실은요, 돈 좀 꿔달라고 왔어요. 돈이라니, 전혀 예상하지 못한 말이었다. 돈, 이라는 말이 그녀의 입에서 나왔을 때, 돈이 뭐지, 그런 기분이 들었을 정도였다. 이해해요. 당황하신 거요. 돈, 뭐 멋진 말은 아니지요. 거절하셔도 돼요. 갑자기 그럴 일이 생겼는데 아는 분들한텐 구차해 말하기 싫고, 그런 참에 마침 김진영 씨가 자금 담당 이사란 생각이 불현듯 났어요. 사흘 후면 갚을 수 있어요.

오늘…… 필요하신가요?

물론, 오늘 필요해요. 그녀는 무릎 위의 냅킨을 식탁 끝에 걸쳐놓고 일어날 채비를 했다. 조금 쓸쓸한 눈빛이었다. 나는 스테이크를 반 이상 남겨놓고 있었다. 망설임이 없었던 건 아니다. 이런 식의 돈거래를 용납하지 않는 건 나의 오랜 원칙이기도 했다. 그러나 그녀는 내가 아는 유일한 시인이었다. 거절하면 그녀와의 관계가 그것으로 끝날 것이라는 사실도 명백했다. 300만 원이라면 큰돈도 아니었다. 10분만 기다려주세요. 나는 말했다.

그녀에게 다시 전화가 걸려 온 것은 약속대로 사흘 후였다. 나는 돈 문제에 있어 누구도 믿지 않는 사람이었다. 300만 원을 건네줄 때부터 나는 그녀가 약속을 지킬 확률을 30퍼센트쯤으로 생각했다. 갚지 않으리라고 단정한 것도 아니었다. 명예를 존중하는 유명한 시인이므로 갚기는 갚겠지만, 한두 번쯤은 약속 날짜를 연기할 가능성이 많았다. 그녀의 전화가 왔을 때조차 나는 그녀가 어떤 핑계를 댈 것이라고 예상했다. 그런데, 그녀의 첫마디는 뜻밖이었다.

돈도 받을 겸, 우리 집에 한번 놀러 와요.

맥주의 신상품 개발을 위한 미국 맥주 회사와의 계약은 그때쯤 거의 마무리 단계였다. 저쪽에서는 일부의 시설 개조를 위한 보증금을 요구했다. 전무가 그것을 달러로 준비해달라고 요구했는데 요즘은 달러 구하기가 쉽지 않았다. 은근히 달러를 사재기하는 큰손들이 있었다. 투자 결정을 더 미루었으면 좋겠다는 말이 또 나온 건 그 때문이었다.

전무는 그러나 다짜고짜 소리부터 질렀다.

외환 위기라도 온다는 겁니까, 뭡니까. 당신들처럼 벌벌 떠는 사람들 때문에 우리 제품이 만년 정상을 차지 못하는 거예요. 전무는 그러면서 대뜸 내 근무 태도를 붙잡고 늘어졌다. 지난주, 월요일만 해도 점심때가 다 되어 출근한 게 누굽니까. 요즘 김 이사, 개인적으로 무슨 일 있어요? 좋아요. 무슨 일이 있든 말든 내 상관할 바 아니고, 아무튼 지금은 차질 없이 쓸 수 있게 미리미리 맞춰요. 그녀의 전화를 받은 것은 바로 전무와 실랑이를 막 끝낸 직후였다.

알겠습니다, 선생님. 퇴근 후에 들르지요.

나는 대답했다.

그녀가 사는 곳은 강변의 아파트였다. 사우나에 들러 목욕까지 한 뒤 나는 아파트 근처의 꽃집에서 꽃바구니 하나를 맞추어 들었다. 시 낭송 장소를 찾아갈 때처럼 긴장되고 떨렸다. 그녀의 아파트는 9층이었다. 여의도 쪽으로 곧장 빠져나가는 강 이편과 강 건너 도로가 한눈에 내려다보였다.

어머, 너무 이쁘다!

그녀는 꽃바구니에 가볍게 입을 맞추었다. 30여 평쯤 됨 직한 아파트였다. 아파트 안은 의외로 담박했다. 어딘지 모르게 텅 빈 듯 느껴졌다. 가구가 없거나 한 것도 아니었다. 소파와 탁자가 있었고, 진열장과 전자 제품들도 제자리를 잡고 놓여 있었다. 하지만 가구들 또한 그녀의 평소 분위기와 달리 회색빛이거나 검은빛에 가까운 무채색들이 대부분이었다.

좀 쓸쓸해 뵈나요, 우리 집이?

화려할 줄 알았거든요. 나는 대답했고, 그녀는 웃었다. 사람들이 다 그런 말을 해요. 경혜도 집 안 분위기를 바꾸자고 난리고요. 그렇지만 나는 이게 좋아요. 화려한 맛이야 밖에 나가 느껴보면 되고요. 혼자 사는 집이니 어떻게 꾸미든 썰렁할 수밖에요. 따님은 따로 사나 보죠? 내가 물었다. 천성적으로 누구랑 같이 못 사는 성격이거든, 내가. 화실하고 멀기도 하고 해서, 화실 근처에 거처를 마련해주었지요. 참 내 정신 좀 봐. 이 돈, 받으세요. 요긴할 때 빌려줘서 잘 썼어요.

그녀는 돈이 든 봉투를 내게 주었다.

거실 한편에는 그림들이 여러 겹 세워져 있었다. 요즘 그린 건지 미완성으로 미뤄둔 그림이 내 시선을 끌었다. 반추상이었는데, 한 여인의 눈 감은 입상이 노란 천 같은 것에 감싸인 그림이었다. 그림 속의 여인은 그녀 같기도 하고, 그녀가 데려다 길렀다는 딸 같기도 했다. 나이와 성별을 구분하기 힘든 초상이었다. 내 자화상으로 그린 건데, 라고 그녀가 설명했다. 노란색은, 삼베를 형상화한 거예요. 삼베요. 말하자면, 죽은 다음의 내 초상을 그리고 있어요. 왜 하필, 하려다가 나는 그만 입을 다

110

물었다. 그녀가 나를 등지고 주방으로 들어갔기 때문이었다. 포도주 할까요, 우리? 그녀가 짐짓 명랑해진 목소리로 말했다. 살림을 해본 일이 거의 없어서 음식 만드는 일, 아주 서툴러요. 요 아래 일식집에 부탁을 좀 했는데, 맛이 어떨지는 모르겠어요.

우리는 부엌 식탁에 마주 앉았다.

튀김 한 접시와 생선회가 놓인 식탁이었다. 그녀는 포도주 병을 들어 내 글라스에 먼저 술을 따랐다. 창 너머 강은 짙은 회색이었다. 밖에서 보던 그녀의 인상과 너무도 다르게, 마주 앉은 그녀는 갑자기 10여 년쯤 더 늙어 보였다. 내 시를 좀 읽어봤어요? 그녀가 불현듯 물었다. 나는 물론 그녀의 시집과 수필집 한 권을 사서 이미 다 읽은 다음이었다. 그녀의 시편들은 대개 사랑에 관해서였는데, 어둡고 균열진 것들이 많았다. 어떤 시는 원망의 주술을 담고 있는 듯했고, 어떤 시는 외설스러웠고, 또 어떤 시는 불경스러웠다. 시의 행과 행 사이에 놓인 단절과 절제를 알지 못하므로 도발적이라는 느낌이 들 뿐, 나는 그녀의 시 세계를 대부분 이해하지 못하고 있었다.

어땠어요, 내 시들?

전 워낙 그런 거 잘 몰라서…….

모른다 모른다, 하지 말아요. 버릇돼요. 술을 마시지 못하는 사람이라고 포도주와 맥주와 위스키 맛의 차이를 구별 못하나요, 뭐. 포도주가 어떻게 만들어진다든지, 이름, 생산지, 얼마짜리, 내용물 배합, 그런 걸 잘 안다고 포도주 맛을 제대로 느끼는 것은 아니라고 봐요. 그녀는 말하면서 내 잔에 포도주를 넘치게 따라주었고, 나는 고개만 끄덕끄덕했다. 포도주 맛을 제대로 알려면 포도주에 대한 순수한 마음을 가져야지요. 그녀는 계속 말했다. 시도 그래요. 진실, 진리, 뭐 그런 것보다 감각으로 확인되는 것이 훨씬 울림이 있죠. 이를테면 역사를 표현할 때조차 텅 빈 문간, 썩은 단풍잎 한 장, 이런 식으로 표현하는 게 좋은 시라고 나는 믿어요. 수다스럽지 않게, 그러면서 열정적으로 그녀는 많은 말을 했다. 그녀가 그렇게 오래 말한 것은 그때가 처음이었다. 시에서 그림으로, 그림에서 영화로, 영화에서 사랑과 섹스로, 그녀의 말은 경계 없이 넘나들었다. 신의 세계엔 예술이 없어요, 라고 그녀는 말했다. 신들은 보다 완전하니까요. 앙드레 지드라는 작가가 한 말이에요.

나는 너무도 달콤하고 행복했다.

그녀의 모든 말들은 가볍고 부드럽고 달콤했다. 나는 한 번도 숫자를 전혀 사용하지 않고 그렇게 오래 말하는 사람을 본 적이 없었다. 신들의 세계엔 예술이 존재하지 않는다고 그녀가 말했을 때, 나는 역설적으로 그녀가 신들의 세계에 있으며, 내가 그녀에게 들려 붕 떠올라, 천상의 한 귀퉁이에 진입하는 느낌을 받았다. 그것은 충일한 세계였다. 계속 포도주를 마시느라 우리는 튀김과 생선회는 거의 손대지 않았다. 안주를 먹지 않아도 배가 불렀다. 세 병째 포도주를 모두 비웠을 때, 나는 충만감으로 내 몸이 잔뜩 부풀어 올랐다고 느꼈다. 길게 목을 빼고 그녀를 뚫어져라 보기도 했다. 그녀의 눈은 깊어서 어두운 동굴 같았다.

그날 비가 왔던가, 밤비가. 아니다. 분명히 비는 내리지 않았다. 그렇지만, 그날 밤을 돌이켜보면, 자꾸 내겐 빗소리 같은 게 들린다. 아니 들리는 것 같은 정도가 아니라 벌거벗은 내 몸이 부드러운 빗물에 담쏙 젖고 있는 느낌이다. 서둘지 마. 그녀의 그런 말도 들린다. 서둘지 말라니까. 천천히…… 깊이……라고 그녀는 속삭이고 있다. 그녀의 침대는 정갈하면서 장미 향이 가득하다. 과정을 시시콜콜 설명하고 싶진 않다. 사실적 서술은 추억으로 가는 길을 방해하기 때문이다.

얼핏 보면, 그녀의 침대는 화려한 원색, 외설적인 느낌을 물씬 풍겨야 어울릴 것 같다. 하지만 그것은 오해에 불과하다. 그녀의 침대는 베이지색 단일한 톤의 마직 천이 단순히 깔려 있을 뿐이다. 침실 역시 결코 화려하거나 아기자기하지 않다. 담백한 데에서 풍겨 나오는 담채화 같은 그늘이 드리워 있을 뿐이다. 다른 게 한 가지 있다면 침대 전면이 뵈는 가로로 긴 거울이 있다는 것인데, 그 역시 오해는 금물이다. 자다가 한밤중…… 잠에서 깨면, 무서워요. 내가 살아 있는지…… 죽었는지…… 모르겠거든. 손발을 움직이려 해도 도무지…… 움직여지지도 않아요. 움직일 수 있는 건 눈알뿐인데, 눈알이…… 움

113

직이는 건 볼 수 없고…… 그럴 때…… 난 저 거울을 봐요. 눈을 깜짝여보고, 눈동자를 움직여보고…… 그러고 나서 비로소 아아, 내가 살아 있구나…… 느끼는 거지요.

그녀는 나이를 넘어선 관능적인 몸을 갖고 있다.

가령, 그녀의 어깨 관절은 불끈 솟아 있다. 동글게 솟아오른 견관절과 달리 팔뼈는 연약하기가 새의 그것 같다. 목선은 부드럽게 침강, 어깨와 쇄골로 갈라져 흐른다. 가슴이 크고 원만한 것과 달리 허리는 비정상적으로 잘록하고, 허리에서 다시 풍성하게 융기되어 히프를 이룬다. 팔의 상단은 통통하지만 밑으로 흘러내리면 어린아이의 그것 같다. 기형적인 구조이다. 이런 구조는 당연히 두 가지 느낌을 동시에 준다. 한 가지는 솟구침—융기가 주는 전사(戰士)의 이미지이고, 또 한 가지는 꺼짐—하강이 주는 연약한 이미지다. 이 두 가지의 이미지는, 요약하자면 성숙과 미숙, 충만과 결핍, 요염과 천진이다. 그사이에 불꽃같은 관능의 독성이 있다.

그녀는 서둘지 않는다. 서둘지 않는다는 것을 느릿느릿하다는 것과 동의어로 이해해선 안 된다. 섹스의 테크닉은 한마디로 말해 감각적 터치의 교묘한 배합이다. 느리고 빠른 것, 부드럽고 단호한 것, 머물고 떠나는 것, 약하고 강한 것, 풀고 죄는 것의 직관적 배합이야말로 테크닉의 핵심이다. 그런 점에서 그녀는 뛰어난 장인이라 할 만하다. 물론 느리고 빠른 것의 직관적 배합을 자의적으로만 운용한다면 자기만족에 이를 뿐이다. 당연히 상대편 감관(感官)과 만나서 어우러지는 배합이어야 한다. 파인 곳과 두드러진 곳의 균형 잡힌 운영은 필수적이다. 가령 쇄골의 경우, 도드라진 뼈들은 앞니로 끌어올리고, 내려앉은 근육의 분지는 혀를 직진 보행의 자세로 가다듬어 이완시키는 게 좋다. 귀도 같은 원리가 적용된다. 귀의 근육들과 물렁뼈들은 거친 듯 섬세히 폈다 놓기를 반복하고 골짜기는 약한 듯 부드럽게 운용하는 것이 최선이다. 일방적인 건 절대적으로 피해야 한다. 이쪽의 신호가 저쪽의 감각기관에 미치는 감흥을 동물적 직관으로 파악, 자유자재 대처해 합일에 이르도록 할 일이다. 가령 그녀는, 혀를 귓바퀴에서 활강으로 내려보낼 때, 동시에 다섯 손가락 손톱들로 골반의 솟은 뼈들을 긁으며 상행시켜, 이윽고 늑골 하나하나를 손끝으로 가볍게 뽑아낸다. 솟은 곳과 휜 곳과 침강한 곳, 단단한 곳과 무른 곳, 좁은 곳과 넓은 곳을 다루는 방식이 다 그러하다. 주저앉는 세포는 일으켜 세우고 너무 빨리 솟는 감흥은 도닥거리며 내려앉힌다. 머무는 듯하면서 절대 머물지 않아야 한다. 숨죽이는 것은 시간뿐이다. 시간은 멎게 하고, 일상에 매립된 감각들은 살려내려는 정성과 성의가 필요하다. 그녀는 그 모든 원리를 알고 있으며, 열정과 정성까지 원하는 대로 다룰 수 있다. 죽은 것들은 살아나고 산

것들은 죽어 넘어지는 잔인한 테크닉이다.

그날 이후 퇴근만 하면 모든 걸 뿌리치고 나는 그녀에게 달려갔다. 그녀에게 가기 위해 출근하는 것인지, 회사 때문에 출근하는 것인지 머지않아 구별할 수 없을 정도가 됐다. 오, 마이 갓. 하지만 나는 신을 믿지 않는다. 그녀와 관계 맺기 전까지, 나의 신은, 자본주의적 숫자들과 사회적 관습이었다. 사람들은 관습을 윤리성이라고 불렀다. 피라미드처럼 안정된 구조가 아니면 윤리성을 확보할 수 없다. 나 역시 오래 안정된 피라미드 구조로 살아왔다. 그것이 무너질 날이 있으리라곤 상상조차 한 적이 없었다. 하지만 한번 무너지고 나니, 삽시간이었다. 스텝은 일시에 생략되고, 관습은 단호히 폐기되었다. 오로지 한 길, 저 검은 보랏빛 바다의 중심을 향해 질주해갈 수밖에 없었다.

정사는 보통 거실에서 시작됐다.

이를테면, 그녀는 의자에 앉아 있고, 나는 바닥에 무릎 꿇듯이 앉아 있다. 그녀의 손가락들이 내 머리를 쓰다듬는다. 매끄러워, 라고 그녀는 말한다. 그녀의 갈기는 나이와 상관없이 아주 당당하고 사납다. 그녀의 그것들은 중심으로 모여들어 특징적인 기하학적 선을 만든다. 나는 모여든 갈기의 중심선에서 그녀의 남다른 의지를 본다. 히힝, 하고 내 목젖 안쪽에서 말 울음소리가 치밀고 올라온다. 적란운이다. 층계를 오르는 것하곤 다르다. 감흥은 단번에 고저를 오르내리고, 보편성은 무너진다. 죽일 놈의 보편성, 이라고 나는 외치고 싶다. 덩어리져 있지만 덩어리만으로 나아가지는 않는다. 각자의 위치를 고수하면서, 그러나 리듬을 타고 적란운을 분합으로 조절한다. 작은 물 알갱이들이 다른 물 알갱이들과 부딪쳐 전기 파장을 생산해내는 것과 같은 이치다. 세포들은 세포들대로, 땀구멍은 땀구멍대로 해체되었다가 재편된다. 대폭발은 완전한 소진을 위해 가급적 미루는 것이 좋다. 나의 깊은 곳엔 그녀의 솟은 것이 들어오고, 그녀의 깊은 곳에 나의 솟은 것이 들어가 채운다. 언제나 가는 길이지만 언제나 새로운 길이다. 그녀는 너무 유연해서 그 융기를 느낄 겨를조차 주지 않는다. 어느 그릇이든 담길 수 있고 어느 부피든 감당할 수 있다. 소파에서 바닥으로, 바닥에서 식탁으로, 식탁에서 싱크대로, 싱크대에서 안방으로, 안방에서 거실로, 화장실로 흐른다. 흐르는 것이 공간인지 시간인지 분명하지 않다. 서둘지 말고…… 깊이……라고, 그녀가 입김을 내 구멍 속에 불어 넣는다. 모든 구멍들과 모든 솟은 것을 우리는 다 활용한다. 작은 폭발은 그래서 늘 연쇄적이다. 추락은 두렵지 않았다. 해체도 마찬가지다.

　　오직 산화하고 싶다.

심각해진 건 아내 쪽이었다. 어떤 날엔 자정을 넘겨 들어가 죽은 듯이 쓰러져 자고, 또 어떤 날은 새벽에 들어가니 내 변화를 아내가 어떻게 이해하겠는가. 무슨 일 있어요, 회사에? 착한 아내는 나를 염려해서 물었다. 응. 요즘 회사가 좀 안 좋아. 나는 아내의 상상에 맞추어 역시 근심스러운 어조로 대답했다. 평생 시계추처럼 직장과 집을 오가며 모범 가장으로 고지식하게 살아온 나를 의심한다는 것은 아내로서도 미안한 일이었을 터였다.

옷에서 향수 냄새가 나요.

아내가 말했다. 그녀가 무슨 향수를 쓰는지는 알 수 없었지만, 그녀에게선 언제나 고혹적인 냄새가 났다. 속옷에도 향수가 배어 있어요. 지저분하고 질 낮은 향수 냄새예요. 아내가 오금을 탁 박는다. 술집에 갔었어. 맥주의 신상품 개발 건으로 요즘 접대가 많거든. 그런데 어떻게 매일 같은 향수 냄새예요? 똑같은 여자가 옆에 앉나 보죠? 아내는 설마가 사람 잡는다는 말에 이윽고 동의했다. 신혼 시절의 지긋지긋한 가난은 그만두고서라도, 시동생 시누이 들 하나둘 키워 장가 시집 보내고 독립시킬 때까지 아내가 바쳤던 헌신과 인내는 특별했다. 그렇다고 남편이 남달리 자상한 것도 다감한 것도 아닌데다가 가부장제 식이어서, 근사한 식당에서 외식 한 번 해보지 못한 아내로서, 근면 성실한 거 하나만 굳게 믿었던 남편의 늦바람을 어찌 받아들일 수 있겠는가.

오늘 회사 못 가요.

현관문 앞을 가로막고 서서 아내가 말했다.

어젯밤에도 회사에 전화해봤어요. 당신 요즘 퇴근 시간만 되면 나간답디다. 세상에…… 뭐에 홀린 거예요, 여보. 말 좀 해봐요. 아내의 눈이 번뜩였다. 막된 여자처럼 왜 이래? 내가 짜증스럽게 맞받았다. 그래, 나는 막된 여자야! 막된 여자라고! 막돼먹지 않은, 그 여자는 그럼 누구야? 대봐. 회사 여자애야? 아내는 현관문을 등지고 서서 발을 동동 굴렀다. 아이들 방에선 아무런 기척이 없었다. 나중에, 기회가 되면 말할게. 애들 다 깨겠어. 나는 되도록 사무적인 목소리를 내기 위해 애썼다. 애들. 하이고, 애들이라네, 이 양반이! 아내의 목소리가 한 옥타브 더 솟아올랐다. 애들은 모를 줄 아시우? 좌우간 얘기나 들어봅시다. 어떤 술집 년인지. 술집 여자가 아니야, 라는 말이 무심코 내 입에서 나왔다. 년 자가 자꾸 아내의 입에서 튀어나오는 것이 나와 그녀에게 너무도 굴욕적으로 느껴졌기 때문이었다.

당신하곤…… 다른 여자라고. 달라!

짜증이 나서 나도 모르게 덧붙여 말했다.

그 말은 당장 불에 기름을 끼얹은 식으로 효과를 나타냈다. 현관문을 열고 나가려는 나의 허리띠를 아내가 움켜쥐었다. 뭐라고 말해도 소용없다는 것을 나는 알았다. 아내가 미치듯이 나도 미쳤던 것일까. 우리는 서로 엉킨 채 몸싸움을 했다. 결혼하고 이십몇 년, 이런 식의 몸싸움은 처음이었다. 여, 여보! 아내가 이번엔 양복 뒷자락을 잡았다. 제발…… 정신…… 차려요. 당신, 나이가 몇인데…… 당신이…… 자, 지금 담당이라는 것 알고, 어떤 몹쓸 년이…… 뭔가, 빼먹자는 수작으로…….

내가 휙 돌아선 것은 그때였다.

어떤 몹쓸 년이…… 뭔가, 빼먹자는 수작으로……라는 말이 참고 있던 내 광증에 불을 붙인 것이었다. 나는 발작적으로, 그러나 단호한 의지를 갖고 아내의 뺨을 광포하게 후려쳤다. 현관문을 나오고 보니, 와이셔츠 자락은 빠져나와 있고, 양복은 구겨져 있었다. 엘리베이터에 올라타고 나서야 솥뚜껑같이 우악스러워 뵈는 내 손을 나는 물끄러미 바라보았다.

미쳤어, 미친 거야.

뜨거운 것들이 목젖으로 올라왔다.

나는 짐짓 병정처럼 절도 있게 걸었다. 되돌아가고 싶지는 않았다. 회사도 마찬가지였다. 오로지 그녀에게 달려가고 싶었다. 택시를 탔다. 출근길에 택시를 탄다는 것은 나로선 특별한 일이었다. 시간은 어느덧 8시 30분을 넘기고 있었다. 간부 회의가 이미 시작됐을 시각이었다. 동부이촌동으로 갑시다, 라고 나는 부지불식간에 말했다.

아침에…… 웬일이야?

그녀는 놀란 눈치였다. 나 오늘, 출근 안 하려고요. 나는 아파트 현관문의 손잡이를 잡았다. 미쳤어! 그녀가 짜증스럽게 말했다. 그녀가 그런 말투를 쓴 건 처음이었다. 말만 그렇게 한 것이 아니었다. 혐오감이 가득 찬 표정이었다. 아침 햇빛이 한 뼘쯤 열린 문틈으로 간신히 내밀고 선 그녀의 프로필에 닿고 있었다. 회사로 가요. 어린애도 아니고. 그럼 커피나 한잔만 주세요. 나는 절박했다. 이대로 돌아가면 무슨 짓인가, 더 후회할 일을 만들 것 같은 느낌이었다. 안 돼. 그녀는 문을 더 안으로 잡아당기며 도리질을 했다. 김 이사 이러면 다시 안 만날 거야. 섹스는, 샤워와 같은 거야. 관계라고 혼동하지 마요.

샤워라니, 무슨……

몰라서 물어? 샤워 한번 하고 나면 다 지워지잖아. 아침부터 무슨 짓이야. 내 잠을 깨웠어. 그까짓, 섹스 겨우 몇 번…… 내 말은 있지, 육체를 너무 믿지 말라는 뜻이야. 나는 가슴이 무너져 내리는 기분이었다. 그, 그것 때문이 아니라…… 당신이 너무도 그리워서 온 것뿐……이라고 말하려 했지만, 모멸에 찬 눈빛 때문에 갑자기 말문이 탁 막혔다. 그녀가 그사이 현관문을 닫았다. 딸그락. 자물쇠 맞물리는 소리가 안에서 나고 있었다. 나는 한동안 우두커니 문 앞에 서 있었다. 지나던 한 남자가 이상하다는 듯 힐끔힐끔 나를 돌아보았다.

나는 회사로 가지 않고 강변으로 나갔다.

육체에서는 진리를 볼 수 없다던 어느 철학자의 말이 불현듯 생각났다. 맞는 말이었다. 내가 50여 년간 가져왔던 이데올로기가 바로 그러했다. 무절제한 육체의 욕망은 반도덕적이라는 것. 사랑은 순결이라는 것. 아내와의 신혼 시절이 고통스러웠던 것도 그 꽉 막힌 생각 때문이었다. 나를 만나기 전에 아내는 이미 순결을 잃은 상태였다. 한 시절은 그것이 아주 괴로웠다. 내가 잘못하고도 아내의 따귀를 때린 것은 이로서 너와 피장파장 공평해지지 않았느냐는 야비한 계산속이 작용했을지도 몰랐다. 나는 아내를 만날 때 육체적으로 순결했기 때문이었다.

그러나, 이 꼴이 도대체 뭐란 말인가.

나는 점심때쯤에야 출근했다. 전무는 아무 말도 하지 않았다. 맥주의 신상품 개발을 위한 미국 회사와의 합작 설비 프로젝트 안이 최종 확정됐다고 밑의 부장이 설명해주었다. 기획안은 오늘 중으로 회장 결재에 올려질 것이라고 했다. 나는 고개를 끄덕거렸다. 무력증에 빠진 것처럼 힘이 없었다. 천예린에게서 전화가 걸려 온 것은 퇴근 시간이 가까워질 무렵이었다.

나올 수 있겠어요?

물론입니다. 나는 마약이라도 복용한 것 같았다. 아침의 강변에서 느꼈던 회의는 온데간데없었다. 미친 게 확실했다. 나는 성급하게 약속 장소로 달려갔다. 아침엔 미안했어. 호텔 커피숍에서 만난 그녀는 말했다. 그녀의 말에 나는 오히려 감동했다. 우리들은 호텔에서 밥을 먹고 예술의전당에서 러시아의 교향악단 연주를 함께 들었다. 음악은 몰랐지만, 그녀의 안내를 받아 문화의 새로운 세례를 받는 나날이라고 나는 생각했다. 가슴이 벅찼다.

또 돈이 좀 필요한데.

그녀는 말했고, 나는 고개를 끄덕거렸다.

3,000 정도. 이번엔 한 보름쯤 걸릴 거야. 걱정 마세요. 나는 대답했다. 몇천만 원쯤 한동안 남몰래 돌려쓰는 것은 어려운 일이 아니었다. 그녀와 함께라면 지옥인들 가지 못하겠는가. 자정쯤 그녀의 아파트로 함께 돌아왔다. 그녀가 말했다. 부인과 싸웠다면서, 오늘은 그만 돌아가. 나에게 주는 정성의 반쯤이라도 부인에게 줘. 그녀가 현관에 선 채 말했다. 30여 년간 당신 곁에서 시간을 보낸 부인 생각 좀 해보라고. 우리는 다시 만나면 되잖아. 모레 저녁, 어때? 보고 싶은 뮤지컬이 있거든.

그녀가 내 볼에 키스하고 문을 닫았다.

집 안은 그러나 이미 폐허였다. 아내와의 관계를 개선해보려는 것이 아내에 대한 사랑 때문이 아니라 그녀의 충고 때문이라면, 그것 자체가 기만이요 위악이라는 점을 그 당장엔 생각하지 못했다. 나는 아내가 좋아하는 레몬을 한 바구니 사 들고 집에 돌아왔다. 레몬이 싱싱해 봬서, 라고 나는 현관문을 열어주는 아내에게 말했다. 아내는 대꾸도 하지 않았다. 나는 겸연쩍어져서, 야근을 하느라 뭘 좀 먹었지만 느끼한 게 밥 생각이 나네, 덧붙였다. 그러고는 옷을 갈아입었다.

아내는 기계적으로 늦은 저녁상을 차렸다.

식탁의 상차림은 변함이 없었다. 나는 짐짓 숟가락을 들었다.

아내와 화해의 대화를 나눠보자고 밥을 찾은 것이지 배가 고픈 것은 아니었다. 아무리 화가 나 있어도 가족의 밥상을 챙겨주는 일을 마다하지 않는 아내의 고유한 습관을 알고 하는 짓이었다. 아내는 어느 편이냐 하면, 부부 싸움 끝에 눈물 바람을 하면서도 때가 되면 식탁을 차리는, 그런 타입이었다.

무엇이 어떻게 됐는가.

나는 억지로 콩나물국을 삼키며 생각했다.

모든 것이 변함없이 그대로, 그곳에 있었다. 늦은 밤의 고요한 침묵도 그대로였고, 거실 소파와 진열장과 진열장 가운데 놓인 텔레비전, 오디오 세트도 그대로였고, 식탁과 식탁 위의 상차림도 그대로였고, 아내가 벗어 건 앞치마, 거실 벽에 걸린 네 가족이 단란한 가족사진, 내 입맛에 딱 들어맞는 콩나물국도 그대로 내 앞에 놓여 있었다. 5년 전, 10년 전, 십몇 년 전 그랬듯이, 내일이나 모레, 또는 10년, 15년 후에도 그럴 것처럼. 생각하면 그것들은 우연히 거기 있는 게 아니었다. 수십여 년 밤낮으로 일하고 일해서 얻은 것들이며, 수십여 년 밤낮으로 참고 참으면서 얻은 것들이었다.

그런데.

나는 입 속으로 중얼거렸다.

안방으로 들어간 아내는 잠잠했다. 아이들도 얼굴을 본 게 오래전인 것 같았다. 아이들은 여전히 내가 벌어 온 돈으로 밥을 먹고 옷을 입고 용돈을 쓰면서도, 나를 완전히 투명인간 취급하고 있었다. 지금만 그런 게 아니었다. 원래부터 아이들은 제 엄마와 이야기를 하고 있다가도 내가 들어가면 형식적인 인사를 건네고 제 방으로 들어가기 일쑤였다. 그것이 뭘 말하는지조차 자각하지 못했지만 이제는 확실히 알 것 같았다. 천예린을 만나기 오래전부터, 나는 이 집에서 단지 돈이나 벌어 오는 로봇 취급을 받아왔다는 것을. 가족 모두가 나에게 희로애락이 있다는 것조차 인정하지 않았다는 것을. 그리고 나에게 억압된 옛꿈의 유령이 깃들어 있을 수 있다는 걸 상상하는 사람이 전혀 없었다는 것을. 선우나 선희도 보나마나 스케치북이 아버지인 나에게는 '당나귀 뿔'이라고 여겼을 터였다. 워낙 오래 그렇게 취급당해왔으므로 새삼 서운하진 않았다. 그보다 아내가 닫은 문이 보여주는 배타성에 나는 조금 당황했다. 거실 소파, 텔레비전, 오디오도 낯설기 한이 없었다. 콩나물국은 생전 처음 들어와본 식당의 그것처럼 입맛에 맞지 않았고, 벽에 걸린 사진 속의 애들과 아내가 처음 보는 얼굴 같았다.

이곳이 내 집인가.

나는 생각했다. 저 여자가 내 아내인가. 저 아이들은? 아내는 미소 짓는 얼굴로 내 옆에 바싹 붙어 앉아 있었는데, 살진 턱과 화장으로 간신히 감춘 기미와, 화장으로도 감추지 못한 눈가의 잔주름이 주는 전체적인 이미지는 우울했다. 벌써 몇 해째 사진은 그곳에 걸려 있었으나 아내의 모습에서 우울한 이미지를 느낀 건 처음이었다. 평범한 중년 여자가 내 곁에 붙어 앉아 있는 게 이상했다. 나 또한 그랬다. 살짝 벗겨져 올라간 머리와 싱겁게 웃고 있는 입 모양과 휑하니 열린 눈빛과 각진 턱과 골진 볼의 갈데없는 중늙은이 남자가 거기 있었다.

아니야.

나는 도리질을 했다.

내가, 내 아내가 아니야. 저건, 내 아이들이 아니야. 마치 낯선 집에 잘못 들어와 있는 기분이 들었다. 견고한 구조라고 여겼던 것들은 깨어지고 없었다. 오래전부터 이미 깨져 있던 걸 나만 모르고 있었던 것 같았다. 아이들만이라도 나처럼 가난으로 상처받지 않게 하려고, 그렇게 죽어라 일해왔는데, 아, 나는 모래 위에 집을 지어왔던가. 모든 것들은 세월의 먼지에 뒤덮여 부식해 있었다. 소파도, 텔레비전도, 오디오도, 사진 속의 얼굴들도, 진열장도 부식할 대로 부식, 손가락 끝만 대도 풀썩 먼지가 되어 주저앉을 것 같았다. 끔찍하고도 잔인한 자각이 아닐 수 없었다.

다음 날부터 나는 파멸을 향해 더 빠른 속도로 나아갔다. 죽음의 불빛으로 투신하는 부나방 같았다고나 할까. 나는 나 자신을 제어할 수 없었고, 제어해야 된다고 생각하지도 않았다. 되돌아볼 마음의 여유도 없었다.

프로그램은 늘 그녀가 짰다.

우리는 세계적인 연주가의 연주를 들으러 갔고, 뮤지컬이나 연극을 보았으며, 오페라 구경도 다녔다. 모든 장르의 예술을 깊이 이해하고 있는 그녀는 언제나 내게 자애로운 선생처럼 쉽게 설명해주었다. 우리는 또 장안의 고급 레스토랑과 전망 좋은 카페를 순례했다. 두 사람의 한 끼 식사값을 30만 원 넘게 지불한 적도 있었다. 예전 같았으면 놀랄 만한 소비였지만, 그녀와 함께 있을 때 나는 너무도 자연스럽게 그것을 받아들였다. 나라고 해서 왜 항상 짜장면만 먹고 서류 더미에만 묻혀 있어야 한단 말인가. 동숭동 거리를 누비던 젊은 행렬들이 자주 눈앞에 떠올랐다. 그들에게 비한다면 나는 한 번도 사람답게 산 적이 없었고, 문화의 흥취를 누려본 적이 없었다. 그게 한없이 억울하기도 했다. 나는 그래서 그녀와 함께 내가 일찍이 누려보지 못한 최고급을 지향했다. 그것이 그녀에게 어울렸으며, 그녀와 함께 있으므로 나의 소비도 응당 그래야 한다고 여겼다. 시내의 야경이 한눈에 내려다보이는 어떤 호텔의 멤버십 레스토랑에 앉아 최고급 포도주에 취해 오페라 〈카르멘〉에 대한 그녀의 얘기를 들을 때, 아무것도 누려보지 못하고 늙어온 과거의 나에 비해, 그 순간의 내가 너무 행복하고 황홀해서 속으로 울었다.

과거의 내 삶은 사람살이가 아녔어.

나는 회한에 차서 중얼거렸다. 점심시간에 약속이 없으면 행여 누가 볼세라, 회사에서 두 정거장이나 걸어가 혼자 짜장면을 먹었던 게 천예린을 만나기 전까지의 내 삶이었다. 그렇게 아끼지 않으면 남편 노릇, 아버지 노릇을 할 수 없다고 늘 습관적으로 생각해왔기 때문이었다. 천편일률적인 식탁, 무미건조한 대화, 부식된 일상의 얼굴들, 그리고 상상력이 숨 쉴 수조차 없는 저 잔인한 숫자들의 세계에서 나는 더 이상 살고 싶지 않았다.

아내와는 거의 말을 안 하고 지냈다. 아내뿐만 아니라 아이들하고도 마찬가지였다. 밤늦게 귀가했을 때, 집 안은 대개 물속같이 고요했다. 아무도 나를 맞아주지 않았다. 나는 집에서나 회사에서나 철저히 고립됐다. 회의가 있다는 전달조차 내가 아니라 내 밑의 부장에게 전해지는 정도였다. 게다가 나는 그녀에게 3,000만 원에 더해 얼마 후 5,000만 원을 또 회사 공금에서 빌려주었고, 머지않아 다시 더 많은 돈이 그녀에게 필요하다는 것도 알게 되었다.

안개가 잔뜩 긴 저녁이었다.
밤 11시쯤이었던가. 프랑스 식당에서 우아한 식사를 하고 그녀의 아파트로 돌아왔을 때, 아파트 안에 환히 불이 켜져 있었다. 처음에 나는 화실을 운영하는 그녀의 딸이 온 줄 알았다. 따님이 오셨나 보지요? 내가 말했고, 어서 돌아가, 그녀가 아파트 열쇠를 꺼내 든 채 아주 당황한 표정으로 대답했다. 아파트 안에서 발소리가 들려왔다. 슬리퍼를 끄는 소리였다.

따님이시라면 인사나 하고 갈게요.

안 돼. 어서 돌아가.

그녀가 그처럼 당황하는 것을 나는 처음 보았다. 그녀는 목소리를 한껏 낮추었을 뿐 아니라 무조건 나를 엘리베이터 쪽으로 밀어내고 싶어 했다. 그녀와 나는 프랑스 식당에서 최고급 포도주 한 병을 따로 구해 들고 온 참이었다. 우리 집에 가서 마시자, 라고 그녀는 말했다. 안개 낀 밤엔 포도주 맛이 남다르다고, 엘리베이터에 탈 때만 해도 자못 들떠서 툭, 툭, 포도주병을 손끝으로 치던 그녀였다. 그런 그녀가 한사코 나를 밀어내고자 할 때, 뭔가 있어, 내 감각의 안테나에 미묘한 불이 들어왔다.

나는 밀려 나와 혼자 아파트 앞 포장마차로 들어갔다.

소주 한 병 주세요, 라고 나는 말했다. 포장마차 문 너머 어둠 속의 한강은 안개에 갇혀 그 윤곽조차 보이지 않았다. 나는 혼자 소주 한 병을 금방 다 마셨다. 취기가 온몸으로 적셔들자 그녀가 더욱더 그리워 손끝이 타들어가는 것 같았다. 당신이 그리워. 나는 혼잣말을 했다. 나는 소주를 한 병 더 마셨다. 안개떼가 부드럽게 흘렀다. 자정이 넘어 거리로 나왔지만, 택시는 여간해서 오지 않았다. 혹시, 지금쯤 그 미지의 방문객이 돌아갔는지도 몰라. 그리움 때문이었을까. 내 상상력이 거기에 이르렀다. 나는 비틀거리면서 그녀가 사는 아파트 광장 안으로 다시 들어섰다. 그녀를 보고 싶어 견딜 수 없었다.

엘리베이터 앞에 섰을 때 문이 열렸다.

나는 성급하게 한 발을 들이밀다가 때마침 엘리베이터에서 나오는 한 남자와 어깨를 부딪쳤다. 쓰러질 뻔하면서, 그러나 간신히 엘리베이터 문을 붙잡고 서서, 나는 이쪽을 불쾌한 듯 돌아보고 나가는 남자를 보았다. 나보다 젊고 헌칠한 남자였다. 당신, 뭐, 뭐얏! 혀 꼬부라진 소리로 내가 말했다. 이내 엘리베이터 문이 닫혔고, 나는 사라진 남자에게 강한 적개심을 느꼈다. 그녀의 아파트에서 나온 남자라는 나쁜 예감이 나를 사로잡았다. 그녀의 아파트 안에선 아무 소리도 나지 않았다. 나는 문을 두드렸다. 나예요, 라고 나는 큰 소리로 말했다. 그녀가 그리워 미칠 것 같았다. 진영이오. 김진영이 왔다고요!

한참 만에 아파트 문이 열렸다.

그리운 그녀는 현관 안쪽에 서 있었다. 뭐야, 당신. 어떤 놈을 숨겨놨나 봐야겠어, 라고 나는 웃으면서 말했다. 손끝이 떨렸다. 그녀는 가만히 문을 잡고 서 있었다. 자신의 말을 듣지 않고 다시 온 나 때문에 화가 좀 난 눈치였다. 그러나 나는 취해 있었고, 이미 내 안에서 어떤 격정이 타고 있었기 때문에 그녀의 눈빛에 전혀 개의하지 않았다. 당신은 내 거야. 나는 비틀비틀 그녀에게 다가갔다. 그녀의 손이 전광석화, 움직인 게 그때였다. 그녀의 손바닥이 나에게 날아와 호되게 뺨에 감겨들었다. 얻다 대고 감히……라고, 그녀가 말했다. 얻다 대고 감히 내 것 네 것 해! 너, 돌았어! 놀랍지 않았다. 놀랍기는커녕 오히려 이상야릇한 오르가슴에 도달하는 것 같은 느낌이었다. 어떤 격정이 내 안에서 계속 솟구쳐 올라왔다.

이번엔 내 손이 움직였다.

순간적으로 날아간 손이었다. 손바닥이 수평을 그리며 날아가 그녀의 얼굴에 짝, 감겼다. 거실 바닥으로 그녀가 나가떨어졌다. 짜릿했다. 나는 그녀를 쫓아 비틀, 거실로 올라갔다. 발딱 일어선 그녀의 손바닥이 다시 나의 뺨을 친 것은 그 다음이었다. 나의 격정도 이미 시위를 떠난 다음이었다. 이번 역시 나도 다시 그녀의 뺨을 치는 것으로 받았다. 내가 하는 짓이 아니라 나의 내부에 깃든 다른 누가 하는 짓이었다. 내 손짓이 너무 가혹했던지 이번에도 그녀는 쓰러졌고, 고개를 들었을 때는 입가에서 피가 흘러나오고 있었다. 폭발은 그 직후 일어났다. 나는 난폭하게 달려가 그녀를 안았다. 그녀는 내 힘을 당할 재간이 없었다. 당신은 내 거야, 그런 말이 내 입에서 나왔다. 절대, 어떤 놈도, 내게서 너를, 빼앗아 가지 못해!

그때 나는 살의(殺意)를 느꼈었던가.

아니다. 내 대답은 그것이다. 어떻게 나의 교사이며 해방자이며 삶의 제관(祭官)인 그녀를 감히 죽일 수 있단 말인가. 맹세하노니, 나는 그녀를 죽이려 한 적도 없었고 살의를 가진 적도 없었다. 설령 그녀가 다른 남자와 정사를 벌였다고 할지라도, 저 남자, 김진영은 바보야, 그저 갖고 놀 뿐이야, 라고 그녀가 다른 남자에게 말하고 있었다고 하더라도, 나의 대답은 한마디로, 아니다, 라는 것이다. 물론, 엘리베이터 앞에서 어깨를 부딪쳤던 그 젊은 남자가 그녀의 아파트에서 나왔다는 것을 내가 본능적으로 느낀 건 사실이었다.

당신은 그날 날 죽이려 했어.

먼 훗날, 그녀가 말한 적이 있었다.

내가 자신의 옷을 찢어발기고 자신의 목을 졸랐다고 했다. 공포감을 느꼈겠네요. 나는 말했고, 천만에, 그녀는 고개를 저었다. 공포라니, 천만의 말씀이야. 오히려 감동적이었어. 많은 남자들이 사랑한다고 말해왔지만, 나를 죽일 수 있을 만큼 사랑한 것은 그날의 당신이 첨이었으니까. 당신 손에 정말 죽고 싶더라고. 내가 사랑하고 사랑하지 않고가 무슨 상관 있어? 그제야 나는 그녀의 목을 졸랐던 게 기억났다. 넌, 내 거야. 나는 소리치면서 그녀의 목을 졸랐다. 그렇지만 단언하건대, 죽이고 싶어 그런 것은 아니었다. 내가 기억하는 것은 그녀를 죽이고 싶은 마음이 아니라, 그녀를 완전히 갖고 싶다는 저돌적인 나의 욕망이었다. 목을 조를 때 나를 지배한 욕망이 바로 그것이었다.

목을 조르다가 시작된 그날 밤의 정사를 표현하려면, 파멸이라는 낱말보다 더 적절한 표현을 찾을 수가 없다. 다른 때와 달리 파멸의 제의(祭儀)를 주관하는 제관은 그녀가 아니라 나였다. 그녀는 다만 항복한 상태로 내게 모든 걸 맡겨놓고 있었다.
나는 우선 내 독향(毒香)이 섞인 타액을 그녀의 온몸에 발라 모
든 세포들을 분리하고 해체했다. 그런 다음 더 깊이, 더 뜨겁게,
더 이상 거칠 수 없을 만큼 거칠게, 그녀의 뼈마디를 들어 올렸
다. 나는 마치 타고난 장인처럼, 그녀에게 배운 대로, 감각의 섬
세하고 난폭한 흐름을 완전히 장악했다. 나의 감각들은 연쇄
폭발로 상승했다. 놀라워, 당신! 마침내 그녀는 비명처럼 소리
질렀다. 굳세게 내 자아를 억압해온 온갖 사슬들이 일제히 끊
어져 내리는 걸 보고 느끼는 일은 장쾌하기 이를 데 없었다. 날
버리면…… 죽일 거야. 나는 부르짖었다. 환상의 지평에 별똥별
이 무수히 지고 있는 걸 나는 보았다. 눈물이 쏟아졌다.

　아내와의 관계는 이미 돌이킬 수 없는 강을 넘어서고 있었
다. 그날 이후 집에 돌아가지 않는 날도 급속도로 많아졌다. 아
내는 아무 말도 하지 않았다. 폭풍 한가운데의 정적처럼 아내
와 나 사이엔 불안한 침묵이 흐르고 있었다.
　회사 문제도 마찬가지였다.
　회사는 꼬박꼬박 나갔지만 혼이 나간 듯 나는 멍한 포즈로
하루를 보내곤 했다. 김 이사 생각은 어때, 라고 회장이 직접 나
를 불러 신상품 개발을 위한 기획안에 관해 물었다. 글쎄올시
다. 전무님께서 워낙 열정적으로 매달리는 기획이어서 잘되겠
다, 그런 생각을 하고 있습니다. 회장이 내 말에 미간을 찌푸렸

다. 글쎄올시다, 따위의 표현을 회장은 제일 싫어했다. 예전 같았으면 내 대답이 결단코 그렇게 뜨뜻미지근했을 리가 없었다.

설비 자금은 무리 없이 해내겠지?

회장은 마지막으로 그렇게 물었다. 마침내 결재가 이루어졌고, 미국 쪽 회사와의 제휴 조건들이 급속히 합의에 이르렀다. 자금을 끌어 모으는 게 나의 일이었다. 자금 시장의 흐름이 묘하게 돌아간다는 건 알고 있었으나 상관없다고 생각했다. 그 기획 덕분에 내 손안을 통과하는 자금이 일시적으로는 전보다 더 늘어났으므로 천예린이 원하는 돈을 마련하는 것은 오히려 쉬워졌다. 그녀는 계속 돈이 필요하다고 말했다.

그녀가 어떤 여행사에서 나오는 것을 우연히 본 것은 10월 하순께였다. 그녀는 서류 봉투 같은 걸 들고 힘겹게 여행사 계단을 내려왔고, 나는 한 사채업자를 만난 뒤 바쁘게 회사로 돌아오는 길이었다.

웬일이신가요, 여행사에?

그냥…… 뭘 좀 물어볼 게 있어서…….

그 무렵의 우리는 물론 매일 함께 지냈다. 주말이면 설악산으로 제주도로 여행을 했고, 평일엔 그녀의 아파트에서 밤 시간을 보냈다. 그녀에게 다른 남자가 있다는 걸 나는 눈치로 풀어 알고 있었다. 그날 아파트 엘리베이터에서 부딪쳤던 바로 그 남자였다. 그 남자 뭐하는 사람인가요? 나는 물었다. 우리가 서로 뺨을 치다가 광포한 정사 끝에 잠든 후부터 그 남자에 대한 말은 더 이상 터부가 아니었다. 화가야. 그녀 역시 대수롭지 않다는 듯 대답했다. 그림으로 밥 먹기 어렵잖아. 사업에 손을 좀 대보려고 하다가 오히려 함정에 빠졌다는 거야. 세상 물정에 어두워서 말이야, 동업하자고 꾄 사람한테 당했대. 집까지 차압 딱지가 붙고, 큰 고통을 겪고 있어. 애들도 셋이나 되는데 거리로 나앉을 판이니 원.

그녀의 눈가에 짙은 그늘이 졌다.

혹시 그럼, 하는 생각이 내 뇌리를 스쳤다. 내게서 가져가는 돈이 그 남자에게 건네지고 있는 것은 아닐까. 그러나 전광석화처럼 내 감각의 레이더에 떠올랐다가 사라졌을 뿐이었다. 좌우를 살필 여력도 나에겐 없었다. 그 남자를 사랑……하나요? 그녀는 힐끗 나를 보았다. 뭐, 대답 안 하셔도 좋아요. 내가 말했다. 아니야. 그녀가 고개를 흔들었다. 안심해도 좋아. 그 사람은 있지, 날 사랑하지 않거든. 예전에도 그랬어. 내가, 애들처럼, 잠시 짝사랑을 했을 뿐이라고. 그녀는 쓸쓸하게 웃었다. 이 나이에 짝사랑이라니 우습지 않아? 어떤 땐 나도 자다가 일어나 앉아 혼자 웃어. 쓸데없는 건 상상하지 마. 그날 밤은 일이 있어 내 집에 잠깐 들른 거야. 그 사람, 절대로 아마 다신 올 일도 없어!

그 남자도 혹 김씨인가요?

아냐. 유씨. 유수빈. 나이는 안 물어봐? 마흔셋이야. 화가이고, 정릉에 살고 있고. 차라리 받아 적지 그래? 그녀는 환하게 웃었다. 여느 때와 달리 그녀는 모든 질문에 흔쾌했다. 지금 당신 머릿속에 뭐가 지나가고 있는지 알아맞혀볼까. 그녀가 말을 이었다. 나한테 빌려준 돈 때문에 불안하지? 내가 빌려준 돈이 혹시 그 남자에게 간 것은 아닐까 하고? 그녀는 독심술사였다. 걱정하지 마. 상가 갖고 있던 걸 내놨어. 팔리는 대로 한꺼번에 갚을게 조금만 참아. 그녀는 태평한 얼굴을 했다.

국립극장에서 뮤지컬을 보고 나온 직후였다.
뮤지컬에서 받은 감동이 우리를 사로잡고 있었다. 사랑을 그린 뮤지컬이었다. 극장 층계를 내려오면서, 그녀는 이루지 못한 비련의 상처를 안고 끝내 죽어간 여주인공에 대해 말했다. 사랑의 진실이란 어차피 죽음이 아니고선 증명할 수 없는 것인지 몰라, 라고 말할 때, 나는 자연스럽게 그녀의 어깨를 안았다. 키가 작고 어깨도 좁아서 내가 팔을 두르면 그녀는 쏙 겨드랑이 사이로 들어왔다. 국립극장 야외 주차장은 밤안개가 잔뜩 끼어 있었다.
그 뮤지컬에서…… 죄라는 말이 기억에 남아.
죄가 어떻다고요?
사랑이란 그렇잖아. 죄를 짓지 않고 사랑한다는 걸 상상할 수는 없어. 그건 불이고 악마야. 남자 주인공의 독백 들었지? 여주인공의 죽음은 단순한 헌신이 아니야. 사랑 앞에 무릎 꿇을 때 사랑은 우리에게 죗값을 요구하거든. 목숨까지.

차에 타세요.

나의 여왕에게 나는 차 문을 열어주었다. 유도 조심하는 게 좋을 거야, 라고 말하면서 그녀는 장난스럽게 얼굴을 바싹 들이밀고 내 눈에 자신의 눈빛을 맞추었다. 눈가에 잔주름을 잔뜩 만들어 웃고 있긴 했지만, 그녀의 눈빛은 이편의 영혼을 단번에 빨아들일 듯이 이상하게 빛나고 있었다. 당신의 목숨을 요구할지도 몰라, 내가! 그녀가 차에 타기 전 재빨리 속삭였다. 목숨을 요구한다면 드리지요, 라는 말이 떠올랐지만 말은 하지 않았다.

바로 그때, 누군가 조수석의 차 문을 벌컥 열었다.

뭐예요. 막 자리에 앉았다가 다시 열린 차 문에 놀란 그녀가 외친 것과 내가 고개를 돌린 것은 동시였다. 아내였다. 뮤지컬의 티켓을 예매해 양복 안주머니에 넣고 다녔는데 그 티켓을 보았던 모양이었다. 내가 그녀의 몸을 안고 걸어오는 것도, 서양 남자들처럼 그녀에게 차 문을 열어주는 것도 아내는 보고 있었을 터였다. 나는 어찌할 바를 몰라 잠시 멍하니 있었다. 저 사람, 아내예요. 아내가 먼저 말했고, 그녀는 몹시 당황했다. 아내가 차 문 옆에 완강히 버티고 있었으므로 그녀는 조수석 좁은 공간에 갇힌 꼴이었다.

나도 이 차를 탈 건데, 계속 앉아 가시겠어요?

아내가 두 번째로 펀치를 날렸다. 그녀에게 자신의 위치를 확고히 인식시켜주는 말이었다. 그녀의 얼굴이 모멸감으로 벌겋게 달아올랐다. 시인 천예린 선생님이셔. 내가 말했고, 아내의 끝과 같은 시선이 이번엔 내 쪽으로 날아왔다. 네, 시인이시군요. 굉장하네요, 당신이 시인하고 친구가 되시다니. 아내가 말했고, 내릴 테니, 좀 비켜주시겠어요, 그녀가 말했고, 당신답지 않게, 무례히 굴지 마, 내가 말했다. 아내는 계속 조수석 앞을 비켜나지 않고 있었다. 좋아요. 아내가 앞자리에 앉는 게 무례한 짓이라면 시인 선생님께서 그냥 앉아 가세요. 난 뭐, 뒷자리에 앉지요. 아내가 비로소 뒷좌석 문을 열었고, 차에서 내린 그녀가 아내를 가로막았다. 부인께서 앞자리에 타고 가세요. 나는 택시를 탈게요. 그녀 또한 격양된 감정을 주체할 수 없다는 듯 벌써 주차장 밖으로 걸어 나가고 있었다. 시인께서 타셔야지요. 시인이시잖아요! 아내가 소리쳤다.

결말은 그러나 아내로부터 비롯된 것이 아니었다. 돌이켜보면, 그녀의 입장에서 모든 계획은 정말 완벽했다. 실행 또한 어려움이 없었다. 각본과 연출과 주연은 물론 천예린, 그녀였고 나는 피에로에 불과했다. 아니 그냥 하나의 도구, 소모품 정도였다. 그녀의 입장에서 보면 너무도 상투적인 각본이었을 터였다. 나는 그녀의 손안에 쥐어진 한낱 공깃돌에 지나지 않았다.

하룻밤만 어디 가서 자고 와, 우리.

그 말이 연극의 마지막 에필로그였다. 피에로에 불과했던 나는 당연히 그녀의 연출에 따라 비행기를 타고 해운대로 날아갔다. 주말이었고 바다는 한창 부풀어 올라 있었다. 그녀가 미리 예약해둔 호화로운 콘도미니엄에서 내다본 바다는, 때마침 맑게 씻긴 달이 떠올라 그야말로 신천지의 그것처럼 기름지고 풍만해 보였다. 그녀는 그곳에서 연극의 에필로그를 위해 손수 생선을 다듬고 찌개를 끓이고 포도주 병을 땄다.

오늘은 가만있어. 뭐든 내가 해줄게.

그녀는 음식만 준비한 게 아니라 내 등이며 엉덩이며 발가락도 씻겨주었다. 어쩜, 발가락이 아주 이쁘네. 그녀의 목소리는 부드럽고 따뜻했다. 목욕탕 바닥에 무릎 꿇고 앉아 내 발가락 하나하나를 정성껏 닦아줄 때의 그녀는 제자들의 발을 씻겨주는 주님의 이미지를 풍겼다. 그녀는 내 사타구니도 닦아주었고 머리도 감겨주었다. 가만히, 그냥 눈 감고 있어. 자, 오늘의 나는 당신의 종이니깐. 그녀는 말했다. 그녀는 나를 뉘어놓고 심지어 얼굴에 마사지까지 해주었다. 우리는 밤새 함께 달빛 젖은 바다를 보았고, 밤새 함께 시를 읽었고, 또 밤새 정사를 나누었다.

사랑에서,
우리는 어떻게 멸망할 것인가.

그런 시구도 그녀는 내 품에 안겨 들려주었다.

괴테의 시야. 괴테의 시여서가 아니라 그녀의 목소리를 통해 들리는 시구였으므로 멸망이란 말조차 내겐 축복의 말처럼 들렸다. 사랑의 멸망에 관해 그녀는 말했다. 사랑은 멸망을 지향하는 독성을 그 본질 속에 간직하고 있다고 했다. 멸망이 아니고 무엇으로 사랑을 확인할 수 있겠느냐고 그녀가 물었을 때 나는 무한한 감동을 느꼈다. 그녀의 입장에선 그것이 나에게 주는 마지막 암시였을 것이었다. 그러나 나는 멍청하기 한정 없는 피에로에 불과했으므로, 그녀의 말이 어떤 암시를 담고 있는지 전혀 눈치채지 못했다. 꿈같은 여행에서 돌아와 헤어지며, 까치발을 한 그녀가 내 뺨에 자신의 입술을 댔을 때도 마찬가지였다. 안녕, 김진영 씨, 그녀는 속삭였고, 안녕, 천예린 씨, 나는 대답했다.

그러나 그 모든 시간은 독을 품고 있었다.

다음 날 그녀는 종일 전화를 받지 않았다.

밤 9시가 넘어서 나는 급기야 아파트로 찾아갔다. 그녀가 너무 그리워 다른 곳엔 갈 수가 없었다. 나는 굳게 잠긴 아파트 철문 앞에서 그녀를 기다렸다. 그녀는 자정이 돼도 돌아오지 않았다. 이럴 줄 알았으면 열쇠라도 달랠걸. 나는 혼자 서성거리며 중얼거렸다. 문득 그녀가 돌아오기 전에 이미 아파트 문을 열고 들어가 그녀를 기다리고 있던 남자 생각이 났다. 유수빈이랬지. 그녀의 말대로 이미 지나간 연대의 짝사랑일 뿐이었다면 그 남자는 어떻게 그녀의 아파트 열쇠를 갖고 있었던 것일까. 갑자기 마음이 불안해졌다. 아니야. 그럴 리 없어. 그러나 그녀는 새벽 1시가 돼도 돌아오지 않았다. 나는 아파트를 내려와 현관 수위실 앞에 섰다. 수위는 졸고 있었다.

아저씨. 천 선생님 혹시 보셨나 하고요.

그 선생님, 외출하신 게 아닌데요.

수위가 대답했다. 어디 멀리 떠난다고 하셨거든요. 나는 이 사람이 지금 무슨 말을 하고 있는가, 멍한 눈빛으로 그를 보았다. 마치 귀머거리가 되어 그의 입 모양만 의미 없이 보고 있는 느낌이었다. 천 선생님 사시던 아파트는 이미 팔렸는데요. 모르셨나요? 내일 새 주인이 이사 오기로 되어 있고요.

그, 그럴 리가요.

한참 만에 내가 간신히 말했다. 뭘 혼동하시나 본데 어제만 해도 나하고 해운대에서, 라고 말했을 때, 뒤늦게 내 가슴 어디에선가 덜커덕, 자물쇠가 맞물리는 소리 같은 게 났다. 멸망이라는 낱말이 떠올랐다. 늙은 수위는 쯧쯧쯧, 하고 혀를 찼다. 뭐가, 일이 잘못됐다는 것을 그도 비로소 알아차린 눈치였다.

아파트 안을 보고 싶어요.

나는 비명처럼 외쳤다. 수위의 얼굴에 노골적으로 연민이 떠올랐다. 내 목소리가 너무 절박했던지 수위는 아무 말 없이 열

141

쇠를 찾아 들고 앞장섰다. 아파트의 철문에 걸린 호수는 틀림 없이 그녀가 사는, 그녀와 나의 추억들이 담긴 그 아파트, 그 호수가 틀림없었다. 그럼 속 시원히, 보시구려. 수위가 현관 입구의 전등 스위치를 올렸다. 먼저 드넓은 거실이 눈에 들어왔고 거실과 이어진 부엌이 눈에 들어왔다. 그곳은 이미 거실이 아니었다. 텅 빈, 그래서 한껏 넓어진 휑뎅그렁한 공간일 뿐이었다. 안방도 작은방도 베란다도 아무것 없이 비어 있었다.

숨바꼭질이야. 나와 장난을 치려는 거야.

나는 거실 맨바닥에 주저앉았다. 무엇이 어떻게 되었단 말인가. 그녀라면 능히 이 정도의 깜짝 놀랄 만한 숨바꼭질을 연출해낼 수 있다고 나는 생각했다. 딱하게 되셨군요. 밤도 깊었는데, 그만 가서 주무세요. 늙은 수위가 내 어깨를 다독거리며 말하고 있었다. 부탁합니다. 날 잠시 혼자 있게 해주세요. 수위가 어쩔 수 없다는 듯 고개를 끄덕끄덕해주었다. 새벽까진 나가셔야 합니다. 나는 고개를 끄덕거려주었다. 청소까지 끝난 상태였기 때문에 아파트 안엔 그녀의 흔적이 될 만한 아무것도 찾을 수 없었다. 나는 거실을, 안방을, 화장실 바닥을 기어 다니며 흠흠, 냄새를 맡아보았다. 행여 그녀의 머리칼 한 올이라도 떨어져 있을까 찾아보았고, 그녀의 소지품이 하나라도 남아 있을까, 서랍마다 열어보았다. 머리칼 한 올과 잠금장치가 고장 난 머리핀 1개를 나는 겨우 찾아냈다. 머리칼은 목욕탕 하수구 사이에 끼어 있었고, 머리핀은 붙박이 서랍장의 한구석에 놓여 있었다. 그녀가 남긴 것이 겨우 이것이란 말인가. 나는 머리칼을 불빛에 대고 보았고, 호랑나비를 본떠 만들어진 고장 난 머리핀도 보고 또 보았다.

강은 달빛에 부드럽게 가라앉아 반짝이고 있었다.

나는 강을 오랫동안 내다보았다. 따져보면, 그녀가 나를 버린 것이 아니었다. 처음부터 그녀는 나를 사랑하지 않았다고 생각했다. 그렇지 않았던가. 지난 일을 하나씩 하나씩 짚어간 끝에 만난 명백한 결론이었다. 고장 났던 머릿속 회로가 비로소 다시 맞춰지는 기분이었다. 나는 주저앉았다. 바보, 천치, 머저리……라고, 그녀가 말하는 소리를 환청으로 들었다. 너는 피에로에 불과해. 그녀의 머리핀이 나를 비웃었다. 강은 반짝이는 것이 아니라 검은 아가리를 활짝 벌리고 내 발밑을 흐르고 있었다. 돌아가기에 나는 너무 멀리 온 게 확실했다. 집으로도 회사로도 돌아갈 수 없었다. 그녀 때문에 돌려쓰고 채워놓지 않은 회사 공금이 얼마인지도 생각나지 않았다.

가거라, 얘야.

불현듯 어머니의 목소리가 들렸다.

중학교를 졸업하고 나서 고등학교를 서울로 진학할 수 있었던 것은 전적으로 어머니의 결단 때문이었다. 서울은커녕 고향에서조차 고등학교에 진학할 수 없었던 그 지긋지긋한 가난 속에서 어머니는 큰아들 하나에 모든 것을 거는 위험한 도박을 단호하게 선택했다. 돌아다보지 말고 가. 방학 때도 여기 내려

올 생각은 애당초 해선 안 돼. 무조건, 서울 사람 돼라 잉. 출세해. 넌 우리 집 대들보야. 대들보 하나 콱 박아놓으면 나머지 서까래들도 모두 제자리 잡고 앉을 것이니깐. 서울로 가는 첫 버스에 열여섯 아들을 태워 보낼 때, 개떡에 삶은 계란 몇 개를 양은 도시락에 넣어 쥐여주면서 어머니가 어금니 악물고 했던 말이 하필 왜 이런 순간 생각나는지 모를 일이었다. 출세했지. 출세했고 말고. 내가 회사 입사 시험에 합격하고 나자, 눈시울을 훔치며 어머니가 했던 말도 생생했다. 굴지의 주조 회사에서 수십 수백 억 원의 자금을 좌지우지하는 이사 자리에 있다는 걸 어머니가 안다면 더욱 그럴 터였다. 회사도 많고 깔린 게 이사라고 말하는 사람도 있으련만, 돌아보면 까마득한 풍진의 세월, 얼음같이 차가운 서울 복판에 중심을 턱 박고서, 이만큼 일가를 이루어 살아남았으니 얼마나 큰 출세란 말인가. 이만한 출세를 위해 내가 바쳐야 했던 굴욕과 인내, 고통스러운 노동의 시간들이 사방에서 나를 포위하고 달려들었다. 그녀를 잃는 건 그녀뿐만 아니라 그 모든 것을 다 잃는 것이었다.

나는 베란다 난간 너머로 한 발을 내밀었다.

어머니……라고, 나는 말해보았다. 썩을 것이, 시방 뭣하고 자빠졌냐! 백골로 씻겨 누운 어머니가 대꾸했다. 이제 한 발만 더 난간 너머로 내밀면 내 몸은 낙엽처럼 가뿐하게 허공을 가르며 낙하할 것이었다. 아파트 아래는 강변도로였고, 도로엔 차들이 전력 질주하고 있었다. 절망은 내 생의 중심을 잃었다는

데 있었다. 그녀가 없다면 무엇으로, 또 어디에 내 중심을 부릴 것인가.

바로 그때, 날카로운 금속성이 들렸다.

나는 놀라서 아파트 아래를 내려다보았다. 취한 사람이었던지, 심야의 강변도로를 걷던 한 사람이 차에 치였던가 보았다. 내가 내려다보았을 때는 이미 한 남자가 승용차에 받혀 붕 떠올랐다가 도로 중앙으로 내박쳐진 다음이었다. 차들이 연이어 브레이크 금속성을 냈다. 사내는 즉사했는지 넝마처럼 널브러진 채 꼼짝도 하지 않았다.

나는 온몸을 한차례 부르르 떨었다.

새벽녘 아파트에서 나온 후 나는 일단 출근했다. 그녀의 딸이 운영하는 미술학원의 문은 정오에나 열릴 터였다. 이사님께 엄마가 아무 말씀도 사전에 안 하셨단 말인가요. 그녀의 수양딸인 경혜는 그렇게 반문할는지 몰랐다. 아니 천예린이 천연스럽게 전화를 걸어 올 수도 있었다. 나는 되도록 평상심을 유지하도록 애쓰면서, 그러나 전화에서 멀리 떨어지지 않으려고 자리를 지켰다.

이사님, 문제가 좀 있어요.

내 밑의 차장이 어두운 낯빛으로 다가와 말했다.

장부하고 은행에서 차입된 현금이 안 맞는데요. 상당액이 비어요. 나는 버럭 화를 냈다. 사람 참. 그런 일이 어디 한두 번 있

어? 빈 돈은 곧 채워질 테니까 그리 알아. 자네만 알고 있으라
고! 부장님께 벌써 보고드렸는데요. 차장이 울상을 했다. 부장
이 알았다면 보고는 당연히 전무에게까지 곧 올라갈 것이었다.
나는 코너에 몰려 쓰러지기 직전의 복서 꼴이었다. 신상품 개
발 사업, 어쩌면 중단될 것 같은데 이사님 모르십니까. 전무님
이랑 부장님이랑 그 건으로 지금 회장실에 불려 가 계신걸요.
환율의 움직임이 심상치 않고요. 자금의 흐름도 그렇고. 신상품
개발이 중단되면 아마 책임 문제가 뒤따를 거예요. 요즘 개인
적으로 무슨 일 있으세요?

　나는 도리질을 하며 낯빛을 붉혔다.

　길은 어디든 보이지 않았다. 그렇다고 새삼스럽게 이리 뛰고
저리 뛰고 할 수도 없었다. 업무의 중심 라인에서 내가 급속히
소외돼온 것은 내 탓도 크겠으나, 전무가 의도적으로 나를 업
무에서 배제시켜온 결과였다. 지금도 전무는 부장만 대동하고
회장실로 들어가 있지 않은가. 책임져야 할 일에 나를 비끄러
매기 위해 전략을 세우고 있을 가능성이 많았다. 어차피 공금
을 채워 넣을 길도 없었다.

　경혜의 화실은 굳게 잠겨 있었다. 오후에도 마찬가지였다. 전
무와 부장은 오후가 돼도 자리로 돌아오지 않았다. 나는 화실
이 들어 있는 건물의 1층 문방구에 들렀다. 화실 그거, 넘겼다
고 들었는데요. 문방구점 주인이 말했다. 거리엔 하오의 햇빛이

내리쬐고 있었다. 플라타너스 잎들이 잔뜩 떨어져 있는 길을 나는 걸었다. 바야흐로 조락의 계절이었다. 공해에 찌든 플라타너스 잎들은 검고 더러웠다. 그것은 단풍잎이라기보다 쓰레기처럼 더럽고 쓸모없어 보였다. 나는 물끄러미 그것을 바라보았다. 검고 더러운 그 잎사귀들보다도 못한 인간이 바로 나였다. 죄를 짓지 않고 사랑한다는 건 상상할 수 없다고 그녀는 말한 적이 있었다.

당신의 목숨을 요구할지도 몰라, 내가.

그녀는 그때 이미 충분히 내게 경고를 한 것이었다. 그때뿐만이 아니었다. 돌이켜보면 그녀는 내게 그런 식의 암시를 수시로 주려 애썼던 것 같았다. 내가 알아서 당신의 함정을 피해가기를 바랐던 모양이나 그때마다 내가 한 말은 겨우, 선생님한텐 아무것도 조심하지 않겠어요, 그것뿐이었다. 나는 불구자처럼 한자리에 계속 붙박여 서서 땀을 흘렸다. 경혜를 만난다고 해도 그 애한테 물어야 할 책임은 전혀 없었다. 청년 서넛이 왁자지껄 웃으며 지나가다 내 어깨에 함부로 부딪쳤다. 이런, 고얀 것들! 나는 소리쳤다. 청년들이 터무니없이 큰 내 목소리에 놀라 깜짝, 돌아다보았다. 사람 어깨를 쳤으면 사과라도 하고 가야지 그냥 가? 버릇없는 것들. 사과해. 죄송합니다, 하란 말이야! 나는 삿대질까지 하며 고래고래 고함을 내질렀다. 그들은 그러나 영문을 모르겠다는 표정이었다. 또라이야. 어서 가. 한 청년이 말했고, 그들은 이내 가던 길을 향해 우르르 몰려

갔다. 사과해. 사과해. 사과해! 내 목소리가 공소하게 플라타너스 검은 잎들을 건드리고 사라졌다.

눈앞이 뽀얗게 흐려졌다.

국가 부도 사태와 함께 IMF로부터 구제 금융을 들이기로 했다는 뉴스를 들은 것이 그 다음이었다. 예견했던 대로 마침내 국가 파산 선고가 내려진 것이었다. 나에겐 아무런 희망도 없었다.

아버지

아버지의 짧은 편지 한 통을 받은 날은 4월 중순이었다.

한사코 오지 않으려는 아버지를 강제로 데리고 올 재간은 없었기 때문에 나는 할 수 없이 혼자 집으로 돌아와 아버지를 기다린 지 두 달째였다. 봄이 올 때까지 천예린 시인과 함께 있고 싶은 아버지의 간절함도 이해할 수 있었다. 봄이 와서 언 땅이 녹으면 아버지는 어쨌든 돌아오게 될 것이라고 믿었다. 그러나 아버지는 3월이 와도 돌아오지 않았다. 두 번째 바이칼로 갔던 경혜에게서 아버지가 이미 바이칼 호반의 그 통나무집에 없더라는 얘기를 들은 것은 스무 날쯤 전이었다. 남대문시장의 새 가게를 오픈한 뒤라 아버지를 찾아 길 떠나기가 쉽진 않았다. 한규철 사장에게 전화를 걸어봤지만 아버지의 행방은 여전히 묘연했다. 그런 참에 온 편지였다.

　여긴 베르호얀스크다.

　아버지의 편지는 그렇게 시작되고 있었다.

　중등학교 시절 배운 대로라면 세계에서 가장 추운 곳이 베르
호얀스크였다. 죽음의 땅, 북극해가 아주 가까운 곳이었다. 수
천수만 년 전부터 얼음으로 뒤덮인, 하다못해 박테리아 하나
도 살아남을 수 없는 곳이 북극해가 아닌가. 아버지의 생존 소
식을 처음 들었을 때부터 섬광처럼 내 가슴을 날카롭게 찌르며
박혀왔던 이미지 속에 바로 북극해가 있었다. 예감의 바늘이
민감하게 움직였다. 아버지는 당신의 죽음을 부르기 위해 일부
러 북극해 가까운 곳으로 갔을는지도 몰랐다.

　나는 유언장을 읽듯 편지를 읽었다.

　여기는 베르호얀스크다. 바이칼에서 이곳까지 한 달여가 걸렸
구나. 왜 갔느냐고 묻진 마라. 그저, 천 선생님이 생전에 오고 싶
어 했던 곳이라서, 비록 함께 올 순 없었지만 이렇게 왔단다. 내
가슴에 그분이 있으니 그분도 함께 온 거라고 난 생각한다. 나는
예니세이 강을 따라 북상했어. 여긴 인구가 채 3000명도 되지
않는 곳이야. 봄이 됐는데도 아직껏 영하 20도를 오르내린단다.
천 선생님은 죽음과 가까워지면서 자주 북극해를 보고 싶어 하

셨어. 빙하로 뒤덮인 북극해의 한 자락을 나는 보았단다.

아버지는 이렇게 썼다. 왜냐하면, 그분은 계속 북극해가 죽음의 심지라고 생각해왔었거든.

과실의 중심에 씨가 있듯이 우리들의 중심엔 언제나 죽음이 있다고 시를 통해 말한 것은 바로 천예린, 그녀였다. 그녀의 시에서, 북극해는 죽음과 동의어였다. 모든 존재의 중심에 수심 5000미터가 넘는, 뜨겁지도 차갑지도 않은, 아무런 소리, 색깔, 움직임도 없는 북극해가 놓여 있다는 것이었다. 아버지는 아마 천예린의 지향을 쫓아 그곳에 간 모양이었다. 염려하지 말라면서, 북극해를 보았으니 곧 돌아가게 될 것이라고, 아버지는 편지의 마지막에 덧붙이고 있었다. 베르호얀스크까지 여행한 걸 보면 건강도 어느 정도 회복한 듯해 그나마 마음이 놓이는 소식이었다.

천예린은 80여 편의 유작을 남겼다. 1월 말쯤에 바이칼로 날아가 아버지를 만나고 돌아온 경혜의 가방엔 그녀가 남긴 유작 시편들이 고스란히 담겨 있었다. 죽음에 시시각각 몰리면서, 삶과 죽음의 심지로서의 북극해를 은유와 상징으로 담아낸 시편들이었다. 놀라운 존재론적 혜안이라고 사람들은 말했다.
제목은 '북극해'라고 붙여야겠어요.

경혜는 말했다. 천예린의 시편들 속에 일관되게 쫓고 있는 이미지는, 얼어붙은 북극해의 표면이 아니라, 북극해의 심해에 깃들어 있을 금강석처럼 고요한 세계였다. 사랑에의 갈망도 깊었다. 고요하지만 불꽃같은, 놀랄 만큼 투명하지만 놀랄 만큼 통절한 지향이며, 반역이고, 사랑이 깃든 시집이라고 사람들은 평가했다. 어떤 시는 눈물겹고 어떤 시는 섬뜩했고 또 어떤 시는 불온했다. 아버지가 유작 시들을 경혜에게 넘긴 것은 딸로서뿐만 아니라 문학적인 감성과 그 이해에서도 경혜가 받을 만하다고 믿었기 때문이었다. 경혜는 그림을 전공했지만 문학적 해석력도 뛰어나서, 어머니의 유작들 속에 일관되게 흐르고 있는 것이 무엇인가를 단번에 알아차렸다.

북극해, 죽음 그리고 사랑.

시집 제목으로 최종 선택된 게 그것이었다.

시집은 4월 초 서둘러 출판되었고, 출판되자마자 문단은 물론 일반 대중에까지 비상한 관심과 화제를 불러일으켰다. 바이칼에서 비극적으로 죽었다는 사실도 화제가 되었다. 출판사에서 마케팅 목적으로 아버지와의 남다른 러브 스토리까지 여러 매체에 흘리는 바람에 시집이 나오고는 기자들이 나까지 쫓아다닐 정도였고, 단숨에 베스트셀러가 되었다. 흔히 베스트셀러가 되고 나면 문학성을 의심받기 쉬운 것이 문단 풍토인데, 그녀의 유작 시는 전례 없이 문단의 평가까지 최고조에 이르고 있었다. 시집은 요즘에도 하루에 수천 권씩 팔려나간다고 했다.

북극해 신드롬이라고까지 말하는 사람도 있었다. 그러나 그것이 무슨 소용인가.

아버지를 모셔 와야 돼.

나는 편지를 접으며 생각했다.

매스컴은 천예린을 신비화하기 위해 그녀의 남자로서 아버지의 모습을 제멋대로 묘사했다. 어떤 기사에서 아버지는 열정의 사랑을 좇아 모든 것을 내던진 사랑 광시곡의 주인공으로 그려져 있었고, 또 어떤 기사에서는 우직하고 어리석은 천예린의 사도로 그려져 있었다. 심지어 어떤 여성지는 아버지가 천예린의 유일한 문학적 제자라고까지 말하기도 했다.

아버지는 누구인가.

그녀의 정부? 애인? 제자? 아버지는 천예린에게서 무엇을 얻었는가. 당신의 남은 꿈은 무엇인가. 나는 아직도 아버지를 잘 모르고 있었다. 아버지가 신비화되든 매도되든 간에 내가 나설 수 없는 이유가 그것이었다. 어떤 주간지에서 아버지를 가리켜 가정을 버리고 회사 공금을 빼돌린 파렴치한쯤으로 치부한 기사를 보았을 때에도 나는 그저 숨어 있었다.

나는 경혜의 화실로 전화를 걸었다.

편지가 왔어요, 라고 나는 다짜고짜 말했다. 그녀는 외출했다가 돌아오는 참이라면서 숨을 헐떡이는 목소리로, 무슨 편지요, 반문했다. 아버지한테서 온 편지요. 베르호얀스크에 계신가 봐요. 아, 그 세계에서 가장 춥다는 베르호얀스크요? 그녀는 놀란 듯 잠시 침묵을 지키다가, 기어이 북극해에 가셨네요, 라고 덧붙였다. 북극해에 대한 천예린의 통절한 그리움이야 그녀도 익히 알고 있었다. 편지엔, 천 선생님이 당신 가슴에 있으니 결국 함께 온 거라고 쓰여 있어요. 아버진 천 선생님이 그리워 거기 가신 거 같아요. 그녀는 내 말을 듣고 또 사이를 두다가, 아무래도 선우 씨가 직접 가보셔야겠네요, 대답했다. 자신은 다음 주에 바이칼로 갈 예정이었다면서.

천예린의 시신은 아직 거기 있었다.

경혜는 그사이 두 번이나 바이칼에 다녀왔다. 처음 갔을 때는 아버지로부터 천예린의 유작 시들을 받아 왔고 두 번째 갔을 때는 시신을 수습하려 했지만 뜻을 이루지 못했다. 바이칼은 4월이 넘어야 비로소 얼음이 녹기 시작하기 때문이었다. 두 번째 갔을 때 겨우 시신을 어느 정도 수습해 자작나무 관에 봉안하고 냉동시켜놓았다고 했으니, 이번에 가서 그 수습을 완전히 끝낼 모양이었다. 지금쯤 어쩌면 눈들이 녹기 시작했는지도 몰랐다.

좋아요. 동행할게요.

천예린의 시신을 수습하는 걸 보고 베르호얀스크로 아버지를 찾아갈 계획이었다. 전세 비행기를 찾을 수 없어 하바롭스크를 경유하기로 하고 경혜와 내가 서울을 함께 떠난 것은 4월 끝물이었다.

우리는 곧장 이르쿠츠크로 날아갔다. 한규철 사장의 지시에 따라 한국 음식점 지배인이 우리를 올혼 섬으로 들어가는 선착장까지 데려다주었다. 올혼 섬에 도착했을 때, 아버지는 다행히 베르호얀스크에서 그곳으로 돌아와 있었다.

아버지…….

아버지는 말없이 내 손을 한 차례 잡았다가 놓았다. 꺼진 눈자위, 오글쪼글해진 검은 얼굴, 피골이 상접한 마른 몸은 여전했으나 눈빛만은 달라져 있었다. 겨울에 아버지의 눈은 텅 빈 것처럼 초점이 없었는데, 이제 눈의 초점이 돌아와 있었다. 맑고 고요하고, 그러면서 아주 형형한 눈빛이었다. 평생 아버지가 그런 눈빛을 가진 것을 본 적이 없었다. 아주 멀고 먼 길을 오로지 한 지향으로 걸어온 선지자 같은 눈빛이었다.

마치 바이칼을 닮았어요.

경혜가 아버지의 눈빛을 비유해 말했다.

천예린의 시신은 우리보다 한발 앞서 이곳에 온 한규철 사장에 의해 이미 수습되어 있었다. 화장을 했다고 한 사장은 말했다. 부랴트인들의 습속에 따라 정성껏 모셨다고 했다. 상자에 담긴 유골은 거실 한쪽에 봉안되어 있었다. 아버지가 직접 톱질을 하고 대패질을 한 새하얀 나무 제단 위에 모셔진 유골은 한 줌밖에 되지 않았다.

엄마, 시집이 나왔어요.

경혜가 유골 앞에 시집을 바쳤다.

아버지는 울지 않았다. 경혜가 무릎 꿇어 엎드려 소리 죽여 울 때에도 아버지는 아주 조용히 바이칼의 황혼을 내다보고 있을 뿐이었다. 눈빛으로 보아 아버지는 천예린의 죽음에 대해서도 아주 안정감 있게 정신의 균형을 유지하고 있음이 틀림없었다. 나는 안도감을 느꼈다. 베르호얀스크는 어땠어요, 아버지? 나는 물었다. 북극해를 보셨다고 편지에 쓰셨잖아요? 아버지는 그러나 조용히 미소를 지을 뿐이었다. 순록이나 펭귄이나 뭐 그런 것들도 많이 보셨겠네요. 베르호얀스크는 무지무지하게 춥지 않던가요? 거기도 사람 많이 살아요? 세상의 끝까지 가본 느낌이 어떠셨어요? 온갖 것을 연이어 물었지만 마찬가지였다.

오물리 만두예요.

한규철 사장이 말했다. 나와 경혜가 올 거라는 소리를 듣고 아버지는 손수 오물리로 만두를 빚어놨다고 했다. 아버지는 오물리로 찌개를 끓여 내놨고 또 오물리 튀김도 만들어주었다. 만두든 찌개든 튀김이든 아버지가 만든 음식들은 다 맛이 있었다. 집을 떠나기 전, 예전의 아버지가 음식 만드는 걸 본 적이 한 번도 없었음을 나는 상기했다. 어쩌다 내가 부엌에 있는 것만 봐도 눈살을 찌푸리곤 하던 아버지였다. 그런 아버지가 음식을 만들고 상을 차리는데 보니까 아주 익숙한 조리사 같았다. 한 사장과 경혜가 감탄하면서 여러 차례 아버지의 음식 솜씨를 칭찬했다. 아버지는 그래도 말이 없었다. 말없이 벽난로의 장작에

156

불을 붙였고 말없이 유골이 모셔진 제단을 닦았고 또 말없이 빈 그릇들을 닦았다. 어머님 유골은 어떻게 할 건가요? 식사 후 한 사장이 경혜에게 물었고, 한국으로 모시고 가야지요, 경혜는 망설이지 않고 대답했다. 내가 아는바, 그녀는 이미 천예린의 유골을 모실 곳까지 마련해둔 상태였다. '북극해'라는 제목의 시를 새긴 비석도 벌써 준비해두고 있었다. 아버지가 침묵을 깨뜨린 것은 바로 그때였다.

선, 선생님은.

아버지는 머뭇머뭇, 그러나 단호하게 말했다.

여기 바이칼에 계시고 싶다고 하셨어!

아버지는 벽난로에 장작을 더 쟁여 넣고 있는 중이었다. 장작 불꽃이 아버지의 올망졸망한 주름살투성이 얼굴에 비쳐들었다. 타락한 사람은 무당이 되고 쇠약해진 양은 말이 된다, 라던 주문이 불현듯 떠올랐다. 아버지의 표정엔 희로애락이 전혀 나타나지 않았다. 빈 듯하면서 빈 것이 아니고, 생각이 없는 것 같으면서도 사념에 깊이 빠진 것 같은 얼굴로, 아버지는 그러나 다시 또렷하고 단호한 목소리로 덧붙였다.

영원히!

영원히…… 말인가요?

으응, 영, 영원히. 유언이었지. 묻지도 말고, 어디든 데려가지도 말고, 허보이 언덕 위에 유골을 뿌려달라고, 봄이 되면…… 들꽃들 뿌리로 가겠다면서, 그러니 비석도 절대 세우지 말라고…….

허보이라니, 어딘가요, 그곳이?

섬의 북단이야. 인적이 전혀 없는.

대답하고 나선 것은 한 사장이었다. 허보이는 후지르 마을에
서부터 북쪽으로 30여 킬로미터쯤 되는 올흔 섬의 최북단이었
다. 아버지는 천예린과 함께 그곳까지 두 번 가본 일이 있다고
했다. 한 번은 가을이었고 또 한 번은 초겨울이었다. 초겨울에
천예린은 거의 죽어가고 있어서 혼자 거동할 수 없을 정도였
다. 더구나 이미 기온이 영하 10여 도까지 떨어질 때라 허보이
까지 가는 일이 아주 힘든 여정이었던가 보았다.

그때의 허보이는 아주 쓸쓸했어.

아버지는 그곳까지 천예린 시인을 업고 갔다고 했다. 아버지
의 눈빛이 더욱더 형형해졌다. 거기에서도 선생님은 말씀하셨
어, 라고 아버지는 계속 말했다. 꽃이 피기 전에 나는 죽겠지만,
들꽃들이 여기에 가득히 피어나는 걸 영혼일망정 와서 보겠다,
라고. 그 말이 잊히지 않아. 선생님은 벌써 허보이의 초원을 걷
고 계실지 몰라. 봄부터 가을까지, 허보이는 온통 들꽃 천지가
된다는 것이었다. 길이 멀어 후지르 마을 사람들도 거의 간 적
없는 전인미답의 언덕이라고 했다. 들꽃이 너무 좋아 마지막
갔을 땐 그 언덕에서 이틀 밤낮을 오직 둘이서 보냈다고도 아
버지는 고백했다. 그곳은…… 샹그릴라야.

아버지가 말의 아퀴를 지었다.

섬 안에서 차라곤 두 대가 전부였다. 니키다를 앞세우고 나와 한규철 사장은 다음 날 새벽에 오물리 공장으로 갔다. 공장에서 쓰고 있는 두 대의 트럭 중 한 대를 빌리기 위해서였다. 후지르 마을의 서편 언덕으로 올라섰을 때 갑자기 낡은 자전거를 탄 한 남자가 뒤편에서 나타났다. 어제 선착장에 내렸을 때에도 이미 만난 적이 있는 남자였다. 남자는 짐승 가죽으로 된 털북숭이 벙거지를 깊이 내려쓰고 있었다. 얼굴은 검고 주름살 투성이였고, 더께로 앉은 땟국물 흐르는 옷차림 또한 야릇했다. 니키다가 돌았다는 표시로 관자놀이에 동그라미를 그려 보이고 웃었다. 인상적인 것은 자전거였다. 자전거라기보다 그것은 낡은 고철에 가까웠다.

아주 화창한 날씨였다. 최근에 이처럼 맑은 아침을 맞이하긴 처음이라고 니키다가 말했다. 기온도 뜻밖에 높아서 아침녘인데도 불구하고 안온한 바람이 불었다. 오물리 공장에서 빌린 트럭으로 허보이까지 갈 예정이었다.

막 꽃망울을 맺기 시작한 민들레꽃들이 보였다. 다른 때 같았으면 좀 더 있어야 필 꽃인데 올 겨울의 이상 난동 현상 때문에 들꽃들이 서둘러 맺히기 시작한 모양이었다. 간단한 제를 지낸 뒤 우리는 곧 허보이를 향해 출발했다. 니키다가 운전을 했고, 유골함을 든 아버지와 경혜가 앞에 앉았으며, 나와 한규철 사장은 짐칸에 올라탔다. 길은 특별히 따로 없었다. 때론 산

없는 해안의 얼어붙은 모래층을 따라가기도 했고, 또 때론 야산의 풀숲을 헤치며 가기도 했다. 눈이 다 녹지 않은 구간도 있었다. 아름드리 적송 사이로 성미 급한 철쭉과 들꽃들이 군데군데 피어나기 시작하고 있었다. 낮은 구릉의 연속이었지만 완만해서 다행이었다.

해가 높이 떠오르자 기온이 갑자기 올라갔다.

나는 적송 사이로 얼핏얼핏 드러났다 사라지는 사람을 얼핏얼핏 돌아다보았다. 바로 아침에도 만난 적이 있는 자전거 탄 부랴트 남자였다. 남자는 행여 이쪽이 알세라 멀찍이 떨어져 우리 트럭의 뒤를 부지런히 쫓아오고 있었다. 차는 힘겹게 가고 있었다. 가끔 통나무집 양 우리를 지나가기도 했으나 모두 빈 집이었다. 30여 킬로미터의 거리를 트럭은 벌써 1시간 이상 계속 가고 있었다. 하기야 길 없는 길인데 차가 가는 것만도 다행이었다.

이르쿠츠크에서 기반을 완전히 닦으셨죠?

내가 겉옷을 벗어 들며 한 사장에게 물었다. 사업 기반으로 치면 그렇지. 닦은 정도가 아니라고 봐야할걸. 식당도 잘되고 나이트클럽도 성업 중이고, 그동안 뭐 돈도 좀 벌었고 말이야. 한 사장도 나를 따라 웃옷을 벗으면서 몇 번의 만남에 말을 놓으며 대답했다. 햇빛은 너무 맑아 눈이 부셨다. 그런데 있지, 요즘은 이게 뭐하는 것인가, 그런 생각이 들어. 그 말을 할 때 한 사장의 눈가에 오글오글 잔주름이 보였다. 청랑한 햇빛 아래에서 보니까 의외로 한 사장은 나이보다 더 늙어 보였다. 그게 무슨 말인가요, 성공하셨다면서? 자동차의 소음을 이기려고 나는 소리쳐 반문했다. 성공? 한 사장은 껄껄 웃었다. 사람 참, 내가 언제 성공했다고 했어? 그냥 돈 좀 벌었다고 했지. 돈 벌었다고 성공이랄 수는 없어. 그만 떠날 때가 됐구나, 하는 참이야. 떠나다니요? 기반 다 닦아놓고 어디로 떠난단 말이에요? 글쎄. 그렇다니까. 그게 내 병이야. 처음 사업 시작할 땐 좋은데, 기반 닦고 나면 푸성귀만 먹고 산 사람처럼 속이 허한 것 같고 그래. 그럼 떠날 궁리를 시작하지. 아프리카로 가볼까, 어디 안데스 산맥 쪽으로 가볼까 한단 말이야. 어디 간들 굶기야 하겠어? 한국 음식점 내면 북극해에서 개업한다 해도 밥 먹을 자신이 있다고. 흘러흘러 사는 거지 뭐. 다 왔네. 저기, 언덕 넘으면 허보이일걸.

차가 그곳에서 하필 시동이 꺼졌다.

우리는 걸어서 언덕을 넘기로 하고 차에서 내렸다. 나무 한 그루 없이 부드럽게 열린 언덕이었다. 차에서 내린 아버지가 앞장서 언덕을 올랐고 경혜와 내가 뒤를 따랐다. 아니 뒤를 따르려고 몇 발짝 걷는데, 난데없이 자전거 탄 남자가 내 옆을 스치고 언덕 너머로 먼저 사라졌다.

우리는 이윽고 언덕 꼭대기로 올라섰다.

나는 한순간 아, 하고 거꾸로 선 압침을 밟았을 때처럼 입을 크게 벌렸다. 드넓은 바이칼 호수가 천지 사방에서 마구 쏟아져 들어왔다. 풍성한 곡선을 그리면서 언덕이 호수의 맑은 품으로 까무룩 빠져드는 것도 정말 아름다웠다. 북쪽 해안은 뚝 끊어진 단애로 이루어져 있었는데 아름드리 적송들이 도열하듯 서 있었고, 남쪽과 서쪽은 드넓은 초원으로서 들꽃들이 다투어 솟아 올라오고 있는 중이었다. 맑고 고요하면서도 충만하기 이를 데 없는 풍경이었다. 아직 들꽃들이 다 피지는 않았으나 왜 천예린이 그곳에 남겠다고 했는지 충분히 알 것 같았다. 눈과 얼음이 녹은 맑은 물이 사방에서 흐르고 있는 것도 아름다웠다. 마치 천지창조의 맨 처음 풍경을 보는 것 같은 기분이었다. 시베리아를 횡단해 왔을 바람이 부드럽게 불어오고 있었다.

　간단한 제가 올려졌다.

　갖고 온 간이 제단 위에 유골함이 놓였고, 경혜부터 차례로 보드카 잔을 올린 뒤 큰절을 했다. 자전거 탄 부랴트 남자 역시 멀찍이 떨어져서 우리들 하는 양을 지켜보고 있었다. 저기 좀 봐. 한 사장이 한쪽을 가리켰다. 호수 너머 희미해 뵈는 저기가 바로 스뱌토이노스 반도야. 자세히 보면 코 같아. 스뱌토이노스는 신비로운 코라는 뜻이거든. 아버지가 조용히 하라는 듯, 한 사장을 휙 돌아보았다. 아버지의 눈에서 섬광이 번쩍하는 걸 나는 놓치지 않고 보았다. 선생님이 저어기…… 있어, 라고 갑자기, 아버지가 열꽃 같은 목소리로 말했다. 우리는 아버지의 시선을 따라 적송이 우거진 언덕 끝을 보았다. 이상한 긴장감이 스며들고 있었다. 아버지의 눈빛은 확실히 여느 때와 달랐다. 아버지가 윗저고리를 벗기 시작한 게 바로 그때였다. 겉옷만 벗은 게 아니었다. 겉옷을 벗고 또 속옷을 벗었다.

아, 아버지.

내가 불렀고 한 사장이 나를 제지했다.

그냥 둬. 한 사장이 눈빛으로 말했다. 마침내 아버지의 상반신이 맨살로 햇빛 아래 나타났다. 너무 말라 늑골이 하나하나 드러난 몸이었다. 천예린의 에젠이 아버지의 영혼을 손짓해 부르고 있는 것 같았다. 저기 계셔, 선생님. 아버지는 다시 말했다. 누구에게 들으라고 하는 말이 아니었다. 아버지의 눈빛은 이미 우리가 속한 세상이 아닌, 다른 무엇을 보고 있었다. 나는 그렇게 생각했다. 당신 스스로 영매가 된 모양이었다.

달란가를 치우지 마라!

아버지가 또 소리쳤다. 이번엔 아주 큰 목소리였다. 뜻은 알 수 없었다. 달란가를 치우지 마라, 나의 생애를 나는 버렸다……라고, 아버지는 계속 노래했다. 그러면서 아버지는 유골함을 든 채 춤추듯이 가뿐한 걸음새로 초원 한가운데로 나아가기 시작했다. 달란가를 치우지 마라. 나는 나의 생애를 버렸다……. 아버지의 목소리가 차츰 알 수 없는 리듬을 타고 있었다. 아니 아버지는 춤추면서 노래하고 있었다. 달란가를 치우지 마라, 할 때마다 아버지의 손에 집혀 나온 천예린의 뼛가루가 햇빛 속으로 하얗게 흩어졌다. 방싯방싯 열린 초원의 들풀들이 흩어지는 분말을 향해 손을 흔들고 있는 것 같은 환상이 느껴졌다. 나는 숨을 죽였다. 경혜가 손바닥 안에 얼굴을 묻고 흐느껴 울고 있었다.

따라가지 마.

아버지를 따라가려는 나를 한 사장이 잡았다.

임을 보내시는 거야. 혼자 있게 해드려.

아버지는 투명한 햇빛 속으로 둥둥 흘러가고 있었다. 그처럼 엄숙하고 서럽고 신명 나는 제의는 본 적이 없었다. 하늘과 땅과 물이 다르지 않고 바람과 햇빛과 수목의 경계가 없으며 멀고 가까운 것, 강하고 약한 것, 크고 작은 것의 구별이 없어진 시간 속으로 아버지가 춤추며 가고 있다고 나는 생각했다. 순간의 갈라짐에서 영원의 합일을 향해 나아가는 길이 그럴 터였다. 이상한 것은 아버지의 춤과 노래가 격렬해질수록 아버지, 당신의 모든 생애가 한눈에 보이는 것 같은 느낌이 든다는 사실이었다. 아버지는 손끝으로 순백색 햇빛을 자유자재 갖고 놀았다. 덩더쿵덩더쿵, 어디에선가 초월을 부르는 장구 소리가 들려오는 것 같기도 했다. 하늘과 땅과 물이 다르지 않고, 바람과 햇빛과 수목도 경계가 없었다.

아버지가 저리 외로웠었던가.

나는 목이 메어 질끈 눈을 감았다가 떴다.

그 남자가 나타난 것이 그때였다. 자전거를 타고 우리를 따라온 부랴트 남자가 역시 아버지처럼 춤을 추며 아버지 뒤를

164

따르는 걸 나는 눈물 속에서 보았다. 부랴트 남자 역시 누더기 같은 옷을 모조리 벗어 던진 맨몸이었다. 아버지가 앞서고 부랴트 남자가 뒤를 따랐다. 진혼의 제의라고만 말하기엔 너무도 격렬하고 황홀한 춤이었다. 천예린의 시편들이 자꾸 떠올랐다. 그녀의 영혼이 아버지와 부랴트 남자의 몸짓 안에 깃들어 있는 게 틀림없었다. 그녀가 북극해의 영매까지 혹시 불러온 것일까. 북극해 깊은 바다 밑에 이르면 생과 멸이 없을 테니 그곳에서 비로소 유한성의 감옥을 벗어나 완전히 자유로워질 거라고, 그녀가 아버지의 춤을 통해 말하는 듯했다. 금강석처럼 단단한, 어머니의 양수처럼 부드럽고 따뜻한 무색계(無色界)의 세상이, 북극해 5000여 미터, 그 심저에 있다고 그녀는 시를 통해 말했다.

부랴트 남자의 몸짓은 더욱 유연하고 격렬했다.

부랴트 무당들의 춤인 것 같았다. 남자는 아버지를 따라 빙글빙글 돌면서 격렬한 몸짓으로 춤을 추었다. 천예린의 영혼을 인도하는 듯했고, 배웅하는 듯도 했다. 생전의 천 선생님을 저 자전거 타고 온 남자가 만났었나요, 내가 물었고, 그럼, 여러 번 만났을걸. 한 사장은 대답했다.

　　나의 노란 가죽신은 닳아 해지지 않으니

　　젊게 태어났으므로

　　결단코 나의 북극해는 죽지 않는다.

천예린의 시를 나는 떠올렸다. 부랴트 남자가 이제 완연하게 새의 형상을 흉내 내고 있었다. 캬기찬, 캬기찬! 니키다가 낮게 외쳤다. 캬기찬은 이 지방 몽골인들의 말로 '매'라는 뜻이라 했다. 남자는 한쪽 다리로 서서 다른 쪽 다리를 앞쪽으로 무릎 굽힌 채 높이 들어 올리고 있었다. 유연하지만 힘찬 동작이었다. 남자의 에젠이 최고조에 이른 것 같았다. 에젠은 부랴트인들이 믿는 세계의 지배자였다. 부랴트인들에게 있어, 세계는 선과 악의 정령으로 가득 차 있으며 만물은 제각기 신성(神性)을 지니고 있는데, 못났든 잘났든, 크든 작든, 누구나 에젠이라 불리는 자신의 영혼을 갖고 있었다. 신분과 관계없이, 성별과 관계없이, 장님 난쟁이 관계없이, 에젠이라 불리는 지배의 영은 똑같은 복록과 똑같은 지배의 힘을 갖고 있고, 또한 똑같이 영원했다.

그것의 아래턱이 땅을 일구고
그것의 위턱은 하늘을 일군다.

세계를 이룬 호수와 바람과 햇빛과 들꽃들에게도 물론 에젠이 깃들어 있었다. 누가 조수의 바닥을 흔들며, 누가 대양의 밑바닥을 진동시키는가. 천예린은 노래했다. 삶과 죽음의 숙명적인 경계에 대한 격렬한 반역의 몸짓이라 할 수 있었다. 인간이란 대체 얼마나 외로운 존재인가. 나는 그렇게 생각했다.

166

밤에 비가 내렸다. 허보이에서 돌아오자마자 아버지는 깊은 잠에 빠졌다. 죽음처럼 깊은 잠이었다. 아버지는 천예린의 넋과 함께 마침내 북극해 바다 밑, 그 금강석 같은 고요 속에 들어가 누운 모양이었다. 숨소리조차 내지 않는 잠이었다. 고통스러워 뵈진 않았다. 고통스럽기는커녕 잠든 아버지의 얼굴은 그 어느 때보다 오히려 평안해 보였다.

그냥 주무시게 돼요.

저녁 식사 준비를 끝낸 니키다가 아버지를 깨우려 했을 때 내가 말했다. 모든 에너지를 소비한 뒤의 잠 속에서 비로소 아버진 고요를 자신의 것으로 받아들였다고 나는 생각했다. 우리는 보드카를 곁들여 오물리와 하리우스 요리를 먹었다. 대화는 주로 천예린의 시와 부랴트 무속 신앙에 관한 것이었다. 알고 보니 천예린의 시 중 부랴트 무당들의 노래를 차입해 쓴 것이 여러 편 있었다. 경혜가 읽은 어떤 시는 천예린의 시가 아니라 부랴트 무당들의 노래였다.

일곱 살이 되었을 때
책은 여섯 줄로 정돈되어 있었고
나는 유창하게 읽었으며
나는 틀린 것 없이 썼다.
열 살이 되었을 때
책은 백 줄로 줄을 섰고

나는 유장하게 죽었으며

나는 상처 없이 사랑했다.

내 사랑 에젠.

페도토의 아들 에젠의 딸인 나는

말의 새끼처럼 온순하다.

나의 노란 가죽신은 닳아 해지지 않으니

젊게 태어났으므로

결단코 나의 북극해는 죽지 않는다.

퇴레그, 퇴레그 하이한.

퇴레그 하이한이라는 말은 '좋은 행운'을 뜻하는 말로 제례를 드릴 때 술을 대지에 뿌리면서 지르는 소리라고 했다. 에젠은 지배자지만 페도토는 니키다도 무엇인지 잘 모르겠다고 했다. 퇴레그 하이한은 영원성을 담은 말이라고도 할 수 있었다.

비가 내리고 있어.

한규철 사장이 창밖을 보며 말했다.

러시아식 벽난로인 페치카에 니키다가 자작나무 토막을 몇 개 집어넣자 실내엔 이내 자작나무 향으로 가득 찼다. 비는 이슬비였다. 호수 쪽은 캄캄하여 아무것도 보이지 않았다. 술에도 영혼이 있을까. 한 사장이 내 술잔에 보드카를 따랐다. 만약 영혼이 있다면 러시아 보드카가 가장 순수한 영혼을 가진 게 아닐까 싶어서 해보는 소리야. 맑잖아. 이처럼 맑고 독한 술은 아마 보드카뿐일 거야. 마시는 방법도 말이야, 차게 냉각시켜 유리컵에 따라 단숨에, 최후의 한 방울까지 깨끗하게 마시는 것이 러시아식 보드카 마시는 방법이야. 군더더기가 없어. 냄새도 소리도 없고. 내 영혼이 보드카 같았으면 좋겠어. 죽은 다음에 말이야.

우리는 밤새워 술을 마셨다.

화제는 주로 죽음과 영혼, 그리고 그것들의 제의에 관한 것들이었다. 부랴트인들은 인간을 삼분법으로 나눈다고 니키다는 설명해주었다. 하나는 몸이라고 불리는 베예(beje), 둘은 살아 있는 생명의 원리인 아민(amin), 셋은 영혼인 휘네헨(hunehen)인데, 이것들은 삼분 되어 있을 뿐 아니라 높은 단계, 중간 단계, 낮은 단계로 영혼을 거느리고 있다는 것이었다. 가장 높은 단계의 영혼은 텡게리네(tengeriner)로서 하늘에 사는 바, 그 영혼이 하늘로 돌아가 살기 위하여 육체를 떠나는 것이 죽음이라 했다. 문제는 육체와 분리된 영혼도 살아 있을 때의 인간과 마찬가지로 선종과 악종이 있다는 사실이었다. 죽은 이가 악한 사람이면 그 영혼 또한 악하기 때문에 대단히 위험한 존재가 된다고 했다.

영에게 지내는 제사, 타일라간이 그래서 필요하지요.

니키다는 요컨대, 아버지가 머물고 있는 통나무집에 살던 양치기 가족이 차례로 객사하거나 떠날 수밖에 없었던 이유가 그 가족 중의 어떤 악한 영혼 때문이라고 설명했다. 무당이 주관하는 타일라간의 제의를 통해 희생 제물을 바쳐 신의 노여움을 풀었더라면 화를 모면했을 터였다. 운명이란 그가 본질적으로 갖고 있는 선과 악의 총량에 의해 결정되고, 그 결정에 간여할 수 있는 방법은 살아 있는 자의 영적 매개를 통한 희생 제의밖에 없었다. 니키다는 낮에 허보이에서 있었던 아버지와 자전거 탄 남자의 주술적인 춤이야말로 천예린의 영혼을 제도하여 하늘에 이르도록 하는 하나의 길 닦음 같은 것이라고 말했다.

　이제 그분이 답할 차례예요.

　니키다가 말했고, 그분이라니, 누구 말인가요? 내가 반문했다. 돌아가신 천 선생님 말인데요, 만약 어제의 춤으로도 그분의 마음이 다 풀리지 않았다면, 글쎄요, 풀려서 하늘로 가기를 바라지만 만약 살아 있는 자가 바친 희생이 불충분하다면 더 큰 제물을 요구할 수도 있는 거지요. 적어도 여기 사람들의 관습에 따른다면, 그렇다고 할 수 있다 그 말이에요. 그런 일이 없기를 바랄 뿐입니다만. 더 큰 제물이라니 무슨 뜻인가요? 한 사장이 물었다. 그냥…… 샤머니즘적으로 보면 그렇다는 거예요. 이번엔 내가 다시 끼어들어 반문했다. 그러니까, 아버지에게 어떤 화가 올 수도 있다는 말인가요? 천 선생님의 영혼이 어제의 춤으로도 그 여한의 매듭을 풀지 못하면요. 그런 뜻이지요?

　나는 온몸을 부르르 떨었다.

　칠흑 같은 어둠이 속 깊은 바이칼 호를 완전히 덮고 있었다. 수심 1700여 미터, 수천 년간 변함없이 담겨 있다는 바이칼 깊

170

은 물이 지금 아버지의 영혼을 부르고 있는가, 라고 나는 생각했다. 한 사장도 경혜도 주술에 걸린 듯 입을 다물고 있었다. 니키다는 더 이상 대답하지 않았다. 보드카를 연거푸 마셨지만 정신은 더욱 말짱해졌다. 천예린의 영혼이 검은 망토를 걸치고 비 내리는 창밖에 와 있는 것 같았다. 나는 눈을 부릅떴다. 이제 제발 떠나시오. 나는 소리치고 싶었다. 정한이 남아 차마 떠나지 못한 그녀의 영혼이 살아 있는 우리에게 어떤 희생 제물을 요구해 왔는지 확연히 깨달은 것은 아침이었다.

　나는 창가에 앉아 있었다.

　밤새 마신 술기가 남아 있었지만 잠이 오지 않아 고스란히 밤을 밝힌 것이었다. 아버지는 여전히 잠에 빠져 있었고 나는 잠든 아버지의 머리맡에 우두커니 앉아 창밖을 내다보았다. 간밤엔 궂은비가 내렸는데, 새벽이 오자 하늘은 빠르게 벗겨졌다. 젖은 초원의 풀들이 어제보다도 더 청명한 푸른색으로 눈 뜨고 있었고 바이칼 호면 또한 짙은 군청색이었다.

　어느 순간 갑자기 인기척이 들렸다.

　나는 귀가 쫑긋해져서 의자에서 일어섰다. 이내 창을 통해 한 대의 낡은 자전거가 초원을 가로질러 오는 것이 보였다. 어제 아버지와 함께 춤을 추던 정신이 온전하지 않은 듯한 그 부랴트 남자였다. 남자는 여전히 털벙거지를 깊숙이 눌러쓰고 있었다. 내가 서 있는 창 밑에서 바이칼 호까진 꽤 넓은 초원이었다. 동북 방향으로는 지세가 완만히 흘러내려 평안했고, 동남 방향으로는 지세가 수평을 이루고 나가다가 호수와 만나면서 뚝 끊어져 있었다. 그 절벽 끝에 늙은 소나무가 몇 그루 우뚝 서 있었는데, 소나무와 소나무 사이로 불끈 솟아 있는 섬은 바로 샤먼 섬이었다. 남자는 초원을 크게 한 바퀴 돌고 나서 내 방 창 가까이 오더니 잠시 멈춰 섰다. 남자와 나의 시선이 한순간 만났다.

즈드라스부이체.

나는 입 속으로 인사했다.

남자는 곧 창 앞을 떠나 마을 방향으로 사라졌고, 그때 아버지가 눈을 떴다. 일어나셨어요? 나는 되도록 일상적 어조로 말했다. 아버지는 내 말에 아무 대답도 없이 창밖을 휙 내다보는 것이었는데, 방금 잠에서 깬 사람답지 않게 그 눈빛이 반짝, 빛났다. 어제 허보이에서 옷가지를 모두 벗어 던질 때 보았던 그 눈빛이었다. 아버지 더 주무세요. 왠지 모르게 가슴이 철렁해져서, 나는 침대에 눕히려고 아버지의 어깨에 손을 얹었다. 그러나 아버지는 여느 때와 달리 어깨에 얹힌 내 손을 툭 뿌리쳤다. 이제 곧 해가 뜰 시각이었다. 내가 말리고 어쩌고 할 새도 없이 아버지가 밖으로 나갔다. 간밤의 비는 다 꿈이었다는 듯 하늘은 청명했다.

어디로 가시려고요?

내가 조바심을 치며 뒤를 따랐다. 아버지는 초원의 동남쪽

172

단애를 향해 걸었다. 붙잡아야 된다고 본능적으로 생각했지만 아버지 서슬에 손이 나가지 않았다. 날씨가 참 좋지요. 나는 짐짓 허드렛말을 했다. 간밤엔, 밤새 비가 왔었다고요. 자전거 탄 남자가 마을 쪽으로 다시 나타난 것은 아버지와 내가 초원을 반쯤 걸어간 다음이었다. 자전거는 아버지와 7, 8미터 떨어진 지점까지 와서 잠시 멈춰 섰다.

남자가 그때 뭐라고, 아버지에게 말했다.

알아들을 수 없는 말이었다. 해는 빠르게 떠올랐다. 한낮과 달리 기온이 뚝 떨어진 상태였는데도 아버지는 땀을 흘리고 있었다. 일그러진 아버지의 표정에 담긴 것은 슬픔이 아니라 일종의 공포 같은 것이었다. 자전거 탄 남자를 향해 아버지가 걸음을 떼어놓기 시작한 것과 자전거가 그 자리를 떠난 것은 거의 한순간의 일이었다. 남자는 마치 햇빛과 정면 대결이라도 하려는 듯, 동남 방향의 단애를 향해 전속력으로 자전거 페달을 밟았다. 가슴이 막 두근거리기 시작했다. 아버지가 자전거를 뒤쫓아 가려고 하고 있었다.

나는 아버지를 뒤에서 와락 끌어안았다.

자전거는 단애가 가까워지면서 더욱 속력이 빨라졌다. 내게 붙잡힌 아버지의 호흡이 가파르게 상승하는 걸 나는 선연히 느끼고 있었다. 자전거 바퀴에 눌렸다 일어나는 들풀들도 일제히 숨을 죽이는 것 같았다. 거짓말 같은 광경이었다. 단애 끝까지 달려간 자전거가 한순간 사금같이 반짝이고 있는 바이칼 호 중심을 향해 한 마리 새처럼 붕 날아오른 것이었다. 비상하는 자전거의 날갯짓에 햇빛이 부딪쳐 쨍, 빛났다. 자전거와, 자전거 탄 남자는, 해를 향해 짧은 순간 매처럼 날아올랐다가 곧 완만한 곡선을 그리면서 낙하하더니, 이내 보이지 않았다.

남자의 시신은 다음 날 떠올랐다.

마을 사람들과 함께 시신을 건져 올리고 돌아온 니키다는 죽은 남자의 표정이 의외로 평안해 보였다고 말했다. 뭐랄까, 어떻게 보면 웃고 있는 것도 같았어요. 니키다의 얼굴은 비로소 모든 게 끝났다는 표정을 하고 있었다. 시베리아의 주술적 관습에 따라 천예린의 영혼이 자전거 탄 남자를 불러 갔으며, 그 희생 제의를 통해 천예린의 혼백은 가장 높은 단계의 영혼인 텡게리네가 되어 하늘 문에 들었다고 그는 생각하는 눈치였다.

선우 씨도 그렇게 생각해요?

경혜가 물었다. 그 남자 말이에요. 설령 그렇다 해도 어머니는 왜 하필 그 남자를 선택하신 걸까요? 나는 대답하지 않았다. 아버지는 그 새벽 초원에서 무엇을 보았을까. 아버지의 눈빛에 순간적으로 담기던 섬광을 잊을 수 없었다. 아버지는 그럼 애초부터 천예린의 정령이 부르는 소리를 듣고 잠 깨어 일어나 초원으로 달려 나간 것일까.

아버지는 그러나 다시 침묵했다.

바이칼 호는 아무 일 없었다는 듯이 고요했고, 낡은 자전거는 찾을 길 없었다. 자전거는 바이칼 호의 밑바닥에 가라앉았을 터였다. 수심 200미터만 내려가면 호숫물은 겨울이나 여름이나 섭씨 1도로 불변한다고 자료엔 쓰여 있었다. 수백 군데 하천을 통해 바이칼로 흘러든 물은 오직 안가라 강을 경유, 제 스스로 수위를 늘 적당히 조절하고 있지만, 홍수가 지든 가뭄이 들든, 흘러들고 흘러 나가는 물의 이동이 영향을 미치는 범위도 수심 200미터까지였다. 1700여 미터 호수 밑바닥의 물은 이미 수천 년 전에 흘러든 물이라고 봐야 할 것이었다. 게다가 깊이와 관계없이, 겨울이든 여름이든 계절과 관계없이, 수심 200여 미터에서 1700여 미터까지는 항구적으로 불변의 섭씨 1도이니, 그곳은 이를테면, 망집과 경계와 색법(色法)이 없는, 현실의 만 가지 그림자가 일절 사라진 무색계(無色界)일 터였다. 그 불멸의 심연에 내려가 조용히 누워 있는 자전거를 상상하면 신비하기 그지없었다.

세기말

어떤 이는 국치일이라고까지 말하는, 1997년 11월 하순의 어느 날을 어찌 잊을 수 있겠는가. 임창렬 경제부총리가 IMF에 200억 달러의 긴급 구제 금융을 공식 요청한 11월 21일 정오쯤, 나는 정릉 청수장 유원지 가까운 주택가의 가파른 언덕길을 오르고 있었다. 천예린이 오래전 짝사랑한 바 있다고 고백한 화가의 주소를 알아내어 찾아가고 있는 중이었다.

유수빈.

유수빈의 얼굴이 상기되어 또렷이 떠올랐다.

딱 한 번, 밤 깊은 시각에 천예린의 아파트 엘리베이터 앞에서 맞닥뜨린 것뿐이지만, 한시도 그를 잊은 일이 없었다. 언덕 꼭대기쯤에 그가 살고 있었다. 몇 가구 되지 않는 빌라 건물의 3층까지 올라가면서 나는 두 번이나 현기증 때문에 걸음을 멈

취야 했다. 아예 출근하지 않았으니 회사에선 자금 담당 이사인 나를 찾기 위해 혈안이 되었을 것이었다. 김 이사 이놈, 당장에 내 앞으로 데려와. 성미가 불같은 회장은 어쩌면 책상이라도 쳤을 터였다. 외환 위기가 닥치면서 가계약까지 체결된 신상품 개발 프로젝트의 추진은 물론 전면 중지됐다. 신상품 개발 프로젝트에 가장 열렬히 반대했던 나로선 억울한 노릇이었지만, 외환 위기의 조짐이 가시화하면서부터 전무를 중심으로 팀 전체가 치밀하고 민첩하게, 또 조직적으로 나를 함정에 몰아넣었기 때문에 책임을 모면하기엔 이미 너무 늦은 상태였다. 나는 온몸이 결박당한 것과 다름없었다. 당장 돈줄이 모조리 막힐 테니, 오래 자금 담당 업무를 관장해온 나를 다급히 불러들일 건 확실했다. 가장 시급한 문제는 천예린에게 건너간 회사 자금이었다.

내일 중으로 채워야 해요. 보고를 미룰 수가 없습니다.

한때는 내 수족을 자처했던 부장이 나를 들이대놓고 협박했다. 채워 넣어야 할 돈은 1억 5,000만 원이나 되는 거금이었다. 천예린에게 직접 건너간 돈 이외에 그녀를 만나면서부터 거의 갑부처럼 우리가 함께 쓴 비용도 거기 포함되어 있었다. 식사 한 끼로 몇십만 원을 쓴 적도 있었고, 150만 원이 넘는 원피스를 사준 적도 있었으며, 300만 원대의 오디오 세트를 들여놓아 준 것은 그녀가 사라지기 불과 한 주 전이었다.

어떻게 그런 일이 일어났는가.

다른 사람이라면 또 몰라도 평생 성실한 보통 사람의 삶만을 자의적으로 선택 고집해온 내게, 이제 50대 중반, 덫과 같은 것들은 더 이상 밟을 일이 없다고 치부하는 장년의 내게, 연애는 고사하고 출장길에서의 외도 한 번 해보지 않은 내게, 이런 일이 있다는 것을 누구보다 나 자신부터 믿을 수 없었다. 출구는 어디든 막혀 있었다. 조만간 횡령과 배임의 단두대는 나의 목을 칠 게 틀림없었다.

나는 초인종을 눌렀다.

누구세요, 라는 소리가 현관문 안쪽에서 들려왔다. 남자는 낮잠을 자다가 깼나 보았다. 내가 대답을 못하고 우물쭈물 서 있는데 벌컥 현관문이 열렸고, 열린 현관문 너머에 파자마 바람의 남자가 잠에서 덜 깬 눈빛으로 나를 바라보았다.

누굴 찾아오셨나요?

유수빈 씨, 댁을 찾아왔습니다.

나는 거의 쓰러질 것처럼 기운이 빠진 상태였다. 이 남자를 왜 찾아왔는가, 하고 생각하며, 나는 무의식중에 빌라의 현관 문설주를 잡았다. 설령 이 남자를 통해 천예린이 간 곳을 알아낸다 하더라도 건넨 돈을 빠른 시일 내에 회수하기는 어렵다는 걸 나는 알고 있었다. 아니 어려운 것이 아니라 불가능할 게 뻔했다. 경혜의 화실까지 문을 닫게 하고 떠난 것만 봐도 처음부터 계획적이었다는 사실은 이미 증명되었다.

무슨 일로 오셨나요?

유수빈이 재촉해 묻고 있었다.

저, 천, 천예린 선생님……이라고까지 말했을 때 유수빈의 얼굴에 아, 하는 표정이 떠올랐다. 그는 잠시 생각하는 눈치더니 옆으로 돌아서면서, 들어오세요, 하고 말했다. 전체가 20평쯤 될까, 좁고 낡은 빌라였다. 이사 들어온 지가 얼마 되지 않았는지 좁은 거실 한편엔 아직도 풀지 않은 짐들이 무질서하게 쌓여 있었다. 냉수 좀 부탁합니다. 소파에 앉자마자 내가 말했다. 집 안엔 그 혼자뿐이었다.

용케도 날 찾아오셨네요.

그가 물컵을 내밀며 말했다.

내가…… 지금 담당 이사거든요, 라고 나는 머뭇머뭇 대답했다. 직무상 누구든, 필요한 사람을 찾아내는 비, 비선(秘線)이 있어요. 유 선생을 찾아달라고 부탁한 게 벌써 한참 됐습니다. 중간에…… 유 선생께서 이사를 하는 바람에 좀 늦어졌다고 그쪽에서 그럽디다만.

나는 거실 베란다 너머를 바라보았다.

정오의 햇빛이 베란다를 반분해놓고 있었고, 분진으로 휩싸인 정릉 일대의 주택가가 햇빛 아래 뿌옇게 내다보였다. 그 사람은 있지, 날 사랑하지 않아, 라고 말하던 천예린의 모습이 얼핏 떠올랐다. 유수빈과 아파트에서 부딪치고 얼마 후, 그녀는 뜻밖에 아주 담담한 어조로 유수빈에 대해 선선히 설명해주었다. 유수빈이 화가라고 말해준 것도 그날이었고, 사업을 좀 해보려다가 망해서 최근 애들 셋까지 거느린 채 거리로 나앉게 됐다고 말해준 것도 그날이었다.

방 안도 보여드릴까요?

그녀의 짝사랑이 물었다.

혹시 천 선생이 나하고 함께 있다고 생각해서 찾아온 건 아닌가 하구요. 이사 온 지 얼마 안 돼 아직 정리도 다 못했습니다만.

부인은 안 계신가 보죠?

내가 망해먹는 바람에 우리 집사람, 요즘 일 나갑니다. 애들은 학교 갔고요. 천 선생님 아니었으면 이나마 살 집도 없어 거리로 내쫓길 뻔했지요. 뜻밖이었어요. 그분께 마음 아프게만 했는데 선뜻 이렇게 살 집을 해주다니.

이 집을…… 사주시던가요?

융자를 많이 끼고 있지만요, 천 선생님 돈은 갚아야지요. 갚고 말고요. 뭐 1, 2년은 융자 갚기 바쁘겠지만 꼭 이자까지 쳐서 갚을 겁니다. 그 양반 말대로 내 그림 값이 올라서 그 성공으로 은혜 갚음을 할지는 두고 봐야겠고요.

어디 계신가요. 지금?

내 손끝에 경련이 지나갔다. 나는 유수빈이 보지 않게 손을 탁자 밑으로 내리고 주먹을 쥐었다. 유수빈이 살고 있는 집의 집값을 내가 댄 셈이니 그녀를 만나기 전 그의 멱살이라도 우선 잡고 볼 일인데, 그러나 분노보다 먼저 내 가슴을 아프게 치고 지나가는 것은 터무니없게, 그리움이었다. 천 선생님에게 해를 끼칠 생각은 전혀 없소이다, 라고 나는 침묵하고 있는 그에게 덧붙여 말했다. 선생님이 당신 있는 곳을 말하지 말라 하셨겠지만, 내가 예까지 찾아온 것은 꼭 돈 때문이 아니오.

도온……이라니요?

그가 조심스럽게 반문했다.

두 분 사이에 돈 관계가 있었던가요, 라고 덧붙여 묻고, 그는 내 눈을 바라보았다. 이자가 시치미를 떼려 하는 거야. 나는 한순간 생각했다. 그러자 손끝 떨리던 그리움은 온데간데없어지고, 재빨리 온 핏줄이 분노로 팽팽하게 곤두섰다. 처음부터 내게서 돈을 빼내려 한 것은 이자일지 몰라. 선생님은 당신이 속은 걸 알고 내게 미안해서 잠적한 거야. 손끝에 경련이 왔다. 나는 잔뜩 긴장해 못질을 하다가 버려둔 듯 탁자 아래 놓여 있는 쇠망치를 바라보았다.

돈 얘기를 구체적으로 들은 일이 없어서요.

잠시의 침묵 뒤에 그가 말했다.

고개를 드는 그의 눈가에 뜻밖에도 물기가 번질번질 묻어났다. 천 선생님 떠나기 사흘 전인가요. 김 이사님 얘기를 밤새워 했어요. 그는 천천히 덧붙였다. 순수한 분이라고 하셨어요. 당신이 일생 동안 만나본 그 어떤 화가, 그 어떤 시인보다도 더 순수한 분이라고요. 이건 정말이에요. 날 오해하진 마세요. 솔직히 말해, 나는 그분을 사랑한 적은 없어요. 그분이 필요할 때

181

는 찾아가곤 했지만요. 어찌 보면 난 그분을 때때로 이용했고, 또 그분도 그건 알고 있었어요. 날 이용해. 그분은 곧잘 내게 말했지요. 날 이용해서 화가로 내가 붙잡을 수 없는 높은 곳까지 올라가봐, 라고요. 그는 거기까지 말하고 나서 숨길 것 없다는 듯 번질거리는 눈가를 손등으로 훔쳤다.

뭔가…… 이제 짐작이 가요.

한숨을 쉬듯 그가 담배 연기를 내뿜었다.

지금 생각하면, 천 선생님, 갑작스럽게 그만한 돈이 생길 데가 없었거든요. 빚도 좀 있었고요. 뭐라고 말해야 할지 모르겠어요. 언젠가, 돈은 꼭 갚겠지만 지금 당장은 어찌해야 할는지…… 그분께 돈을 얼마나 건네주셨나요?

어디 있는지, 날 만나게 해주시오.

케냐에서 보낸 편지 한 통을 엊그제 받았어요. 주소는 없었고요. 그냥 나이로비라고만 쓰여 있었습니다. 옛날부터 아프리카…… 적도 아래가 그립다고 하셨거든요. 신생의, 젊은 땅이라고요. 젊고 푸른 대륙에 너무 늦어서 왔다고 쓰여 있데요, 여기, 보세요. 나이로비라고만 쓰인.

그가 항공 편지 봉투를 꺼내 내게 보여주었다.

죽어야지. 나는 한강 부근에서 버스를 내렸다. 한강대교가 다 가들었다. 나아갈 길은 하나밖에 없었고, 또 분명했다. 유수빈을 찾아가기 전에 나는 이미 이런 결과를 짐작하고 있었다. 햇빛이 쨍쨍했으나 다리 위로 올라서자 제법 바람이 차가웠다.

나보다 앞서 한 사내가 걷고 있었다.

차들은 전속력으로 질주하고 있었으며, 나는 등이 약간 굽은 듯한 그 사내를 따라 걸었다. 강물은 제법 도도하게 흘러가고 있었다. 이 나이에 이러한 덫이 앞길에 매설되어 있으리라고 어찌 단 한 번일망정 상상이나 했겠는가. 지난 정월 초하룻날에 회장 댁으로 세배를 가려고 한복을 차려입을 때, 나는 내 앞날에 더 이상 아무런 변화도 없으리라는 걸 확신하고 있었다. 비록 크게 이룬 것은 없을지라도 크게 실패한 것도 없다고 생각했다. 정년이 되기 전에 상무나 한번 할 수 있으면 좋을 것이고, 또 그렇지 않더라도 특별한 불만은 없었다. 나는 내 삶에 대체로 만족했으며, 은혜롭다고 느꼈다.

그런데 지금 나는 어디 있는가.

나는 한강대교 한가운데에 멈춰 섰다.

나보다 앞서 걷던 중년의 남자도 멀지 않은 곳에 멈춰 서서 담배에 불을 붙이고 있었다. 나는 강물을 망연자실 내려다보았다. 남은 것은 사회적으로나 가정적으로나 완전한 파멸뿐이었고, 그것은 모두 나 자신이 불러온 일이었다. 이제 와서 누굴 원망할 수도, 원망할 자격도 없었다. 파멸의 모든 과오는 내게 있으니, 오직 나 자신에게 그 죄를 물어야 할 일이었다.

너는 유죄야, 김진영.

나는 내게 말했다.

죽어야 돼. 죽음은 한순간인걸 뭐.

다리 난간은 허리에도 미치지 못했다. 한쪽 다리만 올려놓고 밀어내면 몸은 수직으로 강물 속에 낙하할 터였다. 과오가 내게 있으니 억울할 것도 없었다. 바로 그때, 빵, 빠방. 경적 소리가 몇 차례나 들렸다. 나는 반사적으로 차도 쪽을 돌아다보았다가 시선이 먼저 나하고 20여 미터쯤 되는 곳에 떨어져 서 있던 낯선 남자에게 붙박였다. 나보다 앞서 다리 가운데로 걸어간 늙수그레한 남자가 어느덧 한 발을 난간 위로 올려놓고 있었다. 지나가는 차들이 계속 클랙슨 소리를 내고 있었다.

안, 안 돼!

나는 본능적으로 돌진했다.

그를 살려야 한다고 구체적으로 의식한 것도 아니었다. 저 사람이 죽으려 한다, 라고 느낀 순간 내 몸은 이미 전력 질주를 시작했고, 그가 나머지 다리마저 난간 너머로 밀어내는 순간, 내 양손이 덥석 그의 허리를 부둥켜안았다. 이봐요. 참으세요. 참으라고요! 나는 비명처럼 소리치고 있었다. 놔요, 라고 소리치며 그가 버둥거렸고, 그럴수록 나는 더욱 힘주어 그의 허리를 붙잡고 늘어졌다. 지나가던 트럭의 운전사가 차를 세우고 달려와 합세하지 않았다면 나까지 함께 그의 허리를 부둥켜안은 채 강물로 떨어질 뻔했다. 마침내 그가 털썩 주저앉아 새끼들하고 살길이 없어서, 라고 부르짖으며 울음을 터뜨렸다.

살아야지. 그래도 죽을힘이 있으면 살아야지.

트럭 운전기사가 남자의 어깨를 치고 있었다.

나는 걸었던 길을 되짚어 걸어서 다리 끝으로 나왔다. 그의 허리를 붙잡고 용을 썼기 때문인지 온몸이 땀으로 젖어 있었다. 나는 비틀거리는 기분으로 다리 입구까지 다시 걸어 나왔다. 남자는 다행히 트럭 운전기사를 따라 낯선 트럭에 올라타고 있었다. 비로소 목젖이 뜨거워졌다. 나는 주먹으로 눈가를 훔쳤고, 난데없이 가슴속에서 불끈 솟아오르는 어떤 기세와 맞닥뜨렸다. 어떤 예감이 있었던지, 누가 찾아오면 내가 나이로비에 있다는 걸 알려줘, 라고 유수빈에게 보낸 엽서에 천예린은 쓰고 있었다.

그래.

나는 비로소 깨달았다.

그녀가, 나를 부르고 있어.

나는 곧 회사 근처의 거래 은행으로 갔다. 회사에서 찾는 전화가 오는 것 같던데요. 지점장이 말했다. 나는 안주머니에서 통장과 도장을 꺼내놓았다. 내 손안에서 관리되는 자금은 여러 종류가 있었다. 어떤 비자금은 회사의 공식 계좌에 넣지 않고 내 개인 계좌에 넣어두는 경우도 있었는데, 내가 내민 통장은 바로 그런 통장이었다.

회장님이 개인적으로 급히 쓸 돈인데요.

나는 사뭇 당당한 자세로 말했다. 여기 잔액에 맞춰 달러로 좀 주세요. 부탁합니다. 회장님이 쓸 돈, 이라는 말에 담긴 무게를 지점장은 누구보다 잘 알 것이었다. 지점장의 얼굴에 곤혹스러운 표정이 지나갔다. 달러로 달래서 그렇습니까? 나는 짐짓 불쾌한 내색을 하며 말했다. 요즘 워낙 외환 관리가 엄격해서……. 지점장이 말했다. 내가 직접 온 걸 오면 모르겠어요? 아무리 외환 위기라지만, 우리 회사가 뭐 망할 것 같나요? 알겠습니다. 조금만 기다리십시오. 지점장은 한참이나 꾸물거리고 나서야 마지못해 달러로 바꿔주었다.

비공식적인 일입니다.

지점장은 이마의 땀을 닦으며 말했다.

일부는 여행자수표로, 또 일부는 달러로 바꿔 안주머니에 넣고 나는 은행을 나왔다. 나한테는 거액이었다. 곧 이태원으로 가서 여행용 가방을 샀고 몇몇 옷가지들과 일용품들을 담았다. 엊그제 새로 임명된 임창렬 부총리가 라디오에서 뭐라고 말하고 있었다. 나는 잡화점 안쪽에서 안전면도기를 고르며 부총리의 말을 들었다. 환율 변동 폭을 하루에 10퍼센트로 확대하고 2000년까지 한시적으로 금융기관의 모든 예금에 대한 원금과 이자를 보장해주는 예금 전액 보장 제도를 실시한다는 내용인 것 같았다. 라디오 시사 프로그램은 곧이어 미셸 캉드쉬 IMF 총재의 발언을 내보내고 있었다. 캉드쉬는 요컨대 이번 IMF의 지원으로 한국이 경제의 '신세기'를 맞게 될 것이라고 말했다. 구제 금융 공식 요청에 따라 IMF 실무협의단 토머스 밸리노

환율팀장이 내일 입국한다는 뉴스가 뒤를 따랐다.

이거 얼맙니까.

나는 가게 주인에게 물었다. 안전면도기를 고르고 있었는데 내 손에 들려 나온 것은 엉뚱하게도 칼이었다. 새것은 아니었다. 버튼을 누르면 날카로운 칼날이 일시에 튀어나오는 잭나이프였다. 잡화점 주인은 곧 고개를 저었다. 파는 거 아니라도 파세요. 여기 나와 있는데. 나는 부탁했다. 주인은 난감한 표정을 지었다. 엊그제 미군 애가 뭘 사면서 돈이 모자라다고 놓고 간 것인데요, 어쩜 다시 찾으러 올지 몰라요.

5만 원 드릴게요. 저 주시오.

나는 막무가내로 칼을 주머니에 집어넣었다.

어두워지기 시작하고 있었다. 나는 여행용 가방을 들고 일단 찻집으로 들어갔다. 그제야 여권이 집에 있다는 생각이 난 것이었다. 아니 여권이 아니라도 꼭 챙겨야 할 것이 몇 가지 있었다. 나는 한참 동안 망설이다가 집으로 전화를 걸었다. 다행히 아내가 전화를 받았다. 나야, 여보. 아내는 침묵했다. 미안하지만 심부름 좀 해줘야겠어. 회장님을 모시고 있어서 그래. 낮엔 사정이 있어 회사에 못 갔고, 좀 전에야 회장님을 뵀어. 근데 지금 당장 필요한 서류가 있는데 집에 두고 왔지 뭐야. 장롱 옷장에 둔 서류 가방 좀 갖다줘. 좀 도와줘. 강남의 새서울호텔이야.

퇴근 시간이라 거리엔 차들이 잔뜩 밀려 있었다.

아내가 외출복으로 갈아입고 강남의 호텔까지 가려면 아무리 서둘러도 1시간 이상은 걸릴 터였다. 고지식한 아내는 호텔 커피숍에서 서류 가방을 안고 나를 기다릴 것이니, 시간은 충분했다. 택시를 타면 집까진 금방이었다. 나는 잡화점 옆의 음식점으로 들어가 설렁탕 한 그릇을 주문했다. 텔레비전에서 200억 달러 IMF 구제 금융 요청에 대한 보도가 한창이었다. IMF의 협상은 보나마나 우리 정부의 굴욕적인 양보로 끝날 것이었다. 망해먹고 난 처지에 돈을 빌리면서 협상은 무슨 협상인가.

파멸이 오고 있어.

나는 잭나이프를 꺼내 보았다.

천예린을 쫓아 시작된 일탈만이 죄가 아니었다. 약한 대리점, 또는 하청 업체의 이윤을 가로채거나 경쟁 회사의 약점만을 물어뜯어 쓰러뜨림으로써, 가난한 이를 더 가난하게 하는 데 전위병으로 살았던 나, 야합을 위한 비자금을 만들기 위하여 부정한 방법을 끝없이 고안해 실천해온 나는 더 죄가 많았다. 잭나이프 칼날은 잘 갈려 있었다. 늑골과 늑골 사이로 가볍게 밀어 넣으면 양날의 칼끝은 정확히 심장을 관통할 터였다.

칼 생김생김이, 특별하네요.

나를 주목하고 있었던지 설렁탕집 주인이 미묘한 표정으로 말을 걸었다. 예, 미군이 쓰던 거라서……. 나는 얼른 칼날을 칼집 속에 밀어 넣으며 혀 짧은 소리를 냈다. 낮에 날씨가 그리 좋더니 이젠 눈이라도 내릴 것 같네요. 설렁탕집 주인은 동문서답을 했다. 적도 아래의 나이로비엔 결코 눈이 내리지 않을 거라고 나는 얼핏 생각했다. 천예린은 지금쯤 나이로비의 어느 귀퉁이를 걷고 있을까. 기다리세요, 선생님. 나는 속으로 말했다. 당신에게 갈게요! 아무 미련도 번민도 없었다. 설렁탕집을 나와 곧장 택시를 잡아타고 집으로 갔다.

예상대로 아내는 집에 없었다.

아버지 서류 가방 들고 나가셨는데요. 아들 선우가 아파트 문을 열어주며 이상하다는 듯이 말했다. 응, 좀 엇갈렸는데 곧 돌아오실 게다, 라고 나는 무심한 듯한 어조로 말했다. 마침내 희끗희끗, 아파트 광장 수은등 불빛 속으로 눈발이 비쳐들었다. 전화를 하다가 나왔는지 제 방으로 바쁘게 돌아간 선우가, 눈이 내려, 라고 사뭇 흥분해 누군가에게 말하는 소리가 들렸다.

나는 먼저 여권을 챙겼다.

옷가지도 되는 대로 여행 가방에 쑤셔 넣었다. 평소에 아내도 열 수 없게 잠가두고 다니는 옷장 맨 위 서랍을 열자 아파트 등기 권리증을 비롯한 몇몇 서류들 한쪽에 머리핀이 하나 배를 내밀고 누워 있었다. 화려한 얼룩무늬의 호랑나비를 본떠 만든 그 머리핀은 천예린의 비어 있는 아파트에서 주워 온 것으로 길이 10센티미터도 넘는 꽤 큰 핀이었다. 나는 머리핀을 잭나이프와 함께 손가방 속에 집어넣었다.

당신이 원한다면 이혼해드릴게요.

얼마 전 아내가 했던 말이 생각났다. 아내는 회색 가면을 쓴

189

듯 무표정한 모멸의 어조로 그 말을 했다. 가슴속에 한순간 격렬한 통증 같은 게 지나갔다. 나는 한참 동안 장롱 모서리를 붙잡고 서 있다가 봉투 3개를 꺼내 돈을 담았다. 돈은 달러뿐이었다. 아내 앞으로 5,000달러를 담았고 애들 둘에겐 각각 3,000달러씩을 남겼다. 50여 년의 인생을 마감하면서 가족들에게 남길 것이 이것뿐이던가 생각하니 와락 공포감이 들었다. IMF로 상징되는 세기말의 환란은 이 땅의 모든 사람은 물론이고 아내와 아이들에게도 냉혹하게 덮칠 것이 뻔했다. 파멸은 피할 수 없을 것이고, 그 파멸 가운데 살아남으려면 도망친 내게 맹렬한 적개심을 그들이 갖는 게 좋을 것이었다. 엊그제 다녀온 고향 집 생각이 났다. 마을 앞에 도열하고 서 있던 미루나무가 모두 베어진 것을 그때 알았다. 무참했다. 고향 집 어귀에 있던 미루나무들이 싹 베어지고 없더라……고, 나는 전화기를 들고선 선우에게 말했다. 선우가 어리둥절한 표정을 지었다.

나는 그렇게, 외환 위기로 내몰린 조국을 떠났다.

190

정체성

마침내 적도 아프리카였다.

이집트를 경유, 케냐의 수도 나이로비에 내려 내가 맨 처음 만난 것은 희디흰 광채였다. 나이로비에 내린 것은 현지 시간으로 정오쯤이었다. 비행기 트랩을 내려서자 먼저 죽창처럼 쭉 곧은 적도의 햇빛이 내 두 눈을 찔렀다. 나는 쓰러질 듯 비틀거리며 눈을 감았다.

잠보콰나.

키 큰 어떤 흑인이 웃으며 내게 인사했다.

나는 공항 로비에 멍하니 서 있었다. 흑인은 깡마른 데다가 반질거리는 흑단의 피부, 단단한 체구를 가졌는데, 앞니만 햇빛처럼 하얗게 빛났다. 아프리카야, 라고 나는 중얼거렸다. 잠보콰나가 케냐와 탄자니아 일대에 흩어져 사는 원주민 마사이족들이 일상적으로 사용하는 환영의 인사말이라는 걸 안 것은 며칠이 지나서였다. 호텔 예약을 한 것도 아니었으므로 나는 할 수 없이 공항의 안내 데스크를 찾아야 했다. 나의 영어 실력은 겨우 일상적인 의사소통을 할 정도였다. 안내 데스크의 흑인 여자는 어느 나라에서 왔느냐고 묻더니, 한국 사람이라고 말하자 한국 사람이 운영하는 여행사를 소개해줄까요, 하고 물었다.

아, 아니요.

나는 고개를 가로저었다.

한국 사람이 운영하는 여행사가 멀고 먼 동부 아프리카의 나라 케냐에도 있다는 게 경이로웠지만 첫날부터 한국 사람을 만나고 싶진 않았다. 나이로비엔 한국 음식점이 2개 있다고 들은 적이 있었다. 서둘 것은 없다고 나는 생각했다. 우선 한잠 자고 나서 천천히 수소문해도 늦진 않을 것이었다. 중심가의 보통 수준 호텔이면 좋겠습니다. 나는 더듬더듬 간신히 말했다. 흑인 여자는 곧 두어 군데 전화를 걸었고, 이어서 방이 비어 있다는 호텔의 이름과 위치를 친절히 설명해주었다. 서울을 떠나 여기까지 오는 동안, 나는 불면의 병에 걸린 것처럼 잠을 이룰 수 없었다. 그래서 지칠 대로 지쳐 있었다. 그렇다고 미지의 땅, 미지의 앞날에 대한 두려움이 있거나 한 것은 아니었다. 그저 단순한 여행이었다면 유창하지 못한 영어 실력이나 아무런 예약도 없이 떠나온 무계획 때문에 오히려 두려웠을 터인데, 거짓

말처럼 마음은 담담했다. 모든 것을 버리고 여기 왔는데 무엇이 새삼 두렵겠는가.

　호텔은 시내 한복판에 있었다.

　나는 호텔 방에 들어가서 일단 깊은 잠에 빠졌고 꿈을 꾸었다. 꿈속에서 천예린은 머리에 온통 붉은 꽃을 꽂고 있었는데 놀랍게도 너무 젊었다. 그녀는 이제 막 스무 살쯤 된 것 같았고, 천상의 소녀처럼 아름다웠다. 늙지 않은 그녀에 비해 꿈속의 나는 내 나이보다 20년이나 30년쯤 더 늙은 것처럼, 쭈글쭈글, 주름투성이였다. 나는 놀랍고 무서워 얼른 손으로 얼굴을 감추었고, 젊은 천예린은 청량한 소리로 웃었다. 이상한 일도 다 있지, 그녀가 웃을 때마다 내 온몸의 피부는 급격히 주름이 깊어지고 검버섯이 피는 것이었다. 나는 식은땀을 흘리고 숨을 헉헉거렸다. 나는 공포감에 뒷걸음질을 쳤다.
　제발, 제발 그만둬요, 선생님.
　잠에서 깼을 땐 전신이 식은땀으로 젖어 있었다. 무서운 꿈이었어. 나는 입 속으로 중얼거렸다. 창밖엔 어제 보았던 자카란다 꽃나무가 그대로 서 있었다. 거의 20시간 이상 잠들었다는 걸 나는 깨달았다. 나는 샤워를 끝내고 한참 동안 거울 앞에 서 있었다. 지난여름에 비해 머리는 거의 반백이 되어 있었다. 약간 벗겨진 머리 상단에도 전에 볼 수 없었던 기미들이 얼룩

얼룩했다. 꿈에서 경험했던 만큼 가속적인 것은 아닐지라도 어쨌든 나는 빠르게 늙어가고 있었다.

정오쯤에야 호텔을 나섰다. 한국 식당이 두 군데라는 걸 알았기 때문에 갈 곳을 망설일 필요는 없었다. 그녀는 유명 시인이니까 행선지를 수소문하는 건 쉬운 일일 것이라고 생각했다. 나는 한국 식당 '아리랑'을 먼저 찾아가 주인에게 다짜고짜 천예린 시인을 아느냐고 물었다.

천예린 시인? 아하, 그 여류 시인.

식당 주인은 곧 고개를 끄덕였다. 사파리 호텔 카지노에 자주 가요. 블랙잭을 주로 하는데 베팅하는 게 보통이 아니더랍니다. 본 사람 얘기가 그렇다고요. 하긴 뭐 그 호텔에 장기간 머물 정도면 돈이 많은 분이겠지요. 사파리 호텔은 바로 한국인이 투자해 지은 호텔이라고 했다. 천천히 육개장 한 그릇을 끝까지 비웠다. 서둘 것은 하나도 없었다. 아프리카 제일의 호텔, 블랙잭……이라고 나는 입 속으로 중얼거려보았다. 그녀의 이미지와 딱 맞아떨어지는 세트가 아닐 수 없었다. 나의 파멸을 불러온 바로 그 돈으로, 그녀는 신데렐라처럼 차려입고 오만한 포즈로 담배를 문 채, 아프리카 제일의 호텔 카지노를 지금 누비고 있는 것이었다.

모든 것이 너무 빨리 진행되고 있었다.

아무리 아프리카라지만 그녀를 이렇게 빨리 찾으리라곤 미처 예상하지 못했다. 떨리진 않았다. 서울을 떠나올 때 내 전신을 팽팽히 채웠던 그 어떤 단단한 열정 같은 것도 없었다. 나는 일단 호텔로 돌아와 샤워를 한 뒤 담담히 옷을 차려입고서 가방을 열고 두 가지 물건을 꺼냈다. 하나는 그녀의 빈 아파트에서 찾아낸 머리핀이고, 다른 하나는 이태원에서 산 잭나이프였다. 버튼을 누르자 칼날이 재빨리 튀어나왔다. 호랑나비 같은 형태의 머리핀과 잘 갈린 잭나이프는 둘 다 아름다웠고, 둘 다 그녀의 이미지와 어울렸다.

이 머리핀을 놓고 가셨네요.

나는 짐짓 소리 내어 말해보았다. 서울을 떠나올 때부터 그녀와 만나면 건넬 인사말로 준비한 문장이었다. 소리 내어 말해보는 게 벌써 여러 번째인데 여전히 말해놓고 보면 어색했다. 내 문화가 아니라 그녀의 문화에 맞춘 말이기 때문이었다. 옛꿈의 유령을 쫓아 여기 왔어요……라고 나는 또 말해보았다. 내 구미에 맞지 않기는 마찬가지였다. 나쁜 년! 이윽고 내 입에서 그런 말이 나왔다. 요사한, 여우 같은 년! 나는 일부러 무서운 자객 같은 표정을 지으면서 잭나이프를 앞으로 찌르며 부르짖었다. 분노가 솟구쳐 올랐다. 김진영 씨 앞에 있으면 뭐랄까, 시 쓰는 내가 오히려 세속적으로 느껴져요…… 신선한 새벽 풀 같은 향기가 나는걸요……라던, 그녀의 말들이 떠올랐다. 서둘지 말고…… 천천히……라고 속삭이며 나의 내이(內耳) 속으로 파고들던 그녀의 불같은 혀도 잊을 수 없었다.

그래. 당신의 심장을 찌를 거야. 내 심장을 찌르듯이.

나는 잭나이프를 호텔 목욕탕 문설주에 탁 박았다. 칼날은 단번에 깊이 박혔다. 그러나 소리는 나지 않았다. 나는 이상한 황홀감에 사로잡혀 전신을 한차례 힘차게 떨었다.

다음 날 나는 저녁때 일어났다. 만 하루 동안 내가 먹은 것이라곤 냉장고에 비치된 위스키와 맥주와 땅콩 몇 개였다. 하룻밤 새 내 몸의 살이 쑤욱 빠져나간 걸 느꼈다. 그래도 서둘 건 전혀 없었다. 나는 다시 샤워를 했고 다시 면도를 했고 다시 양복을 입었다. 놀빛처럼 붉은 넥타이를 매고 났을 때, 어제처럼 광포하진 않았지만 어쨌든 분노라고 불러야 할, 그 어떤 감정이 다시 서서히 끓어오르기 시작했다. 잭나이프를 챙겨 안주머니에 넣었다.

자, 이젠 되었다……

나는 내게 소리 내어 말했다. 한국 기업이 운영한다는 사파리 호텔은 나이로비 시내에서 상당히 떨어진 시 외곽의 숲 속에 있었다. 호텔 현관에 택시가 서자 키 큰 도어맨이 달려와 문을 열어주었다. 호텔은 정말 아름다웠다. 서구 도시의 호텔처럼 드높이 쌓아 올린 건물이 아니었다. 열대의 숲 사이사이로 여러 채의 독립 가옥형 건물들이 늘어서 있었다. 사방의 나무들은 제각각 다른 꽃을 피우고 서 있었다. 나는 당당히 걸어서 아름다운 카지노 현관으로 들어섰다. 어서 오십시오……라는 우리말이 들렸다. 마흔대여섯 살쯤 됐을까, 안경 낀 한국 남자가 친절히 나를 맞아주었다.

케냐는 처음이신가요?

안경쟁이가 물었다. 처음이오, 라고 내가 대답했고, 돈만 있다면 꿈같은 곳이지요, 라고 안경쟁이가 대꾸했다. 동부 아프리카 요충인 케냐는 영국의 식민지에서 1963년에 독립한 나라였다. 달에서도 내려다뵌다는 세계 최대의 그레이트 리프트 밸리가 종단하고 있는 나라로서 유난히 화산과 호수가 많아 아름답기 그지없다고 내가 가진 안내서엔 쓰여 있었다. 〈아웃 오브 아프리카〉란 영화를 봤느냐고 묻던 그녀가 기억났다. 나는 영화 〈아웃 오브 아프리카〉를 비디오테이프로 보았다. 그녀를 만났던 짧은 기간에 나는 영화를 수십 편 보았다. 그녀가 좋다고 소개한 영화는 거의 본 것 같았다. 〈아웃 오브 아프리카〉의 원작자 카렌 블릭센이 살았던 집이 나이로비 근교에 그대로 보존돼 있다는 말을 한 것도 그녀였다. 케냐에 가면 킬리만자로가 있다는 이야기도 했고, 라쿠르라던가, 케냐의 어느 호수에 홍학이 수백만 마리나 산다는 말도 들었다. 얼마나 환상적일까. 그런 곳에서…… 신생의 쨍쨍한 일광을 온몸으로 받으면서 죽으면 좋겠어. 떠나기 얼마 전 그녀가 한 말이었다. 왜 자꾸 죽는 얘기예요? 내가 볼멘소리를 하자 대뜸, 살아서 진지하게 말해야 할 것이 도대체 죽음 이외에 무엇이 있느냐, 그녀는 강하게 반문했다.

나는 상들리에 아래, 한 슬롯머신 앞에 앉았다.

안경쟁이가 200달러만큼 코인을 가져다주었다. 장미꽃 같은 피를 흘리면서 일광의 초원에서 죽고 싶다던 그녀의 말이 들리는 듯했다. 이른 저녁이어서인지 카지노 안은 반 이상 비어 있었다. 그녀가 카지노 안에 없다는 걸 나는 한눈에 알아차렸다. 그러나 서둘 건 없었다. 그녀에게 충분히 어울리는 장소였다. 휘황한 샹들리에, 붉은 카펫, 빛나는 은빛 기계들, 젊고 아름다운 신사 숙녀. 장미꽃 같은 피를 흘리며 죽기에 얼마나 좋은 장소인가.

나는 200달러를 순식간에 잃었다.

블랙잭을 해보시지 그래요? 안경쟁이가 또 말을 붙여왔다. 아뇨. 나는 고개를 저으며 말했다. 도박엔 관심이 없소이다. 사실은 누굴 좀 만나려고 왔거든요. 여기 오면 만날 수 있다고 해서요. 제4, 제5의 늑골 사이에 무엇이 들어 있는지 아느냐고 그에게 묻고 싶은 걸 나는 참고 있었다. 누구를 찾으시는데요? 안경쟁이가 반문했다. 나는 안경쟁이의 가슴께를 쳐다보았다. 네 번째와 다섯 번째 갈비뼈 너머에 일반적으로 자리 잡고 있는 것은 좌우 심실이었다. 장미꽃처럼 붉은 피의 발원지였다. 늑골 사이를 겨냥하면 칼끝은 아무런 장애 없이 일시에 그 피의 발원지를 요절낼 것이었다.

시인 천예린 선생님 애독자거든요.

그 선생님, 나이로비, 안 계신데요.

안경쟁이 입에서 그런 말이 나왔다. 무릎에서 힘이 쑥 빠져

나갔다. 안 계시다니요, 라고, 마치 항의하듯 내가 말했다. 떠났단 말인가요, 케냐를? 케냐를 떠나셨는지는 잘 모르겠고요. 암튼 지난주에 마사이 마라 지역으로 사파리를 떠난 건 확실합니다. 돌아오시진 않았어요. 마사이 마라가 어딥니까. 내가 황급히 물었다. 나이로비에서 한 300킬로미터쯤 될까, 탄자니아와의 접경지대인데요, 마사이족들이 주로 살지요. 참, 양식당의 허 지배인을 한번 만나보세요. 천 선생님을 모시고 함께 사파리를 나갔다 돌아왔으니까요.

사파리…… 마사이 마라…….

나이로비 시내에서도 얼마든지 야생동물을 보러 떠나는 관광용 버스들을 볼 수 있었다. 보통 12인승 마이크로버스였는데, 차 안에 서서 야생동물을 관찰할 수 있도록 천장을 뚫어 개조한 차였다. 케냐는 야생동물의 천국이었다. 어떤 국립공원은 한반도만큼 넓었다. 특히 12월이 가까운 지금은 우기의 중간으로서 초목들이 왕성히 자랄 때이므로 야생동물에게 가장 행복한 시기였다. 드넓은 초원에서 사자나 코뿔소부터 얼룩말, 기린, 임팔라 등이 마음껏 뛰놀았고, 그들과 더불어 원주민들이 오랜 관습대로 그 땅을 지키며 살고 있었다.

나는 한참 후에 양식당으로 갔다.

양식당엔 한 테이블을 빼곤 손님이 없었다. 허 지배인은 30대 중반쯤 돼 보이는 인상 좋은 미남자였다. 나는 거두절미하고, 천예린이라는 이름을 들이대었다. 글쎄요. 허 지배인은 고개를 갸웃했다. 저는 암보셀리까지 함께 갔다가 돌아왔거든요. 천 선생님은 몸바사까지 가신댔어요. 만약 천 선생님이 나이로비로 돌아왔다면 우리 호텔을 찾으셨을 텐데요, 안 오신 걸 보면 몸바사에 계신 것도 같은데요. 지도에서 몸바사를 본 것 같았다. 몸바사라면, 해변 도시 말인가요? 네. 인도양을 낀 곳이지요. 모래가 실크 같다고들 그래요. 경치도 끝내주고요, 호텔도 많아요. 나이로비가 해발 고원이라, 이곳 사람들, 해변으로 자주 내려가 쉬어야 한다나 봐요.

얼마나 걸립니까, 몸바사까지?

기차 타면 글쎄요, 8시간쯤? 허 지배인은 거기까지 말하고 나서 잠깐 기다리라더니 어딘가 전화를 걸었다. 우리를 안내했던 여행사로 전화를 걸어봤는데요, 천 선생님하고 같이 떠났던 곽 사장이라는 양반이 암보셀리에 내려갔대요. 허 지배인은 전화를 끊고 나서 말했다. 그 양반이 천 선생님 계신 곳을 알 텐데 말이에요. 라쿠르에서 오늘 자고, 내일 암보셀리로 간다는군요.

암보셀리라면?

킬리만자로가 뵈는 곳이지요.

킬리만자로 산은 탄자니아에 있었다. 단일 봉으로는 세계 최고봉이었다. 생각해봐. 적도의 햇빛 아래, 5000미터가 넘는 산이 만년설을 이고 우뚝 서 있는 것을 상상해보라고. 정상이란 그런 거 아닐까. 헤밍웨이가 이질에 걸린 채 피똥을 싸며 킬리만자로를 넘은 게 1926년이라고 했다. 젊은 헤밍웨이가 킬리만자로 여행을 다녀와서 쓴 소설은 2개인데 모두 죽음에 대한 것이었다고 그녀는 설명해주었다. 젊어도 누구나 가슴속엔 죽음이 깃들어 있다는 것이었다.

나는 다음 날 경비행기를 타고 암보셀리로 갔다.

킬리만자로가 한눈에 내려다보이는 초원 한가운데, 2층으로 된 호텔 건물이 있었다. 체크인을 하고 로비로 나왔을 때 울타리 밖에 한 무리의 코끼리 떼가 다가왔다. 코끼리 떼 뒤로 호수가 반짝이는 것 같았는데, 내가 호수냐고 묻자, 지나가던 종업원은 웃으며 고개를 가로저었다. 모두 신기루일 뿐 호수는 없다는 것이었다. 여행사 곽 사장은 오후 늦게야 암보셀리에 도착할 거라고 했다.

초원 한가운데 갑자기 먼지기둥이 솟았다.

사람들이 로비에 몰려나와 뭐라고 떠들고 있었다. 먼지를 피우며 돌진하고 있는 것은 두 마리의 코뿔소였다. 이곳에서도 코뿔소의 질주를 보는 것은 쉽지 않기 때문에 종업원들까지 탄성을 내지르며 그것을 보고 있었다. 코뿔소는 초원의 동쪽을 향해 무섭게 질주했다. 땅이 계속 쾅쾅 울렸다. 잠보. 잠보콰나. 키가 훌쩍 크고 아주 깡마른 흑인 남자가 코뿔소에게 소리쳤다. 본래 이 땅의 주인이었던 마사이족 남자였다.

잠보.

나는 마사이족 남자에게 인사했다.

그는 주름살이 많은 노인이었다. 원색의 원주민 복장을 하고 있었고, 내가 몇 살이냐고 묻자 손가락 4개를 보여주며 마흔 살이라고 했다. 마흔 살은 마사이족 사이에선 아주 노인이었다. 자료에 따르면, 영국이 들어오기 전, 모잠비크에서 나이로비까지 이르는 광대한 동부 아프리카 초원을 지배하고 있던 종족이 바로 마사이족이었다. 워낙 용맹스러운 종족이라서 영국으로서도 다루기가 어려워 변방의 키쿠유족을 무장시켜 같은 흑인인 마사이족을 치도록 했다는 것이었다. 그들은 보통 열두세 살쯤부터 약 3년여, 전사가 되기 위한 예비 교육을 그들 고유한 습속대로 받는데, 3년이나 부족과 격리된 채, 광야에서 홀로 야생동물처럼 생활하며 살아남아야 한다고 했다.

전사는 마사이족의 꽃이지요.

저녁때 만난 곽 사장은 설명해주었다.

유일한 한국인 여행사를 나이로비에서 운영하고 있는 곽 사장은 수염투성이 야성적인 인상의 남자였다. 그는 마사이족에 대해 많은 것을 설명해주었다. 무엇보다도 마사이족에겐 문명이 주는 이기적인 소유욕이 없으므로 계급 갈등이 존재하지 않는다고 했다. 죄 많은 건 문명이지요. 그는 말했다. 이것은 내가 아니고, 바로 천 선생님이 여기, 이 자리에 앉아 하신 말이에요. 문명이 가르친 건 소유라고 합디다. 소유가 욕망을 부르고, 욕망이 경계와 차별을 만들어냈다고요. 나도 때로는 이 문명의 옷 다 벗어버리고 저들 마사이족처럼 광야로 들어가 자유롭게 살고 싶어요. 그런데 그걸 왜 못하는지 아세요?

왜 못하십니까?

바로…… 너무 많이 가졌기 때문이에요.

곽 사장은 거구인 데다가 캔 맥주를 마실 땐 목젖을 넘어가는 격한 물소리를 냈다. 그는 벌컥벌컥 맥주를 마시고 나서, 봐요……라고, 이어서 말했다. 봐요, 여행사도 갖고 있죠, 서울에 집도 두 채나 사놨죠, 마누라, 애들 있죠, 큰 텔레비전, 편리한 자동차, 오디오, 비싼 장롱, 채권, 철철이 갈아입을 양복, 갖가지 형태의 구두, 지갑만 해도 10개가 넘거든요. 아이고, 말도 말아요. 따져보면 가진 게 얼마나 많습니까. 그러니 이걸 두고 광야로 갈 수가 없지요. 결국 문명권에서 자란 우리들은 이런 것들 때문에 모두 좀팽이가 돼버리고 말아요.

곽 사장과 나는 호텔 뜰에 앉아 있었다.

종업원이 캔 맥주 몇 개를 날라 왔다. 그는 킬리만자로 쪽으로 앉아 있었고 나는 킬리만자로를 등지고 앉아 있었다. 짐승들이 간헐적으로 울었다. 한낮엔 그렇게 햇빛이 뜨거웠는데 밤이 되자 기온은 우리의 봄밤 정도가 되었다. 촌스럽게도 나는 여전히 정장 차림이었다. 마사이족이 입고 있는 옷을 보았느냐고 곽 사장이 또 뜬금없이 물었다. 옷 말인가요? 그 화려한? 예. 화려하지요. 걔네들 원색을 좋아하거든요. 어깨부터 발목까지…… 말하자면 아주 드레시하게요, 그런 옷을 입고 뛰는 걸 못 보셨나요? 나는 비로소 곽 사장이 무엇을 말하는지 알아차렸다. 경비행기가 내릴 때, 비행기를 따라 전력 질주하는 마사이 남자들을 본 기억이 떠올랐다. 남자 여자 할 것 없이 그들은 화려한 원색의 옷감으로 된 옷을 발목까지 내려뜨려 입고 있었는데, 전력으로 질주하자, 웬걸, 치렁한 그 옷이 바람에 휘날렸고, 이내 아랫도리가 막힘없이 드러났다. 속옷을 입지 않았으므로 고환과 성기까지 보였다.

바로 그거예요.

곽 사장은 손뼉 소리를 냈다.

마사이족은 몸이나 정신이 항상 열려 있어요. 그들의 쇠똥으로 대강 바른 집도 그렇잖아요. 안과 밖이 자유롭게 통하게 돼 있어요. 말이 옷이지, 그냥 천을 몸에 두른 거지요. 단추나 지퍼가 전혀 안 달려 있어요. 가만히 서 있으면 드레시해요. 걸으면 종아리, 빨리 걸으면 무릎, 뛰면 아랫도리가 활짝 열리고 말아요.

나는 비로소 넥타이를 조금 풀었다.

서늘한 날씨였는데 이마에 땀이 배는 거 같았다. 평생 내가 입고 산 옷들은 모두 단추와 지퍼가 주렁주렁 달린 것들이었다. 나는 아주 창피했고, 쥐구멍이라도 있으면 숨고 싶었다. 옷은 외부로부터 몸을 가리기 위해서, 또 외부와 차단하기 위해서 필요했다. 은폐와 수성(守城), 혹은 허위의 과시나 치레였다. 내가 살아온 삶이 그러했다.

네, 말씀해드리지요.

곽 사장이 이윽고 내 눈을 똑바로 보았다. 무슨 사연이 있음 직해서 아까부터 분명한 대답을 회피했는데요. 천예린 선생님, 이미 몸바사에도 나이로비에도 없습니다. 어디로 떠나셨냐고 물으시겠지요? 글쎄, 이걸 말해서 좋을지는 모르겠으나 좌우간 말씀드릴게요. 천 선생님은 엊그제 라바트로 들어갔어요. 모로코의 수도요. 내가 출국 수속을 해드렸습니다.

그러나 나는 크게 실망하진 않았다.

초저녁부터 곽 사장의 태도 때문에 그녀가 이미 케냐를 떠났을지 모른다고 생각해온 참이었다. 나는 되도록 느긋한 태도를 가지려고 애썼다. 결판이 빠를수록 좋다는 건 서울을 떠나올 때의 생각이었다. 어차피 다시 서울로 돌아갈 수도 없었고, 그렇다면 결판이 빠른 게 꼭 좋다고 할 수도 없었다. 모로코라면 '카사블랑카'가 있는 나라였다. 〈카사블랑카〉라는 영화에 대해 들은 것도 물론 그녀에게서였다. 나는 아예 넥타이를 풀고 천천히 맥주를 마셨다. 지난주에 나이로비를 떠났다면 지금쯤, 그녀는 〈카사블랑카〉에 등장한 그 이국적 카페에서 대서양을 바라보고 있을지도 몰랐다. 광대하게 열린 아프리카의 대지 탓일까. 그녀가 어디에 있든, 그녀를 찾아가는 일이 하나도 어려울 것 없다는 기분이 들었다.

킬리만자로는 구름에 가려 보이지 않았다.

내가 킬리만자로의 도도하고도 해맑은 정상을 본 것은 막 여명이 터올 때였다. 늦도록 잠을 이루지 못하다가 비몽사몽 중에 누군가 내 방 창문으로 노크하는 것 같은 소리를 나는 들었다. 흠칫 놀라는 순간 노크 소리가 들렸다. 단층으로 지어진 객실 건물은 어느 방에서든 문만 열면 킬리만자로가 정면으로 내다뵈도록 자리 잡고 있었다. 나는 방문을 열었고, 문소리에 놀라 후다닥 뛰어 달아나는 나이 어린 임팔라 한 마리를 보았다. 울타리의 허술한 곳을 잘못 넘어온 임팔라가 내 방문을 건드렸던가 보았다.

허업.

한순간 나는 숨이 멈췄다.

임팔라의 뒤를 쫓다가 우연하게 내 시선이 킬리만자로 꼭대기에 머문 것이었다. 킬리만자로의 주봉인 키보 봉이 우뚝 서 있었다. 정수리를 싸고 있던 구름들은 어느덧 산기슭으로 내려와 납작 엎드려 있었고, 그래서 하늘로 솟아오른 킬리만자로 정상은 마치 붕 떠 있는 거 같았는데, 여명과 만나 투명한 백색으로 빛나고 있었다. 흰 봉우리는 단숨에 내 가슴속으로 뛰어들어왔다. 나는 스톱모션이 된 채 오래오래 킬리만자로를 바라보았다. 킬리만자로의 정상은 백설과 막 떠오른 햇빛의 붉은 서기가 만나 하나의 왕관처럼 번뜩이고 있었다.

나는…… 어, 떻, 게…… 살아왔던가.

한참 만에 반벙어리처럼, 그런 말이 내 입에서 더듬더듬 나왔다. 그 신생의 대륙에서 만나는 새벽과 지나간 연대의 내 삶이 어떤 관련을 맺고 있는지 물론 나는 논리적으로 설명할 수 없었다. 그러나 이상스럽게도, 킬리만자로의 정상과 고요하게 대면한 어떤 순간에, 내 지나간 평생의 삶이 온갖 억압에 가득 차 있는, 감옥 속의 삶이었다는 생각이 홀연히 드는 것이었다. 그래. 내 삶은 감옥살이였어. 나는 부르짖었다. 그것은 극적인 자각이었고 고통스러운 세례와 같았다. 과장, 부장, 이사가 되었을 때 나는 그것이 성취인 줄 알았다. 쇠창살이 늘어나는 것이리라곤 꿈에도 생각하지 않았으며, 내가 사는 인생이 다 내가 설계해 노력으로 얻어낸 것인 줄 알고 있었다. 나는 가슴이 쥐어짜이듯 아팠다. 킬리만자로 흰 봉우리가 나를 무연히 내려다보고 있었다.

모로코는 이슬람의 나라다.

아프리카 북서부에 위치해 북으로는 지중해, 서로는 대서양, 동과 남으로는 사하라 사막과 대아틀라스 산맥에 둘러싸여 있다. 본디 이 보석 같은 땅의 주인은 유목민 베르베르인들이었다. 7세기 후반, 아라비아인들이 한 손엔 코란을, 또 한 손엔 창과 칼을 들고 침공해 오늘에 이르지 않았다면 모로코는 아마 베르베르인들과 양 떼들의 천국이 되었을 것이었다. 초기의 이드리스 왕조에서부터 지금의 알라위 왕조에 이르기까지, 7개의 왕조로 면면히 내려온 그곳에선, 누구든 이슬람의 문화와 함께 중세의 그로테스크하고도 고풍한 분위기를 얼마든 만날 수 있다. 그러나 예민한 사람이라면 이슬람과 중세의 문화를 감싸고도는 투명하고도 처연한 푸른 광채를 먼저 느낄 게 틀림없다. 감수성이 둔한 나조차 그랬으니까.

비췻빛이라고나 할까.

가령, 거무튀튀한 베르베르인들과 달리 하얀 피부에 우뚝한 콧날과 깊이 팬 아라비아인들의 눈을 보면, 그 눈빛보다 더 투명한 푸른빛의 비취는 결코 구할 수 없을 것이라는 생각을 자연스럽게 하게 된다. 나이로비 공항에서 만났던 사람들과는 전혀 다른 눈빛이다. 나이로비의 그것이 어둡다면 모로코의 그것은 밝고 투명하다. 케냐의 자연과 사람들이 주는 이미지는 흰 그늘에 가까운데, 모로코의 자연과 사람들이 주는 이미지는 서러울 만큼 푸른 광채로 빛난다. 그들은 눈이라기보다 푸른빛의 창을 얼굴에 달고 있는 듯하다.

앗 살람 알라이쿰.

그들은 어디에서든 반갑게 인사한다. 알라이쿰 살람……이라고 대답하고 나면, 어느새 비췻빛 창이 웃으며 다가오고 있다. 그렇다고 그들이 모두 순박하고 착하다는 것은 아니다. 코란과 칼을 양손에 나누어 들고 살아온 아라비아인들이다. 그들의 비췻빛 창 뒤엔 불같은 감수성, 용맹스러운 야수성의 칼이 숨겨져 있다.

내가 당한 수난의 시작은 칼이다.

정확히 말하자면 수난의 시작은 모로코가 아니라 이슬람 문화권의 중심인 이집트의 카이로에서부터이다. 경유지로 약 3시간을 보냈던 카이로 공항에서 내 몸의 일부처럼 지녀온 문제의 잭나이프를 빼앗기고 만 것이었다. 무심코 부치는 가방에 넣지 않았기 때문이다. 큰 가방은 이미 부쳤으니 달리 방법이 없었다. 보안 검색 요원은 보관증인지, 꼬불꼬불한 아라비아 글씨가 가득한 서류 한 장을 잭나이프 대신 내주었다.

나의 잭나이프.

나는 그렇게 부르고 싶다. 그것을 내 몸에 지닌 것은 불과 서울에서 케냐를 거쳐 오는 열흘 정도였지만, 그 열흘 동안 잭나이프는 언제나 내 몸에 있었다. 나는 그것을 그리운 그녀처럼, 반드시 죽여야 할 그녀처럼, 보고 또 보고 했다. 바로 그런 잭나이프를 빼앗겼으니, 모로코 수도인 라바트에 내렸을 때, 나는 머리를 깎인 삼손의 꼴과 다름없는 신세였다.

나는 라바트에서 이틀을 보냈다.

이틀 동안 내가 한 일이라곤 라바트의 중심가에 위치한 몇 개의 최고급 호텔에 들른 것뿐이었다. 라바트는 행정 수도일 뿐 큰 도시는 아니었기 때문에 천예린이 머물 만한 호텔은 몇 개 없었다. 세 번째 들른 호텔의 도어맨은 그녀의 시집 표지에 실린 사진을 보여주자 단번에 그녀를 알아보았다.

떠났지요.

호텔 도어맨은 영어로 대답했다. 카사블랑카와 마라케시로 간다고 했습니다……라고, 도어맨은 덧붙이면서, 그녀가 주고 갔다는 목걸이 하나를 꺼내 보여주었다. 그것은 하회탈 모형이 끝에 매달린 캐주얼한 것으로서, 남대문시장을 배회하다가 어느 노점에서 사 내가 그녀에게 선물한 목걸이였다. 재밌잖아. 이 하회탈. 한 30년 후의 김 이사 얼굴이 이럴 거야. 그녀는 크게 깔깔거리고 웃으며 말했다.

그녀에겐 동행이 없었나요?

서툰 영어로 내가 다시 더 물었고, 도어맨의 입에서 미스터 김……이라는 말이 나왔다. 대사관의 미스터 김이라는 사람이 호텔로 그녀를 찾아온 적이 두 번쯤 있었다는 말이었다. 모로코 남부 도시로 떠날 때의 그녀는 혼자 택시를 이용했다고 했다.

나는 곧 카사블랑카로 떠났다. 대서양의 해안을 따라가는 카사블랑카행 열차를 탔을 때, 나는 불과 나흘 전에 떠났다니, 그녀가 지금쯤 카사블랑카에 머물고 있으리라는 확신을 느꼈다. 그녀는 〈카사블랑카〉에서의 험프리 보가트가 맡은 인물인 릭을 평소 좋아했고, 포도주를 마실 땐 그 영화의 주제가를 자주 들었다. 그 영화 역시 그녀 때문에 비디오테이프를 빌려다가 혼자 보았는데, 낡은 흑백영화에다가 뻔한 로맨스를 담고 있는 것이어서 내겐 특별한 감회를 주지 않았다. 그 캐릭터가 좋다는 거야, 험프리 보가트의 캐릭터. 여자들은 그런 남자들한테 목숨을 걸어. 그녀의 숭배와 달리 영화에서 목숨을 거는 것은 남자 쪽이었다. 험프리 보가트가 위험을 무릅쓰고 사랑한 여자 잉그리드 버그먼을 독일 감시망을 따돌리고 탈출시키는 내용이었다.

카사블랑카는 서구적인 도시였다.

독일이 침공했을 때 많은 프랑스인들이 지중해를 건너 이 국제적 도시 카사블랑카로 몰려들었었다는 것을 나는 상기했다. 시가지의 중심에 놓인 광장의 이름은 아직도 프랑스 광장이었다. 오후 3시, 때마침 이슬람인들의 한낮 기도 시간이었으므로, 거리 여기저기에선 길바닥에 자리를 깔고 메카를 향해 큰절하는 모슬렘들의 독특한 풍경이 벌어지고 있었다. 나는 마차를 타고 〈카사블랑카〉에 나오는 카페와 똑같이 생긴 문제의 카페 '아메리카나'로 직행했다. 관광객들이나 다녀간다는 카페는 한낮인데도 자리가 반쯤이나 들어차 있었다.

잉그리드 버그먼이 나를 바라보았다.

영화 속에 등장했던 스틸인가 보았다. 비련의 작별을 경험하는 잉그리드 버그먼과 험프리 보가트, 그리고 잉그리드 버그먼의 남편 역을 맡았던 폴 헌레이드 사진이 카페 벽에 걸려 있었고, 세월은 흘러도 연인들은 남으리……라고, 험프리 보가트가 연주하던 피아노도 영화에서와 똑같이 그 자리 그대로 놓여 있었다. 영화에서 가장 중요한 모티프가 됐던 통행증을 숨겼던 피아노였다.

천예린은 물론 그곳에 없었다.

나는 일단 카페 아메리카나가 들어 있는 호텔 방을 잡은 뒤, 한국인이 최근에 머물렀거나 머물고 있느냐고 물었다. 프런트 데스크에선 고개를 가로저었다. 나는 그래도 조급하게 생각하지 않았다. 관광 도시라곤 하지만 로마나 파리 같은 대도시도 아닐뿐더러, 특히 동양인 관광객은 워낙 수가 적어 그녀의 흔적을 찾아내는 일이 하나도 어렵지 않을 거라고 나는 판단하고 있었다.

나는 아라비아의 전통 칼을 카사블랑카에서 하나 샀다. 놀빛이 선홍빛에 도달했을 때, 나는 카사블랑카 뒷골목을 배회하다가 칼끝이 초승달같이 휘어져 올라간 아라비아 고유 양식의 단검 한 자루를, 이집트에서 빼앗긴 잭나이프 대신 산 것이었다. 칼집엔 페르시아의 전통적인 문양인 문자명(文字銘)과 스핑크스가 음각되어 있었다. 모조품이라곤 하나 깔끔함과 고풍함을 함께 갖춘 물건이었다. 그녀의 심장에 어울릴 만한 칼이어서 잭나이프를 뺏긴 섭섭함을 어느 정도 상쇄할 수 있었다.

이튿날은 시내 호텔들을 찾아다녔다.

이 한국 여성을 찾습니다……라고, 나는 도어맨과 프런트 데스크의 직원들과 벨보이들에게 그녀의 사진을 보여주었다. 그녀가 묵고 있거나 묵어갔다면, 일주일도 넘지 않았으니 그들 중 누군가는 반드시 기억하고 있으리라 나는 생각했다. 그러나 하루 온종일 웬만한 고급 호텔을 다 뒤졌는데도 그녀를 보았다는 사람이 없었다. 남은 것은 이류 호텔이거나 민박 정도였다.

그녀에게 충분한 여비가 없는 게 아닐까.

어떤 사고로 수중의 돈을 잃어버렸을 수도 있었다. 북부 아프리카 최고의 국제도시에서 돈이 떨어져 싸구려 호텔에 머물고 있다면, 항상 최고급을 지향하는 그녀로선 비참하기 이를 데 없을 터였다. 나는 저물녘 다시 카페 아메리카나로 돌아와 앉았다. 가난해진 그녀를 이 카페로 초대하는 거야. 나는 생각했다. 험프리 보가트와 잉그리드 버그먼이 재회했던 곳, 피아노 옆 좌석이 그녀가 죽기에 가장 좋은 자리 같았다. 그녀를 꼭 이곳으로 초대하고 싶었다. 그녀를 앉혀야 할 자리엔 거구의 서양 남녀가 앉아 있었다. 나는 잉그리드 버그먼 사진을 등지고 앉아서 일단 저녁 식사를 했다. 밤이 되었고 창 너머로 반달이 떠 있는 게 눈에 들어왔다.

알 함두릴라.

무대 위로 오른 피아니스트가 말했다.

연주가 시작될 모양이었다. 피아노와 기타와 색소폰은 각각 눈이 깊고 얼굴이 하얀 아라비아 남자들이 맡고 있었는데, 유독 노래하는 여가수만 집시풍의 옷을 입은 유럽계였다. '알 함두릴라'는 좋은 일이 생기거나 할 때 습관적으로 쓰는 일종의 관용어였다. 누군가의 생일을 축하한다고 영어로 말하고 나서 그들은 생일 축하 곡을 짧게 연주했다. 여기저기 박수 소리가 뒤를 따랐다. 나는 포도주를 더 주문했다. 〈카사블랑카〉에서 비련의 남녀 주인공이 함께 마셨던 포도주 이름은 생각나지 않았다. 문이 열릴 때마다 반사적으로 출입구 쪽을 바라보았다. 어쩐지 그녀가 불쑥 문을 열고 들어설 것 같았다. 여가수는 귀에 익은 팝송을 열창하고 있었다. 때마침 노래가 끝났고 박수 소리가 이어졌으며, 피아니스트 남자가 영어로 중간 멘트를 했다. 카사블랑카의 밤은 아름답다고 말하는 것 같았다. 이어서 험프리 보가트와 잉그리드 버그먼이라는 이름이 나왔다. 영화 〈카사블랑카〉의 인상 깊은 주제가를 부를 모양이었다. 벨기에에서 온 누구, 독일에서 온 누구누구에게, 라고 피아니스트는 노래를 증정받을 사람들의 국적과 이름을 나열하고 있었다.

바로 그때 나는 순간적으로 전율을 느꼈다.

내 귓속을 파고든 어떤, 이름 때문이었다. 킴, 진, 영……. 피아니스트는 말하고 있었다. 킴진영이라니. 나는 놀라서 피아니스트의 입을 뚫어져라 바라보았다. 가슴이 콩닥콩닥 뛰었다. 코리아란 말도 나왔다. 한국에서 온 김진영 씨에게 이 노래를 또한 바친다……라고, 피아니스트는 말했다. 그리고 연주를 시작했다. 〈카사블랑카〉의 주제가였다. 잊지 못하지요. 노래는 그런 말로 시작됐다. 여가수가 노래를 불렀고, 포도주는 아직 반 병 이상 남은 채였다. 지구를 반 바퀴 이상 돌아온 머나먼

이역에서 낯선 아라비아 남자에게 속수무책으로 이름이 불린 나는, 그 충격 때문에, 손을 떨면서 비운 잔에 포도주를 따르고 있었다.

설마 내 이름은 아니겠지.

노래에 따라 마음이 조금씩 가라앉았다.

잊지 못하지요, 키스는 키스이고 한숨은 한숨……이라고 여가수는 노래했다. 포도주를 함께 마실 때, 천예린은 가끔 묵은 레코드판 하나를 골라 구형 턴테이블에 올려놓곤 했었는데, 바로 이 노래, 〈카사블랑카〉의 주제가인 〈세월이 흘러도〉 역시 그중의 하나였다. 이 노래처럼 포도주와 어울리는 노래는 없을 거야, 라고 그녀는 언젠가 말했다. 세월은 흘러도 두 가지는 남지요. 노랫말이 이어지고 이어졌다.

김, 진, 영.

서울을 떠난 이후에 아무도 온전히 불러준 적이 없는 내 이름이었다. 참 진(眞) 길 영(永), 영원히 참되게 살라는 이상을 굳게 심어 아버지가 지어준 이름이었다. 피아니스트는 정말 나를 불렀을까. 동명이인이 아니라 나를 부른 게 맞다면, 멀고 먼 이곳에서 피아니스트에게 내 이름을 부르게 한 것은 누구란 말인가. 천예린. 그렇다면 그녀는 지금 내가 이곳에 있다는 것을 알고 있다는 뜻이 된다. 나는 젖은 눈으로 사방을 둘러보았다. 카페는 빈자리 없이 꽉 차 있었다. 그녀는 물론 보이지 않았다. 카페 문 밖의 뜰까지 나가보았으나 마찬가지였다. 세월은 흘러도

변함없는 것은 달빛과 사랑 노래라고 여가수는 고운 목소리로
노래했다.

> 마음 가득한 정열
> 질투와 미움
> 언제나 똑같은 사랑 이야기
> 세월은 흘러도 연인들은 남으리

여가수의 노래는 영화에서보다 더 애조를 띠고 있었다. 키스
는 키스, 한숨은 한숨……이라고 나는 속으로 말해보았다. 나치
침공의 잔인한 소용돌이 속에서 기약 없이 헤어질 때, 영화 속
의 청순한 여주인공 잉그리드 버그먼의 대사는 오래 내 기억에
남아 있었다. 마지막인 것처럼 키스해줘요……. 천예린과의 마
지막 키스가 언제였던가. 그녀가 떠나기 이틀 전날, 밤새 태풍
과도 같은 정사를 치르고 잠깐 잠들었다가 출근하기 위해 눈을
떴을 때, 그녀는 전에 없이 나를 위해 수프를 끓이고 있었다. 이
거라도 들고 나가, 라고 그녀는 말했다. 마지막 키스가 바로 그
날 아침 시간에 묻어 있었다. 현관문을 열고 나올 때, 그녀는 달
려와 내 얼굴만 뒤로 돌려놓고 키스했다. 짧고 강렬한 키스였다.
나는 웨이터에게 피아니스트를 불러달라고 말했다.
다른 한 곡의 노래가 끝난 뒤의 휴식 시간에야 피아니스트가
내 테이블로 왔다. 윈 화들락, 이라고 나는 더듬더듬 말했다. 플

리즈, 라고 영어로도 말했다. 제발, 한국에서 온 김진영 씨에게 어째서 노래를 바친다고 했는지, 누가 보낸 노래인지 말해주세요, 라고까지 영어로 말하는 데도 몹시 힘이 들었다. 나는 진땀을 흘리면서, 그렇지만 절박하고 진지한 어조로 토를 달았다.

마이 네임 킴. 킴진영. 유 노?

오케이. 아니 노.

내가 권한 대로 피아니스트는 포도주 한 잔을 받았다. 그리고 곧 피아노로 되돌아가 메모지 한 장을 찾아 들고 와서는, 그것을 내게 보여주었다. 천, 예, 린······이라는 말이 마침내 피아니스트의 입에서 튀어나왔다. 나는 숨을 몰아쉬며 피아니스트가 건넨 메모지의 볼펜 글씨를 뚫어져라 바라보았다. 한국에서 온 나의 친구 김진영 씨에게 이 노래를 들려주세요. 메모지엔 분명히 영어로 그렇게 쓰여 있었다. 그리고 맨 끝이 그녀의 자필 서명이었다. 나는 다급하게 물었다. 이 여자분, 언제 여기 왔었나요?

사흘쯤 전이지요.

피아니스트는 미소 짓고 대답했다.

이틀 연속 와서 피아노 옆 좌석에 앉으셨습니다. 매우 아름답고 친절한 부인이었습니다. 우리는 밤 9시와 11시, 영화 주제가를 언제나 두 번 부릅니다. 부인께선 올 때마다 두 번의 노래를 모두 듣고 자리를 떴습니다.

내가 여기에 올 거라고 말하던가요?

그런 말은 따로 없으셨습니다. 다만 메모를 주시면서 앞으로 한 달 동안, 매일 9시, 〈카사블랑카〉의 주제가 〈세월이 흘러도〉를 부를 때, 한국에서 온 김진영 씨를 위해 부른다는 말을 해달라고 특별히 부탁하셨어요. 물론 거기에 상응할 만큼 후한 팁도 받았습니다만.

어디로 간다거나, 그런 말, 안 하셨나요?

나는 마지막으로 물었고, 페스로 간다고 하셨습니다, 라고 피아니스트는 단번에 말했다. 마라케시가 아니라 페스냐고 내가 반문했다. 라바트의 호텔 도어맨이 카사블랑카를 거쳐 마라케시로 갔다고 말했을 뿐 아니라, 페스는 마라케시와 달리 다시 라바트를 거쳐 북동부로 들어가야 하기 때문이었다. 그럼요. 분명 페스로 가셨습니다. 피아니스트는 자리를 뜨면서 그녀가 남긴 메모지를 다시 달라고 했다. 사례도 충분히 받았거니와 그녀와 굳게 약속했으니, 당사자인 내가 노래를 들었든 말든, 약속한 한 달 동안, 매일 한국에서 온 김진영 씨를 위해……라고, 자신은 그 사연을 전할 거라고 했다. 내가 떠난 후에도 그녀와 내가 교묘히 나눠 갖는 노래는 앞으로도 여러 날 카페에 남을 모양이었다.

그녀가 나를 손짓해 부르고 있다……

나는 느꼈다. 내가 쫓아올 것을 알고 있으니 당연히 내가 칼을 품고 오리라는 것 또한 알고 있을 터였다. 선생님은 뭐든지 알고 있어. 나는 중얼거렸다. 이 모든 게, 처음부터 그분이 만든 프로그램일지도 몰라. 굉장한 연출가야. 무엇을, 어떤 파국을 그분은 기다리고 있는 것일까.

앗 살람 알라이쿰.

신에게 평화를……이라고, 모로코의 페스를 떠올리면 나는 늘 신음하듯 중얼거리고 만다. 8세기부터 13세기까지 건설된 페스라는 도시 이름은 본디 '곡괭이'를 가리키는 말이다. 도시 건설을 끝내고 나서 황금 곡괭이를 왕에게 바친 고사에서 유래한 이름이다. 놀랍게도 페스는 건설된 당시의 모습을 거의 완벽하게 유지하고 있다. 20세기의 끔찍하고도 가속적인 변화의 물결은 페스의 문 밖까지만 휩쓸고 갔을 뿐이다. 페스의 미로 같은 시가지로 들어서면 누구든 타임머신을 타고 중세로 되돌아갔다는 느낌을 부정하지 못한다.

카사블랑카는 희고 페스는 검붉다.

대서양과 지중해의 환상적인 비췻빛도 페스의 구시가지에선 아무 소용이 없다. 언덕 위엔 허물어지다 만 마린 왕조의 무덤과 황토빛 성벽의 잔해가 우뚝 서 있고, 건물과 건물이 빈틈없이 맞붙어 미로를 형성하고 있는 시가지엔, 양과 소의 가죽에서 살점들을 녹여내는 염료와 양잿물과 부식한 살점들의 토할 것 같은 냄새가 뒤덮여 있다. 미로의 한가운데, 아직도 중세와 똑같은 방식으로 가죽을 만들어내는 마스나우 길드, 가죽 공장이 노천에 자리 잡고 있기 때문이다. 갓 벗겨 온 소와 양의 가죽들에선 썩는 냄새가 진동하고, 한편에선 양잿물에 '루카라'라는 염료를 섞고 있는 소년들의 손길이 분주하다. 양가죽의 경우, 보름 정도 루카라 물에 담가놓으면 미세한 살점까지 제거된다. 살점이 제거된 가죽을 루카라 물에서 건져내는 일은 주로 벌거벗다시피 한 소년들의 몫인데, 그들은 맨발로 그 작업을 하기 때문에, 아랫도리는 이미 여러 번 허물을 벗어 피부 자체가 그들이 만드는 짐승의 가죽보다 질기고 거칠다. 작업은 완전히 수공으로 중세의 방식을 그대로 답습하고 있다. 그렇게 해야만 세계 최고의 질 좋은 가죽을 생산할 수 있다고 그들은 믿는다.

길은 마차가 간신히 지날 정도이다.

마찻길은 더 좁고 어둡고 우중충한 수많은 길로 이어지고, 그 좁은 길로 카메라를 든 관광객과 염료가 쏟아져 흐르는 가죽들을 멘 인부들과 최신식 오토바이를 타고 가는 젊은이들과 차도르를 두른 여자들과 모슬렘 고유의 모자 쿠피를 쓴 사제, 이맘들과, 유서 깊은 페스의 이슬람 학교에서 수학하는 대학생들이 몰려다닌다. 좁은 수로에 온갖 것들이 잡탕으로 뒤섞인 격류가 온종일 수로의 벽을 무너뜨릴 듯 치열하게 흐르고 있는 것 같다. 더구나 비슷한 빛깔의 퇴락한 건물들이 한 덩어리로 붙어 있는 사이로 수많은 어두운 골목들이 무질서하게 갈라지고 있기 때문에, 외지에서 온 여행객은 한번 그 미로에 빠져들면, 안내원이 없는 한 절대 출구를 찾을 수 없다. 유네스코에서 이 유일한 중세의 도시를 보호하기 위해 세계적인 보존 대책을 세우고 있지만, 그 안에서의 현재적 삶이 너무 격렬해 도시는 하루가 다르게 침몰해가는 낡은 거함과 같아 뵌다. 내가 손가방을 들치기당한 것도 바로 미로 때문이다.

나는 어떤 운명에 이끌려 그 미로에 든 것일까.

계획대로 하면 먼저 묵을 호텔을 찾고, 그다음 그녀가 묵을 만한 고급 호텔을 순례하면 될 것이었다. 그녀는 분명 페스의 어딘가에서 나를 기다리고 있다고 생각했다. 케냐의 곽 사장에게 전화해서 내가 언제 케냐를 떠나 모로코로 들어왔는지 정확히 알고 있을지도 몰랐다. 그래. 당신이 올 줄 알고 기다렸어. 내가 칼을 들이대면 그녀는 아마 말할 터였다. 돌이켜보면, 그녀는 떠나기 전, 나와 정사를 나누던 그 사이사이의 짧은 시간 속에서조차 자주 죽음에 대해 말했다. 자신의 죽음을 그때 이미 다 알고 있었던 게 틀림없다.

그렇다면…… 왜 하필 페스인가.

페스 시가지 어귀에 택시가 접근했을 때 내가 부딪친 의문은 그것이었다. 킬리만자로가 올려다뵈이는 신생의 대지 암보셀리와, 화려한 샹들리에 불빛 아래 장미꽃 같은 카펫이 깔린 카지노와 지중해, 비췻빛 푸른 광채가 뒤덮인 카사블랑카를 다 그냥 지나 보내고, 그녀는 어째서 하필, 그녀의 이미지와 어울릴 것 없는, 토할 것 같은 썩은 냄새로 뒤덮인 중세의 도시 페스로 나를 유인하고 있는지 모를 일이었다.

스톱. 히어 스톱.

나는 불현듯 택시 기사에게 소리쳤다.

먼저 내가 본 것은 페스의 구시가지를 끼고 있는 구릉을 가득 덮은 비석군(群)이었다. 삶이 격렬히 흐르는 시가지와 죽은 자들의 묘지가 한통속으로 붙어 있는 모습이 내 주의를 끌었다. 헐벗은 아이들이 묘원에서 뛰놀고 있었다. 웨잇. 웨이트. 나는 서툰 발음으로 기사를 향해 말했다. 택시 기사가 뭐라고 대답했지만 알아들을 수 없었다. 물빛 모자를 쓴 키 작은 여자가 거구의 서양 남자들 사이에 섞여 페스의 미로로 빨려 들어가는 걸 순간적으로 보았기 때문이었다. 택시에서 내렸을 때 이미 여자는 골목 안쪽으로 사라진 뒤였다.

잘못 보았던 것일까.

내 직관의 바늘은 그러나 분명히 그녀를 가리키고 있었다. 내가 되돌아 나올 수 없는 페스의 미로에 빠진 단초였다. 선생님! 소리쳐 불렀었던가. 나는 내달려 사람들 사이를 헤치고 안으로 들어갔다. 곧 황혼이 닥칠 시간이라서 수많은 관광객들이 물밀듯 좁은 구시가지 입구를 빠져나오고 있었기 때문에 앞으로 거슬러 나가는 일조차 도무지 쉽지 않았다. 물빛 모자가 두어 차례 언뜻언뜻 내 시선에 잡혀 들었다. 나는 사람들과 부딪치고 밀리면서, 그러나 투우처럼 뿔을 세우고 한사코 물빛 모자를 따라 전진했다.

222

구시가지 복판까진 금방이었다.

수많은 골목을 돈 것 같았고, 연접한 건물들은 모두 비슷해 한 덩어리로 보였다. 물빛 모자는 더 이상 보이지 않았다. 이 골목 저 골목을 갈팡질팡하는 사이에 관광객들까지 썰물처럼 빠져나갔을 뿐 아니라 때맞추어 땅거미가 내리기 시작했다. 빠끔히 올려다뵈는 하늘은 검붉은 빛인데 골목길은 벌써 어두웠다. 지독한 악취를 비로소 느꼈다. 물빛 모자를 쫓아 달릴 때 노천 가죽 공장을 지난 것 같았는데, 한참을 다녀봐도 그 공장조차 찾을 수 없었다. 함정에 빠졌다는 것을 그제야 깨달았다. 캔 유 스피크 잉글리시, 라고 말했으나 내 영어를 알아듣는 사람은 전무했다. 나는 땀에 젖은 채 지쳐서 미로가 사방으로 갈려 나간 어떤 길가에 서 있었다.

택시는 나를 기다리고 있을까.

대형 옷가방을 택시에 두고 내린 게 마음에 걸렸다. 다행히 남은 여비가 몽땅 들어 있는 손가방은 내 오른손에 들려 있었다. 그때 한 소년이 내 쪽으로 다가왔다. 소년은 작은 키에 얼굴이 검었고 머리는 곱슬곱슬했다. 그렇다고 소년을 구체적으로 본 것도 아니었다. 멍하니 서 있느라 근접할 때까지도 제대로 소년을 보지 못하고 있다가 소년이 내 손가방을 와락 낚아챘을 때, 한순간 그 소년의 인상이 눈에 들어온 것이었다.

엇, 내, 내 가방!

나는 비명을 내질렀다.

자전거와 오토바이와 전통 의상 차림의 모슬렘들 사이로 소년이 내 손가방을 낚아채 들고 전력 질주했다. 순식간에 일어난 일이었다. 나는 허겁지겁 소년을 쫓아갔다. 한 굽이 좁은 골목을 돌아 나갔을 때, 소년의 모습은 이미 온데간데없었다. 나는 비틀거리면서 허둥지둥 뛰었고, 낯선 모로코인들이 재미있다는 듯 나를 바라보고 있었다. 윈 화들락, 이라고 나는 말했다. 제발 부탁합니다. 내 가방을 아이가 들치기했어요. 여비가 몽땅 든 가방입니다. 그게 없으면 나는 죽은 목숨이니, 윈 화들락, 부탁합니다. 하지만 사람들은 왁자지껄 웃으면서 고개를 가로저을 뿐이었다. 인샬라……라는 말도 들렸다.

　아녜요, 하느님이 원할 리 없어요.

　소리치고 싶었으나 소리는 목젖에 걸려 완강히 누워 있었다. 나는 비틀거리면서 걸었고, 여러 아이들과 몇몇 불량해 뵈는 청년들이 내 뒤를 따라왔다. 마침내 젖은 가죽들이 지천으로 내걸린 가죽 공장이 눈에 들어왔다. 저, 저 녀석이야! 갑자기 나는 우리말로 외쳤다. 고수머리 소년이 가죽 공장 옆길을 유유히 걸어가고 있었다. 나쁜 놈……이라고 나는 덧붙여 소리 질렀고, 그리고 소년을 향해 달렸다. 내 서슬에 놀란 소년이 다시 도망치기 시작한 것과 내가 소년의 덜미를 움켜쥔 것은 거의 한순간에 일어난 일이었다. 사람들은 점점 더 몰려들었으며, 소년은 덜미를 잡히지 않으려고 용을 쓰다가 어느 순간, 비명 소리를 내면서 태질당한 것처럼 옆으로 쓰러졌다.

건장한 젊은 남자가 내 멱살을 잡아 쥔 것이 바로 그때였다.

아크툴, 이라는 말이 내 귓속에 남았다. 나중에 안 것이지만, 아크툴, 이라는 말은 죽이겠다는 뜻을 지닌 말이었다. 험상궂은 젊은 남자가 내 멱살을 들어 올리고 있었다. 그리고 온몸이 번쩍 들렸다고 생각한 순간, 이내 질척한 건물 사이의 어둑한 공간으로 내 몸이 쏜살같이 쑤셔 박혔다. 발과 주먹이 우박처럼 떨어지고 있었다. 나는 죽지 않으려고 전신을 굼벵이같이 둥글게 말았다.

인샬라.

하느님이 원한다면.

모로코의 페스에선 이 말에 유의해야 한다. 알라신의 이름으로 모든 것이 명명백백해질 수도 있고 알라신의 이름으로 모든 게 덮일 수도 있다. 인샬라, 라고 그들은 말한다. 내가 손가방을 들치기당하고 흠씬 얻어맞은 페스의 어두운 골목에서 그나마 목숨을 건진 것도, 그러면서 오갈 데 없이 악몽 같은 시간과 만난 것도 따져보면 인샬라, 때문이다.

인샬라. 쿠피를 쓴 이맘은 말했다. 때마침 골목을 지나던 그 점잖은 남자가 없었다면 아마 나는 맞아 죽었을 것이었다. 소년은 넘어질 때의 충격으로 오른손이 부러져 있었고, 나는 얼굴이 피투성이였다. 판결은 명쾌하고 재빨리 이루어졌다. 소년은 가방을 들치기한 적이 없다고 말했다. 판관인 사제는 소년의 얼굴을 내게 가까이 들이대주면서 내 가방을 들치기한 소년이 틀림없느냐고 물었다. 베르베르족 소년이었다. 눈이 새카맣고 머리는 곱슬곱슬했으며 옷은 찢어져 있었다.

곱슬머리는…… 틀림없어요.

나는 간신히 대답했다. 둘러선 사람들이 일제히 떠들기 시작했다. 어떤 소년과 청년은 아예 머리통을 내 가슴에 갖다 댔다. 이 사람들, 곱슬머리가 한두 명이 아니라는 겁니다, 라고 쿠피를 고쳐 쓰며 이맘이 말했다. 가방을 되찾는 것은 불가능하다는 걸 나는 곧 알아차렸다. 나를 보내주세요. 나는 결국 대답했다. 나는 한국에서 여행 온 사람입니다. 시가지 입구까지 보내주세요. 피투성이가 됐지만 다행히 뼈가 부러지거나 한 것 같진 않았다. 나는 사람들 사이를 헤집고 앞으로 나가려 했다. 그때 나를 들었다가 팽개쳤던 건장한 청년이 내 앞을 가로막았다. 아니 청년들만이 아니라, 둘러선 다른 사람들까지 일제히 험상궂은 얼굴이 되어 뭐라고 떠들기 시작했다.

그는 소년의 형입니다.

영어를 할 줄 아는 대학생이 설명해주었다.

소년은 팔이 부러졌어요. 가죽 공장에서 일하는데 내일부터 당장 일도 할 수 없고, 팔을 치료하는 데도 돈이 듭니다. 치료비와 치료할 동안의 노임을 가해자인 당신이 배상해야 하는 게 우리들 율법입니다. 외국인이니까 그것도 선처하는 셈이지요.

아이 해브 노 머니.

나는 울면서 대답했다. 이젠 돈의 문제가 아니라 사느냐 죽느냐의 문제였다. 나를 둘러싸고 있는 그들 모두가 한 패거리라고 나는 생각했다. 출구조차 찾을 수 없는 이 어둠 속 미로에서 그들이 낯선 이방인 하나쯤 죽여 처리하는 것은 식은 죽 먹기로 쉬운 일일 터였다. 돈은, 들치기당한 그 가방 속에 있다고요. 나는 애원했다. 원한다면 이 시계를 드릴게요. 나는 손목시계를 풀었으나 나를 가로막고 선 청년은 강하게 고개를 가로저었다. 그것으론 안 된대요, 라고 통역자는 말했다. 병원비도 비싼 데다 우선 당장 가죽 공장 일을 할 수 없는 것도 문제라고 했다.

경찰을…… 불러주세요.

내가 말했고, 우리의 관습상 이런 일로 경찰을 부르진 않습니다, 라고 통역자가 대답했다. 또 경찰이 온다 해도 갚을 걸 갚지 않고 해결할 방도는 없으며, 괜히 경찰을 불렀다간 오히려 폭행으로 감옥에 가게 될 거라고 그는 설명했다. 그럼…… 어떡하란 말입니까. 나는 이맘에게 머리를 조아렸다. 그나마 붙잡고 애원할 사람은 전통 복장 차림에 쿠피를 모양 좋게 눌러쓴 그 사람밖에 없었다. 무릎인들 못 꿇겠는가. 이제 내 목숨이 저들의 손에 달렸다는 걸 나는 명백하게 깨달았다. 젊은 청년들이 불문곡직 달려들어 나의 주머니를 샅샅이 뒤졌다. 물론 돈은 없었다. 주머니 속에서 나온 것은 겨우 자투리로 남은 1달러지폐 몇 장, 여권, 그리고 천예린의 아파트에서 주워 간직해온 호랑나비 모양의 부서진 머리핀 정도였다. 통역하는 청년이 머리핀을 들이대며 물었다.

이것은 뭡니까.

내…… 아내의 머리핀입니다.

나는 얼결에 대답해놓고, 속으로 무릎을 쳤다. 천예린, 그녀를 만나면 될 일이었다. 일석이조가 아닌가. 그들이라면 페스 일대의 호텔을 뒤지는 일이 식은 죽 먹기일 터였다. 나는 그녀의 인상착의에 대해 설명하기 시작했다. 아내가 나보다 먼저 여행을 떠나고 나서 뒤쫓아 왔다고 나는 말했다. 아내를 뒤쫓아 왔다면서 정작 아내가 어디에 묵고 있는지도 모르는 나에 대해 그들은 반신반의하는 눈치였다. 그들은 이맘을 중심으로 한동안 토론을 거듭했다.

결정 사항은 이렇습니다.

통역자가 이윽고 영어로 말해주었다.

당신의 아내는 우리가 내일 찾아보겠습니다. 당신의 아내가 저 소년의 치료비와 쉬는 동안의 임금을 지불하면 지체 없이 당신은 떠날 수 있습니다. 그러나 당신의 아내를 찾아내지 못하면 당신은 여기에 남아 소년의 팔이 다 나을 때까지 소년 대신 가죽 공장에서 일해야 합니다. 일하고 받는 노임은 소년의 치료비로 쓸 것입니다. 원칙대로 한다면 치료비와 소년이 일하지 못하는 시간의 보상비를 다 받아야 하지만 외국인이기 때문에 소년의 집에서 많이 양보했습니다. 제의를 받아들이겠습니까.

그것은 묻는 게 아니라 통고였다.

경찰을 불러달라고 고집을 부리다가 무슨 봉변을 당할는지도 모르고, 또 설령 경찰을 부른다 해도, 그들의 말처럼 경찰이 내 편을 들지 않을 가능성도 많았다. 이슬람권에서 도둑질을 하면 손목을 자른다고 했지 않은가. 엄격한 율법 속에서 사는 낯선 회교 국가에서 폭행으로 재판이라도 받게 되는 날엔 어떤 형벌이 떨어질지도 모르고 또 언제 여기를 떠나게 될지 알 수 없었다. 일단 지금의 위기를 모면하는 게 상수였다. 나는 할 수 없이 고개를 끄덕거렸다. 여권은 당연히 압수되어 이맘의 수중에 맡겨졌고, 나는 가죽 공장 뒤편의 음습한 어느 방에 안내되었다. 벽지조차 바르지 않은 거미줄 낀 구석방엔 쇠 침대 하나만 달랑 놓여 있었다.

당신은 운이 좋았습니다.

통역자가 말했다. 때마침 이맘을 만나지 않았다면 그들의 손에 맞아 죽었을 수도 있다고 했다. 여기 사람들은 특히 배타적이며, 거의 혈족들로 관계 맺고 있기 때문에 무슨 일이 이 미로 안에서 일어나든 외부로 알려지는 법이 없다고 그는 귀띔해주었다. 그들은 내가 대강 상처를 씻고 돌아오자 따그락, 문고리를 밖에서 걸고 떠났다. 목 언저리와 눈가가 좀 찢어지긴 했지만 상처가 깊지 않은 게 그나마 다행이었다.

나는 눅눅한 쇠 침대에 엎드려 소리 죽여 혼자 울었다.

아아, 페스. 페스를 떠올리면 그렇다. 언제 어디에서든, 아아……라고, 비명 같은 감탄사를 페스 앞에 붙이지 않을 수 없다. 페스는 나에게 무엇을 주었던가. 먼저 떠올릴 수 있는 것은 고통과 절대적 고독감이다.

난 그곳에서 꼬박 40여 일을 지냈다.

미로의 도시에 사는 그들과 문제가 생긴 다음 날 저녁, 나는 통역자였던 대학생 앗솀으로부터 천예린이라는 한국 여자가 바로 그날 아침, 페스의 호텔을 떠났다는 소식을 들었다. 우리가 알아본 바에 따르면, 당신의 아내는 오늘 아침 일찍 떠났습니다, 라고 앗솀은 내게 말해주었다. 그들은 아는 사람을 통해 그녀의 이름까지 숙박 카드에서 확인했다고 했다. 그녀의 행선지는 라바트가 아니라 탕혜르였다고, 통역자 앗솀은 덧붙였다.

탕혜르가 어딥니까.

탕혜르는 지중해를 사이에 두고 스페인과 마주하고 있는 우리 모로코의 북쪽 끝에 있는 도시입니다. 거기에서 배를 타면 1시간도 되지 않아 스페인에 닿습니다. 호텔 도어맨은 그녀가 오늘 중 스페인까지 여행할 기차표와 여객선 티켓을 함께 구했다고 말했습니다. 당신의 아내는 지금쯤 스페인에 들어갔을 것입니다.

오, 인샬라…….

나는 절망하여 무릎 꿇고 말았다. 절망은 키르케고르의 말에 따르자면, 죽음에 이르는 병이다. 내가 그때 경험했던 절망감은 뭐든지 빨아들이고 마는 아주 이상하고 이상한 흡수지 같아서 내 안의 모든 것, 예컨대 판단력, 열망, 증오, 사랑, 의지 따위를 일시에 흡수해버리고 시치미를 뚝 떼고 있는 회칠한 얼굴이었다. 나는 살고자 하는 의지도 없었으며, 그녀에 대한 그리움과 미움도 느낄 수 없었다.

여기 남아…… 일하겠소.

나는 자포자기하는 심정으로 그들에게 말했다. 절망감은 공포심조차 빨아들여 분해했기 때문에, 그들이 더 이상 특별히 두렵지도 않았다. 그들의 요구가 없었더라도 어쩌면 나는 자원해 그곳에 남겠다고 했을는지도 몰랐다. 돈이 한 푼도 없으니 떠날 수도 없었다. 나는 순한 양이 되어 그들의 말에 따랐다. 미로가 익숙해진 다음에 그곳을 탈출하려 했다면 얼마든지 가능한 일이었을 테지만, 나는 탈출 같은 건 꿈꾸지도 계획하지도 시도하지도 않았다.

내가 맡은 일은 아주 기초적 노동이었다.

양잿물과 루카라는 염료를 섞은 물에 소와 양의 갓 벗겨낸 가죽을 담그는 작업과, 보름 정도 담가두어 미세한 살점까지도 완전히 제거한 후, 그것을 건져 구시가지 뒤편 언덕 위까지 날라다가 널어놓는 작업이 내가 주로 할 일이었다. 작업은 일출의 기도 시간이 끝난 후부터 일몰의 기도가 시작되기 전까지였다. 나는 보통 하루에 열다섯 번 이상 물이 줄줄 흐르는 가죽들을 어깨에 잔뜩 짊어지고 마른 왕조의 무덤이 남아 있는 가파른 언덕 꼭대기를 오르내렸다. 부스럼에 걸린 아이의 머리처럼 여기저기 패어나간 언덕엔 페스의 조무래기들과 가축들이 싸놓은 오물들이 지천으로 널려 있었고, 반쯤 부서진 언덕 위의 성벽 사이사이엔 잡초가 무성했다. 나는 맨발로, 오물을 잘못 밟아 수없이 미끄러지고 하면서 언덕 위의 부서진 성벽 위까지 올라가 한 장 한 장 젖은 가죽들을 펴 널곤 했다. 사흘도 채 지나지 않아 어깨와 발과 다리의 피부가 완전히 한 꺼풀 벗겨졌다.

나는 죽고 싶어 했던가.

내가 그때 죽고 싶어 했다고 하더라도, 나를 죽여 없애기를 온 마음으로 바랐다고 하더라도, 그녀가 떠났다는 걸 알고 나서, 그것이 내 온 생애의 파멸과 맞닿아 있다는 것을 처음 깨달았던 서울에서의 절망적인 심정과는 분명 차이가 있었다. 페스에 머물렀던 40여 일 동안, 내가 껴안고 있던 죽음에의 지향은 서울에서의 그것과 달리, 형체가 없었다. 나는 죽고 싶어 한다는 내 무의식적 열망조차 자각하지 못했다. 내가 나를 죽이고 싶어 한다는 것도 인식하지 못했으며, 나를 죽이고 싶어 하는 내가 살아남아 있다는 것도 느끼지 못했을 뿐 아니라, 한동안은 내가 살아 있다는 것도 나는 깨닫지 못하고 있었다.

나는 수렁 밑으로 끝 간데없이 내려갔다.

인샬라……라고, 사람들은 말했다. 신의 뜻대로. 모슬렘들은 누구나 하루에 다섯 번 기도했다. 기도 시간이 되면 나 또한 살

갗이 벗겨진 다리를 구부리고 앉아 있었다. 인샬라. 인샬라. 사람들은 축복을 나누었다. 인샬라……라고 나 역시 앵무새처럼 말했다. 내 마음속에서, '인샬라'가 '죽음을'이란 말로 환치되어 들린 것은 한참 지난 다음이었다. 인샬라, 라는 말이, 그곳의 내겐, 죽음을, 오직 죽음을……이라는 말처럼 들렸다.

나는 빵 하나로 하루를 견뎠다.

앗셈이 어떤 때 조금 나은 빵을 가져다주기도 했지만 대개 검은빛이 도는 딱딱한 빵이었다. 샤워도 할 수 없었고, 작업이 끝난 뒤엔 황토 먼지가 잔뜩 섞인 한 양동이의 물로 어깨와 다리만을 겨우 씻어낼 뿐이었다. 가죽들을 담가놓는 노천의 양잿물 탱크는 깊은 곳도 많았기 때문에 일주일쯤 지나자 허리와 엉덩이까지 살갗들이 들고일어났다. 심지어 한 달쯤 지났을 때는 새끼발가락의 발톱이 빠져나왔을 정도였다. 후각조차 금방 마비되어 토할 것 같은 냄새의 고통에서 곧 해방될 수 있었다. 박하 차의 진한 향기조차 전혀 느끼지 못한다는 걸 인식했을 때에도 놀라진 않았다. 살갗은 마구 벗겨져 진물이 흐르고, 양잿물이 닿은 머리에선 반백의 머리칼들이 다투어 빠져나왔으며, 하루가 다르게 몸이 말라붙어 눈이 쑥쑥 들어앉는데도 내 심중엔 아무런 감흥이 없었다. 살아 있는 것도, 죽은 것도 아니었다. 산 자와 죽은 자의 중간쯤 되는 곳에서 나는 시간에 떼밀려 흐르고 있었다.

그것 좀 이리 줘보세요.

어느 날 저녁, 앗셈이 말했다.

나는 천예린의 머리핀을 들고 있었고, 대학생인 앗셈은 새 빵을 내게 주려고 가져온 참이었다. 나는 무심코 앗셈에게 들고 있던 그녀의 머리핀을 건네주었다. 이것으로 누구를 찌르고 싶습니까, 라고 앗셈이 물었다. 누구를…… 찌른단 말입니까? 내 반문에 앗셈은 고개를 갸웃해 보였다. 누구를 찌르지 않겠다면 왜 이것을 칼끝같이 갈았습니까. 내가 올 때마다 당신은 이것을 벽에 대고 갈고 있었어요. 보세요. 이제 머리핀이 아니라 굉장히 날카로운 칼이 됐습니다. 앗셈은 날카로워진 머리핀을 내 눈에 들이대었다. ……그렇군요. 나는 간신히 대답했다. 머리핀의 강철로 된 뒷부분이 칼끝처럼 갈려 있는 것을 나는 비로소 똑바로 보았다. 내가 틈만 나면 벽에든 돌바닥에든 갈아서 칼로 만들었던 것인데, 그것을 나는 처음 보는 것처럼 뚫어져라 보고 있었다.

우리 중 누군가를 죽이고 싶습니까.

아니요. 그렇지 않아요.

그렇다면…… 당신은 아마 당신의 아내를 죽이고 싶은가 보군요. 당신에게서 도망친 아내 말입니다. 내 말이 틀렸습니까.

반은 맞고…… 반은 틀렸습니다.

나는 한참 만에 대답했다. 내가 찾는 그 여자는 나의 아내가 아니라, 애인이었습니다……라고 나는 덧붙여 설명했다. 그 여자는 나를 파멸시키고 도망쳤습니다. 만나면 그 여자를 죽이겠지만, 그러나 그 여자보다 더 죽이고 싶은 사람이 있습니다. 거기까지 말하고 나자, 갑자기 기억상실증 환자가 기억의 가닥들을 하나씩 둘씩 되찾듯 어떤 상념들이 또렷해지기 시작했다. 머리핀을 매일매일 갈고 있을 때에도 나 자신은 그것을 왜 뾰족하게 갈아야 하는지 또렷하게 인식하지 못했던 것이었다. 그곳의 가죽 공장에서 일한 지 스무 날이나 지난 다음이었다.

더 죽이고 싶은 사람이라면.

앗셈이 연민의 눈빛으로 나를 바라보았다.

바로 당신 자신이겠군요.

그래요……라고, 나는 고개를 끄덕거렸다. 내겐 두 아이와 평생 나만 의지해 살아온 아내가 있습니다. 한 여자에 홀려 그들을 버리고 떠나왔지요. 머리핀을 무의식적으로 갈 때, 의식하지 못했지만 분명히 나를 죽이고 싶어 했다는 것을, 지금도 천예린보다 더 빨리, 더 고통스럽게, 더 완벽하게 나 자신의 명줄을 끊고 싶어 하는 내가 내 안에 있다는 것을 나는 깨달았다.

이 머리핀은 내가 보관하겠습니다.

앗셈이 머리핀을 갖고 나갔다.

머리핀이 아니라 그것은 이미 바늘 끝처럼 잘 갈린 칼이었다. 언덕 위의 부서진 성벽 위에서는 페스의 구시가지가 한눈에 바라보였다. 나는 그곳에서 때때로 아내와 아이들을 생각했다. 아내와 아이들을 떠올리면 기다렸다는 듯 이미 오래전 뼛골이 된 아버지와 어머니가 떠올라 한 꿰미로 꿰어졌다. 얼마

되지 않는 복숭아밭에 당신과 당신의 모든 가족들 명줄을 걸고 평생을 살았던 아버지가 농약 중독으로 반신불수가 되어 주저 앉던 날의 기억도 그 꿰미에 걸려 나왔다. 그 바람에 다시는 한 눈팔지 않으리라…… 스스로 다짐하면서, 복숭아밭 한가운데 앉아 미술 선생님이 준 스케치북과 수채화 물감을 불살라버리던 밤이 엊그제처럼 선명했다. 그것은 사멸한 줄 알았던 내 옛 꿈의 작은 단서였다. 네 회화적 직관이 놀랍구나, 라고 하던 선생님의 말소리도 선연했다. 천예린, 그녀를 만나기 전까진 완전히 잊었던 삽화들이었다.

어떤 이는 숙명이라고 부른다. 그 당장엔 우연처럼 일어나 우리들을 끝없이 번민시키고 또 분열하게 하는 것, 그렇지만 종국엔 아귀가 딱 맞춰진 듯 옴짝달싹할 수도 없게, 우리가 거기 좌초할 수밖에 없었다고 느껴지도록 하는 것, 합리주의만으로는 다 설명할 수 없으나 이렇게 저렇게 오감 열고 느끼면 제 몫몫, 원인과 결과, 넘치지도 모자라지도 않게 짝을 채워 제자리 찾아 앉는 것, 인생을 나는 보다 모던한 말로 예비된 프로그램이라 부르고 싶다. 살다 보면 누구나 두 갈림길에 놓이게 마련이라고 어떤 시인은 읊었거니와, 그것이 두 갈림길이 아니라 세 갈림길, 또는 열 갈림길, 백 갈림길이라 할지라도 그 길의 초입에서 느끼는 혼란과 분열일 뿐, 결국 그 길을 다 통과해 지나오고 나서 돌아보면, 그렇고 말고, 그 모든 길은 다만 하나로 이어진 어떤 불가항력적 프로그램 속에 입력된다. 그것이 인생이라는 이름의 미로 게임이다.

누군가를 죽이고 싶습니까.

통역자로 처음 만난 대학생 앗셈이 무의식중에 갈아놓은 천예린의 머리핀을 내 앞에 쳐들어 보였을 때 내가 홀연히 깨달은 것이 있다면 바로 그것이다. 페스에 붙잡혀 내 삶이 밑으로 추락한 것도 알고 보면 하나의 프로그램이라는 사실 말이다. 만약 돌발적 사건으로 내가 붙잡히지 않았다고 한다면, 어린 소년에게 손가방을 들치기당하던 그날 밤, 나는 마침내 천예린을 붙잡았을 게 확실하다. 그랬더라면 그 아라비아의 칼을 그녀의 심장 깊숙이 꽂았을까.

3주가 지나가 이맘이 나를 불렀다.

이맘은 내 여권을 돌려주면서 이제 떠나도 좋다고 말했다. 아직 한 주일이 더 남지 않았습니까, 라고 나는 반문했고, 이맘은 미소 지으면서, 알 함두릴라……라고 응답했다. 당신은 당신의 할 일을 다 했습니다. 소년은 치료했으며, 치료비도 모자람 없이 채워졌습니다. 여권을 돌려주자고 한 것은 소년의 가족들이 먼저 제안한 것입니다.

하지만 어르신네.

나는 대답했다. 나는 아직 떠날 준비가 안 됐습니다. 그녀가 모로코를 떠난 게 한 달 훨씬 전이었다. 그녀를 찾을 길도 없었고, 그보다 나는 내게 주어진 프로그램의 아무런 단서도 만나지 못했다. 여비 때문이라면 우리가 어느 정도 돕겠습니다만…… 말하며, 이맘은 고개를 갸웃했다. 앗셈이 사려 깊은 표정으로 내 깊어진 눈을 들여다보고 있었다. 나는 그동안 너무 마르고 너무 검게 탔으므로 마치 베르베르인 같았다. 떠나고 싶을 때 내가 말씀드리겠습니다. 나는 여권을 받아 품에 넣었다. 페스에 오기 전까지의 다급했던 분노까지 사라지고 없었다.

어쩌다가 한국 여행객이 관광 올 때도 있었다.

한번은 고등학교 동창생과 부딪치기도 했다. 그는 제 머리통만큼 큰 카메라를 메고 중국 관광객 속에 끼어 선 채 영어로 설명하는 가이드의 말을 듣다가 힐끗 내 쪽을 바라보았다. 물론 가깝게 지냈던 친구는 아니었다. 그러나 나는 주먹코인 그를 단번에 알아보았는데 그는 나를 알아보지 못하는 것 같았다.

그만 떠나시지요.

앗셈은 만나기만 하면 말했다. 나는 여전히 고개를 저었다. 3주가 지나면서 문제의 소년이 다시 일하러 나왔고, 나는 양잿물에서 건져낸 양가죽을 열 장 이상 짊어지고 언덕 꼭대기까지 한달음질로 오를 수 있게 되었다. 감독은 내게도 일당을 계산해주기 시작했다. 한 달쯤 지났을 때 70킬로그램 가까웠던 내 몸무게는 불과 54킬로그램이었다. 나는 씻지도 않고 잤으며, 염료가 섞인 피비린내 나는 물구덩이 속에 서서 검은 빵을 먹었다. 부식이 시작된 소의 잘린 머리를 베고도 태연히 낮잠을 잘 수 있게 되었을 뿐 아니라, 루카라라는 염료를 어떤 비율로 양잿물과 섞어야 하는지도 알게 되었고, 오물이 묻은 손으로 쓱 이마의 땀을 닦아내기도 했다. 새끼발가락의 발톱이 염료의 독성을 못 견뎌 빠져나왔는데도 아무런 놀람도 없었다. 이대로 살이 쏘옥 빠져 부식된다면, 뼈까지 염료에 삭아 없어진다면 내 영혼은 얼마나 가볍게 천지를 떠돌 것인가, 라고 생각하는 날도 많았다. 놀랍게 편안했다. 평생 한 번도 만나본 적이 없는 안식 이었다. 더 이상 추락하려야 추락할 데가 없는 밑바닥에 놓였을 때, 그때, 내가 만났던 그 이상하고 이상한 평화를 어떻게 설명할까.

40일이 지났다. 40일이 지난 다음 날 저물녘, 나를 방문해 온 앗셈의 등 뒤에 정장 차림의 한 한국 남자가 서 있는 것을 나는 물끄러미 바라보았다. 남자는 내 행색을 보고 노골적으로 이맛 살을 찌푸렸다. 그는 라바트 주재 한국 대사관에서 나온 공보 관이었다. 앗셈과 이맘이 나를 보다 못해 대사관에 전화를 걸었던 것이었다.

도대체 어떻게 된 겁니까.

그는 왜 내게 화를 내는 것일까. 나는 아무런 감회도 느낄 수 없었다. 나는 공보관이라고 자신을 소개한 그의 말에 따라 앗 셈이 들고 온 옷으로 갈아입었고, 이맘의 집으로 가 샤워를 했 고, 공보관의 뒤를 따라 미로의 도시, 페스의 구시가지를 벗어났다. 앗셈과 이맘과 가죽 공장 몇 사람이 구시가지 입구까지 나와 나를 배웅해주었다.

인샬라!

그들은 나의 어깨를 안으며 인사했다.

인샬라, 라고 나는 일일이 대답했다. 인샬라! 할 때마다 내 심장 어딘가를 누가 칼로 저미는 것 같았다. 이것은 당신 것입니다. 앗셈이 호랑나비 머리핀을 남몰래 내 주머니에 찔러 넣어주었다. 나는 고개를 끄덕거렸다. 프로그램에 따라 남은 여정이 있다면 그것도 괜찮다고 나는 생각했다. 뒤를 돌아보진 않았다. 살아서 또 떠나는 나는…… 누구일까. 분명한 것은 그것이 무엇인지는 모르지만 페스에 오기 전과 페스를 떠날 때의 내가 똑같지 않다는 자각이었다. 죽음은 더 이상 두려운 존재가 아니었다. 그녀와 함께 죽는 순간을 만난다면 행복해서 울음이라도 날 것 같은 기분이었다.

마린 왕조의 성벽이 놀에 젖고 있었다.

블랙홀

2월 중순. 봄이 올 징조는 아직 전혀 보이지 않는다. 북극해 권이라 할 위도 60도의 세상 끝이니 왜 안 그러겠는가. 일광 가득 찬 아프리카와 유럽 대륙, 그리고 잉글랜드와 스코틀랜드의 중심을 차례로 지나 온 뒤, 스코틀랜드 최북단에서도 쾌속선으로 1시간이나 바다를 가로질러 마침내 당도한 오크니제도. 이곳은 바이킹족의 설화들만 화석처럼 남아 있는 북해 가운데, 지도에도 잘 나오지 않는 작은 섬이다.

호텔 '북극해'를 찾으세요.
스코틀랜드의 북부 도시 인버네스의 호텔 매니저는 말했다. 그는 말을 해놓고도 내가 잘 알아듣지 못한다고 느꼈던지 메모지를 가져와 'Hotel Arctic Ocean'이라고, 영문으로 적어주었

241

다. 오크니 섬의 중심 마을 커크월에 도착하면 호텔 북극해를 찾으라는 것이었다. 내가 예약을 해드렸으니까 틀림없이 거기 머물고 있습니다, 라고 매니저는 설명했다. 천예린이 호텔 이름만 보고, 꼭 그 호텔을 예약해달라고 부탁했다고 했다. 인버네스를 떠나 북진하면 1시간 안에 스코틀랜드의 북쪽 땅끝에 닿는바, 그녀로서는 북극권 안의 오크니 섬 이외엔 더 이상 북행할 곳도 없었을 터였다. 인버네스에서 오크니 섬으로 그녀가 떠난 지 벌써 열흘이나 됐습니다, 라고 호텔 매니저는 덧붙였다.

인버네스는 아름답고 고적한 도시였다.
내가 모로코를 떠나 파리와 런던과 에든버러를 거쳐 스코틀랜드의 북단에 있는 인버네스에 도착한 것은 사흘 전이었다. 칼레도니아 운하의 북쪽 끝이며, 거대한 괴물이 살고 있다고 알려진 네스 호(湖) 하구인 머리 만(灣)에 위치한 아름다운 도시 인버네스엔 마지막 겨울 한파가 몰아닥쳐 있었다. 모로코에서 곧장 파리행 비행기를 탔으므로 육로로 간 천예린의 여로를 경로대로 답습해 오지 못한 게 안타까웠다.
글쎄, 무조건 파리로 가세요.
모로코 대사관의 김 공보관은 말했다.
천예린의 부탁이 있었는지 어쨌는지, 김 공보관은 모로코에서 파리를 경유하여 서울로 들어가는 비행기 티켓을 내 손에 쥐여주었다. 천예린이 모로코의 수도 라바트에 머물 때, 자

242

주 호텔에 방문했다고 호텔 도어맨이 알려준 적 있었던, 대사관 미스터 킴이란 사람이 바로 김 공보관이었다. 김 공보관은 대학 3학년 시절 한 학기 동안 천예린에게서 시론(時論) 강의를 들은 적이 있다고 자신을 소개했다. 대학 강사를 할 무렵 천예린은 30대 중반이었다.

굉장한 미인에다가 멋쟁이셨지요.

김 공보관은 추억했다. 어떤 대학생은 그녀에게 매일 찾아가 꽃을 바쳤고, 또 어떤 대학생은 수십 편에 이르는 연모의 시를 바쳤다고 김 공보관은 말했다. 천예린이 대학 강사를 그만둔 것은 매일 꽃을 바치던 남학생이 인문관 옥상에서 뛰어내려 자살한 사건이 발생했기 때문이었다. 김 공보관은 자살한 남학생의 얘기를 할 때 줄곧 내 눈을 바라보았다. 사랑으로 자살하기에 당신은 너무 나이가 많지 않으냐고 묻고 싶은 눈치였다. 선생님이 내 얘기를 하셨던가요? 내가 물었고, 아니요, 그는 고개를 가로저었다. 두어 주일 전쯤인가, 카사블랑카에 갔다가 〈카사블랑카〉 주제곡을 카페에서 들었지요. 천 선생님과 김진영이란 이름을 피아니스트의 아나운스먼트를 통해 우연히 듣게 된 거예요. 그는 그러면서 천예린이 북쪽으로 갔다고 말했다.

북쪽 어디 말입니까.

내가 또 반문했다.

북해를 보고 싶다 했어요.

북해…… 말인가요? 북해는 스코틀랜드 북쪽으로 북극해와 맞닿은 검은 바다였다. 나는 눈을 깜박였다. 출발은 신생의 땅 케냐의 적도 아래였다. 그리고 모로코, 스페인, 파리, 런던, 스코틀랜드, 그녀는 적도를 출발점으로 삼아, 위도를 가로질러 북으로 북으로 올라가고 있는 중이었다. 왜 하필 북향(北向)인가. 내가 그런 의문에 잠겼을 때, 천 선생님, 많이 편찮으신 건 알고 계신가요, 김 공보관이 기습적으로 물었다. 언젠가 한번은 그녀가 병원에서 나오는 것을 우연히 목격한 적은 있었다. 물론 자주 약을 복용하는 것도 보았다. 어디 불편하냐고 물으면, 그냥 감기……라고 그녀는 매번 지나치듯 말했다. 떠나기 전 얼마 동안 그녀가 특히 죽음에 대해 부쩍 많은 이야기를 하던 걸 나는 기억했다. 병원과 죽음과 북극이 돌연 하나의 이미지로 결합되는 걸 느끼고 나는 비로소 소스라쳤다.

어디가…… 어떻게 아프다는 겁니까.

말씀이 없으셔서 저도 잘 모릅니다. 파리에 있는 내 친구에게 병원을 좀 알아봐달라고 부탁하는 전화를 하신 적이 있어요. 무역업을 하는 친구인데요, 천 선생님한테 함께 배웠거든요.

그 친구분 연락처를 좀 적어주세요.

꼭 서울로 돌아가신다고 약속하면 알려드릴게요.

나는 물론 파리에서 서울로 가진 않았다. 내가 파리에 도착해서 한 일은 두 가지였다. 천예린이 병원에 대해 알아봐달라고 모로코에서부터 부탁했다는 김 공보관의 친구를 찾아 만나는 일과, 파리와 서울 간 비행기 티켓을 현찰로 환불받는 일이었다. 페스의 가죽 공장과 이맘한테서 받은 얼마간의 돈도 수중에 있었다. 그녀가 유럽 대륙을 아예 떠난 것이 아니라면 그녀를 좇아갈 정도의 여비는 마련된 셈이었다.

예. 천 선생님은 사흘간 입원해 있었지요.

파리에 있는 김 공보관의 친구는 선선히 말해주었다.

무슨 병이었나요, 라고 내가 물었고, 병명은 정확히 알지 못합니다, 그는 대답했다. 본인은 대수로울 게 없다고 했습니다. 그냥 정기 진찰도 할 겸 병원을 찾는 거라고요. 하지만 뭔가, 매우 심각한 지병이 있는 건 확실합니다. 투석 치료였나, 암튼 병원 간호사로부터 특별한 치료를 받았다는 말은 얼핏 들었습니다만. 투석이라니, 나는 도무지 이해할 수 없었다. 물론 저도 이해할 수가 없었지요. 김 공보관의 친구는 말했다. 그분이 떠난 뒤 병원에 문의를 해봤는데요. 보호자라는 것이 증명되지 않는 한 일체의 병력을 알려줄 수 없다는 대답뿐이었습니다.

외부적인 증상은 없었나요?

창백했습니다. 백지장처럼. 파리에 막 도착했을 땐 입술까지 밀가루가 묻은 것 같았어요. 그리고 두드러기 같은 게 목에 나 있었는데, 입원했다가 나왔을 때 보니까 두드러기 자국은 거의 가라앉았데요.

어디로 갔는지 알고 있지요?

런던으로 갔습니다. 런던에서 전화를 걸어 온 일이 있었어요. 스코틀랜드 쪽으로 북상할 예정이라면서, 혹시 누가 당신을 찾아오지 않았느냐 묻더라고요. 그게 김 선생님인 줄을 몰랐습니다만. 암튼 런던의 토튼햄 코트 로드에 있는 한국 식당 '남한강'으로 오면 당신의 소식을 알 거라고 했습니다.

그게 언젭니까.

3주가 넘었어요. 한 달은 채 안 된 것 같고.

무역업을 한다는 그 남자는 김 공보관과 달리 아주 선선히 모든 걸 일러주었다. 나는 도버 해협을 바다 밑으로 관통하는 고속 열차 유로스타를 타고 런던으로 갔다. 파리와 런던은 예전에도 업무차 두 번씩이나 여행한 적이 있기 때문에 한결 친근감이 들었다. 토튼햄 코트 로드의 한국 식당 남한강에 들르던 날은 비가 많이 내렸다.

천 선생님, 알다마다요.

남한강 여주인은 이해할 수 없다는 표정으로 나를 바라보았다. 다리와 어깨는 가릴 수 있었으나 양잿물에 허물이 벗겨진 목과 아랫볼은 가릴 수가 없었다. 눈은 우물처럼 깊고, 반백의 머리는 반 이상 벗겨졌으며, 흑인같이 얼굴이 검게 돼버린 내 행색을 보고 누가 천예린과 어울린다고 생각하겠는가. 게다가 나는 김 공보관이 허드레로 입었던 셔츠와 작업복 바지 위에 허름한 봄 잠바를 겨우 걸치고 있었다.

일주일간 매일 저녁 식사를 하러 오셨어요.

누가 찾아올 거라고 말씀하셨을 텐데요?

내가 물었다. 말씀하셨지요, 라고 여주인은 카운터 밑의 서랍

246

을 열면서 대답했다. 저녁 식사 때마다 당신의 맞은편 식탁 위에도 포도주 잔을 갖다 놓으라 하셨어요. 포도주를 함께 마실 사람이 찾아올지도 모른다고 하시면서요. 굉장히 기다렸는데 너무 늦으셨네요. 여주인은 거기까지 말하고 나서 편지 봉투 하나를 서랍 밑에서 찾아내어 카운터 탁자 위에 올려놓았다.

그것은 천예린의 편지였다.

밀봉된 편지의 겉봉에 김진영이라고 쓴, 세련된 그녀의 필체가 우선 눈에 들어왔다. 편지를 받아 드는 내 손끝이 떨렸다. 천 선생님은 에든버러로 일단 가셨다가 더 북쪽으로 올라가신다고 했어요. 남한강 여주인은 설명했다. 나는 편지를 두 손으로 받아 들었다. 스코틀랜드는 너무 추워서 여행하기 적합하지 않다고 말씀드렸는데도 천 선생님은 막무가내로 고집을 부리셨어요. 제일 북쪽까지 꼭 가야 할 이유가 있다면서요.

제일 북쪽이라면 어딥니까.

글쎄요. 인버네스, 거기서 더 올라가면, 섬이지요, 뭐. 오크니, 셰틀랜드. 나는 곧 기차 정거장을 찾았다. 에든버러를 경유해, 스코틀랜드 북부 도시 인버네스행 열차를 탈 곳은 중심부에서 가까운 킹스 크로스 역이었다. 겨울비가 줄기차게 내리고 있었다. 나는 추위에 벌벌 떨면서 열차표를 끊었다. 스코틀랜드의 수도, 에든버러는 그냥 지나가기로 했다. 이미 천예린이 런던을 떠난 게 거의 3주 가까웠기 때문에 어차피 그녀가 북행하기로 했다면 에든버러에 머물러 있지 않을 거라고 짐작한 것이었다.

기차는 자정이 가까워서야 떠났다.

나는 기차가 떠날 때까지 천예린이 내 이름을 명기해 남긴 편지를 그저 품 안에 품고 있었다. 뼛속까지 스며드는 한기 때문만이 아니었다. 케냐와 모로코의 온 대지를 희고 푸르게 채우던 따뜻하고 맑고 힘찬 일광을 나는 회상했다. 북상할수록 대지는 푸른색이 탈색되어 암울한 암회색이 되었고, 기온은 시시각각 떨어져 파리에 왔을 때는 이미 영하권이었다. 스코틀랜드로 북상하면 기온은 더욱 강하하고 풍경은 더 스산해질 것이었다.

이것은 무엇인가.

나는 미간을 모으고 생각했다.

춥고 황량한 곳으로부터 따뜻하고 푸르른 곳으로 이행해가는 여행이라면 자연스럽겠으나, 군이 따뜻하고 푸르른 곳에서부터 수직으로 북진을 거듭, 더욱 춥고 더욱 황량한 곳으로 이행해가는 부자연스러운 이 여로에 담긴 의미는 무엇일까. 편지엔 어쩌면 부자연스러운 북진 여로로 상징되는, 그 어떤 비극적인 메시지가 담겨 있는지도 몰랐다. 더구나 그녀는 나 자신이 뒤쫓아 오는 것을 알고 있을 뿐 아니라 행여 선(線)이 끊길까 봐 염려하는 듯, 가는 곳마다 내게, 이리 오너라, 구체적인 선을 달아매주고 있었다. 그녀는 서울을 떠날 때부터 내가 품었던 잭나이프를, 또 초승달같이 휘어 올라간 아라비아 천사의 칼을, 아니 또, 지금도 품속에 깊이 품어 지닌, 칼날보다 더 예리하게 갈린 호랑나비 모양의 머리핀도 다 알고 있었던 것일까. 이 미로 게임의 마지막 그라운드에서 벌어질 극적인 결말조차 그녀라면 벌써부터 꿰뚫어보고 있을 것 같았다.

나는 이윽고 편지의 겉봉을 뜯었다.

나의 피에로.

편지의 첫 줄은 그것이었다. 나는 황망 중에도 미소를 지었다. 내가 나를 피에로라고 생각했는데, 그녀는 그것조차 다 안다는 듯이 나를 피에로라고 불러주었다. 심야 열차라서 대부분의 승객들이 잠들었기 때문에 차 안엔 아주 고절한 분위기가 감돌았다. 편지는 길지 않았다.

나의 피에로.

당신은 정말 느림보네. 도대체 어디에서 무엇을 하고 있으면서, 이렇게 오래, 저기, 내 맞은편 탁자 위의 포도주 잔을 비워놓고 있는 거야? 모로코에 들어온 것만 해도 벌써 한 달이 넘었잖아? 페스의 구시가지 입구에서 당신이 보고 쫓아 들어왔던 그 물빛 모자는 맞아, 바로 내가 쓰고 있던 거라고. 당신이 손가방을 들치기당한 것도, 모로코의 억센 사람들 손에 붙잡혀 두들겨 맞는 것도 나는 보고 있었어. 고생 좀 하겠구나 생각은 했지만 다음 날 탕헤르를 거쳐 스페인으로 들어올 때, 솔직히 당신의 발걸음이 이렇게 늦어지리라곤 생각 안 했어. 너무 늦어서 정말 화가 나.

제발, 어서 와.

독이 오른 코브라처럼, 상처받은 맹수처럼, 씩씩거리면서 목을 있는 대로 쳐들고 돌진해오는 당신을 상상하면 저절로 오르가슴에 도달하는 기분이야. 북해가 멀지 않아. 북해는 곧 북극해야. 북극해에 도달하기 전에 피에로, 당신의 폭발을 보고 싶어. 아무런 문화도 깃들어 있지 않은 당신의 석회석 같은 멍청한 눈빛도 말이야. 이제 얼마 남지 않았어. 런던에서 9시간이면 죽음 같은 북해, 북극해의 겨울 바다야, 진실로 우리들 생의 중심인.

나의 피에로.

불쌍한 느림보에게 건배.

내 포도주 잔까지 준비해둔 한국 식당 남한강의 식탁에 엎드려 편지를 쓰고 있는 천예린의 모습이 눈에 선했다. 나는 인버네스에서 사흘을 머물렀다. 아무런 연고나 단서 없이 무조건 쫓아온 곳이라 그녀의 족적을 찾아내는 일이 생각보다 어려웠기 때문이었다. 추위와 허기에 지친 나는 거의 탈진한 상태로 절름거리면서 인버네스의 호텔을 모조리 뒤졌다.

한국 여자가 최근에 묵어 간 적이 있습니까?

나는 가는 데마다 절박하게 물었다.

아주 옛날부터 거대한 괴물인 네시가 산다고 알려진 네스 호의 하구에 있는 인버네스는 여름 한철 세계 곳곳에서 관광객들이 몰려들기 때문에 도시의 규모에 비해 비앤드비(B&B, Bed and Breakfast)를 비롯, 호텔 시설이 수십 군데였다. 한쪽 발이 동상에 걸렸는지 인버네스에 도착한 다음 날부터 제대로 걸을 수조차 없었다. 나는 그래도 포기하지 않았다. 인버네스 시내에서 20여 킬로미터나 떨어진 얼어붙은 네스 호반, 폐허가 된 우르크하트 성 근처의 한 호텔에 도착해서야 겨우 그녀의 행선지를 들을 수 있었다.

아, 압니다. 아주 멋진 부인이셨지요.

호텔 매니저가 말하면서 벽에 걸린 지도를 가리켰다.

그분은 여기, 오크니 섬으로 갔습니다. 북극권이지요. 누가 자신을 찾아올는지 모른다는 말을 들었던 것 같군요. 커크월의 북극해 호텔을 내가 예약해드렸어요. 버스를 타고 스코틀랜드의 최북단 스크랩스터까지 가서, 오크니행 배를 타야 커크월에 갈 수 있습니다.

그래서 마침내 여기, 오크니까지 온 것이었다.

나는 회색의 2층 건물 사이로 휘어져 나간 비탈길을 힘겹게 올라갔다. 애당초 마찻길이었던 듯, 정사각형의 화강석들이 촘촘히 박힌 비탈길 좌우엔 얼어붙은 채, 눈들이 잔뜩 쌓여 있었다. 바람이 검은 북해 쪽에서 불어왔다. 나는 몸을 잔뜩 웅크리고 온몸을 극적으로 떨었다. 북극해의 심장부에서 발생하여 막

251

힘없이 열린 수천 리 바다를 단숨에 치달려 온, 차갑고 잔인한 바람이었다. 심장이 얼어붙는 것 같아서 나는 잠시 숨을 멈추고 서 있었다. 이제 막 정오를 지났을 뿐인데도 바다는 검었고, 길엔 인적이 전무했으며, 사위는 어스름 저녁처럼 어두컴컴했다.

길은 미끄럽기 그지없었다.

간신히 앞으로 내딛던 오른발이 주르륵 뒤로 밀리면서 왼발의 발목을 쳤다. 북해를 지나온 바다의 습기가 각질(角質)로 얼어붙어 있었기 때문에 경사가 급하지 않은 비탈길이었음에도 불구하고 앞으로 고꾸라진 내 몸이 단번에 10여 미터나 미끄러져 내려갔다. 언 바닥에 쓸린 손바닥에서 피가 배어 나왔다. 누가 좀 도와주세요. 나는 소리치고 싶은 걸 간신히 참았다. 혹한의 바람 속이었다. 모로코에서 김 공보관이 준 봄 셔츠와 봄 잠바 위에 런던 킹스 크로스 역 근처의 노점에서 산 홑겹의 언더셔츠를 껴입었지만, 이런 혹한을 견디는 데는 어림도 없었다. 손바닥에서 흘러나온 피가 금방 얼어붙은 듯했다. 일어나야 해. 저기…… 언덕 위, 저 호텔의 어느 방에서…… 그분이 나를 기다리고 계셔. '북극해' 호텔이라는 간판이 저만큼 올려다보였다. 이제 종점이야. 나는 이를 악물고 중얼거렸다. 기듯이 해서 겨우 비탈길을 올라가기 시작했다.

고요하고 작은 호텔이었다.

호텔 유리창이 바람에 다르르르 떠는 소리를 내고 있었다. 입이 얼어서 뜻대로 말이 되어 나오질 않았다. 우선 앉으시지요. 프런트를 지키고 있다가 나를 맞이한 반백의 노신사가 의자를 밀어주고 차를 따라주었다. 침침한 호텔 로비엔 노신사와 나, 둘뿐이었다. 나는 더듬더듬 물었다.

한국에서 온 여자 손님을 찾습니다.

미시즈 천을 찾으시는 거지요?

노신사는 카운터 위에 올려놓은 신호기로 딸랑딸랑 종소리를 냈다. 그러자 위층에서 곧 발소리를 내며 젊은 남자가 내려왔고, 그 젊은 남자에게 노신사가 뭐라고 말했다. 너무 말이 빨라서 무슨 뜻인지 알아들을 수 없었다. 천예린, 그분을 찾아…… 먼 길을 왔습니다. 내가 재촉했고, 압니다, 라고 노신사가 대답했다. 그분도 누가 찾아올지 모른다고 말했지요. 노신사는 따뜻한 차만으로는 안 되겠다고 느꼈던지 위스키 한 잔을 따라 내 앞으로 내밀었다. 이것은 스코틀랜드 위스키입니다. 굉장히 안 좋아 뵈는데 위스키를 한잔하면 나아질 겁니다. 노신사는 덧붙였다. 그러나 나는 고개를 가로젓고 또 물었다.

몇 호실에 계신지 그것만 말해주세요.

그분은 지금 여기 없습니다.

그럴 리가. 나는 놀라서 벌떡 일어났다. 앉으세요, 라고 황급히 손을 저으며 노신사가 말했다. 여기엔 없지만 멀지 않은 곳에 있습니다. 걱정 마세요. 이 청년이 그분에게 당신을 안내해줄 거예요. 그분의 부탁을 받은 일입니다. 창 너머, 북극권의 바다는 벌써 어둠에 잡아먹혀 보이지 않았다. 나는 다시 앉았다.

만약 그녀가 이곳을 아주 떠났다고 했다면, 그리하여 신발 끈 고쳐 매고 그녀를 뒤쫓아 북풍 속을 또 걸어 나가야 했다면, 나는 아마 그 고절한 오크니제도에서 스스로 명줄을 끊었을지도 몰랐다. 지치고 허기지고, 병까지 들었는지 서 있는 것조차 어려운 상태였으며, 여비도 바닥나 있었다. 기침이 터져 나왔다. 가래가 끓는 쉰 기침 때문에 한참 동안 몸이 자지러질 정도로 떨렸다.

여기서 기다리는 게 좋겠습니다.

노신사가 걱정스러운 눈빛으로 말했다.

아, 아닙니다, 라고 말하면서 나는 황급히 손을 내저었다. 기다릴 수 없어요. 지금 당장, 그분께 가야 합니다. 어디 계신가요, 그분은? 나는 식은땀투성이 얼굴을 손바닥으로 훔치고 간신히 일어섰다. 노신사가 이윽고 젊은 남자에게 눈짓을 했다.

젊은 남자가 곧 차를 몰고 나왔다.

그분은 지금 바닷가 이탈리안 성당에 있을 시간입니다, 라고 젊은 남자가 나를 부축해 차에 태우고 나서 말했다. 비탈길을 내려온 차가 어둑한 시가지를 우회해서 곧장 해안 길로 들어섰다. 깨끗이 포장된 도로엔 오가는 차들이 거의 없었다. 요즘엔 해가 뜨는 둥 마는 둥 금방 지고 맙니다, 라고 청년은 덧붙였다. 차창에 부딪힌 바람이 계속 쇳소리를 내고 있었다.

그분은…… 성, 성당에 다닙니까.

나는 더듬더듬 간신히 물었다.

이 시간이면 매일 그곳에 가 있습니다. 이탈리아 사람들이 전쟁 때 손으로 지은 아주 작은 성당이지요. 사제도 없고, 평소엔 그냥 비어 있습니다. 커크월 안에 아름다운 대성당이 있습니다만, 그분은 그 이탤리언 성당이 작고 비어 있어 묵상하기 좋다고, 그곳으로 갑니다. 이제 거의 다 왔습니다. 저기, 보이네요. 저 성당이지요.

나는 그가 가리키는 방향을 보았다.

신열이 높은지, 눈앞이 가물가물해서 몇 차례나 눈을 비벼야 했다. 천지 사방 휑하게 열린 평원의 한끝, 외진 바닷가에 그 희고 작은 성당이 있었다. 아름다운 성당이었다. 차가 있는 걸 보니 그분이 틀림없이 저 안에 계십니다. 청년이 차를 세우며 말했다. 낡은 승용차 한 대가 성당 앞에 세워져 있었다. 됐습니다. 돌아가세요. 차에서 내려 내가 손짓을 했다. 괜찮겠습니까, 라고 그가 물었고, 나는 고개를 끄덕거렸다.

나를 태우고 온 차가 이내 성당 앞을 떠났다.

나는 손가방을 힘겹게 안은 채 비틀비틀 성당 현관으로 이어지는 자갈 깔린 길을 걷기 시작했다. 저 안에 선생님이 있다……라고, 나는 중얼거렸다. 불과 10여 미터밖에 안 되는 자갈길이 수십 리만큼 멀게 느껴졌다. 쓰러질 것 같았다. 고딕형의 성당 지붕이 가까워졌다 멀어졌다 하고 있었다. 밤바다는 짐승같이 울었고, 파도가 쳐 날린 운무 떼가 내 머리칼과 봄 잠바 깃 위로 날아와 쩌억, 얼음이 되어 달라붙었다. 나는 간신히 성당 현관문에 도착해 쓰러지지 않으려고 문설주에 의지한 채 잠시 호흡을 골랐다. 잘 갈린 호랑나비 머리핀을 물론 나는 들고 있었다.

내가 왔어요. 당신의 피에로가.

나는 숨을 헐떡거리며 속으로 말했다.

서울을 떠나기 직전, 정릉의 어느 언덕배기 빌라에서 화가 유수빈이 보여주었던 천예린의 짧은 편지 생각이 났다. 신생의, 젊은 땅 아프리카, 라고 써놓은 엽서였다. 가슴에 들어와 박히는 듯했던 킬리만자로와 마사이족의 원색 옷, 카페 '아메리카나'에서 듣던 노래, 키스는 키스, 한숨은 한숨, 모로코를 휘감아 돌던 비췻빛과 가죽 공장의 부식하는 냄새, 파리와 런던과 스코틀랜드의 풍우빙설(風雨氷雪)도 떠올랐다. 신생의 젊은 땅으로부터 시작해 북진을 거듭, 고절한 죽음의 땅끝으로 이어진 여정이었다. 내가 거쳐온 길이 탄생–청춘–노년–죽음으로 이어지는 생의 여정과 닮았다는 생각을 하자 갑자기 나는 목이 메었다.

현관문은 소리 없이 열렸다.

나는 한쪽 발을 끌며 안으로 들어섰다. 아주 컴컴한 줄 알았는데, 제단 한쪽에 초 두 자루가 희미하게나마 불을 밝히고 있었다. 노란 화광(花光)에 싸여 아기 예수를 안고 있는 마리아상과 꿇어 엎드린 검은 옷의 여인을 나는 동시에 보았다. 마리아는 제단 뒷벽에서 나를 정면으로 바라보았고, 검은 옷 검은 미사보를 쓴 여인은 제단 아래쪽에 엎드려 내게 등을 뵈고 있었다.

256

아, 선, 선생님.

나는 헙, 숨을 멈추었다.

참을 수 없는 통증이 지나갔다. 뒷모습이라도 어찌 그녀를 알아보지 못하겠는가. 지난 몇 달간, 깨어 있을 때뿐만 아니라 잠들어 있을 때조차 단 한순간도 잊은 적 없던 그녀가 거기 있었다. 안고 있던 손가방이 탁, 바닥에 떨어졌다. 그 바람에 촛불이 꺼질 듯 일렁거리다가 간신히 제자리를 찾았다. 바람은 불과 열대여섯 평쯤 될까 말까 한 이 작고도 특별한 성당을 완전히 포위하고 있었다. 나는 한쪽 발을 질질 끌면서, 마치 죽음을 향해 나아가듯, 그녀의 등을 향해 나아갔다. 그녀야말로 내겐 북극해였다. 손가방이 떨어지는 소리와 발소리를 충분히 들었을 터인데, 그녀는 엎드렸던 상반신을 조용히 일으켰을 뿐 꿇어앉은 자세 그대로, 미동도 하지 않았다.

마침내 나는 그녀의 등 뒤에 멈춰 섰다.

이제 씨근덕거리는 내 숨소리까지 충분히 들릴 만한 거리였다. 뭐라고, 무슨 말인가 할 차례였지만 말들은 목젖에 단호히 눌려 있었다. 다만 나는 모로코에서의 40여 일, 밤낮 없이 벽에 갈아온 그녀의 머리핀만 필사적으로 거머쥐고 있었다.

느림보 같으니라고.

그녀가 한참 만에 낮게 중얼거렸다.

바람이 성당 유리창에서 쇳소리를 내며 울고 있는 데다 그녀의 목소리가 너무 작아 처음에 나는 온전히 그녀의 말소리를 알아듣지 못했다. 머리핀 칼을 쥔 내 손은 진땀으로 잔뜩 젖어 있었다. 바보같이…… 얼마나 기다렸는데……라는 그녀의 두 번째 말은 아주 똑바로 들렸다. 늦게 왔으니까, 시간 끌 것도 없잖아. 결판은 빨리 내는 게 좋아. 자, 용기를 내봐, 느림보 피에로!

그녀가 짐짓 목을 위로 뽑아 올렸다.

촛불의 광채를 역광으로 받고 있는 그녀의 목은 말라서 유난히 길어 보였다. 머리는 쪽을 쪄 올려 묶고 있었다. 미사보를 벗었기 때문에 나는 그녀의 목과 광대뼈의 윤곽을 명확히 볼 수 있었다. 한 손으로 쥐어도 쏘옥, 손바닥 안으로 감겨 들어올 목이었다. 어서 결행하래도 그러네. 그녀가 부르짖듯, 낮게 재촉했다. 설마 비단 끈을 준비해 온 건 아니겠지, 라고 그녀는 덧붙였다. 당신은 그만한 감수성이 없는 위인이니까. 당신은 무지한 바보 멍청이야. 칼을 가져왔겠지. 그럼, 그것으로…… 어서 찔러! 나는 잠시 휘청, 했다. 그녀가 짐짓 나를 화나게 하려고 애쓰고 있었지만, 화가 나기는커녕 몸을 지탱하고 서 있는 것이 우선 어려웠다. 제발…… 빨리 끝내란 말이야. 이 멍청아. 그녀의 목소리가 한 옥타브 위로 솟았다. 내가 돌아서면……이라고, 그녀는 또 말했다. 내 얼굴을 보면…… 더더욱 용기를 잃어…… 당신이 일을 그르칠까 봐 이러고 있는 거야. 어서 일을 끝내!

안, 안 돼요. 돌아서서…… 나를…… 좀…… 보세요.

내가 이윽고 간신히 말했다. 그녀를 찌를 마음은 나지 않았다. 서울에서 떠날 때의 나는 온데간데없었다. 모로코 가죽 공장에서 마지막에 느꼈던 이상한 평안이 이미 분노를 다 소진시킨 모양이었다. 아니면 병이 깊은 그녀가 죽음을 목표로 위도를 거슬러 올라간다는 걸 깨달았을 때, 모든 걸 접었는지도 몰랐다. 내가 한사코 머리핀 칼을 들고 온 건 그녀를 죽이기 위해서라기보다, 고통스러운 여로를 내 스스로 포기하게 될까 봐 두려웠기 때문이었다.

무엇이 남는 게 있어 죽이고, 또 떠날 것인가. 그녀가 죽음에의 북진을 하고 있다는 걸 알고 난 다음 내가 서늘하게 확인한 것 중 하나는, 누구든 생의 중심이라 할, 죽음에의 북진을 언제나 멈출 수가 없다는 것이었다. 그녀는 처음부터 알고 떠났지만 나는 아무것도 인식하지 못하고 떠나온 것만 다를 뿐이었다. 오래된 와이셔츠의 단추가 올이 풀려 늘어져 나오듯, 청춘, 혹은 신생의 젊은 땅이라고 말하고 있을 때조차, 시간은 돌이킬 수 없이 사멸의 북행길로 우리를 몰고 와 마침내 북극해 밑 5000여 미터, 절대 고독의 그 심연으로 우리를 밀어 넣고 만다는 것을 나는 이제 알고 있었다. 나 또한 그 대열에서 한 번도 이탈하지 않은 인생이었다.

그녀가 그때 발작적으로 돌아섰다.
선생님……이라고 부르려 했지만 말이 되어 나오지 않았다.

그사이 마를 대로 말라 더욱더 패어 들어간 그녀의 번뜩이는 눈빛을 나는 보았고, 불과 몇 달 사이, 10년 이상 늙어버린 피폐한 나의 얼굴을 그녀는 보았다. 주먹 쥔 손 사이로 삐죽이 뻗어 나온 갈린 머리핀의 끝을 보고 그녀가 이윽고 말했다. 그랬군. 예상대로 칼이었어…….

그녀의 눈은 너무 깊어 동굴 같았다.

당신은…… 마음이 약해서 목을 조르진 못할 거라고 생각했지, 라고 덧붙이며, 그녀가 나를 당겨 안았다. 내 눈을 보지 마. 두려워하지 말라고. 여기, 땅끝인걸 뭐. 속삭이는 그녀의 말들이 고막을 쾅쾅 울리며 쏟아져 들어왔다. 어려울 것 없어. 칼끝을 대고…… 여기, 여기에 힘껏 찔러 넣기만 하면 돼. 그녀의 손이 머리핀 칼을 쥔 내 손을 잡아 제 가슴께로 끌어 올리고 있었다. 그녀의 갈비뼈들이 선연히 느껴졌다. 서랍을 밀어 넣듯이 칼끝만 밀어 넣으면 될 터였다. 그렇지만 나는 헐떡이는 목소리로, 선, 선생님을 죽, 죽이고 싶지 않, 않아요……라고, 간신히 말했다. 눈앞이 가물거렸다. 지, 지금은…… 눕고 싶을 뿐이에요. 그 말을 하려는데 콧날이 찡했다. 뜨거운 피고름이 목울대로 솟구쳐 올라오는 느낌이었다.

그녀가 그 순간, 미친 듯 악을 썼다.

네가 못 죽이면…… 내가 죽일 테야……라고 그녀가 소리친 것과, 빼앗으려고 머리핀 칼끝을 잡은 것은 거의 동시였다. 너 따위를…… 기, 기다리다니. 칼끝을 움켜쥔 그녀의 손에서 뜨거운 피가 주르륵 흘러나왔다. 격렬한 실랑이가 벌어졌다. 그녀는 나를 기다렸던 게 아니라 자신을 죽여줄 살인자를 기다린 게 확실했다.

안 돼요. 내, 내 칼이야!

그녀에게 빼앗기지 않으려고 힘껏 나는 그것을 쥐었고, 그 바람에 머리핀 칼끝이 이번엔 내 손바닥을 파고들었다. 죽이고 싶은 것이 아니라 나는 죽고 싶었다. 그녀를 밀쳐낸 뒤에 나는 나의 허벅지에 머리핀 칼을 탁 쑤셔 박았다. 돌아보면, 서울을 떠나올 때부터 진실로 죽이고 싶은 건 나였지, 그녀가 아니었다고 나는 생각했다. 기억은 그 대목이 끝이었다. 혼절하고 말았기 때문이었다.

오크니는 하나의 섬이 아니라 제도의 이름이다.

스코틀랜드 북단에서 북쪽으로 약 32킬로미터, 검은 물빛의 펜틀랜드 해협을 가로질러 가면 오크니제도의 관문이며, 제도의 중심인 메인랜드에 닿는다. 가장 큰 섬인 메인랜드를 기준으로 한 오크니제도는 망망대해 북극권을 향해 점점이 흩어진 70여 개의 작은 섬들로 이루어져 있다. 오크니제도에서 다시 북쪽으로 180여 킬로미터 떨어져서 셰틀랜드제도가 자리 잡고 있고, 더 북진해서 덴마크령인 페로제도를 지나면 곧 북극해이다. 셰틀랜드제도만 해도 15세기까지 노르웨이가 지배했기 때문에 고대 노르웨이인의 관습이 그대로 남아 있다는 것을 전제하면, 오크니제도야말로 스코틀랜드 문화권의 최북단인 셈이다.

섬은 낮게 기복진 구릉지대의 연속이다.

해안선의 대부분은 해발로 쳐서 불과 3, 4미터 안쪽이며, 부드럽게 융기되거나 또 침강되어 흐르지만 산은 없다. 사암과 석회암과 화성암 등이 빙하에 의해 침식되어 생긴 빙하 퇴적물이 광범위하게 덮인 이 고도(孤島)는, 강한 편서풍이 늘 불고 있기 때문에 나무와 숲이 거의 없고, 그래서 지하 주거지와 움집과 입석(立石) 따위의 선사 유물들이 여기저기 흩어져 남아 있음에도 불구하고 사방이 바다를 향해 휑뎅그렁하게 열린 게 꼭 황야 같아 뵌다. 겨울엔 더욱 그렇다. 더구나 바다는 사철 검은 빛을 띠고 있고, 늘 파도가 높다. 봄부터는 그나마 풀이 자라 초원을 이루지만, 겨울엔 풍우빙설이 뒤덮여 있어 누가 그곳에 닿아도, 아아, 땅끝이로구나…… 저절로 고절한 탄식을 쏟아놓게 마련이다. 다시는 되돌아갈 수 없을 것만 같은 절해고도의 느낌을 뼛속까지 느끼게 되는 곳이 바로 오크니제도의 섬들이다.

커크월은 오크니제도의 중심이다.

대서양의 북단과 만나는 서쪽 메인랜드와, 북해의 북단에 접한 동쪽 메인랜드를 채 2킬로미터가 안 되는 띠 모양의 구릉이 연결하고 있는데, 인구 6000여 명 정도의 주도이자 왕실 특권 도시 커크월이 그 연결 부위에 자리하고 있다. 농산물의 가공 공장과 하일랜드 위스키 제조 공장 등이 자리하고 있으나, 중세의 분위기가 물씬 나는 좁은 포장도로, 뾰족한 지붕의 오래된 집들, 붉은 사암으로 된 세인트 매그너스 성당, 늘 비어 있는 비탈진 골목 등이 회색 톤으로 하나로 어울려 쓸쓸하기 그지없다. 스코틀랜드를 찾아오는 관광객들조차 인버네스에서 되돌아가거나 스코틀랜드 동쪽 해안의 스카이 섬 쪽으로 방향을 틀기 때문에, 오크니제도는 방문객들로 붐비는 일이 거의 없다. 특히 겨울철엔 외지인의 발길이 거의 끊긴다.

커크월은 도시라기보다 풍경화 속 마을 같다.

주도인 커크월의 분위기가 그러하니, 그 변방은 말할 것도 없다. 30여 분이면 논스톱으로 한 바퀴 돌 수 있는 정갈한 포장도로를 따라 부드러운 구릉마다 띄엄띄엄 서 있는 농가 주택들은 모두 회색빛이다. 집 주위에도 나무가 없기 때문에 겨울이면 모두 빈집처럼 느껴진다. 북극해 호텔 매니저의 도움으로 천예린이 자리 잡은 사글세 집도 바로 그런 외딴집들 중 하나였다.

레드 하우스.

천예린은 그 집을 그렇게 불렀다. 구릉을 따라 띄엄띄엄 서 있는 농가 주택들의 외벽이 주로 흰색이나 회색인 것에 비해, 그 집의 2층은 붉은 사암의 외벽을 갖고 있었다. 본래 있었던 농가 주택 중 2층만 뜯어내고 새로 지어 올린 것이라 했다. 아래층은 콘크리트 구조로서 회색인데 2층만 불그스레한 사암으로 축조해놓았으니 당연히 부조화해 뵐 수밖에 없었다. 집주인이 성격이 특별한 사람이었던가 봐, 라고 천예린은 말했다. 외부만 그런 것이 아니라 2층 실내도 사암의 벽이라서 페인트칠을 하지 않았는데도 은은하게 붉었다.

커크월에서 남쪽으로 10리쯤 되는 곳이었다.

동쪽 메인랜드를 남하하면 사우스로널드세이 섬까지 포함, 다닥다닥 붙은 3개의 섬을 제방으로 이어놓은바, 이탤리언 성당이라 불리는 작은 성당의 오른편 구릉 위에 그 집, 레드 하우스가 외따로 떨어져 있었다. 동쪽 창으로는 망망대해와 함께 앙증스러운 이탤리언 성당이 내려다뵈고, 정면이라 할 수 있는 서편 창으로는 역시 바다와 함께 커크월로 이어지는 해안 도로가 손금같이 내다보였다. 동쪽의 바다는 스칸디나비아 반도와 마주한 북해, 서쪽 바다는 대서양의 북단이었다.

보이는 것은 그것이 전부였다.

옆으로 500여 미터쯤 떨어져 다른 집이 있으나 나란히 서 있으므로 방 안에선 잘 보이지도 않았다. 구릉과 구릉이 만나는 주름진 곳이었다. 실낱같은 오솔길들이 구릉을 감싸고 있고 길은 언제나 비어 있었다. 밤이 되어 커크월의 빈집 같은 집들마다 불이 켜지고 나서야 거기 사람들이 모여 사는 마을이 있구나, 느낄 뿐이었다.

우리, 로빈슨 크루소 같아.

어느 날 밤에 그녀는 말했다. 바다는 밤이 되면 앞뒤에서 더욱더 포악스럽게 울었다. 대니얼 디포가 쓴 이야기 《로빈슨 크루소》의 실제 모델이었던 알렉산더 셀커크는 본래 스코틀랜드 동쪽 해안의 작은 마을에서 태어났다. 로빈슨 크루소는 카리브해의 한 무인도에 표류하여 28년을 혼자 살았지만, 실제 인물 셀커크는 칠레 중부 해안으로부터 650킬로미터 떨어진 무인도에서 4년 4개월을 홀로 살았다. 그가 홀로 살면서 받았던 가장 큰 고통은 의식주 문제보다 고독감에 따른 정신적 우울이었다.

한 달만 예서 살려고 했어.

천예린은 고백했다. 그래도 내가 안 쫓아오면 어디로 떠날 작정이셨나요, 라고 내가 묻고, 다음 행선지는 셰틀랜드제도, 라고 그녀는 대답했다. 더 북쪽으로 올라갈 수 있는 곳은 셰틀랜드제도뿐이었다. 그다음엔요? 나는 집요하게 물었다. 셰틀랜드제도는 오크니보다 더 고절한 땅끝이 아닌가. 그녀는 한동안 상념에 잠겨 있다가 명료하게 대답했다.

다음은, 북극해지.

북극해라니요?

북극해 밑 5000미터. 그곳은 얼지도 않고 끓지도 않아. 셰틀랜드까지 가면 거기가 끝이니까. 백 퍼센트 확신한 건 아니었지만 나는 당신이 나를 쫓아올 거라고, 서울을 떠나올 때부터 생각했어. 내가 떠나면 당신은 완전히 파멸이거든. 나를 쫓아오지 않으면 자살할 거라고 상상했지.

자살도 하려 했지요.

거봐……라고, 그녀는 말했다. 북편 벽난로에서 타탁, 탁, 소리 내며 장작이 타고 있었다. 나는 하나의 가설을 갖고 떠났어. 그녀는 말을 이었다. 적도 아래, 푸른 초원으로 가면 새 삶이 혹시 있을까 했지만, 그것은 잠깐 동안의 착각이었을 뿐야. 시간은 잔인해서 재생을 허용하지 않거든. 그녀는 포도주를 마시고 있었다. 2층 거실의 사암으로 된 벽이 장작불빛에 포도주 빛깔로 일렁거렸다. 병이라면…… 현대 의학이 있잖아요. 내가 반문했고, 그녀는 내 말에 따뜻이 미소 지었다. 현대 의학이란 재생에 기여하는 게 아니라 단순한 연장에 기여하는 거야. 생각해 봐. 연장 공연이란 게 얼마나 김빠진 맥주 같냐고. 나는 지나온 삶을 재현해보고 싶었어. 적도에서부터 여행을 시작한 게 그때문이야. 우기의 적도 아래는 온갖 생명들이 다투어 깨어나고 무섭게 무성해지고…… 바꿔 말해 유년기와 청년기가 거기 있는 셈이잖아. 아프리카는 청춘의 한낮과 같았지. 위도를 거슬러 파리쯤 오면 가을 같은, 부드러운 중년의 계절을 만나는 셈이고, 또 거슬러 올라오면 그래, 여기쯤…… 황량한 노년의 겨울이야. 칠흑 같은 밤바다가 천지 사방에서 레드 하우스를 포위한 채 비명을 내지르고 있었다. 게다가…… 당신과의 게임이 보태졌잖아. 당신이 쫓아오고 있다는 걸 확인한 건 모로코에서였어. 케냐의 곽 사장과 통화했었거든. 온몸이 쩌릿쩌릿했어.

죽음으로 몰리면서도 나날이 권태로워 미칠 참이었거든. 당신이 쫓아온다는 걸 확인하자 권태로움이 단번에 날아가버리더라고. 당신이 늦지만 않았더라면 더욱 재미있었을 텐데. 솔직히 여기까지 올 생각은 없었어. 인버네스쯤에서 끝내고 싶었는데, 당신이 안 와 결국 여기까지 오고 만 거야. 셰틀랜드제도까지 안 가서 그나마 다행이긴 하지만. 셰틀랜드는 북극해가 시작되는 지점이잖아. 거기까지도 당신이 쫓아오지 않으면, 당연히 나 스스로 끝내버려야지 생각했어. 서울을 떠날 때 양날의 면도날을 하나 사서 무색지에 싸두었거든. 그녀는 포도주 잔을 탁 내려놓았다. 나는 미학적인 게 좋아……라고, 그녀는 말했다. 장미꽃 같은 피를 흘리면서 생을 마감하는 일, 나의 뜨거운 피가 북극해로 흘러가는 상상은 늘 짜릿했거든.

옛날 켈트족은 오크니를 오커디스라고 불렀다.

켈트족 선교사들이 오크니 섬에 들어온 7세기경에 이미 이 제도 일대엔 스코틀랜드의 고유어인 게일어가 전파되어 있었다. 켈트족의 예언자와 음유시인 들은 오크니제도를 죽음과 예언의 땅이라고 노래했다. 선사시대의 조용한 유적지인 오크니제도엔 바이킹의 해적들이 자리 잡았고, 다음엔 고대 노르웨이인들이 식민지로 삼았으며, 유달리 음울한 설화를 많이 지닌 용맹스러운 스코틀랜드 사람들이 이곳을 점령한 것은 15세기 말경이었다.

음울한 곳인데 말이야.

그녀는 붉은 사암을 툭 치며 말했다.

섬 어디서든 이런 빛깔의 돌이 나오거든. 바다 빛깔만 해도 유난히 어두워. 오크니의 역사도 그렇고. 나무 한 그루 자라지 못하는 어둡고 외진 곳이라고. 그런데 좀 봐. 이 돌들은 이처럼 붉거든. 커크월에 있는 매그너스 성당을 보면 놀랄 거야. 붉은 사암으로 그토록 정교히 쌓아 올린 축조물은 세계에 없을 거야. 장엄하면서도 뭐랄까. 요염해. 죽음처럼.

바닷가 이탤리언 성당은 언제나 비어 있었다.

일요일조차 사람이 거의 찾아오지 않았다. 사제가 들르는 날만 근처의 주민들이 몇몇 모여들 뿐이었다. 어쩌다가 해안 도로를 따라 질주하는 차들이 하루 종일 볼 수 있는 문명의 흔적일 뿐, 이곳은 일테면 로빈슨 크루소의 그 무인도나 다름없었다. 나는 가끔 한 번씩 그녀를 뒤쫓아 그 성당으로 갈 때만 겨우 2층 방을 벗어났다. 머리핀 칼로 찔린 데가 다 낫지 않아 절름거리며 나는 걸었다. 그곳까지 갈 때면 항상 바람에 내 몸이 금방이라도 날려버릴 것만 같았다. 맘이 혹시 바뀌어서 날 죽이고 싶다면, 이 성당 안에 있을 때 죽여줘. 그녀는 이따금 웃으며 말했다.

봄은 여간해서 올 것 같지 않았다.

너무 황량해서 견딜 수 없는 날엔 차를 몰고 커크월까지 가보지만 그곳 역시 빈 마을이나 다름없었다. 커크월을 지나가면 곧 얼어붙은 호수가 나왔고, 호수를 끼고 돌면 선사시대의 입석이 수십 개 커다란 원형을 그리며 우뚝우뚝 서 있는 스톤서클에 이르렀다. 그것들은 수십 세기 전에 세워진 것들이었다. 인적 없는 해안의 바람 속에 거대한 고드름처럼 서 있는 입석들을 차 안에서 내다보고 있으면, 내가 꼭 신석기시대의 평원으로 되돌아가 있는 것 같았다.

바람아.
나의 고독을 다시 못 볼 땅으로 전해다오.

로빈슨 크루소의 원형이 되었던 스코틀랜드인 셀커크의 고절한 심정을 어떤 이는 이렇게 노래했다고 그녀가 설명해주었다. 셀커크는 4년 4개월 동안 살았던 무인도 후안페르난데스에서 구출된 뒤 뜻밖의 횡재를 만나 거부가 되었으며 나중에 고향에서 결혼까지 했으나 말년에 이르기를, 한 푼의 가치도 없다고 생각했던 무인도 생활이 더 행복했다, 라고 술회했다. 나는 그 절상(折傷) 고도, 레드 하우스에서 반년여를 그녀와 함께 살았다.

나의 작은 낙원.
빅토리아 여왕은 일찍이 스코틀랜드의 북부인 하일랜드에 별궁을 짓고, 제일 먼저 스코틀랜드 전통 옷감인 타탄 무늬 카펫을 깐 뒤 이렇게 외쳤다고 했다. 이미 오래전 스코트 왕국에

편입된 오크니제도의 문화 또한 스코틀랜드의 전통 습속을 빼놓고 말할 수는 없다. 내가 처음 혼절에서 깨어났을 때 본 것도 바로 그 타탄의 격자무늬가 화려한 카펫과 침대 시트였으니까.

정말 미련한 인간이야, 당신은.

그녀의 첫마디가 그랬던 것 같다. 낮인지 밤인지 애매했고, 그녀는 북향으로 놓인 의자에 앉아 있었다. 어떻게 했기에 몸이 그 지경이야, 라고 말할 때 그녀는 목이 메는 듯했다. 의사가 다녀갔는지 허벅지는 붕대로 잘 감겨 있었다. 나는 여전히 잠이 왔고 몸은 무거웠으며 눈을 떠도 그녀의 얼굴조차 명료하지 않았다.

벽난로가 타고 있는 실내는 따뜻했다.

그녀가 내게 과일즙을 먹여주었고, 나는 그것을 비몽사몽 받아먹으면서 다시 또 잠에 빠졌다. 뭔가, 먹어야지, 라고 이따금 말하는 그녀의 소리를 나는 들었다. 꿈속에선 자주 어머니가 보였으며, 어머니, 어머니……라고 나는 불렀는데, 부르다 눈을 뜨면 그녀가 곁에 있었다. 엄마 품속에서, 더 자……라고, 그녀가 내 이마를 짚으며 말했다. 그녀가 어머니인지, 어머니가 그녀인지 잘 분간할 수 없었다. 고열에 시달릴 때면 어머니는 곧잘 주발에 쌀을 가득 담고 광목으로 싸서 내 이마에 문질러주었다. 그녀는 쌀 주발 대신 얼음주머니를 내 이마에 문질러주고 있었다. 내가 누운 곳이 어디인지, 그녀가 떠먹이는 것이 무엇인지, 어디를 어떻게 흘러왔는지 전혀 생각나지 않았다. 잠시 깨어났을 때조차 깨어 있는 것이 아니었고, 잠들어 있을 때조차 죽어 있는 것이 아니었다.

나는 자고 또 잤다.

타탄의 질감은 아주 부드러웠으며, 벽난로에서 참나무 장작이 타고 있었고, 바닷소리는 들리지 않았다. 아주 오랜만에 맛보는 편안한 잠이라고, 잠 속에서 나는 느꼈다. 세월을 거꾸로 거슬러 불과 두세 살. 불과 대여섯 살쯤 되어 어머니의 젖내 나는 품속에 되돌아와 있는 것 같았다. 잘 자라 아가야……라고, 어떤 손길이 내게 말했다. 더듬다 보면 부드럽게 융기된 가슴이 손에 잡히기도 했다. 나는 조물조물, 어머니의 젖을 만지며 잤다.

우리 새끼, 크면 뭐가 될꼬.

어머니는 묻고, 크면 엄마한테 장가들 테야. 나는 대답했다. 볕 잘 드는 툇마루에 앉아 있으면 마당 끝에서부터 야트막하게 치켜 오른 복숭아밭이 한눈에 보였다. 천지간에 복숭아꽃들은 시리게 피고, 햇빛 내리꽂히면 매양 눈이 부셨다. 그럴 때면 가난도 없고 분열도 없으며 앞으로 달려가라, 달려가라, 채찍질도 없었다. 윤석, 언제 커서 사람 구실 할지……라고 말하는 어머니의 흐뭇한 혼잣소리, 철썩 궁둥이에 와 감기는 어머니의 손바닥이 잠 속에서 선연히 재생됐다. 시간의 얼레는 자꾸자꾸 거꾸로 돌고 있었다. 어머니의 손길이 가슴을 쓸고 아랫배를 쓸고 사타구니 고추도 쓸고 갔다. 세상에…… 다리조차 허물을 이렇게 벗다니…… 라고 말하면서 혀를 차는 소리도 들렸다. 어머니는 어느새 그녀가 되고, 그녀라는 것을 느끼면서 나는 어머니…… 부르면서, 그 품 안으로 파고들었다. 그렇게 길고 다디단 잠은 생전 처음이었다.

나흘째야, 그만 정신 좀 차려봐.

어느 순간, 그런 소리가 들렸다. 어머니의 목소리인가 했는데 어머니의 목소리가 아니라 그녀의 목소리였다. 선생님이야. 그녀가 내 곁에 있어. 나는 속으로 생각했다. 나는 눈을 떴다가 짐짓 다시 감았다. 아침인가 보았다. 창 한쪽에 햇빛이 꽂히고 있었으며 바람 소리는 들리지 않았다. 내가 깬 줄도 모르고, 도대체 언제까지 이렇게 잘 거야, 그녀가 또 혼잣말처럼 말했다. 오디오를 켜놨는지 어디선가 백파이프 소리가 났다.

여긴 오크니야.

북극해 호텔을 찾아 올라가던 얼어붙은 비탈길, 포악한 바닷바람에 포위된 작은 성당, 어서 찔러, 라고 소리치던 그녀의 쇳소리, 허벅지에 쑤셔 박히던 머리핀 칼 따위가 일시에 떠올랐다. 여느 때와 달리 온몸으로 아주 서늘한 샘물 같은 기운이 사방에서 흘러드는 것을 나는 느꼈다. 깨서 햇빛 좀 봐. 그녀의 손이 내 어깨를 흔들고 있었다. 일어나야지……라고, 나는 생각했다. 몸은 의외로 가뿐했다. 가뿐한 정도가 아니라 눈을 뜨고 일어서나가 달린다면 날 수도 있을 것 같았다. 그러나 그녀를 어떻게 대해야 할지 몰라 나는 내쳐 눈을 감고 있었다. 붕대를 감은 곳을 빼곤 내가 실오라기 하나 걸치지 않은 상태라는 걸 깨닫곤 더욱 눈을 뜨기가 민망했다.

햇빛이 얼마나 신선한지 몰라. 눈을 뜨라고, 당신.

그녀가 내 귀에 입을 대고 속삭였다. 나를 향해 바싹 엎드렸으므로 그녀의 어깨와 젖가슴이 저절로 내 몸에 밀착되었다. 그때 뜻밖의 변화가 찾아왔다. 그것은 정말 뜻밖의 변화였다. 그녀의 입김이 내 귓속에 부어지고 그녀의 젖가슴이 내 어깨를 누르고 밀착되어올 때, 향긋한 그녀만의 냄새가 내 후각의 안테나에 성큼 걸려 들어왔을 때, 전신의 세포들이 어느 순간, 일제히 일어서는 것 같았다. 그 과정은 어떤 단계도 없었다. 나는 아연 긴장했다. 처음엔 슬그머니 뒤척이던 페니스가 그녀의 향기를 자각하고 나서부터 갑작스럽게 일어나기 시작한 것이었다. 나는 너무 당황스러워 얼결에 일어선 그것을 억눌러 잡았다. 그러나 가빠지는 호흡은 억눌러 잡을 수도 없었다.

깼구나.

그녀가 키드득, 웃었다.

나는 짐승이란 말인가. 그녀가 내 몸의 변화를 눈치채고 웃었는지 어쨌는지는 분명하지 않았다. 분명한 것은, 햇빛이 쫘악 내리 비친 2월 어느 날, 봄이 오는 징조였을까. 그녀의 손짓에 따라 그녀를 쫓아가고 또 쫓아가는 과정에 잠복돼 있던 것, 어떤 격정의 격렬한 발화가 그날 그 순간 갑자기 폭발했다. 나는 충동적으로, 그러나 아주 난폭하게 그녀를 끌어당겼다. 내 스스로 무슨 짓을 하는지 인식하기도 전에 일어난 무의식적인 폭발이었다. 그녀가 엇, 비명을 지르면서 내 밑에 깔려들었다.

백파이프 소리가 고조되고 있었다.

스코틀랜드 중에서도 유난히 오랜 씨족사회를 형성했던 빙설의 고장 북부 하일랜드에서는 폐쇄된 씨족사회가 흔히 갖게 마련인 음울하고 피 어린 가락을 얼마든 만날 수 있으며, 그 풍적 소리의 폭발은 순간적일 뿐만 아니라 차갑고 잔인했다. 단적으로 말하자면, 나는 그날 그녀를 포악한 점령군같이 제압했다. 파장은 진저리를 치며 연속적으로 솟구쳤고 끝이 없었다. 어서 와……라고 비웃듯 속삭이는 그녀의 말을 나는 들었다. 어디, 전갈처럼 독을 품고 달려와보란 말이야, 느림보 피에로. 문화라곤 전혀 없는 문맹의 당신, 늦게 왔으니까 시간 끌 것도 없겠지. 결판은 빨리 내는 게 좋아. 자, 용기를 내봐. 당신의 폭발을 보고 싶어 어서, 어서 날 찔러. 그런 말들을 환청으로 들었던 것인지 모르겠다. 그래서, 나는 찌르고 찔렀다. 화려한 양탄자 위에서, 침대 위에서, 문지방 위에서, 나는 그녀의 장미꽃 같은 붉은 피를 보고 싶었다. 까불지 마, 넌 내 거야. 나는 소리 없이 소리치고 있었다. 나의 느림보 피에로……라고, 그녀는 더 이상 나를 조소할 수는 없었다. 이해할 수 없는 폭발이 아닐 수 없었다. 그것은 그녀를 용서하기 위해서, 그녀에 대한 원망을 완전무결 해체하기 위해서, 나의 파멸을 보상받기 위해서, 필연적으로 만났던 통과제의였을까.

햇빛은 여간해서 볼 수 없었다. 오크니제도의 날씨는 바다
빛깔이 그렇듯 항상 우중충했고, 2월이 모두 지날 때까지 정오
를 넘기곤 얼마 되지 않아 땅거미가 졌다. 허벅지 상처와 발가
락의 동상이 아문 것은 내가 죽음 같은 잠에서 깨어나고 일주
일 만이었다. 나는 그사이 그녀가 운전하는 차에 실려 두 번쯤
커크월의 병원에 다녀왔고, 두 번쯤 레드 하우스 뒤편 바닷가
에 있는 성당에 갔으며, 꼭 한 번 메인랜드 해안 도로를 일주했
다. 그녀는 서울에서와 달리 거의 말이 없었다. 그렇다고 굳이
침울한 것은 아니었고, 병 때문에 특별히 고통받는 것 같지도
않았다. 하루 온종일 레드 하우스 2층 방에 유배된 채 우리는
이따금 먹고 이따금 말하고 나머지 대부분의 시간을 벽난로 앞
에 앉아 있었다.

인버네스에 좀 다녀와야겠어.

어느 날 아침 그녀가 말했다. 나는 가타부타 아무 말도 하지
않았다. 만약 그녀가 나를 또 떠난다고 해도 이제 받아들일 수
밖에 없었다. 걱정 마. 비행기로 가니까 오후엔 돌아와, 라고 그
녀는 덧붙였다. 나는 남쪽 창가에 붙어 서서 그녀의 차가 해안
도로를 따라 야트막한 구릉지대를 달려 사라지는 모습을 우두
커니 바라보았다. 나는 비로소 그녀와 내가 멀고 먼 오크니에

서의 평이한 일상적 분위기에 도달했다는 것을 알았다.

청소를 해야겠어.

불현듯 나는 소리 내어 중얼거렸다.

머리핀 칼에 찔렸던 왼쪽 다리를 내딛을 때 느끼는 통증 이외에 아픈 곳은 없었다. 오크니에서의 돌발적인 첫 정사 때 그러했듯, 내 전신은 전에 없이 신신한 상태였다. 나는 힘 있게 기지개를 한 번 켰다. 마치 엄한 어머니가 잠시 집을 비운 느낌이었다. 오디오를 켜자 역시 백파이프 연주곡이 흘러나왔다. 전에 듣던 것과 달리 아주 경쾌하고 힘찬 멜로디였다. 더구나 익숙한 멜로디였다. 중학교 때 배운 〈메기의 추억〉이었다. 나는 사뭇 감격했다. 〈메기의 추억〉이란 노래가 스코틀랜드 민요라는 사실을 알았기 때문이 아니라, 이렇게 먼 땅끝에 밀려와 소년 시절 모국어로 배운 노래를 우연히 듣게 됐다는 사실 때문에 나는 아주 기분이 좋아졌다.

2층의 중심은 벽난로였다.

벽난로를 중심으로 타탄의 카펫이 깔린 너른 실내는, 주방과 바와 침실이 배치되어 있지만, 유리로 된 간이 칸막이가 드문드문 서 있을 뿐 닫힌 벽에 의해 구획 지어진 것이 아니어서, 전체의 공간은 일종의 원룸 형태였다. 식탁과 미니 바의 스탠드와 침대는 매우 고풍한 것이었다. 오래 비워두었던 듯 구석진 곳엔 먼지가 뿌옇게 쌓여 있었다. 나는 의자 하나하나까지 일일이 밀쳐내며 땀을 흘리고 청소를 했다.

그녀가 돌아온 것은 3시쯤이었다.

양손엔 뭔가를 잔뜩 들고 2층 현관에 들어선 그녀는 먼지 한 점 없이 깨끗이 정리된 실내를 보더니 환하게 미소했다. 어린 아이처럼 천진하고 노인처럼 따뜻한 미소였다. 나는 수줍음 때문에 우물쭈물 시선을 창밖으로 돌렸다.

내가 뭘 사 왔는지 좀 봐.

그녀가 보따리를 풀면서 말했다. 이건 일본 된장, 이라고 그녀는 말을 이었다. 이건 국수, 이것은 또 쌀, 이것은 짜잔. 고추장이야. 그녀의 보따리 속에선 온갖 것이 쏟아져 나왔다. 어떻게 고추장을……이라는 내 말에, 인버네스에 일본 식품을 파는 데가 있거든……이라고 그녀는 대답했다. 한국산 고추장을 구할 수 있었던 행운에 그녀는 자못 흥분한 눈치였다. 중국 식품점도 뒤졌다고. 고춧가루도 있어. 통조림도. 봐, 이건 중국 두부, 이건 양배추야. 김치를 담글 거야.

그녀는 재빨리 소매를 걷었다.

갓 시집온 새댁처럼 그녀의 표정은 푸르게 살아나 있었다. 그녀는 바쁘게 밥을 안쳤고 바쁘게 두부전을 부쳤고 바쁘게 생선을 구웠고 바쁘게 김치를 담갔다. 밥물이 좀 많지 않을까요……라고 내가 말했으며, 글쎄……라고, 글쎄, 안남미로는 밥은 안 해봐서……라고 말하며, 그녀는 소녀같이 미간을 찡그렸다. 나는 밥물을 보고 두부를 썰고 생선을 자르고 양배추를 다듬었다. 생선 통조림과 고춧가루와 그 외 몇몇 양념이라 할 수 없는 양

넘으로 그녀는 양배추를 버무렸다. 나는 양배추를 버무리는 그녀의 곁에 앉아 아이처럼 생침을 삼키고 있었다.

아, 해봐.

그녀가 말했다.

아, 했더니 손으로 집어 올린 양배추 겉절이를 입 안에 넣어주었다. 그녀가 내 눈을 들여다보고 있었다. 맛이, 끝내줘요. 나는 엄지손가락을 치켜들었다. 생선 통조림과 고춧가루를 비벼 넣은 양배추김치는 서울에서 먹던 김치 맛과 다른 이상한 맛을 냈지만, 끝내준다는 말은 사실이었다. 그녀는 또 두부전을 내게 먹여주었다. 생선구이도 먹여주었고 생선으로 끓인 매운탕 국물도 먹여주었으며, 그때마다 장난기 담긴 눈빛으로 내 평가를 기다렸다. 끝내줘요, 끝내줘요, 라고 나는 거듭 말했다. 그 유명한 하일랜드 파크의 위스키야. 그녀가 위스키 병을 올려놓고 나자 식탁은 완전해졌다.

자, 우리들의 오크니에게 건배.

크리스털 술잔이 허공에서 챙강 부딪쳤다. 대형 화물선이 돛대에 불을 켜고 북해로 나아가는 게 보였다. 밤배의 불빛은 휘황했으나 그 휘황한 광채 때문에 오히려 바다는 더 깊고 어두웠다. 진짜 세상의 끝이야……라고 나는 생각했다.

우린 침대에 함께 누웠고, 그리고 정사를 했다.

촛불은 양순했으며 이따금 벽난로에서 참나무 장작의 옹이가 타닥 튀는 소리만 들렸다. 깊고 부드러운 입맞춤 끝에 그녀가 내 셔츠의 단추를 하나씩 벗겼다. 마치 햇빛의 첫정이 막 내민 차나무의 잎사귀에 주어졌을 때, 그 여린 생차엽(生茶葉)을 날렵하고 부드럽게 따내는 섬섬옥수의 느낌이었다. 그녀는 찻잎을 따듯 셔츠의 단추를 벗겼고, 바지를 벗겼고, 잎차를 우려내는 차병의 손잡이를 쥐듯 나의 중심을 쥐었다.

그날의 정사는 여느 때와 달랐다.

내가 혼절했다가 깨어난 날의 정사와 비교한다면 더욱 그러했다. 오크니에서의 첫 정사는 정사라기보다 원풀이 같았던 느낌이었다면, 그날 밤의 정사는 봄날 저녁의 명주바람처럼 아주 자애롭고 따뜻했다. 우리는 둘 다 서둘지 않았고, 특별히 격정적이지도 않았다. 어린아이와 같은 순종하는 마음을 도란도란 나누는 기분이었다.

창밖에 뭐가 보여요?

으응. 잔잔한…… 저기…… 바다…….

가령, 다도에 있어 잎을 따는 데 묘(妙)를 다하고, 만드는 데 정(精)을 다하고, 물을 끓임에 있어 중정(中正)의 마음을 가지라 했는데, 그날의 정사가 그랬다. 화롯불은 은근하고 물은 솔바람 소리로 끓었으며 숙우(熟盂)는 따뜻했다. 그녀는 음전하면서도 날렵하게 내 몸을 다루었고, 나는 무명베로 찻잔을 고루 닦을 때처럼, 그녀의 몸을 다루었다. 그녀는 내 갈비뼈 하나하나 정성껏 일으켰고, 나는 뜨겁지도 차지도 않은 혀로써 그녀의 발가락 하나하나 정성껏 닦아주었다. 여태껏 경험했던 그녀와의 정사에 비교하면, 특별한 다른 경험이 아닐 수 없었다. 그녀가 나를 한 인간으로 경계 없이 받아들이고, 그녀를 내가 평등한 여인으로 받아들인 첫 정사였다면 과장일까.

바닷소리, 참 좋아.

그녀가 내 귓바퀴를 만지며 말했다.

이상도 하지, 남의 인생을 보는 것처럼 지금, 내 지난 삶이 너무도 담담하게, 그러면서 한눈에 뵈는 것 있지. 내가 처음으로 남자를 경험한 게 몇 살 때였을 것 같아?

글쎄요, 스무 살쯤?

다들 그러거든, 내가 이렇게 물으면 모두들 너나없이 열몇 살이라고 대답하더란 말이야. 심지어 열다섯, 열넷, 하는 사람도 있어. 내가 화냥기를 타고난 것처럼 봐. 하지만 시작이 그렇게 빠른 건 아녔어. 난 순결이 의미 있다고 믿었거든. 웃지 마. 한 번도 고백해보지 못한 것을 털어놓는 거니까. 남들이 내가 열다섯에 첫 경험을 했을 거라고 하면 난 열다섯에 첫 남자를 경험했다고 아주 그럴듯하게 꾸며 말해. 열아홉이라고 하면 또 그렇게 말해주고. 남자들은 이상해. 내가 일찍 순결을 잃었다고 확인해주면 뭐랄까, 굉장히 안심하는 표정이 되거든. 모두들 내심으로 순결한 여자를 바라면서도, 일찍부터 순결한 삶을 살지 않았다고 말하면 왜 안심하는 표정이 되는 건지 원. 그게 마땅

치 않아서 평생 그랬지. 그래, 니들 예상이 맞아. 나는 10대 때부터 남자를 알았다고. 나는 화냥기를 타고났다고. 그렇게 말하고 나면 속이 시원해. 하지만 더 이상 거짓말하고 싶지 않아. 당신이 믿든 말든 상관없어. 나는 스물아홉하고도 364일이 지난, 그러니까 서른 살이 되기 하루 전날 밤, 처음 남자를 경험했어. 그때까지 우습게도 순결한 만남을 굳세게 기다리고 있었지.

순결이라는 말이 가슴에 탁 박혀 들어왔다.

아내가 떠올랐다. 순결이라는 낱말이 불러온 초상이었다. 대학 4학년의 젊은 처녀인 아내가 노랗게 물든 은행나무 가로수를 배경으로 서 있었다. 나와 부딪치는 바람에 들고 있던 책과 노트를 가로에 떨어뜨린 아내의 표정은 웃는 것도 같고 우는 것도 같았다. 그때의 아내는 화장기 하나 없이 목은 길고 이마는 반듯한 것이 순결한 성처녀의 모습 그대로였다.

나를 기꺼이 바쳐도 좋을 그런 사랑…….

그녀는 말을 이었다. 그런 사랑을 기다리고 기다렸어. 많은 남자들이 다가왔지만 마음이 가지 않더라고. 내 순결을 바쳐도 좋을 사람을 나는 한눈에 알아볼 것 같았는데 서른이 다 될 때까지도 나타나지 않지 뭐야. 그런 기다림이 있으니까 사람 만날 때마다 긴장되고 좋았어. 처녀막 때문이 아니야. 그거야, 얇은 음막(陰膜)에 불과해. 남자를 경험하지 않고도 얼마든 파열될 수 있는. 하지만 누군가를 기다리고 있을 땐 그 의미가 나쁘진 않아. 미지의 누구에게 바칠 생각으로 기다리면 그것도 때

281

로 큰 힘, 위로가 돼.

　그런 사람이 결국 나타났나요?

　스물아홉 살 어느 봄밤이었어. 그 사람은 그때 나보다 열 살 위였고, 결혼한 사람이었으며, 신문사에 다녔어. 오랫동안 그 누군가를 기다려온 내게 나이나 결혼 여부는 상관도 없었어. 그 사람을 보자마자 이 사람이야, 라고 단번에 생각했으니까. 우린 함께 경포대로 갔지. 봄밤이었고, 달이 밝았어. 나는 긴장하고 있었어. 그의 손과 혀가 내 몸을 더듬어 마침내 거기 다다랐을 때, 내 감각의 현들은 세게 당겨져 끊어질 것 같았지. 그런데 그가 삽입을 시도하다 말고 갑자기 내게 묻는 거였어. 너, 경험 없어? 나야 고개를 끄덕거릴 밖에. 그러자 그는 애무를 멈추고 앉아 담배를 피워 물더라고. 그리고 말하기를, 왜 진작 말하지 않았냐고, 네가 순순히 여행을 따라 나서서 경험이 많은 줄 알았어, 그러더란 말이야. 그게 끝이야. 그는 끝내 나와 관계하지 않았어. 이해할 수 없었지. 그는 이런 말도 했어. 나는 꾼이 좋아, 라고. 넌 순결하고 나는 기혼자니 내가 너의 첫 경험이 돼선 안 된다는 식의 논리였는데, 나로선 승복이 안 되더라고. 그 순간을 위해 오래 지켜왔던 소중한 순결을 내가 이해할 수 없는 논리로 거부한 거야. 당황스럽고, 막막했고, 버림받은 기분이었어. 너무도 하찮은 것을 너무도 굳센 이데올로기로 지켜왔구나, 하고 깨달았지.

　촛불이 그 대목에서 꺼졌다.

282

나는 장작 몇 개를 벽난로 안에 더 집어넣었고, 이번엔 그녀
가 내 가슴에 얼굴을 대고 누웠다. 간혹 먼 바다가 울고 있었다.
우리는 한참 동안 침묵한 채 바닷소리를 들었다. 아내의 얼굴
이 아까보다 훨씬 더 가깝게 다가왔다. 심약한 아내는 나의 가
출로 지금쯤 병석에 누워 있을는지도 몰랐다.

　열다섯 살 때였대요, 아내는.

　긴 침묵 때문이었는지, 아니면 그녀가 만든 고백의 분위기에
휩쓸렸기 때문이었는지 모르겠으나, 나는 담담한 어조로 아내
의 이야기를 했다. 평생 한 번도 남에게 해보지 못한 이야기였
다. 아내가 첫 경험을 한 것은 교회의 전도사용 기도실에서였
다. 너와 나와 하나님만 아는 일이니 아무한테도 말하면 안 돼,
라고 젊은 전도사는 말했다고 했다. 문밖에서 풍금 소리가 났
고 회칠이 된 벽엔 십자가가 걸려 있었다. 그러나 그녀는 아무
런 반응도 하지 않았다. 그 대신, 나의 이야기는 듣지 않았다는
듯, 다시 자신이 경험한 것에 대해 이어 말하기 시작했다.

　하룻밤에 난 두 남자와 섹스했어.

　바닷소리가 아까보다 훨씬 더 가까워져 있었다.

　그 남자가 나만 혼자 호텔에 남겨두고 떠난 그날 밤의 일이
야. 바다가 환히 내려다뵈는 호텔이었어. 그가 떠나고 나서, 내
가 지켜온 순결이라는 것이, 오히려 나의 사랑과 욕망을 가로
막는 바리케이드가 돼 있다는 걸 깨닫는 데는 오랜 시간이 필
요 없었어. 첫 남자는 호텔 벨보이였지. 술에 취한 체하면서 그

의 머리를 다짜고짜 끌어안았더니 웬 횡재냐 하는 표정이 되더군. 그에게 내 처녀를 주고 나선 나이트클럽으로 갔어. 한 남자를 더 꼬셨지. 꾼이 돼야지, 라고 생각했어. 난 꾼이 좋아. 그 남자의 말을 잊을 수 없었다고. 그리고 다음 날 나는 서른 살이 됐어. 당신의 소원대로 나도 이제 꾼이 됐어요, 라고 그 남자에게 말하고 싶었어. 그 남자를 정말 사랑했었거든.

아내는 물론 꾼이 되지 않았다.

열다섯 살의 아내는 하나님의 사도인 젊은 전도사의 성적 노리개가 되었다. 한 달에 한두 번쯤 아내는 전도사실로 불려 갔고 전도사는 딸깍, 문을 잠갔다. 공포심을 느꼈지만 그것에서 벗어날 방도를 생각하기에 아내는 너무도 어렸다. 전도사는 친절했고 때로 따뜻하기까지 했다. 무려 대학 2학년이 되기까지 아내는 그렇게 지냈다. 대학생이 되어선 전도사실 대신 여관을 드나든 것이 달라졌다면 달라진 사실이었다. 아이를 뗀 것도 두 번이나 되었다. 아내는 이따금 전도사를 사랑한다고 착각하기도 했으나, 동시에 성적으로는 불구의 불감증이 된 지 오래였다. 아내는 나와 결혼한 첫날밤에 울면서 그것을 고백했고, 관계가 있을 때면 내 밑에서 다만 옷을 벗고 다리를 벌린 채 누워 있을 뿐이었다.

그 남자는 성적으로 일종의 변태였어.

그녀의 눈물이 내 배꼽을 따뜻하게 적셨다.

나는 30대 거의 전부를 그에게 바치고 살았어. 사람들은 내가 언제나 이 남자 저 남자 만나고 다닌다고들 상상하지만, 적어도 30대의 10년, 내가 상대한 건 그 사람뿐이었어. 그 사람을 보호하기 위해 이 남자 저 남자 허드레로 만나 위장을 했지만 말이야. 그 사람은 나와 관계를 맺고 얼마 후 신문사를 그만두고 국회로 갔어. 당신도 이름을 들으면 알 만한 사람이야. 늘 자신을 묶어놓고 유린하듯 해달라고 애원하던 변태였던 그 남자. 그래, 지난번에는 국회 분과위원장까지 했지. 명석하고 예리하고 잘생기고, 제스처가 유연한 사람이야. 그 사람 사랑했던 거, 후회하진 않아. 그래도 가끔 생각해봐. 그 남자가 없었다면 내 인생이 어떻게 달라졌을까, 하고. 그나저나 당신의 아내가 어쨌다고? 열다섯 살 때였다고?

상대는 젊은 전도사였대요.

힘들었겠네. 순진한 당신인데.

순진하긴 아내도 마찬가지였어요. 순진했으니까 첫날밤에 그런 걸 다 고백하고 그러지요. 아내가 차라리 고백하지 않았다면 얼마나 좋았을까, 생각한 적이 많았다. 큰애를 낳기까지 정말 힘이 들었다. 아내를 안을 때마다 열다섯 살 때부터 아내의 육신을 더듬고 간 전도사의 손자국들이 떠올랐다. 아내는 자신이 정말 하나님께 바쳐지는 성찬인 것처럼 느꼈었나 봐요. 전도사가 그렇게 세뇌시켰으니까요. 오직 순종하는 마음으로 다리를 벌리고 눕는 아내의 모습에서 그걸 상상할 수 있었어요. 아내와 달리 아내를 만날 때 나는 경험이 없었다. 하지만,

시간이야말로 나에겐 성찬이었다. 둘째를 낳을 때쯤 되자 고통스러운 기억들은 점차 잊혔다. 어차피 섹스라는 것, 사랑이라는 것. 그런저런 낭만적 감수성 같은 것은 남아 있지 않은 상태가 됐다. 섹스는 그저 배설을 위한 생리적인 행위라고 나는 생각하고 살았다.

불쌍한 사람이야, 당신.

그녀가 내 가슴을 손바닥으로 쓸었다.

나도 그렇고……라고, 그녀는 들릴 듯 말 듯 덧붙였다. 불쌍한 선생님……이라고 나는 소리 없이 말했다. 불쌍한 '당신'과 불쌍한 '선생님'은 한동안 침묵 속에 빠져 바닷소리를 들었다. 불은 꺼져 있었지만 벽난로의 불빛 때문에 내 배에 얼굴을 묻은 그녀의 등과 뒷머리를 보는 건 어렵지 않았다. 엎드린 그녀는 발육이 덜 된 소녀처럼 작았다.

선생님, 묻고…… 싶은 게 있어요.

꼭 알아야 할 일이었고, 반드시 물어야 할 질문이었다. 선생님이 언제…… 죽을 지…… 알고 싶어요. 내겐 말해주세요. 참았던 것에 비해 말은 쉽게 나왔다. 그녀는 냉큼 동문서답을 했다. 북극은 말이야, 끝이 아니라 지구의 중심이야. 나는 그렇게 믿어. 마찬가지로…… 죽음도 삶의 끝이 아니라 삶의 중심일는지 몰라. 돌이켜보면, 그녀의 차를 운전하여 무엇에 홀린 듯 동해로 갔던 날, 술에 만취하여 그녀는 자신의 죽음에 대해 이미 모든 걸 고백했던 셈이었다. 내려와……라고 그녀는 시를 썼고

또 읽었다. 내려와 / 나의 성감대 살아 뒤집히는 / 그 반란의 지
평으로. 불치병이 자신을 몸주로 삼았다는 것을 그녀가 처음
안 건 50대 중반이었다고 했다. 현대 의학은 그녀가 앓고 있는
병의 병인조차 밝혀내지 못하고 있었다. 곧이곧대로 말해달라
고 발작하듯 소리 질렀을 때, 의사가 마지못해 살 수 있는 시한
으로 그녀에게 제시한 건 3년 정도였다. 그녀는 너무도 분하고
억울해 10년은 더 살겠다고 처음 다짐했고, 나중엔 5년, 그리고
4년으로 소망을 줄였다.

난 그때부터 4년을 더 살았어.

그녀는 담뱃불을 붙였다.

의사가 뭘 알겠어? 병의 원인조차 모르니, 3년까지 더 살 수
있다 어쩐다 하는 말도 모두 허망한 말에 불과해. 오래 앓다 보
니깐 나중엔 차츰 병과도 정이 들더라고. 병을 앓고 오래되니
까 자연스럽게 내가 더 살 수 있는 시간이 짚이는 거야. 몸 안
의 병이 내게 주는 암시를 알아본다고나 할까. 서울을 떠날 때,
난 알고 있었어. 곧 죽는다는 걸. 그래서 떠난 거야. 죽기 위해
서. 앉은자리에서 당하고 싶진 않았거든. 올해는 살 수 있을까.
가속도가 더 붙진 않을까. 매일 이런 생각을 하면서 지내. 예전
처럼 초조하거나 무섭진 않아. 다만 그놈, 죽음의 얼굴, 확실히
보고 싶어. 순응하고 싶지 않아. 머리 조아리고 무릎 꿇고 앉아,
죽음이 만든 프로그램대로 유린당하는 건 싫다고. 그래서 당신
을 더 기다린 거야. 당신의 칼에 죽으면, 제 프로그램을 망친 꼴

인 죽음의 신이 어떤 표정을 지을까, 상상하면서.

파리에서 병원에 들렀다는 얘기, 들었어요.

당신이 둔해서 그렇지, 처음부터 나는 당신에게 모든 거, 예를 들자면 내 운명과 나 때문에 고통받아야 할 당신의 운명, 그 두 가지 모두 충분히 말해주었다고 봐. 내 병에 관해선 이미 강릉 경포대에서 술에 취해 얘기했었다면서?

그냥…… 꾸며서 하는 말로 생각했었나 봐요.

벽난로의 장작도 어느덧 다 타버렸기 때문에 그녀의 나신은 실루엣처럼 보일 뿐이었다. 나는 그녀의 등에 입 맞추었다. 휘어진 등뼈를 따라 내려오자 엉덩이였다. 나는 그녀의 엉덩이를 입술로 물었다. 그녀를 만나고 나서 처음으로 그녀와 대등한 관계를 맺고 있다고 나는 느꼈다. 지적 수준과 문화적 감수성의 단절 따위는 전혀 없었다. 우리는 처음으로 각각 독립된 자아를 가진 평등한 연인이 되었다고 나는 느꼈다.

바람이 훨씬 강해졌어요, 라고 내가 말했다.

우리는 그날도 막 정사를 끝내고서 벌거벗은 채 누워 있었다. 밤만 되면 바람이 더 심하게 불었다. 밤을 새워 당신에게 다 말하고 싶어. 그녀가 내 젖꼭지를 톡, 톡, 톡, 가볍게 노크했다. 무슨 얘기를요, 라고 나는 반문했고, 살아온 얘기, 남자 얘기, 그녀는 대답했다. 내가 화냥기를 타고났거든. 남자들 얘기가 곧 인생 얘기야. 하나, 못 해본 게 있어. 남자하고 한 몇 달쯤, 밖에 나가지도 않고, 오직 둘이서, 밥 먹을 때나, 얘기할 때나, 조리할 때나, 그냥 진종일, 오늘도 내일도 모레도 옷을 전혀 입지 않고 서로에게 신물이 날 때까지 갇혀 사는 거야. 남자들은 의외로 참을성이 없어. 사정만 했다 하면 옷을 주워 입지 않곤 못 배겨. 단추 채우고 지퍼를 싹싹 올리고, 그리고 흠흠, 콧기침까지 하면서, 아무것도 하지 않았다는 식으로 낯선 표정을 짓고 서 있는 꼴이라니. 좋아요, 라고 내가 대꾸했다. 그렇게 해봐요. 그녀가 짝짝짝, 박수를 쳤다. 지금부터야 응. 절대로 팬티조차 입지 않기야. 빨가벗고 밥 먹고 빨가벗고 똥 싸고 빨가벗고 물구나무서기!

빨가벗고 칫솔질하기!

내가 그녀처럼 어린애가 되어 장단을 맞추었다.

빨가벗고 설거지하기……라고 그녀가 덧붙였고, 빨가벗고 책 읽기…… 내가 화답했으며, 빨가벗고 시 쓰기, 그녀, 빨가벗고 빨래하기, 나, 빨가벗고 줄넘기하기, 그녀, 빨가벗고 술 마시기, 나, 빨가벗고 오바이트하기, 그녀, 빨가벗고 울기, 나, 빨가벗고 텔레비전 보기……라고 그녀가 또 받아쳤다. 우리는 벌거벗은 채, 눈을 마주 본 채 끝없이 빨가벗고, 빨가벗고……를 이어나갔다. 행복해서 잠이 오는 기분이었다.

그녀가 신부였던 한 남자에 관해 말하기 시작했다.

그 사람은 진짜로 옷을 입지 않고선 불안해서 잠시도 견디질 못했어……라고 그녀가 말할 때, 나는 나른한 행복감에 실려 잠의 터널로 서서히 끌려 들어가고 있었다. 잠들었어, 당신? 아, 아니에요. 얘기해요, 계속. 그녀는 계속 이야기했고, 나는 계속 잠의 밑바닥으로 부드럽게 가라앉았다. 그 남자는 신부복을 벗고 나서도 글쎄, 신부복을 입은 것처럼 느끼며 살았었어, 라고 그녀는 말을 이었고, 어머니가…… 새, 새 신부복 입고…… 찍은 사진…… 이……뺐어요……라고 내가 더듬더듬 대답했으며, 무슨 뚱딴지같은 소리야……라고 그녀가 말했다. 눈을 떠야 한다고 생각했지만 그럴수록 눈꺼풀은 더욱 내려와 덮일 뿐이었다. 그래, 그래. 잠이 오면 자…… 그녀의 손이 내 머리를 쓰다듬었다.

최고조에 이른 평안한 충만감 때문이었을까.

나는 잠결에도 내 전신이 깃털처럼 가벼워지는 걸 느꼈다. 한 손으로 그녀의 젖꼭지를 꼬물꼬물 매만지고, 자꾸 이마를 그녀의 가슴 사이로 밀어 넣으며 나는 잠들었다. 아버지와 어머니의 혼례 사진은 단 한 장뿐으로 흑백이었는데, 꿈속에서 그것은 천연색이 되었다. 사모를 쓰고 목화(木靴)를 신은 아버지는 남색 관복 위에 서대(犀帶)를 두르고 있었고, 새 신부 어머니의 볼은 수줍음 때문에 홍옥처럼 붉었다. 꿈에서일망정 보이는 것은 아내가 아니라 어머니였다. 전엔 없던 버릇이었다. 나는 깊고도 달콤한 잠 속에서 고사리 같은 나의 어린 손을 뻗어 어머니의 붉은 스란치마 끝을 붙잡았다. 치렁하게 흘러내린 치맛자락 끝에 붙은 스란이 사금같이 반짝이고 있었다.

복사꽃 만개한 고향 집 마당이 환히 보였다.

세상 끝의 섬에도 봄은 왔다. 3월이 지나고 4월의 끝물에 이르렀을 때 얼어붙었던 대지의 이곳저곳에서 풀이 다투어 고개를 쳐들고 일어나는 것을 보았다. 레드 하우스 앞을 지나는 메인랜드 해안 도로엔 전보다 훨씬 많은 차들이 흘러 다녔고, 구릉과 구릉 사이의 주름 속으로 많은 물이 흘렀다. 소와 양 떼 역시 대지로 나왔으며, 보리 파종을 위한 트랙터 소리가 간간이 들렸고, 바닷가 작은 성당 앞마당엔 자주 관광버스가 도착해 이역의 사람들을 풀어놓았다.

5월이 깊었을 땐 봄꽃도 피었다. 레드 하우스 뜰엔 이름 모를 키 작은 꽃나무들이 벙긋벙긋 꽃망울을 잔뜩 매달고 있었다. 서울엔 지금쯤 진달래 철쭉이 다 졌겠지, 라고 그녀가 말했고, 그럼요, 복사꽃도 다 졌을 텐데요, 내가 대답했다. 잎보다 먼저 피는 담홍색 복사꽃이 낙화할 때면, 고향 집 마당가엔 눈이 쌓인 듯했다.

복사꽃이 핀 당신의 고향 집을 보고 싶어.

그녀는 남쪽 바다를 내다보고 있었다. 여느 때와 달리 목소리가 처연해서 벽난로의 재를 쓸어내다 말고 나는 힐끗 그녀를 돌아다보았다. 샤워를 막 끝낸 뒤 큰 타월로 몸을 감싸고 선 그녀의 젖은 머리칼 너머 대서양의 북단이 반짝이고 있었다. 나는 그녀의 등 뒤로 다가가 겨울보다 훨씬 더 마른 듯한 그녀의 목덜미에 입을 맞추었다.

가까이 오지 마.

그녀가 한 발 비켜서며, 소리쳤다.

지난 3개월여, 그녀가 내 입맞춤을 그처럼 단호히 거부한 것은 처음이었다. 물론 이따금 발작하듯, 그녀가 히스테리를 부린 적은 종종 있었다. 그녀의 히스테리는 대개 그녀와 나 사이에 말이 탁 막히는, 어떤 문화적 단절감이 생길 때 일어났다. 그녀를 처음 만났던 날을 생각하면, 놀라울 만큼 그녀의 세계에 내 영혼이 가까이 접근해 있었으나, 그래도 본질적인 문화의 차이는 여전히 남아 있었다. 가령 권태에 대해 대화하다 말고 그녀는 불같이 화를 내며 나를 향해 양초를 집어 던졌다. 변태적 성애는, 생의 권태를 숙주로 한다는 그녀의 말에 내가 동의하지 않았을 때였다. 동의하지 않은 게 아니라 그녀의 말이 무슨 뜻인지를 나는 이해하지 못하고 있었다. 그렇지만 내 입술을 피해 얼른 자리를 옮기는 지금의 그녀가 보여주는 태도는, 그럴 때의 히스테리와는 어딘지 모르게 확연히 달랐다.

제발 옷 좀 입어. 멍청하게 그게 뭐야.

그녀를 달래보려고 한 발 다가서려는 내게 날아온 두 번째 말이 그러했다. 나는 그녀의 낡은 면 셔츠 하나만을 걸쳤을 뿐 하반신은 모두 드러내놓은 상태였다. 하지만 여태껏 우리의 일상이 그랬지 않았던가. 나는 당황하여 침실로 가고 있는 그녀의 뒷모습을 멍하니 보았다. 타월을 두르고 있었으나 하반신이 드러나 있기는 그녀 또한 마찬가지였다.

그 순간, 내 눈에 그것들이 들어왔다.

저것은 무엇……이라고, 나는 속으로 부르짖었다. 간밤에도 얼핏 본 듯했으나 여드름처럼 작게 돋아나 대수롭게 여기지 않았는데, 하룻밤 새, 그녀의 이곳저곳에 종기인지, 열꽃인지, 복사꽃 같은 것들이 검붉은 빛깔로 피어나 있었던 것이었다. 전신에 소름이 쫙 끼쳤다. 나는 손끝이 떨리는 걸 간신히 참고 벽난로의 재를 다 치운 뒤 옷을 입었다. 그녀의 대퇴부와 허리쯤과 엉덩이에 퍼져 있는 독버섯 같은 열꽃을 보았을 때 내가 순간적으로 부딪친 것은 공포감이었다. 죽음의 가속도, 라는 그녀의 말을 나는 떠올렸다. 나는 차마 그녀를 부르지도 쫓아가지도 못하고 거실 한가운데 우두커니 서 있었다.

레드 하우스.

모든 걸 버리고 왔으되, 이 레드 하우스에서의 지난 3개월은 얼마나 행복했었던가. 그녀의 제안대로 우린 거의 발가벗고 살았으며, 어린아이처럼 배고프면 먹었고, 마려우면 쌌고, 잠이 오면 잤고, 심심하면 소리 질렀고, 만지고 싶으면 만졌고, 일어서거나 젖으면 정사를 했다. 그렇다고 우리가 짐승처럼 살았던 것은 물론 아니었다. 나는 너무도 많은 걸 그녀에게서 배웠고, 그녀의 일생을 고샅고샅 들었으며, 그녀가 평생 찾아 헤맨 것이 어떤 구조에도 갇히지 않는, 어떤 관습에도 억눌리지 않는 본능적 열정으로서의 자유라는 것도 이해하게 되었다.

그녀는 언젠가 실토했다.

내가 병들고 나서 깨달은 한 가지는, 우리가 우리들의 본능을 너무도 존중하지 않는 삶의 체제 속에 놓여 있다는 거였어. 그녀의 전반기 삶은 그래도 그 체제와의 불화를 줄이려고 노력했으나, 그녀의 후반기 삶은 그 체제와의 불화를 오히려 극대화하려고 노력했다는 것이었다. 내가 신부와 관계 맺은 것도 그래. 그녀는 설명했고, 그녀의 설명을 나는 알아들었다. 평생 누군가를 그처럼 깊이 알게 된 것도 내겐 처음 있는 일이었지만, 한 사람에게서 그처럼 많은 걸 배운 것도 물론 처음 경험한 일이었다. 그녀는 내게 시작(詩作)을 권유했고 데생도 가르쳤다. 그리고 내가 더욱 꿈같이 행복했던 것은, 적어도 그 기간 동안, 그녀는 대체로 나를 한 인간으로서 대등하게 존중해주었다는, 바로 그 점이었다. 내 자아라고 생각했지만, 기실 사회구조 속에서 훈련받은 가짜 자아, 그 허위를 깨박치고, 평생 억눌려 있던 본질적인 나의 다른 자아를, 그녀는 부드럽게 끌어내어 동등한 우의로 그것을 존중해주었다. 내가 수치스럽다고 여기어 한사코 폐기 처분 했던 본능을 존중해준 것은 그녀가 처음이었다. 그녀는 최종적으로 내가 자유로운 인간이라는 사실을 깨우쳐주었을 뿐 아니라, 친구로서 연인으로서 대등하게 그것을 받아들여주었다.

그것은 내가 일찍이 상상하지 못했던 행복이었다.

그런데, 저 열꽃들은 누구인가.

죽음이 검은 망토를 걸치고 있다고 그녀는 말한 바 있지만, 죽음은 어쩌면 온 산천에 불붙듯, 다투어 피는 이른 봄의 철쭉과 진달래꽃 빛깔은 아닐까 하고 나는 상상해보았다. 나는 무서웠다. 안 돼. 나는 눈을 부릅뜨고 주먹을 쥐었다. 절대로, 지금 그녀를 잃을 수는 없어.

그녀가 그때 침실에서 나왔다.

레이스가 달린 치렁한 원피스에 챙이 긴 하얀 모자를 쓰고 있었다. 곱게 단장한 그녀는 여전히 화관을 쓴 듯 예쁘고 화려했다. 나 좀 어디 다녀와야겠어. 그녀가 짐짓 미소를 지으면서 말했다. 왜 뚱하고 서 있어? 내가 좀 전에 한 말 땜에 삐쳤구나. 그녀는 아무 일도 없다는 듯 내게 다가와 쪽 하고 소리 나게 뽀뽀를 하고 나서 현관 쪽으로 갔다. 머플러를 둘렀는데도 뽀뽀할 때 보니까 목 언저리에도 열꽃 같은 게 보였다. 화장이 진해서 그렇지 그녀의 두 눈도 쑥 깊어진 듯했다. 잠깐만요. 나도 함께 갈래요. 나는 서둘러 외투를 집어 들었다. 그녀가 이맛살을 찌푸렸다. 그러지 말고, 그냥 집에 있어……라고 그녀는 나를 타일렀다. 도망가지 않을게. 볼일이 있어서 그래. 런던까지 갈 일이라서 오늘 중엔 돌아올 수 없을 거야. 그녀가 아래층으로 내려갔고 내가 뒤를 따랐다. 런던에 가면 있지, 한국 식품점도 있어. 먹을 게 다 떨어져서 여러 가지 사 올 게 많아. 그녀는 계속 일상적인 말투를 썼다.

병원에 가시려는 거, 알아요. 함께 갈 거예요.

바다 빛깔은 암청색이었고, 하늘은 잔뜩 흐려 있었다. 올해는 다 살 수 있을까…… 하던, 그녀의 말이 우리가 가야 할 길에 깔려 있는 걸 나는 보았다. 머리 조아리고, 무릎 꿇고 앉아, 죽음의 신이 만든 프로그램대로 유린당한다는 건 용납할 수 없다던 말도. 그 말이야말로 지금 내가 그녀에게 하고 싶은 말이었다. 그냥 벽난로에 앉아서 죽음의 신이 그녀를 유린하는 걸 기다리고 있을 수는 없었다.

알면 더더구나, 집에 있어.

그녀가 한참 만에 말했다.

이미 말했잖아. 내 병에 대해선 상관 말라고. 당신이 이러면 당신에게 그나마 붙이려 한 쥐꼬리 같은 정마저 떨어져. 함께 산다고 내 속으로 들어와 완전히 합칠 수 있다고 생각해?

선, 선생님…….

나는 그녀를 보았지만 그녀는 나를 보지 않았다.

오크니에서의 충만했던 나날이 한순간 날아가는 듯한 아픔이 내 명치를 훑고 갔다. 그녀와 공평한 관계라고 느꼈던 것은 그럼 착각이었단 말인가. 충만의 나날이 계속된 지난 몇 개월에는 본 적이 없던, 낯설고 표독스러운 그녀의 눈빛을 나는 보고 있었다. 압핀 하나 끼워 박을 데조차 없는 눈빛이었다. 절망이 느껴졌다. 나는 붙박인 듯 서 있었고, 부르릉, 그녀의 차가 곧 발진했다. 커크월로 가는 해안 도로는 얄미울 만큼 깨끗이 비어 있었다.

그녀는 일주일 동안 돌아오지 않았다.

매일 바람이 불었고, 봄은 왔으나 햇빛은 볼 수 없었다. 나는
온종일 창가에 앉아 커크월로 이어진 해안 도로를 보거나, 어
쩌다 밤늦게는 성당까지 내려가거나 구릉과 구릉을 가로질러
섬의 다른 끝까지 걸었다. 전화벨조차 고장 난 것처럼 울리지
않았다. 엿새째 되던 날 한밤엔 수킬로미터 떨어진 스톤서클까
지 길 없는 구릉을 따라 절름거리며 걸어간 적도 있었다. 어둠
속을 걷다가 넘어지는 바람에 무릎을 다친 것이었다.
　장엄하면서도 뭐랄까, 요염해. 죽음처럼.
　그녀의 말이 생각났다. 멀고 가까운 데 띄엄띄엄 서 있는 농
가들의 창은 밝았지만, 내가 걷고 있는 구릉은 어둡고 찼다. 바
다는 어디를 걷고 있든 사방에서 울었다. 어둡고 우울한 곳이
야, 라고 그녀는 속삭였다. 내 스스로 끝내버려야지, 라고도. 그
녀가 들고 간 백 속엔 혹시 서울을 떠날 때 사서 무색지에 싸두
었다는 양날의 면도날이 들어 있진 않았을까. 그녀가 어느 해
안가에서 장미꽃 같은 피를 흘리고 있다 해도 칠흑 같은 어둠
속에선 보이지 않을 것이었다. 나는 절룩절룩, 계속 바람 속을
걸었다. 그녀가 병원에 간 것이 아니라 면도날을 쓰기 위해 집
을 떠났다고 하더라도 어떻게 이 어둠 속에서 그녀를 찾아낼

수 있겠는가. 그녀가 없는 동안 나는 거의 먹지 않고 지냈고 거의 잠자지 않고 지냈다. 지난 몇 달 레드 하우스에서 있었던 모든 일이 꿈만 같았다. 나는 자주 영혼의 선사시대 유적지 스톤 서클이나 이탤리언 성당 벽에 기대앉아 몇 시간씩 시간을 보냈다. 어서 찔러……라고, 속삭이던 이탤리언 성당 안에서의 그녀도 나는 생각했다. 그때 나는 왜 그녀의 가슴을 머리핀 칼로 찌르지 못했을까.

그녀가 돌아온 건 그 다음 날이었다.

무슨 소리가 들려 눈을 떴더니 그녀가 양손에 뭔가 잔뜩 들고 내 머리맡에 서 있었다. 대체 어떻게 된 거야. 그녀는 소리쳤다. 나는 멍해진 눈으로 생전 처음 보는 사람처럼 그녀를 보았고, 그녀는 이내 쯧쯧쯧, 어머니처럼 혀를 찼다. 남쪽 창으로 모처럼 햇빛이 비쳐들고 있었다. 그녀는 한국 식품점에서 사 온 재료들을 갖고 민첩하게 밥을 하고 국을 끓였다.

엄마가 며칠 없다고, 꼴이 이게 뭐야.

미역국을 놓아주며 그녀가 쿡, 내 머리를 쥐어박았다. 떠날 때보다 그녀는 더 피폐해진 듯 보였다. 목 언저리의 열꽃은 사그라졌는지 보이진 않았지만, 짙은 화장으로 감추었음에도 불구하고 눈자위 주위는 멍이 든 것처럼 검은 그늘이 떠올라 있었다. 턱 아래로부터 목에 이르는 곳의 잔주름도 훨씬 더 깊어진 것 같았다. 짐짓 목소리만 과장되게 고양돼 있을 뿐이었다.

병원에선…… 뭐라던가요?

금방 죽진 않는대어. 마치 나 죽는 거, 기다리는 사람 같네.

함께…… 죽고 싶어요.

열부 나셨네. 열부 나셨어. 그녀는 소녀처럼 깔깔대고 웃었다. 그러나 그 웃음은 그녀의 가면이었다. 우리가 한동안 지속해왔던 평화로운 일상은 그날 이후 지속되지 않았으니까. 뭔가, 병원에서 무슨 소리를 들었든, 아니면 자신의 몸에서 어떤 징후를 발견했든, 아무튼 그녀는 그날부터 자주 침묵했으며, 자주 발작하듯 신경질을 부렸다.

바로 그날 새벽만 해도 그러했다.

나는 잠을 자면서 그녀의 젖가슴을 만지고 있었다. 그녀의 가슴은 그 무렵 노파처럼 처져 있었다. 가슴만 만진 게 아닌지도 모르겠다. 어찌 됐든, 비교적 안락한 평화를 유지했던 지난 몇 달간, 우린 언제나 발가벗고서 서로의 몸을 더듬거나 만지면서 잤고, 그래서 그즈음, 그런 잠버릇은 하나의 관행처럼 되어 있었다. 그런데, 갑자기 귀청을 찢는 듯한 비명 때문에 나는 번쩍 눈을 뜨고 일어났다. 처음에, 나는 그녀가 고통스러워 비명을 지른 줄 알았다. 그러나 그녀를 좀 더 뚜렷이 보려고 눈을 비비고 났을 때, 느닷없이 베개가 내 얼굴로 날아들었다.

꼴도 보기 싫어.

그녀의 첫소리가 내 귓속에 박혀왔다.

무, 무슨 일이에요, 내가 물었고, 넌 한낱 동물이야, 그녀가 소리쳤다. 무슨 영문인지 알 수 없었다. 얻다 대고…… 손가락을 넣는 거야, 이 화상아. 그녀의 다음 말이 그랬다. 잠결에 내가 그녀의 몸을 더듬어 내려가 그녀의 사타구니 중심에 손을 넣었던가 보았다. 미, 미안해요……라고 나는 급히 말했다. 그런 일쯤이야 전에도 늘 있어온 일이지만 일단 그녀의 화를 가라앉히는 게 급선무였다. 진, 진, 진정하세요, 선, 선생님.

진, 진, 진정하세요, 선, 선생님.

그녀가 내 말을 따라 했다.

바보같이 더듬는 그 말투도 이젠 진절머리가 나! 당장 나가! 내 앞에서 없어지라고! 그녀는 계속 소리치고 있었다. 나는 묵묵부답, 고개만 숙였다. 안 나가면 내가 나가지. 그녀가 마침내 벌떡 일어섰고, 제발……이라고 말하며 내가 무릎걸음으로 움직여 그녀의 진행 방향을 막았다. 제, 제발, 부탁인데요, 화, 화내지 마세요. 늘 있었던 일을 가지고 불같이 화를 내는 그녀를 이해할 수 없으니 당연지사, 어떻게 해야 그녀의 화가 풀릴지 나로서는 알 수가 없었다. 그녀는 막무가내 나가려 들었고, 나는 그녀의 다리를 양팔로 싸안고서 그녀의 아랫배에 얼굴을 묻었다.

이 머저리 같은…….

그녀가 소리치며 내 등을 함부로 두들겼다.

내가 너 같은 머저리 곁에서 죽을 줄 알아? 난 못 해. 억울하고 분해서도 그렇게 할 수 없어. 니가 뭔데…… 감히 너 따위가…… 죽어가는 내 곁을 지키고 있냐고. 싫어! 꺼져버려!

그녀의 눈물이 뚝, 내 머리로 떨어졌다.

그녀는 몸부림을 쳤고 나는 계속 그녀를 안고 있었다. 지난 몇 달간 내가 성취했다고 믿었던 사랑과 평등은 모두 가짜였다는 게 명백해졌다. 그녀는 사랑 때문에 우는 것도 아니었고 절망 때문에 우는 것도 아니었다. 그녀는 다만 울화가 치밀어 올라 제 소가지를 참지 못해서 운다고 나는 느꼈다. 그녀가 외치는 모멸의 말들이야말로 그녀의 본심일 것이었다. 나는 확실하게 깨달았다. 수천수만의 날들을 함께 지내도, 함께 밥 먹고 함께 똥 싸고 함께 잠든다고 해도, 함께 죽음을 맞이한다고 하더라도 그녀를 향한 나의 사랑은 결단코 완성되지 않으리라는 것.

내가…… 내가 나갈게요.

나는 이윽고 절망에 차서 말했다. 선생님은 여기 계세요. 부디, 진정하시고요. 나는 그녀를 놓고 나와 내가 들고 왔던 가방을 챙겨 들고 침실 쪽을 바라보았다. 커튼에 가려 그녀는 보이지 않았다. 안녕히 계세요, 라고 말하려 했으나 말은 나오지 않고 입 속에 잠겨 있을 뿐이었다. 시간을 끌면 행여 떠나지 못할까 봐 두려워서 나는 서둘러 레드 하우스를 나왔다. 먼동이 트고 있었다.

스톤서클과 성당이 생각났다.

어디서 죽는 게 좋을 것인가. 살아서 돌아갈 곳은 없었다. 그녀처럼 나는 미학적 감수성이 뛰어난 게 아니므로 어디서 죽든 상관없다고 생각했다. 칼로 죽든 목을 매 죽든 그것도 중요하지 않았다. 마음 같아선 스톤서클에 달려가, 석기시대 사람들의 영원히 살고자 했던 소망이 담긴 돌기둥에 대가리 짓찧어, 닭 볏같이 붉은 피에 물들어 죽으면 좋을 것 같았다.

그럼, 그렇고 말고.

나는 너무도 많은, 죽어야 할 이유를 갖고 있었다. 서울에 두고 온 아내와 아이들도 비로소 떠올랐다. IMF 시대로 일컫는 궁핍한 연대에 내가 저놓은 빚 때문에 어쩌면 지금쯤 거리로 내쫓겼을지도 모를 그들을 떠올리자 죽음에의 확신이 더욱 깊어졌다. 나는 텅 빈 새벽의 포장도로를 따라 걸었다. 스톤서클이나 이탤리언 성당이 아니라, 죽어도 뼛골조차 찾을 수 없는 다른 곳은 없을까. 천 근 같은 돌을 매달고 북해로 뛰어들 수도 있고, 사람의 시선이 미치지 않는 외진 바닷가에 쓰러져 내 주검을 새들에게 먹일 수도 있었다. 흔적조차 영원히 남지 않을 곳을 찾아야 한다고 나는 생각했다. 나의 파멸이 완전무결하게 은닉될 곳을.

그러나, 나는 실패했다.

실패는 내 삶의 숙주였던 것일까.

뒤따라 그녀가 차를 몰고 나왔고, 나를 태웠고, 그리고 메인랜드 최북단 어느 작은 곳으로 갔다. 나가라는 그녀의 말을 거역할 수 없었듯이 차에 타라는 그녀의 말도 나는 거역할 수 없었다. 작은 무덤 하나가 바닷가에 있었다. 풍상에 깎인 석비 하나 서 있을 뿐인 그 외진 묘지에 누가 다녀갔을까, 새벽인데도 시들지 않은 꽃 한 송이가 놓여 있었다.

마녀로 몰려 죽은 한 여자가 여기 묻혔대.

나는 아무 대꾸도 하지 않았다. 중세의 이곳에선 무당이라고 하면 무조건 반기독교인으로 치부해 불태워 죽였어. 18세기 초엽까지 유럽에서 마녀로 몰려 죽음을 당한 이가 수백만 명에 이른다는 기록을 본 일이 있어. 이단적이거나, 정적, 개인적 원한에 의해서일망정 한번 마녀로 찍히면 죽음을 면할 수 없었다고 했다. 교회 앞에 신고함이 있었대. 누가 이름을 적어 넣기만 해도 그자를 끌어다가 온갖 고문으로 거짓 자백을 받아내 죽이는 거지. 심지어 마녀인가 아닌가를 가리는 방법으로 혐의자의 엄지손가락, 엄지발가락을 같이 묶어서 물속에 집어 던지는 풍습까지 있었다. 만일 수면 위로 그가 떠오르면 마녀란 증거로 쳐서 불태워 죽였고, 떠오르지 않으면 어차피 익사했으니 그것으로 그만이었다.

이 묘지 속 여자도…… 무당이었나요?

나는 비로소 물었고, 그녀는 고개를 저었다. 초라한 석비엔 I, T라는 대문자가 새겨져 있었다. 여자의 이름은 이저벨 톰슨이었대. 그녀가 설명했다. 이저벨 톰슨은 영민하고 열정적이었고 아름다웠다. 커크월 중심지에 살며 결혼도 했으나 일찍 사별했으므로 남성들의 유혹을 많이 받았다. 그중에 세도가도 있었고, 귀족도 있었고, 물론 유부남도 있었다. 그녀는 그러나 매그너스 성당의 한 사제만을 사랑하고 있었는데, 그것은 이룰 수 없는 사랑이었다. 분방하고 독립적인 그녀는 자신의 내적 열정을 주체하지 못해 틈만 나면 사제를 만나러 성당으로 갔다. 그녀의 죄는 이것뿐이었다. 다른 남자들의 구애를 한결같이 뿌리친 것이 죄였다. 행여 남편을 빼앗길까 봐 불안해하던 한 여자가 그녀를 마녀라고 신고했다. 한밤중에 벌거벗은 채 숫양을 타고 날아가는 걸 보았다는 것이었다.

재판이 열렸으나 재판은 하나마나였다.

신고한 여자와 또 다른 여자들은 당연히 그녀의 죽음을 원했고, 그 여자들의 남편들 역시 자신의 구애를 뿌리친 것에 대한 앙갚음과 자신의 구애 사실을 은폐하기 위해 거기에 동조했으며, 사제들도 반대하지 않았다. 그것은 암묵적 합의였다. 그녀는 엄지손가락과 엄지발가락이 단단히 엮여 묶인 채 바다에 던져졌는데, 곧 떠올랐다. 그렇군. 마녀가 틀림없어. 사람들은 이구동성 말했다. 불에 태워 죽일 것도 없었다. 사람들은 떠오르는 그녀를 또 밀어 넣었고, 또 밀어 넣었다. 놀랍고도 잔인한 폭력이었다.

여기, 이 꽃 좀 봐.

묘비 앞의 꽃을 그녀가 가리켰다. 지난번, 북극해 호텔 지배인이 여기 데려다주었을 때에도 이렇게 꽃이 놓여 있었어. 그의 말에 따르면, 늘 꽃이 놓여 있지만 누가 갖다 놓는지는 모른다는 거야. 외진 곳인데 말이야. 모르지. 300여 년 전 이저벨 톰슨이라는 여자를 죽게 한 가해자의 양심 있는 후손인지도. 하지만 이게 죽은 이 여자의 원혼에게 무슨 위로가 되겠어? 그 은폐된 양심이라는 것이. 은폐된 양심이란 양심이 아니잖아. 어때? 내가 마녀 같아 보이진 않아?

무슨 그런 말씀을…….

거짓말할 건 없어. 마녀 사냥이 뭐 생각하면 중세에만 있었나. 신부하고 연애했을 때에도 그랬어. 신부님과 눈 맞아 옷을 벗게 되니까 세상에선 일제히 나만 마녀 취급하더라고. 내가 사랑했던 그 남자, 나 아니었어도 신에 대한 본원적 갈등과 절망 때문에 곧 신부복을 벗을 작정이었어. 나 때문에 벗은 게 아니야. 게다가 따져보면 그이는 총각, 나는 처녀였어. 그런데도 사람들은 내가 음탕한 여자라서 그를 꾀어내 지옥에 빠뜨렸다고 생각해. 그와 내가 끝내 헤어질 수밖에 없었던 것만 해도 그래. 그이는 너무 약해서 세상의 온갖 편견을 끝내 이겨내지 못했던 거야. 여기서 쑥덕거리고 저기서 쑥덕거리니 어떻게 견디겠어. 동숭동에서 시 낭송회 할 때 어떤 젊은 여자가 나를 대하는 것 봤잖아? 더러워요, 하고 외치던 여자.

신부였던 그분은 지금, 어디 있나요?

그분은…… 라파엘 신부님은 캅카스 산맥 아래 어디 있다고 들었어. 한번은 그림엽서를 보냈는데 엘브루스 산이 찍혀 있더라고. 캅카스 산맥 최고봉으로 해발 5600미터가 넘는 산이야.

그이는 나와 헤어지고 나서 당신의 조국 아일랜드로 갔다가 거기서 다시 성공회 신부가 됐거든. 그이는 뭐랄까, 신에 대한 갈등 때문에 끝없이 번민했지만 신을 버리곤 못 살 사람이었어. 별만 봐도 눈물을 글썽이는, 아주 연약한 분이었지. 그이가 보낸 엽서엔, 세계에서 가장 높은 곳에 위치한 교회에 와 있다고, 고난과 순결이 공존해 있는 땅이라고, 그렇게 쓰여 있더군. 자신이 지향해 마지않던 곳을 마침내 찾은 게지. 지금도 때때로 그이가 그리워. 그처럼 순수한 영혼을 가진 사람은 만나보지 못했으니까.

그녀는 그와 2년 남짓 살았다고 했다.

아이는 생기지 않았다. 아이만 생겼다 해도 어쩌면 헤어지지 않았을 것이라고 그녀는 덧붙였다. 세상이 가진 잔인한 편견 때문에 그들은 숨어서 살다시피 했었고, 2년을 채 채우지 못하고 끝내 헤어졌다. 그가 끝내 고향 아일랜드로 떠나고 만 것이었다. 그녀의 나이 마흔 살 때였다. 그 무렵, 5년이나 시도 못 썼어, 라고 말할 때 그녀는 한숨을 쉬었다. 그를 만나고부터 몇 년은 아무런 사회 활동도 할 수 없었다고 했다. 친구들도 잃었고 사회생활의 기반도 잃었다. 어딜 가든 손가락질을 받았으며, 또 어딜 가든 스캔들만 쫓아다니는 일부 매체의 기자들이 카메라를 들이댔다. 그런 일을 겪을 때마다 유난히 섬세했던 그녀의 동거인은 깊은 상처를 받았다. 그녀는 그를 진실로 사랑했으나 사랑만으로 그를 구할 수는 없었다. 그는 차츰 자폐증이 되어

306

갔고, 그 때문에 그녀는 자주 발작했으며, 급기야 그들은 서로의 상처를 치유하는 게 아니라 서로의 상처를 들쑤시는 것에서 병적 쾌감을 얻는 데까지 나아갔다. 그가 아일랜드로 돌아간 것은 그 때문이었다.

여명이 터오기 시작했다.

당신…… 지금이라도 돌아가!

바다의 끝을 보며 그녀가 말의 아귀를 지었다. 서울로 돌아가, 당신! 나는 대답하지 않았다. 아내와 아이들은 삶의 어디쯤에 밀려가 있을 것인가……라고, 나는 잠깐 생각했다. 오랫동안 함께 산 부인이니 당신이 무릎 꿇고 용서를 구하면 용서받을 수도 있을 거야. 그녀는 말을 이었다. 당신의 돈을 다 갚을 수는 없어. 그렇지만 경혜에게 일러둘게. 조금 모아서 경혜에게 주고 온 돈이 있거든. 그걸 받아 다시 시작해봐. 어떻게, 어디에서부터 다시 시작하라는 것인지 알 수 없었다. 문제는 돈만이 아니었다. 생을 대하는 나의 세계관과 태도가 얼마나 급격히 변모했는지 그녀는 고려하지 않고 있었다. 아직도 모르겠어? 당신은…… 마녀에게 걸려든 거야. 여기 있음, 당신도…… 결국 나처럼, 무덤 속 여자 이저벨 톰슨처럼 길에서 죽게 될 거야. 틀림없어. 당신은 나와 다르잖아. 그러니 두말 말고 서울로 돌아가란 말이야.

싫어요.

나는 이윽고 고개를 저었다.

선생님 곁에 있다가…… 선생님처럼 죽겠어요. 사회적으로
가정적으로…… 파멸이 무서워 떠나온 것도 어느 정도 사실이
지만, 그런 이유들 때문만으로 내가 여기 왔다고 생각하지 마
세요. 내가…… 변했다곤 왜 생각하지 않나요?

무엇이 변했다는 거야?

새 삶을 살고 있다고 생각해달라는 거예요. 내겐 나날이 새
로운 삶이고 새로운 시간이에요. 바보같이 살았던 건 지금이
아니라고요. 예전의 삶이 바보 같았어요. 아무런 자유도 없는.

김진영이 많이 컸네.

그녀가 웃었고, 그럼요, 선생님이 키워놓은 거지요, 나도 웃
었다. 그렇다고 웃은 것이 전의 평화를 되찾는 신호는 아니었
다. 우리는 차를 타고 레드 하우스로 돌아왔다. 그녀는 말이 없
었다. 우리의 관계가 더 급속히 변한 게 그날 밤부터였다.

여기 와서 핥아봐……라고, 그녀가 밤늦게 갑자기 낮고 사나
운 목소리로 나를 불렀다. 나는 가만히 서서 하반신을 완전히
벗은 채 침대 위에 다리를 벌리고 누운 그녀를 내려다보았다.
성욕과 살해욕은 한통속이거든. 오늘 밤, 당신을, 너를 죽일 테
야! 그녀가 말했다. 성욕과 살해욕이 깊은 관계로 맺어져 있다
고 말한 사람은 사드였다. 사드는, 죽음과 친숙해지기 위해선
죽음과 방탕을 결합시키는 것보다 더 나은 방법이 없다, 라고
설파했다. 역시 그녀가 가르쳐준 말이었다. 삶은 쾌락의 추구이

며, 쾌락은 삶의 파괴에 비례한다고 사드는 말했다. 가학적 성생활 때문에 여러 번 감옥에 갇혔으며, 죽은 다음엔 유해마저 아무도 찾을 수 없게 사방으로 버려졌을 뿐 아니라, 초상화 한 점조차 남기지 않은 극적인 인생을 산 사람이었다.

그날 밤의 섹스는 확실히 죽음을 부르는 격렬한 파괴의 본능이 수면 위에 올라온 행위였다. 그녀는 죽어가고 있었다. 그것은 그녀도 알고 나도 알고 있는 명백한 사실이었다. 그러나, 남은 삶을 파괴하기 위한 그녀의 욕망과 계획이 바로 그날 밤에 실행되었다. 너는 나의 노예야, 라고 그녀는 말했고, 그것이 일종의 출발 신호였다.

나는 무릎 꿇고 나의 주인님을 핥고 빨았다.

거부할 수 없는 명령이었다. 나라고 해서 살해욕으로서의 성욕이 없는 건 아니었다. 한번 발화되자 모든 건 급진적인 스텝을 밟았다. 나의 주인님. 나는 곧 부르짖었다. 그녀는 나를 물고 할퀴어 몇 번이나 상처를 냈고, 나는 그녀의 중심을 향한 모든 구멍에 손가락 발가락을 집어넣었다. 이성의 한 조각, 짧고도 달콤했던 레드 하우스에서 잠깐의 평화는 더 이상 남아 있지 않았다. 소리를 내봐……라고, 그녀는 말했다. 개 짖는 소리. 너는 나의 개새끼니까. 나는 개가 되어 멍멍멍, 침을 흘리며 그녀의 전신을 핥고 물었다. 그녀가 나의 말이 되거나 고양이, 원숭이가 되는 순간도 있었다. 히잉히잉, 나는 말처럼 울었고, 야옹야옹, 그녀는 고양이가 되어 노래했다. 그녀의 손톱이 할퀴고 지나면 어김없이 뱀의 그것과 같은 붉은 자국이 내 몸에 생겼다. 죽어야지. 나는 오로지 생각했다.

그녀와 함께 죽는다면 얼마나 황홀할 것인가.

어차피 우리에게 남겨진 스케줄은 파멸밖에 없었다. 파멸적인 행위는 그래서 밤새 계속됐다. 밤이 깊어지자 그녀의 눈두덩은 쑥 내려앉았고 나는 일어나 설 수도 없는 지경에 빠졌다. 그녀의 심연으로 들어가는 검붉은 통로에 그녀의 요구대로 온갖 솟은 것들을 집어넣었다. 그녀의 검붉은 통로는 길이 아니라, 나를 물고 잡아당기고 옭죄고 돌리는 심연 그 자체였다. 갈망은 그래도 끝나지 않았다. 우리는 비명을 지르거나 헐떡거리면서 온 방안을 그로테스크하게 기어 다녔다. 목을 묶어 끌거나 간헐적으로 짐승의 소리를 내기도 했으며, 항문 섹스도 했다. 가학은 피학을 부르고 피학은 가학을 불렀다. 깊이……라고, 엎드린 그녀는 소리쳤다. 조명을 역광으로 받는 순간의 그녀는 해골 같기도 했다.

우리는 죽음을 향한 극단적 관성에 흡입돼 있었다.

혐오감이 드는 순간도 있었지만 욕망을 넘어설 정도는 아니었다. 감흥에 따라 역할극을 시행하기도 했다. 우리는 타고난 배우처럼 굴었다. 나는 때로 그녀를 엄마, 그녀는 나를 때로 아빠, 부르기까지 했다. 오우, 내 새끼, 그녀는 말했고 오우, 내 강아지! 나는 말했다. 모든 금단, 모든 고정관념을 짓부수는 것도 오케이, 자유자재였다. 때론 킥킥거리고 때론 소리 질렀고 때론 울었다. 나의 그것이 그녀의 항문을 분별없이 찢고 들어갈 때, 그녀 역시 몸을 꼬아 내 항문에 손가락을 박아 넣었다. 피가 보였다. 그녀의 심연처럼 검붉은 피였다. 개새끼! 그녀는 소리쳤고, 화냥년! 나는 씹어 뱉었다. 심지어 그녀는 항문에 박혔다가 나온 피똥이 묻은 나의 그것을 빨아 먹기도 했고, 나 역시 나의 항문에서 나온 그녀의 손가락들을 핥아 먹었다. 상상할 수 있는 모든 것이었고, 상상을 넘어선 모든 것이었다.

우리는…… 미쳤어.

그녀가 말했고, 응, 돌았어, 내가 대답했다.

사드에 따르면, 열정이 에너지가 되려면 억눌렸다가 절대적 무감각 속에서 폭발해야 한다고 한바, 그날이 바로 그런 날이었다. 아니 그런 날의 시작이었다. 그녀와 내가 원했던 것이 최종적으로 죽음이었는지 죽음을 넘어선 생성의 빛이었는지는 분명하지 않았다. 그것은 한 몸뚱어리를 숙주로 삼고 있었다. 죽음을 향해 급진적으로 나아가면서, 그러나 죽음을 뛰어넘으려는 생성의 단말마적 비명이, 외진 레드 하우스를 잔인한 에로티시즘의 피로 물들이고 있었다.

그리하여 우리는 단 하루 만에 10년쯤 더 늙은 얼굴이 되었다.

여름의 끝

여름이 다가왔다. 오크니의 여름은 짧고 강렬하다. 햇빛을 보기 어려운 곳이지만 어쩌다 구름이 걷히면 햇빛이 적도의 그것처럼 쨍쨍하게 내리쬔다. 나무 한 그루 없는 구릉지대엔 스카치위스키의 재료가 될 보리들이 쑥쑥 자라고, 호숫가엔 양과 소 떼가 종일 내려와 있으며, 돌이 많은 산성의 토양에선 어김없이 '거시'들이 피어난다. 워낙 생명력이 강해서, 가시나무의 일종인 엉겅퀴꽃 거시는 비가 오든 말든 스코틀랜드 북부의 척박한 비탈을 으레 점령하고 있다.

그리고 유채꽃.

어느 날인가, 이른 새벽에 우연히 북향의 창을 내다보다가 바다에까지 닿도록 노랗게 피어 있는 유채꽃 물결을 처음 보았던 순간의 감격은 잊을 수 없다. 보세요, 선생님. 사방에서 꽃망울이 터지고 있어요. 나는 소리쳤다. 무성한 보리밭 사이사이 유채밭이 끼어 있어서 꽃이 필 때까지 미처 유채밭인지조차 알 아차리지 못한 것이었다. 유채꽃과 거시는 한데 어울려 오크니 섬 전체를 온통 명도 높은 광채로 물들이고 있었다.

여름의 광채가 어찌 그뿐이랴.

오크니의 여름은 또한 백야로 뒤덮인다. 6월이 되면 자정이 가까워도 좀처럼 박명(薄明)이 사라지지 않는다. 책을 읽을 수 있을 정도의 박명이다. 백야의 바다는 본래의 검은 빛깔에 박 명이 스며들어 보랏빛으로 보인다. 노란 유채꽃밭과 붉은 거시 꽃들도 그렇다. 바람이 불면 유채꽃과 거시와 바다는 한통속이 된 신묘한 보랏빛으로 사방에서 밀려들어와 레드 하우스 창 아 래서 물결친다. 황혼 녘의 빛깔은 더욱더 말할 수 없다.

백야 때 사람들은 정신이 돈대.

그녀는 말했다. 3면의 창으로 온통 바다만 보일 뿐인 오크니 메인랜드의 외딴집에 있으면, 그곳에서 낙조의 저 황홀한 비명 을 듣고 있으면, 보랏빛으로 온통 물들어 있는 백야의 빛에 갇 혀 있으면, 누구나 균형 잡힌 평상심으로 자신을 유지할 수 없 다. 시간에 따라 꽃과 바다와 섬이 덩어리로 흐르는 걸 볼 수 있고, 감흥에 따라 온 누리 빛깔이 시시각각 나뉘는 걸 볼 수 있을 뿐만 아니라, 바람결에 따라 온갖 사물의 사실적인 경계 와 효용성이 한꺼번에 녹아 추상으로 뒤섞이는 것을 볼 수 있 다. 마치 마약에 취한 듯하다.

그 여름, 혹은 그 백야의 광채 때문이었을까.

아니면 혹시 가학적 성애의 본질을 잔인하게 경험하고 그려낸 사디즘의 작가, 사드의 영혼이 우리를 갖고 놀았는지도 모른다. 확실한 것은 봄의 끝물에서 여름까지 우리가 온전히 미쳐 있었다는 사실이다. 레드 하우스는 짧고 통절했던 그해 여름, 한마디로 본능의 감옥이었다.

우리가 잠시 누렸던 따뜻한 연인으로서의 일상은 더 이상 남아 있지 않았다. 인간주의적 대등한 관계도 사라졌고, 안정적 행복감도 사라졌다. 그녀는 잠시나마 내가 느꼈던 따뜻한 연인으로서의 일상이 착각일 뿐이라고 말했다. 연인 좋아하네. 그녀는 취해서 나를 비웃었다. 널 사랑했던 순간은 단 한 번도 없었어, 라고 그녀는 또 단언했다. 화는 나지 않았다. 화를 내기는커녕, 예전부터 그것을 분명히 알고 있었던 것처럼 느꼈다. 그래서 나는 그럼요……라고, 바보 같은 어조로 대답했다. 앞으로도 너를 사랑하는 일은 없을 거야. 나의 피에로, 김진영. 착각하지 마. 너는 나의 노리개일 뿐이야. 널 망가뜨릴 거야. 그게 싫으면 당장, 무조건 여기를 떠나. 잡진 않겠어! 그녀가 나를 어떡하든 떠나보내고 싶어 한다는 걸 나는 물론 알고 있었다. 떠나진 않아요. 차라리, 어서 날 망가뜨려주세요. 나는 순한 양처럼 머리를 조아렸다. 어떤 모멸로 나를 내치고자 해도 그녀의 그 말만은 들을 수 없었다. 다가오는 죽음의 순간은 얼마나 황홀할까.

진저리치며 나는 생각했다. 그 여름 밤낮, 우리가 경험했던 행위는 사실 섹스라고 부를 수조차 없었다. 그것은 극단적인 비하, 추락이었고, 극단적인 가학의 제의(祭儀), 죽음이었으며, 살해 자체였다.

    레드 하우스 안에서만 그런 일이 벌어진 건 아니었다. 완만한 구릉과 유채꽃밭과 해안가 유적지와 길들을 배경으로 삼은 일도 많았다. 물결치는 보리밭과 유채꽃밭, 보랏빛 파도가 아우성치는 해안의 그 자갈밭, 잡초 무성한 선사 유적지, 붉은 사암으로 축조한 세인트 매그너스 텅 빈 성당, 위스키가 익어가는 술 창고, 그녀를 처음 만난 바닷가 이탤리언 성당 안의 제단, 소금물로 씻긴 해안 도로, 양들의 집, 검불이 쌓인 농가 창고, 빈 요트와 컴컴한 거리에도 우리의 병적인 정사의 기억들이 묻어 있었다. 이해할 수 없는 것은 하루에 두세 번씩 사정을 했으면서도 백야의 한가운데 도달하면 정사가 또 가능했다는 점이다.
    어떻게 그런 일이 가능했을까.
    그녀보다는 어렸지만 나는 이미 50대 중반이었고, 서울을 떠날 때에 비해서 몸무게만 해도 거의 15킬로그램이나 줄어들어 있었다. 그런데 정사가 언제나 가능했다. 우린 주로 낮에 죽음처럼 깊이 잠들었다가 바다가 보랏빛으로 물드는 백야에 길을 떠났다. 나는 때에 따라 그녀를 가리켜 어머니, 마녀, 선생님, 또 씨팔년이라고 불렀다. 그녀는 다 받아들였다. 우리는 벌거벗은 채 곧잘 인적 없는 해안까지 나아갔고, 자갈밭이나 가시투성이 거시 꽃나무에 등을 대고 누웠고, 바닷물 속에 함께 빠지기도 했다. 어이구, 우리 강아지……라고, 그녀는 말했다. 피로 얼룩진 시체……라고, 어머니의 품에서 떼어낸 갓난아이들, 향연의 막바지에 목 졸려 죽은 자들, 피와 포도주를 가득 채운 잔……이라고, 그녀는 배우처럼 소리 질렀다. 동물적 충동으로 비하된 그녀의 음부는 폭력과 살인을 부르기 위해 잔뜩 독을 품은 채 부풀어 올라 있었다. 그것이 최종적으로 요구하는 것은 당연히, 완전한 소진, 완전한 사멸이었다.

백야가 그렇게 계속되고 있었다.

백야가 절정에 달했던 어느 날은 밤새 벌거벗은 나를 그녀가 선사의 입석에 묶어놓은 적도 있었다. 사실은 빨리 결판이 났음 좋겠어, 라고 그녀는 말했다. 생이 얼마 남지 않았다는 것엔 그녀도 동의했고 나도 동의했다. 바다는 보랏빛으로 곤두섰다. 그녀는 나를 혁대로 후려쳤고, 또 내 몸에 이빨 자국을 내기도 했다. 돌이켜봐……라고, 그녀는 숨 가쁘게 외쳤다. 당신의 생애에 뭐가 있어? 텅 비어 있지? 나의 얼굴에 바싹 들이댄 그녀의 두 눈이 번질거리고 있었다. 먹고……라고, 그녀는 외쳤다. 먹고, 싸고, 계산하고, 높은 자들에게 무릎 꿇고, 그것뿐이야. 당신은…… 당신 자신이 뭘 바라는지도 모르고 살았어. 이제 늙었으니…… 다시 시작할 겨를도 없단 말이야. 저기 좀 봐.

그녀가 선지자처럼 바다를 가리켰다.

시간이 당신을…… 우리들을 휩쓸고 지나가고 있잖아.

보랏빛으로 곤두선 바다의 중심에 폭풍처럼 시간이 아우성치면서 빠른 속도로 지나가는 걸 나는 보았다. 나는 그녀의 매질을 몸서리치면서 고스란히 받았다. 그럼요. 나는 피에로같이 살았어요. 나를…… 찢어주세요. 나를 죽이라고요. 나는 인생을 낭비했으니 유죄였다. 가족을 버렸으니 유죄였고, 옛꿈을 유기했으니 유죄였으며, 내가 진실로 원하는 것이 무엇인지 모르고 살았으니 명백히, 존중받을 것 전혀 없는 죄인이었다. 나는…… 한 번도…… 내가…… 내가 누구인지 물어본 적도 없었다고요……라고, 나는 묶인 채 내 죄를 자백했다. 그녀에게 끌려다니면서, 깨지고, 짓밟히고, 찢기고, 모욕당하고 싶어 나는 안달했다. 제발…… 나를 죽이세요. 내 몸에 엉겨 붙은 소금기를 그녀는 격렬히 핥아주었다. 살해의 본질적인 욕구는 속죄도 함께 불어내는가.

미안해, 미안해…… 어느 순간 울면서 그녀는 또 말했다.

그녀가 울면서 무릎 꿇고 말한 일도 있었다. 깊어지는 백야에 비례하여 급격히 살이 더 빠져 달아난 그녀의 얼굴은 사멸에의 가속도를 받고 백 살은 된 듯 늙어 보였다. 그녀는 그녀의 인생 또한 가차 없이 단죄했다. 오만과 독선에 가득 차 있었어……라고, 그녀는 자신의 가슴을 쥐어뜯으며 말했다. 음란한 욕구를 사랑이라고 말했으며, 세상의 편견과 제도적 모순을 타

박하면서도 진실로 온몸을 던져 맞선 적도 없었고, 영원히 살
기를 바랐지만 생의 이면을 웅숭깊게 본 일도 없다고 했다. 나
는 화냥년이야. 시를 희롱했고, 시인이라는 가면을 쓰고 살았
다고. 당신의 돈을 훔쳐냈고, 나를 쫓아오도록 유도했어. 혼자
죽을까 봐 공포심에 가득 차서 비겁한 술수를 쓴 거지. 그러므
로…… 그러니까, 나 역시, 당신보다 나을 게 하나도 없어. 자,
나의 피에로. 죄 많은 나를 묶어놓고, 후려쳐봐. 발로 차고, 머
리끄덩이를 잡아서 끌고 다녀봐. 나는 그러나 그녀를 후려칠
수 없었다. 그녀를 묶을 수도 없었고, 그녀를 발로 차는 건 더더
욱 불가능했다. 그녀를 사랑했고, 그녀를 나의 정부, 선생님, 어
머니라고 생각했으므로. 그녀는 나를 또 다른 삶으로 이끈 이
상하고 이상한 광채였으므로.

  내 명줄이 얼마 남지 않았어.

  그 말은 너의 명줄이 얼마 남지 않았어, 라는 말로 내게 들렸
다. 나는 나의 명줄이 얼마 남지 않았다고 정말로 믿었다. 거울
을 보면 빠진 머리, 검은 피부, 주름살투성이의 얼굴, 그녀보다
도 어떤 때, 내가 오히려 늙어 보였다. 나는 일흔이나 여든 살
은 된 것 같았다. 돌이켜보면 낡아서 실밥이 늘어나 있던 와이
셔츠 단추 하나를 잡아매다가 그처럼 늙어가는 나를 만나게 된
것이, 모든 사단의 시초였다. 돋보기를 쓰지 않고 더 이상 통장
안의 숫자들을 읽을 수 없었던 내 몸의 점진적이면서, 그러나
급박했던 변화들, 지하철 계단에서 나의 어깨를 아프게 치고

달려갔던 젊은 청년의 힘찬 보폭, 인터넷 등으로 홍수같이 밀려드는 새로운 세상의 파편들, 더 젊게, 더 빠르게, 더 전투적으로 내닫는 온갖 구호들, 그로부터 만났던 불안과 소외가 한꺼번에 떠올랐다. 선생님만 죽어가는 게 아니에요……라고, 나는 그녀의 절규에 맞받아 절규했다. 우리는 서로의 상처를 불같이 달려들어 물어뜯고 핥고 빨았다. 그로테스크했고, 혐오스러웠고, 해골 같았다. 내 모습이 혐오스럽지, 라고 그녀는 때때로 물었다. 젊고 싱싱한 여자가 그립지? 아뇨. 나는 고개를 저었다.

그 어떤 여자도 당신하고 비교할 수 없어요.

그녀의 중심은 바다보다 넓고 뱀 구멍보다 좁고 그리고 우물보다 깊었다. 내가 죽으면…… 나를 따라…… 당신…… 정…… 정말 죽을 수 있어……라고, 그녀가 숨을 헐떡이며 묻고, 그럼요…… 죽고 말고요…… 당신의 우물 속에서…… 피 흘리며 죽겠어요……라고, 내가 화답했다. 영원히…… 당신 곁에 있겠어요……라고도. 영원히……라는 낱말에서 나는 곧 광포한 오르가슴에 도달했다.

코피가 주르륵 흘러나왔다.

우리는 블랙홀에 빠진 거야. 그녀가 여름이 끝날 때쯤 광포한 정사 끝에 탄식했다. 우리는 바위투성이 해안에 쓰러져 있었다. 새로운 물집들이 돋아 꽈리를 틀기 시작한 그녀의 몸에선 전에 없이 부패하는 듯한 나쁜 냄새가 났다. 그러나 나는 전

319

혀 개의치 않았다. 나는 그녀의 종기조차 핥고 빨았을 때도 있었다. 당신은 내 거야. 죽음이 당신을 먹어치우기 전에 내가 당신을 다 먹을 거야. 절대로 그놈에게 당신을 맡겨두진 않겠어. 짓찧고, 짓찢기는, 어둠 속으로, 그리고 보랏빛 바다 북극해 속으로 별 하나, 재빨리 졌다.

그리고 마침내 소진의 시간이 왔다.

병세가 깊어져 견디지 못한 그녀가 런던의 병원을 열흘쯤 다녀왔을 때, 여름은 깊을 대로 깊어 막바지로 가고 있었다. 투석을 비롯한 제반 임상 치료를 받으면 그녀의 병세는 한동안 거짓말처럼 가라앉았다.

연장일 뿐이야.

그녀는 혼잣말하듯 말했다. 병원에서 돌아왔을 때 수척하긴 했으나 그녀의 얼굴엔 다시 요염한 기색이 흘렀다. 열흘 동안 밤낮없이 그녀가 그리웠으므로 나는 그녀가 런던으로 떠나기 전에 그랬듯 어린아이같이 달려가 그녀를 안았다. 정염은 여전히 불타올랐다. 또 다른 비극이 있다면 바로 그때가 시발점이었다. 욕구는 불경스러운 속도로 달려가는데 어떻게 된 일인지, 내 페니스가 고개를 쳐들다가 슬그머니 내려앉아버린 것이었다. 전에 없던 사건이 아닐 수 없었다. 그녀의 가슴을 만지고 키스를 해봐도 소용없었다.

어떻게 된 거야?

그녀는 쿡쿡거리고 웃었다.

나 없는 동안 나보다 센 여자를 만났어? 홀로 백야를 견뎌온 극단적인 고독감 때문에 일시적으로 그런 줄 알았는데, 하룻밤이 지나도 결과는 마찬가지였다. 내게 맡겨봐……라고, 그녀는 나를 위로하며 말했다. 내가 살려줄게. 그녀는 내 욕망의 중심을 입에 물고 애무했다. 머리끝에서 발끝까지, 우리가 기왕에 경험했던 모든 방법이 동원됐다. 나의 귀여운 아가야, 엄마 말을 들어야지. 그녀가 말해도 소용없었다. 내 욕망의 중심은 묵묵부답, 주저앉아 있었다.

다음 날도 또 다음 날도 결과는 마찬가지였다.

아주 완강한 침묵이 아닐 수 없었다. 아무리 정성껏 애무를 해도 효과는 전무했다. 욕망의 중심은 전과 달리 하반신에 있는 게 아니라 머리 꼭대기에 올라와 있었다. 하고 싶어. 해야 해. 나는 나 자신에게 명령했다. 욕망을 머리 꼭대기에서 아래쪽으로 밀어 내릴 수만 있다면 금방이라도 가능할 것 같았으나 무위한 짓이었다. 나는 공포감을 느꼈다. 예전의 욕망이 천둥 치듯 하반신에서 폭발해 모든 것들을 가파르게 일으켰다고 한다면, 이제 남은 욕망은 다만 머릿속에 떠오르는 한줄기 섬광처럼, 아무런 걸림쇠도 없이, 신체의 사방을 관통해 순식간에 흘러 나가곤 그만이었다. 그녀가 깊이 빨아들이면 발기도 안

된 페니스에서 정액이 스르르 흘러나올 때도 있었다.

　이것 좀 봐. 그래도 사출했네.

　그녀가 까르륵 웃으며 말했다. 많이 먹어야지……라고 생각해 나는 많이 먹었고, 운동을 해야 해……라고 생각해, 나는 다음 날 아침엔 해안 도로를 달렸다. 단거리라면 몰라도 장거리는 자신 있었다. 이래봬도 고등학교 때 단축 마라톤을 하면 꼭 상을 받았어요. 나는 겸연쩍어 그녀에게 말했다. 그러나 1킬로미터쯤 겨우 달린 다음 나는 쓰러져 누웠다. 다리에 경련이 왔고, 미세한 경련은 잠잘 때에도 느껴졌다. 사멸에의 공포감이 나를 사로잡았다.

　그녀는 한동안 조용한 나날을 보냈다. 전에 없이 시를 썼고, 바닷가 이탈리언 빈 성당으로 기도하러 다녔고, 유채꽃밭을 맨발로 밟고 다녔다. 어떤 노력을 기울여도 발기가 되지 않는 나의 페니스가 준 선물이라고 할 만했다. 말수가 급격히 줄어들어 어떤 날은 하루 온종일 함께 있으면서도 서너 마디의 말만 나눈 적도 있었다. 내가 겪었던 걸 당신이 겪네. 그녀는 말했다. 나는 햄과 소시지를 잔뜩잔뜩 볶아서 아귀아귀 먹고 있었다. 발기시키기 위해선 무슨 일이든 할 작정이었다. 시를 쓰려던 것인지, 노트에 뭔가를 메모하다 말고 그녀는 불현듯 물기 번질거리는 눈으로 나를 바라보았다.

　그런다고 달라지진 않아.

그녀는 아주 슬픈 표정을 했다.

나도 그랬거든. 내가 늙는구나, 늙으니 머잖아 죽겠구나, 실감했을 때 억울하고 고독하고 무섭더라고. 지금도 물론 그렇긴 하지만. 내가 늙는 걸 실감나게 느끼기 시작한 건 라파엘 신부가 내 곁을 떠난 후였어. 어느 날 아침인가, 신문을 보고 있다가, 팔을 쫙 펴서 신문을 멀리 둔 부자연스러운 자세로 읽고 있다는 걸 자각했을 때, 내가 수첩에 메모해둔 것들이 잘 보이지 않게 되었을 때, 그럴 때가 시작이었어.

그거야 나도 이미 겪었는걸요.

시작에 불과해. 누구나 그런 징후들로 시작하지. 40대 후반쯤 되니까 멀쩡한 친구들의 난데없는 부고도 이따금 받게 되고, 시적 직관의 광채도 날로 흐려지고, 기억력도 떨어지더라고. 초조하고 불안해져서 흑염소도 고아 먹고 보약도 지어 먹고, 얼마나 살까, 점쟁이도 찾아가고, 그리고 물론 운동도 했어. 별의별 운동을 다 했네. 조깅, 헬스, 테니스, 수영, 골프, 심지어 단학이니 국선도니, 그런 데도 다녀봤어. 여기 내 눈 밑 좀 봐. 주름 제거 수술 받은 데야. 일본에서 받았어.

전혀 몰랐어요.

도로아미타불이 됐는걸 뭐. 주름살은 지금 더 늘어났어. 백약이 무효라고. 사람은 죽어서 지옥에 가는 게 아냐. 늙는 게 곧 지옥이야. 세월을 어찌 붙잡겠어?

늙지 않으려고 뛰고, 먹고 하는 게 아니에요.

알아, 당신 맘. 당신은…… 당신의 페니스야말로 나를 붙잡는 유일한 도구라고 생각하는 것 같아. 내 탓이겠지. 그런데 바로 당신의 유일한 밑이자 권력인 그것이 당신을 배반하고 죽어 누웠으니, 불안하고 초조할 밖에. 하지만 당신의 페니스도 죽을 권리가 있어. 그냥 내버려두란 말이야. 아무리 당신의 그것이 나를 무찔러 와도 나는…… 불임이야. 그리고, 당신도 그게 왔어. 불임은 사막 같은 것. 그녀의 눈에서 물기가 번져 나왔다. 당신이 소시지를 아귀아귀 먹고 있는 걸 보고 있음 정말 미칠 것 같아. 당신이 후들후들 떨리는 다리로 해안 도로를 달리는 걸 여기서 내려다보고 있을 때, 내 기분이 어떤지 알아? 씹다만 소시지가 내 입에 가득 들어 있었다. 나도 이런다고 뭐가 금방 달라지리라곤 생각 안 해요……라고, 말하고 싶은 걸 나는 참았다. 그렇지만 당신하고 이렇게 단둘이 있으면서, 죽음을 기다리면서, 아무것도 하지 않는 건 정말 견딜 수가 없어요…… 라고도.

우리들의 섹스…… 뭐였다고 생각해?

그녀가 눈가를 훔쳐내고 물었다. 내가 섹스 없인 그나마 남은 삶도 못 견딜 것 같애? 타고난 음탕녀로 보여? 그녀는 자신의 가슴을 톡톡 두들겼다. 잘 들어둬. 나는 어쩌면 음란한 여자인지 몰라. 관능은 결코 늙지 않아. 그러나 내가 당신과 함께한 섹스들…… 그게 관능일까. 확실한 것은 우리들 자신을 죽이고 싶어서, 환장한 것처럼 우리는 서로를 빨아 먹은 거라는 거야.

자기 학대, 자기 비하, 그리고 죽음…… 그뿐이라고. 고독을 원천적으로 이기려면 당신의 페니스가 내 자궁을 꿰뚫어야 할 거야. 자궁……이라는 말이 내 명치 끝에 걸렸다. 그곳은 내가 도달할 수 없는 곳이었다. 당신이 소시지 먹는 걸 보고 있으면 보들레르의 어떤 시가 떠올라. 여인이 내 뼈의 온 골을 다 빨고 나자…… 내가 본 것은 옆구리 진득진득한 고름투성이…… 가죽 부대…… 그런 시. 나도 그렇지만, 제발 당신 자신을 좀 봐. 내게 골까지 빨린 고름투성이 당신 말야. 가죽 부대 당신.

내가 어떡하면 좋을까요?

제발 여기서 떠나! 그녀는 하고 싶은 말을 했다. 여름부터 그녀가 수없이 반복한 말이 그것이었다. 나는 대답하지 않았다. 그녀가 참을 수 없다는 듯, 당장, 지금 당장, 그놈의 소시지 그릇 좀 치워……라고, 또 소리쳤다. 여름비가 부슬부슬 오고 있었다. 토할 것 같단 말이야. 이 끔찍한, 짐승 같은, 가죽 부대야! 그리고 그녀는 층계를 내려가며 정말 헛구역질을 했다. 그녀가 해안의 이탤리언 성당으로 비틀거리며 가는 게 내려다보였다. 밤이 아주 깊어서 백야가 사라질 때까지 그녀는 성당 안에서 꼼짝도 하지 않았다.

다음 날, 나는 달리기를 그만두었다. 허겁지겁 먹는 짓도 더 이상 계속할 수 없었다. 어차피 식욕이 났던 게 아니었으므로 차라리 먹지 않는 것이 편했다. 여간해서 잠을 자지도 않았다.

허깨비, 가죽 부대가 정말 된 것 같았다. 나는 아무 데나 앉아서, 앉은 채 하루를 꼬박 보내기도 했다. 아무것도 떠오르지 않았다. 기억상실증에 걸린 것 같았다. 죽음보다 깊은 무력감이었다. 그녀 말대로 불임의 남자가 마침내 된 것이었다. 그사이에도 바다는 검은 보랏빛으로 매일 소용돌이쳤으며 밤이 되면 먼 곳 가까운 곳에서 자꾸 별이 졌다. 광대하고 광대한 하늘이었다.

아이스크림을 먹고 싶어.

모처럼 해가 뜬 날, 그녀가 말했다. 커크월에 가서 아이스크림 좀 사다줘. 아침 식사도 하지 않고, 아이스크림을 먹고 싶다는 것이 이상하긴 했지만, 내게 차 열쇠를 맡기며 심부름을 시킨 것은 그때가 처음이었기 때문에 나는 들뜬 기분으로 곧 차에 시동을 걸었다. 그녀가 창가에 붙어 서서 나를 내려다보고 있었다. 아이스크림 집을 찾는 데 시간이 좀 걸렸으나 레드 하우스로 되돌아오기까지 걸린 시간은 불과 1시간 정도였다. 모처럼 외출한 데다 그녀를 위해 아이스크림을 사 왔다는 흥분으로 나는 쾅, 쾅, 쾅 소리 나게 층계를 밟고 2층으로 올라갔다.

선생님, 아이스크림 사 왔어요.

나는 뽐내듯 아이스크림을 식탁에 내려놓았다.

커튼으로 가려진 침실 쪽은 잠잠했다. 아이스크림 사 왔다고요……라고 덧붙이며 침실의 커튼을 들추었는데, 그녀는 거기 없었다. 문으로 가려진 곳은 욕실뿐이었다. 나는 샤워를 끝내고 나온 그녀가 곧바로 먹을 수 있게 크리스털 그릇을 꺼내 아이스크림을 담다 말고 한순간 멈칫했다. 욕실 쪽이 너무도 고요했기 때문이었다. 욕실에 계세요? 욕실 문은 안에서 잠겨 있었다. 선생님 뭐하세요, 안에서? 여전히 욕실은 침묵했고, 갑자기 나는 전율을 느꼈다. 서울에서 구입해 무색지로 싸두었다고 그녀가 말한 적 있는 면도날이 본능적으로 떠올랐다. 욕실 열쇠가 어디 있는지 생각할 겨를조차 없었다. 나는 전력 질주해서 욕실 문이 떨어져 나가라, 어깨를 갖다 부딪쳤다. 세 번째쯤 부딪쳤을 때 마침내 욕실 잠금 쇠가 부서지며 문이 열렸고, 그리고 나는 한눈에 보았다. 눈처럼 하얀 욕조를 가득 채운 피, 그 붉고 검은 불온한 광채를.

안, 안 돼요.

나는 부르짖었다.

그녀는 실오라기 하나 걸치지 않는 맨몸으로 욕조 한쪽에 비스듬히 기대고 앉아 있었다. 이미 혼절해 있었지만, 따뜻한 물 속에 담가놓은 팔뚝에선 아직까지 피가 격렬히 솟구쳐 나왔다. 아아, 선생님. 욕실 벽엔 그녀가 입고 있던 실크 잠옷이 걸려 있었다. 나는 소리치면서, 떨리는 손으로 그녀의 뼈만 남은 팔뚝을 실크 잠옷으로 단단히 감아 묶었다.

길동무가 그립지만 당신은 아냐.

부디, 나를 떠나 그만 집으로 돌아가.

그녀가 그날 욕실의 대형 거울에 립스틱으로 휘갈겨 써놓은 짧은 유서였다. 그것은 유서라기보다 내게 보내는 마지막 충고였을 것이다. 나중에 안 일이지만, 그녀가 자살을 기도한 것은 그때가 처음이 아니었다고 했다. 죽을병에 걸린 걸 알고 1년쯤 지났을 때에도 그녀는 스스로 목숨을 끊으려 시도한 적이 있었다.

당신 때문이 아니라고. 오해 마.
병원에서 깨어난 후 그녀는 말했다.
내가 뭐랬어. 검은 망토를 뒤집어쓰고 나를 끈질기게 쫓아오는 그놈. 그 죽음 말이야. 앉아서 유린당하진 않겠다고 이미 말했잖아. 행여 나를 위해 자신이 죽으려고 했다는 식으로 내가 오해를 할까 봐 쐐기를 박아두려는 것이었다. 알아요⋯⋯라고, 나는 짧게 대답했다. 나는 물론 알고 있었다. 그녀는 나를 사랑한 적이 한 번도 없었다는 것을. 벌거벗고 함께 시시덕거리며 밥 먹고 똥 싸고 살 때조차, 내게 먹이려고 양배추로 김치를 담글 때조차, 그리고 내가 그녀의 부스럼까지 빨아 먹던 순간조차 그녀가 나를 진실로 사랑한 적은 없었다.

기적 같은 변화는 일어나지 않았다.
그녀의 자살 미수 사건은 그녀와 나 사이에 아무런 영향도 미치지 않은 게 확실했다. 변화는커녕 레드 하우스로 돌아온 뒤에 무력증과 침묵은 더욱 강고해졌다. 팔뚝에 붕대를 맨 그녀를 앞세우고 다시 레드 하우스에 돌아왔을 때, 마당가의 여름 꽃들은 이미 낙화를 시작하고 있었다. 이제 여길 떠날 때가 왔어. 그녀가 들릴 듯 말 듯 중얼거렸다.

유채꽃은 물론 오래전에 이미 졌고, 관광버스도 사라졌으며, 바다는 더욱 어둡고 깊어졌다. 바다가 깊어지자, 어느덧 황량한 가을빛이 스며들기 시작한 오크니 섬은 더욱더 조용히 가라앉아 있었다. 바다가 깊어졌어요, 내가 말했고, 심심하지? 그렇지? 그녀가 동문서답을 했다. 어떤 때는 성당으로 내려가 묵상의 기도를 올렸고, 어떤 때는 백야의 박명이 깔린 구릉을 천천히 오르내렸다. 함께 잠들기도 했고 거실과 침실에 나뉘어 각각 다른 시간에 잠들기도 했다. 내가 잠들었을 때 그녀가 깨우는 법이 없듯 그녀가 잠들었을 때 내가 깨우는 법도 없었다. 내가 먹고 있어도 배고프지 않으면 그녀는 먹지 않았고, 그녀가 먹고 있어도 배고프지 않으면 나 또한 먹지 않았다.

저것 좀 봐, 별이 지고 있어.

백야가 끝나가……라고 말하듯이, 그녀는 혼잣말을 했다. 해도 급격히 짧아졌고, 박명의 여운이 나날이 줄어들어 백야가 곧 끝나리라는 걸 알 수 있었다. 가을이 깊어지면 칠흑 같은 밤이 길게길게 늘어날 터였다.

9월 중순쯤이던가, 새벽녘에야 잠이 들었다가 정오를 훨씬 넘겨 깨어났을 때, 나는 모처럼 식탁 위에 밥상이 깨끗이 차려져 있는 걸 보았다. 달러가 넣어진 흰 봉투도 밥상 한쪽에 놓여 있었다. 거실 청소까지 정갈히 되어 있었고, 투명한 햇빛이 모처럼 거실 안쪽 깊숙이 뻗쳐 들어와 있었다.

그분이 가셨다, 나의 선생님이.

나는 직감적으로 알아차렸다. 이런 날이 올 것을 알고 있었던 듯, 나는 조금도 놀라지 않았다. 천천히 층계를 내려와 햇빛한가운데 서서, 이마에 손차양을 한 뒤, 커크월로 이어진 해안도로를 한참이나 바라보았다. 구릉 너머까진 보이지 않았기 때문에 구릉 꼭대기를 치달아 오른 해안 도로가 꼭 바다 한가운데로 이어진 것 같았다. 전속력으로 구릉을 질주한 그녀의 차가 북극으로 뻗은 바다 한가운데로 길을 내며 달려가는 게 보일 듯했다.

나의 오크니…….

나는 소리 내어 불러보았다.

끝내, 우리의…… 오크니가 되진 못했지만, 북극해를 향해 손을 뻗치듯 나앉은 외진 오크니제도의 메인랜드, 나의 오크니엔 1000년을 산 것보다 더 많은 추억이 깃들어 있었다. 나는 그렇게 생각했다. 나는 가뿐한 걸음걸이로 구릉 끝을 향해 걸어갔다. 할 수만 있다면 오크니를 한눈에 내려다보고 싶었다. 주름진 구릉들과, 보랏빛 바다 자갈투성이 해안과, 무성한 보리밭 유채꽃 그늘과, 풍우빙설로 이끼 낀 선사의 유적들과, 위스키

익어가는 술 창고와, 양 떼들의 낮은 집들과, 사철 비어 있는 성당과, 커크월의 빈 거리들과, 소금물로 씻긴 해안 도로와, 마녀들의 무덤과, 붉은 사암의 암벽들과, 검불이 쌓인 농가 창고들과, 버려진 폐선의 침침한 선실들마다, 그녀와 내가 있었다. 어디든 그녀와 나의 피고름 같은 기억이 옹이처럼 박혀 있는 걸 나는 오래 바라보았다. 우리의 오크니로 부르지 못하고 나의 오크니, 그녀의 오크니라 부른다 할지라도 그러했다. 그 생성과 사멸의, 그 포도주와 피를 가득 채운 향기롭고 잔인한 나의 오크니…… 피 어린 레드 하우스.

그녀가 떠나고 사흘 후, 나는 혼자 오크니 섬을 떠났다.

소유와 유랑으로부터의
자유

나는 겨울에 유럽을 남하, 봄여름을 이스탄불에서 보냈다.

유럽을 남으로 흘러 내려와 어찌어찌 몸을 의탁하고 있던 이
스탄불의 한국 식당 사장은 사람이 무던하여 늙고 병들고 말수
적은 나를 군말 없이 받아주었다. 나는 청소도 하고 시장도 보
고 설거지도 했으며, 밤엔 경비를 설 겸 식당 안에서 잤다.

이스탄불의 봄과 여름은 습하고 무더웠다.

보스포루스 해협에서 불어오는 바람과 흑해 쪽에서 불어오
는 바람이 무시로 이스탄불의 하늘 위로 누런 먼지들을 날려
주었다. 구약시대에 이미 알려진 유서 깊은 이 도시는 찬란했
던 제국 문명의 그림자가 드리워 있었으나 새로 올라가는 빌딩
들과 함부로 달리는 자동차들, 그리고 잡다한 인종들이 뒤섞여

몰려다니고 있었기 때문에, 얼핏 보면 무질서하기 짝이 없어 보였다.

현대와 중세, 그리고 서양과 동양의 접점인 곳.

시가지는 금각만(Golden Horn)을 중심으로 나뉘었다. 금각만 건너편의 베욜루는 신시가지로서 현대적 건물인 극장과 상가와 정부 청사 들이 들어서 있고, 7개의 평평한 구릉이 성벽처럼 둘러싸고 있는 구시가지엔 콘스탄티누스 궁전과 소피아 성당 등 세계적인 중세의 유적들이 몰려 있었다. 지중해의 비취 빛깔과 냄새가 이끼 낀 중세적 분위기의 구시가지를 둘러싸고 있다면, 신시가지를 둘러싸고 있는 것은 아라비아의 황토 먼지와 스모그와 무연탄 냄새였다. 이스탄불 사람들이 주로 이용하는 연료가 무연탄이므로 이스탄불 하늘엔 사철 달착지근한 무연탄 냄새가 종횡무진 흘러 다니고 있었다.

식당 주방에선 바다가 한눈에 보였다.

황혼이 되면 바다는 황금색으로 변했다. 특히 놀빛을 받아 이름 그대로 황금색 빛로 변하곤 하던 금각만의 물빛을 어찌 잊으랴. 성 소피아 성당의 반구형 지붕과, 술탄 아메드의 피뢰침 같은 첨탑과, 거대한 오벨리스크와, 중세의 성벽 들도 이때만은 경계 없이 온통 황금빛으로 물들었다. 유럽과 아시아와 아프리카의 접점이지만 그 대륙의 경계가 없고, 비잔틴제국의 기독교와 오스만튀르크의 이슬람 세례를 번갈아 받으며 흥망성쇠를 견뎌왔으나, 놀빛이 물들기 시작하면, 그 문화의 경계도 없었다. 다만 황금빛 찬란한 중세가 덩어리져 타오를 뿐이었다. 설거지통에 양손을 담그고 어느 순간 나는 온몸을 부르르 떨곤 했다.

가을이 막 시작되고 있었다.

해협 건너편의 위스크다르 언덕 위엔 만월이 떠 있었고, 나는 성 소피아 성당 앞 광장에 있었다. 밤이 깊었지만 광장 이곳저곳엔 아직 여로에 지친 관광객들이 혹은 앉고 혹은 누운 채 남아 있었고, 행상들의 발걸음도 끊이지 않았다. 그렇지만 푸른 달빛이 거대한 중세의 축조물들을 부드럽게 싸안고 있어 광장은 이상하게 아주 고요한 느낌을 주었다. 성 소피아 성당 지붕과, 첨탑 들과, 침잠한 마르마라 해협까지 마치 부드럽고 서늘한 어떤 양수에 둘러싸여 있는 것 같았다. 달빛은 강렬하지 않고, 쪼개거나 나뉘지 않고, 이탈을 허용하지도 않고, 모든 사물과 자연과 시간을 흡수해 안아 들이면서, 틈은 틈대로 메우고, 열린 데는 주렴 같은 발을 치고, 그리고 단단한 곳은 무한 경계로 부드럽게 열고 흘렀다.

처음에 나는 가만히 앉아 있었다.

성 소피아 성당 입구의 마리아상과 가브리엘 천사상을 등지고 앉은 꼴이었다. 나는 아무것도 생각지 않았으며, 그저 멍하니 달빛에게 내 몸을 맡긴 상태였다. 열린 관절 틈새마다 달빛이 흐드러지게 젖어 들었다. 가까운 해안 도로를 달리는 자동차 · 오토바이 소리, 관광객들의 말소리, 행상들의 발걸음 소리가 나를 감싸고 있었을 텐데, 나는 아무런 소음도 느끼지 못했다. 상당히 오랜 시간 나는 그렇게 앉아 있었을 터였다. 그런데 어느 순간, 하나의 환영이 달빛의 원무 속으로 서늘하게 끼어드는 걸 나는 불현듯 느꼈다.

저것이…… 무엇이지?

나는 두 눈을 짐짓 깜작깜작했다.

사제복을 입은, 키가 훌쩍 큰 한 남자가 리어카를 끌고 있었고, 털모자를 깊숙이 눌러쓴 키 작은 여자가 리어카를 힘주어 밀고 있었다. 화목(火木)인가. 화목 같기도 하고 다른 무엇인 것 같기도 한 게 리어카에 잔뜩 실려 있는 걸 나는 보았다. 사제복의 키 큰 남자는 아주 유연하게 걸었으며 리어카를 뒤에서 밀고 있는 여자도 힘을 전혀 주지 않는 것처럼 그 형상이 부드러웠다. 그것은 대자연을 배경으로 한 서정적인 영화의 한 삽화 같았다. 너무도 생생한 그림이었다. 나는 마치 카메라의 눈이 된 듯, 리어카 뒤의 한 지점에서 리어카와, 리어카를 끄는 남자, 미는 여자를 시선으로 쫓아가는 중이었다. 야트막한 언덕의 교회 건물도 보였다. 리어카가 교회로 가고 있었다. 고깔모자를 얹어놓은 듯 앙증맞고 어여쁜 교회였다. 교회는 캅카스 산맥의 키 큰 삼나무들에게 둘러싸여 있었다.

오, 선, 선생님!

나는 신음하듯 소리 내어 불렀다.

믿을 수 없을 만큼 선연한 삽화 속의 여주인공은 바로 천예린, 그녀였다. 그녀의 이마에 맺힌 땀방울까지 나는 볼 수 있었다. 라파엘, 라파엘 신부님……이라고 나는 곧 덧붙여 중얼거렸다. 오크니에서 어떤 밤, 단 한 번 흘리듯 듣고 까맣게 잊었던 이름이었다. 그분은…… 라파엘 신부님은, 캅카스 산맥 아래 어디에 있다고 들었어. 그녀의 말을 나는 상기했다. 환상 속에서 라파엘 신부는 키가 훌쩍 커 보였는데 수염을 기르고 있었다.

너무도 또렷하고 사실적인 삽화가 아닐 수 없었다.

진실로 사랑했었다는 라파엘 신부가 아일랜드로 돌아갔다가 성공회 신부가 되어 캅카스 산맥 엘브루스 산 어디, 세상에서 가장 높은 교회에 있다고 그녀가 말해준 것은, 오크니에서였다. 라파엘……이라는 이름은 잊어버리고 있었지만, 그날의 정경만은 똑똑히 기억하고 있었다. 나는 내가 본 그림을 단번에 사실로 믿었다. 그것은 분명히 예시였다. 그녀가 내게 예시를 보내고 있었다. 선생님이 다시 나를 부르고 있어, 라고 나는 생각했다. 건강도 어느 정도 회복됐고, 그녀가 남겨준 돈에 식당에서 받은 월급을 보태면 여비도 부족할 게 없었다. 나는 식당으로 돌아와 가방을 꾸렸다. 창을 통해 내려다보이는 이스탄불과 금각만의 전경은 어제 본 그것과 또 다른 느낌이었다. 이스탄불을 떠날 때가 온 것이었다.

나는 곧 이스탄불을 떠났다.

식당 주인은 친절하게도 내게 여비까지 더 보태주었다. 캅카스 산맥을 찾아가려면 길은 두 가지였다. 하나는 불가리아로 넘어가 흑해를 횡단해 우크라이나의 오데사까지 여객선을 탄 다음, 흑해와 아조프 해 사이의 크림 반도, 크라스노다르, 오르조니키제로 우회하는 길이고, 또 다른 하나는 터키를 횡단해 아르메니아로 넘어갔다가 그루지야 공화국의 트빌리시를 경유하는 길이었다. 나는 후자를 이용하기로 했다. 기차 여행이 마음에 들었기 때문이었다.

나는 기차를 타고 터키를 서에서 동으로 횡단했다.

터키의 수도 앙카라에서 머물 땐 내내 무더웠고 동부 도시 에르주룸에 머물 땐 날씨가 갑자기 서늘해졌다. 그사이사이 나는 기차에서 내려 지하 도시 괴레메와, 구약에서부터 등장해 최초로 철을 만들어 사용한 것으로 알려진 히타이트제국의 유적지도 보았고, 기독교의 초대 7개 교회 성지 중 일부도 둘러보았다. 로마의 종교적 박해를 견디지 못한 그리스인들이 1500년 이상 지하에 은거해 살아온 괴레메의 지하 유적지는 특히 경이로웠다. 삶의 유한성을 이겨내기 위한 고통스럽고 경이로운 흔적들을 그곳에선 얼마든 만날 수 있었다.

그리고 나는 아라라트 산도 보았다.

나는 일주일이나, 터키의 최고봉이며 노아의 방주가 닿았던 곳으로 알려진 아라라트 산 주변의 계곡을 흘러 다녔다. 그녀의 환영은 그사이에도 종종 선연한 삽화로 떠올랐다. 어떤 날의 그녀는 성처녀처럼 예뻤고 어떤 날의 환영에서는 추하게 늙은 모습이었다. 그녀의 영혼이 나를 부른다고 느꼈지만 서둘 것은 없었다. 나는 예전의 나로부터 내가 완전히 빠져나왔다고 느꼈다. 생의 여유로운 시간들은 평화롭게 가로지르는 것 같았다. 어쩌면 그녀와 나는 2000년 전의 지하 도시 괴레메에서 만났던 것일지도 모르고, 그게 아니면 5000미터가 넘는 아라라트산의 계곡에서 오래전 처음 몸을 섞었던 것일지도 모를 일이었다. 나의 유랑은 그래서 수천 년의 시간을 타고 느리지도 빠르지도 않게 계속됐다. '에덴동산'으로 일컬어지고 있는 북부의 아라스 계곡은 정말 아름다웠다. 나는 그곳에서 특히 오래 자고 기름지게 먹었다. 오크니에서의 내 몸무게는 한때 50킬로그램 가까이 내려갔으나 불과 몇 달 사이 어느 정도 정상을 회복하고 있었다.

어깨 또한 넓어진 것 같았으며 피부는 청동빛이 되었다.

트빌리시에 당도한 건 겨울이 깊을 무렵이었다. 터키를 동서로 횡단하여 아르메니아의 예레반과 레니나칸을 경유해 오는 데 20일 이상이 경과했다. 대캅카스 산맥을 지붕 삼아 흑해의 동쪽 해안을 끼고 있는 그루지야의 수도 트빌리시엔 벌써 가을이 깊어져 있었다. 페르시아의 향기가 물씬 풍기는 트빌리시는 정말 그림 같은 도시였다.

나는 밤에 트빌리시에 도착했다. 그루지야 공화국에 대해 내가 아는 것은 스탈린의 고향이라는 것, 캅카스 산맥을 낀 풍광 좋은 곳이라는 것, 캅카스 전쟁 때 러시아에 끝까지 저항했던 곳이라는 것, 구소련이 무너진 후엔 독립국가로서 소련 시절 유명한 외무장관이었던 셰바르드나제가 현재 대통령이라는 것 정도였다. 그나마도 이스탄불에서 일부러 알아본 지식일 뿐, 애초에 나는 그루지야를 아주 먼 변방의 황무지쯤으로 알고 있었다.

나는 걸어서 도심으로 나왔다.

동양인은 전혀 보이지 않았고, 목조로 된 2층 건물 외벽엔 페르시아 문양들이 새겨져 있었으며, 그래서 이스탄불에서와 달리 나는 참으로 먼 다른 이역에 왔다는 느낌을 받았다. 아침인데도 중심가인 루스타벨리 거리엔 인파가 넘치고 있었다. 성격이 급한 듯 그루지야인들은 하나같이 씩씩한 군인처럼 걸었다.

자, 어디로 가지?

레닌 광장에 도착해서야 나는 생각했다.

레닌 광장에 많은 사람들이 모여 있었다. 정치적인 집회가 있는 것 같았지만, 집회와 관계없이 그저 배회하거나 앉아서 해바라기하는 사람들도 많았는데, 그중 상당수는 불구였다. 다리를 저는 사람, 팔이 없는 사람, 심지어 한 팔과 두 다리가 달아난 사람도 나는 보았다. 그제야 언젠가 신문에서 본 압하스 자치족이라는 말이 떠올랐고, 그들이 압하스 자치족의 독립 요구로 야기된 내전의 상처를 입었다는 걸 깨달았다. 누가 옆구리를 찔러 돌아보면 팔 없는 사람, 다리 없는 사람이 돈을 요구하기 일쑤였다.

혹시, 한국분 아니세요?

누군가 내 옆에 다가서며 말했다. 나는 움찔, 옆을 돌아다보았다. 배낭을 멘 깡마른 젊은이가 내 눈을 들여다보고 있었다. 키는 작았고 머리를 길러 묶었으며 눈빛은 차돌같이 반짝반짝했다. 한국 사람은커녕 동양인조차 전혀 볼 수 없었던 곳이었기 때문에 나는 반가워 손부터 내밀었다. 맞군요. 중국분인가 했는데. 청년이 활짝 웃으며 내 손을 맞잡았다. 루스타벨리 거리의 한쪽 끝에 있는 자유시장까지 나는 청년과 나란히 걸어서 갔다. 햇빛이 힘차게 쏟아지고 있었다. 우리나라의 재래시장처럼 북적거리는 자유시장 앞의 잔디밭에 와서야 청년은 뒤꼭지까지 솟아오른 무겁고 큰 배낭을 내려놓았다. 청년은 이름이 장수철이라고 자신을 소개했다. 대학교 2학년생인데 삼촌이 선교사로 와 있어, 지난 7월 초 휴학계를 내고 삼촌이 있는 모즈도크에 머물다가 캅카스 산맥을 넘어 왔다고 했다. 모즈도크는 체첸과 러시아 전쟁 때, 러시아군의 총사령부가 있던 곳이었다.

여기서 어디로 갈 거야?

모즈도크로 돌아가야지요.

나는 노점상이 파는 아이스크림을 사서 청년과 함께 시장을 배회하며 먹었다. 서둘러야 해요…… 라고 청년이 말했다. 눈이 많이 오면 캅카스를 넘어가는 도로가 막히거든요. 자유시장엔 결혼 예물을 팔기 위해 들고 나온 젊은 부부도 있었고, 아프가니스탄과의 전쟁 때 받은 훈장을 들고 있는 노병도 보였다. 자존심 강한 그들은 사라면서 붙잡지도 않고 그저 들고 나온 물건이 팔릴 때까지 조용히 서 있었다. 나는 청년과 함께 물어물어 그루지야 외무부의 종교 담당관을 겨우 만났다. 코끼리처럼 커다란 몸집을 지닌 남자였다.

카마르조바.

나는 그루지야 말로 인사했다.

내전의 후유증이 여태껏 남아 있는 그루지야는 경제적인 어려움을 참담히 겪고 있었다. 공무원들의 월급이 불과 100달러 내외였다. 나는 그에게 남몰래 200달러를 건네주었다. 내가 아는 건 라파엘이라는 세례명과 성공회 소속 신부라는 것과 아주 높은 곳에 위치한 교회를 맡고 있을 거라는 것이 전부였다. 친절하게도 종교 담당관은 어딘가로 몇 차례나 전화까지 걸더니 이윽고 손가락 부러뜨리는 소리를 냈다. 라파엘이라는 이름만으로 그가 지금 어디에 있는지 여기선 알 수 없습니다만요⋯⋯ 라고 그는 말했다. 트빌리시에 와 있는 다른 성공회 신부를 소개한다는 것이었다. 그가 쪽지에 약도를 그려주었다.

디디마드루바.

나는 고맙다고 인사하고 청사를 나왔다.

캅카스 산맥의 눈 덮인 고봉들이 보였고, 그 순간 빨간 고깔

모자를 쓴 듯한 교회 건물의 환영이 또 한 번 툭 떠올랐다. 내가 본 환영에서, 쭉쭉 뻗어 올라간 삼나무 숲 사이의 길 끝에 그 교회가 있었다. 텁수룩하게 수염이 자란 라파엘 신부와 함께. 그냥 상상이라면서 어떻게 수염이 난 걸 믿어요? 장수철이 웃으며 물었다. 접신이 되셨나 보네요. 정말 접신이 된 것 같기도 했다. 제 운명도 뵈거든 좀 말해주세요. 우리들은 약도를 들고 주택가 골목을 따라 북쪽으로 걸어갔다. 페르시아 문양의 목조 주택들이 계속 나왔다. 자넨 목사가 될 팔자야. 내가 대답했다. 수철이 문득 걸음을 멈추고 내 눈을 바라보았다. 내가 설교하고 있는 게 환영으로 또 보이시나요? 아니, 설교보다…… 자넨 일하는 목사가 될걸세. 그렇게 보여. 재래식 변소에서 똥도 푸고, 농사일도 하고, 뭐 그런 타입 말이야. 제단 높이 서서 설교나 하는 그런 목사하고 자넨 안 어울려. 놀라워요. 수철이 곧 감탄스러운 표정을 했다. 접신이 되신 게 맞네요. 제 꿈이 바로 그렇거든요. 몸으로 뛰는, 그런 봉사자가 되고 싶은 게 제 꿈이에요. 체첸이든 아프리카든, 어디든 상관없어요. 남을 위해 일할 때 하나님의 존재가 느껴지니까요.

자네가 부럽네.

경이롭기는 나도 마찬가지였다. 만약 젊은 한때, 내가 그처럼 꿈꾸었다면 나의 인생은 참으로 달랐을 터였다. 나는 경제적 환란이 덮친 반도의 나라에서 더 많이 소유하고 더 힘 있어지기 위해, 과거의 나처럼 인생을 소모하고 있는 많은 사람들을 떠올렸다. 애비를 잃고 자본주의 소비 문명의 전사가 되어 있을지 모를 선우, 다단계 구조의 높은 자리에 남보다 빨리 올라가기 위해 혈안이 돼 있을 직장의 옛 동료들도 생각했다. 제가 소유하고 싶은 것이 무엇인지도 미처 모르고, 더, 더, 더라고 온몸으로 부르짖으며 살아온 나의 반평생이 그것들에게 오버랩되어 있었다.

나는 신을 믿지 않네.

짐짓 볼멘소리로 나는 말했다.

평생 동안 내가 교회에 다닌 것은 초등학교 2, 3학년 때던가, 그때뿐이었다. 미국의 잉여 농산물인 우유 가루를 나누어주었기 때문에 나는 그때 성당을 다녔다. 집에서 10리도 더 되는 성당이었다. 성당 마당에서 수녀가 자루에 담긴 우유 가루를 양재기로 퍼 나눠주었다. 물과 섞어 밥솥에 쪄내 딱딱한 덩어리가 된 그것을 나는 복숭아밭 그늘에 앉아 빨아 먹었다. 하나님은 겨우 그런 존재였다. 신을 느낀 적은 없었다. 그녀를 쫓아 위도를 계속 거슬러 오를 때나 오크니에서도 마찬가지였다. 그러나 이상한 일이었다. 초월적인 세계가 때때로 나를 사로잡았다. 그녀가 떠나고 혼자 남겨졌을 때, 소피아 성당의 찬 대리석 기둥에 등을 기대고 잠깐 잠들었을 때, 로마제국이나 오스만제국의 쓰러진 성벽 돌밭 잡초 더미에 앉아 있을 때, 수많은 지하 동굴 속의 벽화들과 마주쳤을 때, 아라라트 산을 넘을 때, 그리고 무엇보다 그녀가 라파엘 신부의 리어카를 밀고 있는 삽화와 만났을 때, 나는 분명히 나를 둘러싼 그 어떤 불가사의한 에너지를 느꼈다. 오크니 섬을 그녀가 먼저 떠난 뒤, 혼자 남아 그녀가 떠나서 간 커크월로 뚫린 해안 도로를 망연히 바라보고 서 있던 순간부터, 신이라고 할까, 불가사의한 어떤 기운이 느껴지기 시작한 것이었다.

오크니제도를 떠나온 뒤 거의 1년여.

우여곡절을 겪으면서 이곳 캅카스 산맥까지 여로를 통해, 나는 그 불가사의한 기운이 내 안에서 더욱 공고해지고 더욱 넓어지는 걸 자각하고 있었다. 형상으로 말하면 그것은 물론 부처나 십자가도 아니고, 코란과 알라도 아니고, 강신무 제단 위에 모셔진 최영 장군·강감찬 장군의 신위도 아니었다. 형상은 그렇지만, 내 안에서 공고해지고 있는 그것이 신이 아니라고 확답할 수도 없었다. 구태여 말하자면 내 영혼은 그 어떤 섭리를 좇고 있었다.

성공회 포교당은 아자리야 호텔 뒤에 있었다.

아주 낡아서 금방이라도 쓰러질 것 같은 2층 건물로 올라가자 눈이 파란 서양 신부가 우리를 맞이했다. 라파엘 신부를 찾는다는 말을 듣고 사제는 안타깝다는 듯이 어깨를 으쓱해 보였다. 트빌리시에 왔던 라파엘 신부가 다시 캅카스로 떠난 게 바로 오늘 아침이었다는 얘기였다. 약품들을 가지러 다녀갔습니다. 눈이 파란 신부는 말했다. 그분의 교회 요양소에 노인 환자들이 좀 있습니다. 이곳 트빌리시 성공회 본부에서 여러 병원이나 요양소를 돕고 있습니다만, 워낙 환자는 많고 시설은 적어요. 라파엘 사제가 맡은 곳은 장기 요양이 필요한 사람들 중에서 연고자 없는 분들이 보내지는 곳입니다. 라파엘 사제는 지원하여 그곳에 가셨습니다.

어떻게 찾아가면 됩니까.

나보다 앞서 수철이 물었고, 신부는 메모지를 꺼내 약도를 그리기 시작했다. 캅카스를 넘어가야 합니다……라고, 신부는 말했다. 산맥을 넘는 그루지야 군용도로의 최고 지점은 해발 2384미터나 되었다. 십자가의 언덕이라고 명명된 그 지점을 통과해서 조금 내려가면 해발 5000미터가 넘는 카즈베크 산이 다가서 보일 것이라고 했다. 그곳에서 카르키스 마을을 찾으세요. 눈이 파란 신부는 '카르키스'라고 썼다.

그날 저녁엔 캅카스로 떠날 방법이 없었다.

캅카스 산맥을 넘어 러시아 국경까지 가는 정기적인 교통수단은 전무했다. 재수가 좋으면 군용차를 싼값에 얻어 탈 수도 있다고 했지만 그 또한 쉽지 않았다. 여비가 부족하지 않으시면 인투리스트의 자동차를 한 대 빌리는 게 좋다고, 눈이 파란 신부는 설명해주었다. 3명까진 동일한 요금이므로 동행자 한 사람을 구하면 더 싼 여행이 될 것이라고, 그는 덧붙였다.

그러나 우리는 다음 날에도 떠날 수 없었다.

어젯밤 십자가의 언덕에 눈이 20센티미터나 내렸거든요…… 라고, 인투리스트 직원은 설명했다. 그럼 언제쯤 도로가 개통될까요. 수철이 물었고 인투리스트 직원은 고개를 갸웃했다. 날씨에 달렸지요. 수철은 삼촌이 있는 모즈도크를 떠난 지 벌써 한 달이 됐다고 했다. 그루지야는 물론 아르메니아와 아제르바이잔을 둘러본 뒤 나를 만난 것이었다. 아마도 2, 3일 이상 기다리는 일은 없을 겁니다……라고, 인투리스트 직원은 수철의 초조한 기색을 보고 위로하듯 덧붙였다.

우리가 트빌리시를 떠난 것은 그로부터 꼭 사흘 후였다.
해발 2000미터의 산악 마을 카즈베크에 산다는 늙수그레한 남자까지 동행으로 태운 차가 트빌리시를 떠난 것은 새벽이었다. 저 사람, 몇 살쯤 돼 보여요……라고 수철이 물었다. 남자는 나이를 구별하기 힘든 얼굴이었지만 대략 50대 후반이나 60대 초반쯤으로 보였다. 틀렸어요. 이제 서른아홉이래요. 서른아홉까지 카즈베크 산 주변에서 살아왔다는 남자의 얼굴은 주름살 투성이 아주 늙은 얼굴이었다.
길은 폭 좁은 2차선이었다.
포장한 지 워낙 오래되고 보수를 전혀 하지 않아 누더기 같았다. 운전기사는 그러나 익숙한 듯, 요철 부분에서도 브레이크를 거의 밟지 않고 달렸다. 20킬로미터쯤 달렸을까. 언덕 높은 곳에서 쓸쓸히 서 있는 즈바리 사원이 보였다. 그루지야의 옛 수도인 므츠헤타였다. 산세는 그곳에서부터 가파르게 전개됐다. 캅카스 산맥에서 흘러내린 물이 만수위를 이루며 담긴 큰

저수지를 지나자 길은 뱀처럼 똬리를 틀기 시작했고, 또한 급경사를 이루었다. 캅카스엔 가을이 빨리 오고 빨리 가요……라고 수철이 말했다. 단풍의 끝물이었다. 길은 곧 급경사를 이루었고, 눈까지 쌓여 있었다. 암벽을 깎아 만든 길이었기 때문에 창밖을 내다보면 꼭 비행기를 탄 것 같았다. 이 험준한 산맥에 길을 뚫은 것은 제정러시아의 군인들이었다. 18세기 말부터 공사가 시작되어, 완성된 것은 19세기 초였다. 그루지야를 제정러시아가 공식적으로 병합한 것이 1801년의 일이니까 그루지야 군용도로의 개통이야말로 그루지야인들에겐 나라를 빼앗아간 비탄의 길이 아닐 수 없었다. 영하 20여 도의 혹한 속에서도 공사가 계속됐다고 하니, 공사 중 죽어간 수많은 제정러시아 병사들의 원혼도 바람 속에 떠돌고 있을 터였다.

멧돼지 한 마리가 유유히 지나갔다.

차는 느리게, 그러나 맹렬한 엔진 소리를 내면서 올라가고 있었다. 해발 2000여 미터쯤 되자 좌우에 쌓인 눈의 두께가 꽤 두꺼워져 한겨울 분위기가 되었다. 도로에 나와 있던 들소 몇 마리가 자동차 소리에 화들짝 놀라서 골짜기 안으로 줄행랑을 놓았다. 저기가 십자가의 언덕이에요. 수철이 손으로 전방을 가리켰다. 좁고 가파른 경사면을 힘겹게 올라서자 일시에 시야가 확 트이면서 동서남북으로 연접하여 끝없이 뻗어나간 캅카스의 위용이 한꺼번에 눈에 들어왔다. 격심하게 융기된 5000미터가 넘는 봉우리들이 섞여 있어 산세는 그야말로 힘이 넘쳤고 장엄했다.

그곳에서부터 길은 내리막이었다.

마침내 차가 멈춰 섰다. 만년설을 인 봉우리 하나가 차의 왼쪽 창에 우뚝했고, 그 산을 배경으로 낡았으나 하늘로 솟을 듯한 자태를 지닌 사원이 도로에서 곧바로 눈에 들어왔다. 그루지야 쪽의 마지막 산간 마을이라고 할 수 있는 카즈베크 마을의 교회였다. 산간 마을 치곤 깨끗했다. 마을 한가운데를 가로지르고 흘러가는 급류가 인상적이었다. 내가 찾는 '카르키스' 마을은 이곳에서 길을 틀어 2킬로미터쯤 산속으로 들어가야 한다고 운전기사가 설명했다.

길은 겨우 차 한 대가 지나갈 정도였다.

길은 외줄기였고, 눈이 녹아 진창길이었다. 이마를 향해 쏟아질 듯한 카즈베크 산을 정면으로 바라보며 차가 가고 있었다. 5000미터가 넘는 카즈베크 봉우리는 정삼각형 형태로 그 정상이 피뢰침처럼 날카로워 보였다. 키 큰 삼나무가 도열하듯 서 있었다. 삼나무야. 나는 자못 흥분해서 소리쳤다. 이스탄불의 성 소피아 성당 앞뜰에서 환영으로 본 그림과 너무나 닮은꼴이었다.

저기 어딘가에 그분, 나의 선생님이 있다!

나는 그곳에서 천예린을 만나지 못했다.

그곳, 요양소엔 압하스 자치공화국과의 내전으로 손발이 날아가 그 상처의 후유증 때문에 고생하는 사람들과, 중병으로 죽을 날만 기다리는 오갈 데 없는 사람들이 30여 명쯤 머물고 있었다. 체첸, 러시아의 전쟁에서 다리가 날아간 러시아 젊은이도 끼어 있었다. 개간된 밭에서 일하는 사람 중엔 두 다리가 모두 없는 사람까지 보였다.

저들은 이곳에서 죽을 걸 알고 있지요.

라파엘 신부는 말했다. 라파엘 신부는 정말 수염을 기르고 있었다. 지금 당장 중병에 걸린 사람보다 손발이 잘린 불구자가 오히려 나았다. 요양소의 일들은 대부분 그들 차지였다. 손발이 없는 사람들이 밭일을 하고 장작을 패고 음식을 준비했다. 그곳은 세계의 끝인 동시에 삶의 끝이었다.

천 선생님을 많이 붙잡았지만.

라파엘 신부는 설명했다.

내가 붙잡았다기보다 저 사람들이 많이 붙잡았어요. 그사이 정이 많이 들었거든요. 천 선생님, 여기서 일도 열심히 하고, 노인네들 똥오줌까지 손으로 받아내고, 죽은 시신까지 씻어내곤 했었지요. 천사 같다고들 했어요. 워낙 재능이 많은 분이잖아요. 풍금도 잘 치고, 노래도 잘하고요. 가지 말라 울며 말리는 노인네도 있었지만 붙잡을 순 없었어요. 당신은…… 당신이 갈 길을 알고 있는 분이니까요.

그녀가 떠난 건 불과 닷새 전이었다고 했다.

트빌리시에 도착해서 곧 찾아왔다면 만났을 터였다. 수철과 나는 그곳 카르키스 요양소에서 이틀을 머물렀다. 더 머물 수도 있었지만 라파엘 신부가 아주 오래 있을 생각이 아니라면 차라리 정들기 전에 떠나라고 충고해주었기 때문에 떠나기로 한 것이었다.

어디로 간다는 말은 못 들었습니까?

마지막 날 밤 내가 물었다. 압니다……라고, 라파엘 신부는 흔쾌하게 말해주었다. 그녀는 흑해 연안을 여행한 뒤 중앙아시아를 거쳐 시베리아 바이칼로 간다고 말했다고 했다. 지금쯤 아마 크림 반도로 들어갔을 겁니다. 크림 반도의 얄타로 가면 만날지도 모르지요. 내가 그곳의 아는 선교사를 편지로 소개해드렸으니까요. 라파엘 신부는 얄타에 머물고 있는 한국인 선교사의 주소를 나에게도 주었다. 라파엘 신부는 환영에서 보았던 그대로 키가 컸다. 그의 사제복은 닳고 닳아 이곳저곳 기운 자리가 많았다.

천 선생님, 여행할 정도의 건강은 되시던가요?

내가 물었고, 알고 계시군요, 라파엘 신부는 대꾸했다. 트빌리시 병원에서 투석 치료를 받았으니 당분간은 견디겠지만 결국은 하나님의 품 안으로 가게 되겠지요. 그분도 그걸 알고 예서 떠난 겁니다. 라파엘 신부는 그러면서 또 덧붙였다. 불과 반 년 정도 여기 계셨지만요, 나는 이곳에서 그분이 천국의 열쇠를 얻어 갔다고 생각하고 있어요. 올 때와 달리, 그분은 참 편안하고 너그럽게, 당신의 죽음을 맞을 준비를 다 마치고 이곳을 떠났거든요.

나는 말없이 고개를 끄덕거렸다.

라파엘 신부가 그루지야 국경까지 수철과 나를 데려다주었다. 카르키스 마을에서 북행길을 잡아 산맥을 내려오자 곧 그루지야와 러시아 국경이 나왔다. 그분을 만나면 내 안부도 전해주세요. 내내 편안함을 잃지 말라고요. 라파엘 신부는 말했다. 우리는 곧 러시아 땅인 북오세티아로 들어갔다.

천예린은 얄타에 있었다.

북오세티아의 주도인 오르조니키제를 지나 내친김에 수철이 머물 모즈도크까지 들른 뒤, 수철과 작별하고 아조프 해와 흑해 사이의 육로를 따라 내가 크림 반도로 들어간 것은 라파엘 신부와 작별하고 꼭 열흘 만이었다. 선교사의 안내를 받아 가파른 언덕길을 힘겹게 올라갔을 때, 아름다운 흑해가 한눈에 바라보이는 언덕 위의 작은 집 마당에 천예린, 그녀가 서녘 햇빛을 비스듬히 받고 있었다.

왔네.

그녀는 놀라지도 않고 밝게 웃으며 말했다.

1년여 만에 만났음에도 그녀는 아침에 나갔다가 저녁에 돌아오는 정인(情人)을 맞는 것처럼 나를 맞아주었다. 내가 따라올 것도 다 알고 있었다는 얼굴이었다. 표정은 다행히 편안해

보였다. 크림 산맥 정수리는 희끗희끗 눈이 덮였으나 그녀가 기대앉은 벚나무는 단풍이 한창이었다.

그녀의 손을 잡는데 눈앞이 돌연 흐려졌다.

슬픈가, 하면 슬프지 않았고, 기쁜가, 하면 기쁜 것도 아닌데, 그러나 눈앞이 흐려지더니 눈물 한 방울이 주르륵 볼을 타고 흘렀다. 서녘 해로…… 해…… 해바라기를 하시네요……라고, 내가 입으로는 웃으며 말했다. 극락정토는 서녘에 있다네, 이 사람아. 그녀는 먼 데를 보듯 나를 보았다. 슬프지도 기쁘지도 않은데 내가 울었다면 아마 그녀의 변한 모습 때문일 터였다. 1년 사이 그녀는 백발이 되어 있었고, 상반신은 마르고 아랫배만 기형적으로 나와 있었으며, 눈도 침침해진 듯 잔뜩 골진 얼굴에 실눈을 뜨고 있었다.

얄타는 유명한 휴양지였다.

우뚝 솟은 크림 산맥과 흑해 사이의 가파른 경사면에 자리 잡은 얄타는 2차 세계대전 끝에 루스벨트, 처칠, 스탈린이 모여 앉아 소위 얄타협정을 맺은 곳으로 유명했다. 체호프와 푸시킨과 고리키의 숨결이 밴 곳일 뿐 아니라, 개혁과 개방을 주도했던 고르바초프가 1991년 여름 이곳의 별장에 감금된 뒤 공산당 내 강경 보수파의 쿠데타를 맞았던 일로 또 한번 유명해진 곳이었다. 고르바초프가 감금돼 있던 별장은 해군 기지 세바스토폴로 나가는 가파른 산악 도로 바로 아래에 위치해 있었다.

해안 쪽엔 구소련 시절 지은 노동자 휴양소 건물과 호텔들이 주로 자리 잡았고, 크림 산맥이 구릉을 지어 흘러내린 언덕 위엔 낡은 주택들이 자리 잡고 있었다. 나는 자주 뜰의 벚나무 아래 그녀와 나란히 앉아 손금처럼 내려다뵈는 해안 풍경을 오래오래 바라보았다. 피차 말은 별로 없었다. 한나절이나 앉아 있으면서 말 한 마디 나누지 않은 날도 있었다.

말수가 많이 적어지셨어요.

말할 게 있어야지 뭐.

휴양지였음에도 불구하고 얄타는 언제나 조용했다. 가을이 깊어지면서 관광객도 줄었고 호텔에 딸린 클럽을 빼곤 유흥가도 전혀 없기 때문이었다. 가끔 세바스토폴로 돌아가는 흑해함대의 군함이 바다를 가로질렀고, 근처를 오가며 정어리나 숭어를 잡는 작은 고깃배가 항구로 돌아오는 것이 보였다. 흑해엔 특히 멸치가 많이 산다고 알려져 있지만 멸치잡이 배는 본 적이 없었다. 오크니에서 보던 바다보다 더 검어요. 내가 말했다. 바다 밑 물이 정체되어 있어 그렇다고 그녀는 설명해주었다. 정체된 심층수에서 발생한 황화수소가 철분과 결합하여 검은빛을 띤다는 것이었다. 흑해의 물은 보스포루스 해협을 타고 지중해로 흘러 나갔다.

오크니 시절이 그리워.

그녀는 가끔 수줍어하며 말했다.

오크니에선 지금보다, 살아 있었어. 당신도.

그랬었던가…… 하고, 나는 생각했다. 만약 일상적 삶에 따르는 달콤한 부식을 거부하고, 그 반역으로 얻어내는 긴장감이 우리를 진실로 살아 있게 만든다고 한다면 그녀의 말은 옳았다. 그래요. 나는 대답했다. 어딜 가든, 또 언제든지, 어쩌면 죽은 뒤라도 오크니를 잊지는 못할 거예요. 어찌 잊을 수 있겠는가. 그 여로의 끝에서 비로소 얻었던 내 실존적인 자유를.

가을은 하루가 다르게 깊어졌다.

가을이 다 갈 때까지 나는 한 번도 얄타를 벗어나지 않았다. 얄타는 인구가 10만도 채 안 되는 곳이었다. 크림 주의 주도인 심페로폴은 크림 산맥 너머에 있었고, 해안을 따라 돌아 나가면 그리스 때 식민 도시로 건설되기 시작해 흑해 함대의 모항으로 발전한 세바스토폴이 있었다. 나는 그러나 아무 데도 가지 않았고, 심심하면 겨우 해안 거리까지 내려갔다.
얄타는 안톤 체호프의 도시였다.
체호프는 이곳에 살면서 불후의 명작으로 알려진 〈세 자매〉와 〈벚꽃 동산〉을 썼으며, 특히 〈개를 동반한 부인〉은 얄타가 배경이었다. 막심 고리키도 이곳에서 산 적이 있었다. 고리키는 이 길을 걸어서 곧잘 저기, 체호프의 집에 갔었대. 그녀는 설명해주었다. 여덟 살 위인 안톤 체호프를 만나려고 막심 고리키가 자주 걸었을 해안 거리엔 무성한 종려나무가 열 지어 심어져 있었다. 햇빛이 밝은 날에도 무성한 종려나무의 그늘 때문에 해안 거리는 침침한 분위기가 감돌았다. 검은 바다 빛깔도 한몫했다. 의학을 공부했으면서도 평생 문학의 외길을 걸었던 체호프와 달리, 막심 고리키는 혁명의 전위에 서서 온몸으로 그 시대와 맞서 살다가 체포, 구금의 수난을 겪었다.

체호프가 살았던 집은 3층으로 된 흰 집이었다.

300평쯤 돼 보이는 정원엔 벚나무·개나리·라일락 등 여러 종류의 나무들이 있었고, 흰 대리석으로 깎은 체호프의 두상이 그 나무들을 바라보고 있었다. 체호프가 직접 심었다는 대나무는 그사이 새끼를 많이 쳐서 숲을 이루고 있었는데, 특히 인상적이었다. 체호프는 원고를 쓰다가 지치면 정원에 나와 잡초를 뽑고, 나무들을 직접 골라 손수 심었다고 했다. 흑해는 체호프가 앉아 쉬었음 직한 정원의 구석에서도 손바닥처럼 내려다보였다. 체호프가 살았던 집 바로 위쪽엔 심페로폴에서 얄타를 지나 세바스토폴까지 이어지는 도로가 지나고 있었다. 경사가 급한 산자락을 깎아 만든 산악 도로였으므로 자주 산악자전거를 탄 대열이 지나갔다. 경관이 좋고 기후도 온화해서 여러 나라의 사이클 선수들이 이곳으로 전지훈련을 많이 오기 때문이었다. 우리가 선교사의 도움을 받아 세 들어 살고 있는 집 마당에선 그 도로가 환히 내려다보였다. 훌훌 낙엽 지는 벚나무 그늘에 앉아 그녀와 나는 곧잘 일렬로 늘어서서 달려가는 자전거 대열을 바라보곤 했다. 반바지 차림의 사이클 선수들 모습은 언제나 생생하고 민첩해 보였다.

　얼마 동안 우리는 매일 조용히 누워 밤을 보냈다. 선교사는 내가 쓸 침대를 하나 더 구해 왔고, 그녀의 침대와 한 자쯤 떨어진 곳에 놓아주었다. 낡은 벽돌집은 가운데를 갈라 두 가구가 쓰도록 설계되어 있었다. 우리가 쓰는 서쪽 공간만 해도 주방과 2개의 방이 배치되어 있었는데, 그녀는 방 하나를 그냥 비워둔 채 새로 가져온 침대를 자신의 침대 곁에 놓으라고 했다.

　창 너머, 물푸레나무가 있어 이 방이 좋아.

　하긴 비어 있는 서북간의 방에선 바다도 보이지 않을 터였다. 물푸레나무가 몇 그루 창을 따라 심어져 있고, 마당 끝엔 라일락과 벚나무와 물참나무가 있었다. 바다와 얄타의 해안 거리가 그 방에선 한눈에 내려다보였다. 특히 밤이 깊어 사위가 조용해지면 바닷소리보다 더 선연히 창 옆의 물푸레나무들이 흔들리는 소리가 들렸는데, 물푸레나무들 흔들리는 소리인지 잔잔한 바다가 내는 소리인지 분간이 잘 가지 않을 때도 있었다.

　고향 집 뒤란에 물푸레나무가 있었어.

　고향 집이라고요? 나는 어둠 속에서 반문했다. 이상한 일이었다. 그녀에 대해 그토록 집착했으면서 그녀의 고향이 어디인지 나는 알지 못하고 있었다. 고향 집, 이라고 그녀가 말할 때, 나는 아주 생경함을 느꼈다. 마치 그녀는 고향이 없는 사람이라고 처음부터 굳게 믿어온 것 같았다. 게다가 그녀 또한 고향에 관해 말한 것은, 그날이 처음이었다.

물푸레나무 얘기야. 고향 얘기가 아니라고.

고향 집을 화제 삼은 일이 전혀 없으셨거든요.

내 고향은 글쎄, 어디라고 해야 할는지 원. 그녀는 심드렁하게 말했다. 태어난 곳은 숙천이라고, 평안남도였어. 세 살 때 만주로 갔고, 해방된 얼마 후 다시 숙천으로 돌아왔다가 6·25 직전에 나만 남하했지. 그녀의 고향이 북녘 땅이란 말을 듣자 한숨이 절로 나왔다. 외삼촌 한 분이 서울에 있었거든. 살기가 어려워서 어머니가 형제들을 평양의 이모네, 서울의 외삼촌네 하는 식으로 각각 떼어 맡겼다고 그녀는 설명했다. 말이 고향이지 특별히 따뜻한 기억도 없고, 그래서 누가 고향이 어디냐 하면 난감해.

형제분들 소식은 들은 적이 없나요?

없어. 한때는 혹시 남쪽으로 내려온 사람이 없나 하고 찾아보기도 했지만 소용없었어. 또 찾으면 뭐해? 외삼촌마저 일찍 돌아가시고. 난 혈연이니 뭐니 그런 거 잘 몰라. 그 얘긴 그쯤 해두고, 당신 얘기나 해봐. 오크니에서 곧장 이스탄불로 간 거야?

곧장 간 건 아니고요.

유럽을 거쳐서 갔겠지.

그럼요. 유럽의 가을을 보았지요. 나는 어디를 어떻게 돌아 이스탄불을 갔는지 설명했고, 그녀는 적당히 맞장구를 치며 내 말을 들었다. 물푸레나무가 흔들리고 있었다. 나는 유럽의 길들과 이스탄불의 하늘에 대해 말했다. 히피처럼 살았지요. 나는 또 덧붙였다. 히피처럼……이라는 말에 그녀는 내 편으로 돌아누우면서, 김진영과 히피라, 많이 발전했네…… 하고, 쿡 웃었다. 아마도 처음 만날 때의 나를 되돌아보고 있는 모양이었다. 살다 보니까, 제게도 그런 날이 있더라고요. 제가 생각해봐도 지금의 저하고 옛날의 저하고, 너무 극적으로 멀어요.

내가 악업을 지은 게야.

선업이지요.

어떤 날은 내 말을 듣다가 그녀가 먼저 잠들 때도 있었다. 그녀는 죽은 것처럼 잤다. 한번은 이스탄불 어느 거리에서 자고 있었는데요……라고, 나는 그녀가 잠든 걸 알면서도, 내가 잠이 들 때까지 계속 이야기했다. 그녀의 팔이 침대 밖으로 나와 있는 게 보였다. 나는 그녀의 팔을 침대 안으로 들여놓아주고 담요를 끌어 올려 덮어준 뒤 이야기를 계속했다.

그런 식으로 가을의 끝물이 선뜻 지나갔다.

밤마다 그녀는 내 말을 들어주었고 물푸레나무는 언제나 바닷바람에 흔들렸다. 이상한 것은 가을이 아주 깊어질 때까지 그녀와 내가 단 한 번도 같은 침대에 들지 않았다는 것이었다. 본능의 감옥으로 상기되는 오크니제도에서의 그녀와 나를 돌이켜보면, 그것은 분명 이상한 일이 아닐 수 없었다. 같은 침대에 들기는커녕 뽀뽀 수준을 넘어서는 관능적인 키스조차 한 적이 없을 정도였다. 아주 가끔 잠시 안을 때가 있었으나 그 또한 관능하고는 거리가 멀었다.

오크니에 있을 때만 해도 젊었었어.

그녀는 쓸쓸히 말했다. 그렇다고, 그녀와 내가 각자의 침대에 떨어져 누워 지내는 것이 부자연스럽거나 작위적으로 느껴진 적은 없었다. 작위적이기는커녕 오히려 그것이 훨씬 자연스럽게 받아들여졌고, 또 따뜻했다. 마침내 우리는 피차 육체로부터 자유로워진 셈이었다. 처음부터 그렇게 지내온 것 같기도 했다. 어떤 날은 그녀가 어머니처럼 소매를 걷어붙이고 내 등에 비누칠을 해주었는데, 그 또한 자연스러웠다. 오크니에서보다 살 좀 붙었네그려. 그녀는 내 엉덩이를 철썩, 손바닥으로 때리며 말했다. 몇 살 정도가 아니라 열 살, 스무 살쯤 그녀가 많은 것 같은 느낌이 들었다. 그날 밤도 우린 각자 다른 침대에 누워 잠들었다.

겨울이 왔다. 어느 날인가, 늦잠에서 깨어나 무심코 창을 열었다가 나는 그만 눈을 질끈 감고 얼결에 창을 닫고 만 일이 있었는데 눈 때문이었다. 밤새 눈이 내리고, 그러나 아침 햇빛이 내리비치고 있었기 때문에 그 반사된 빛이 내 눈을 찌른 것이었다. 그것이 얄타의 겨울이었다. 외부 사람들의 발길은 뚝 끊어지고, 해안 거리는 개 떼들의 차지가 됐다. 간밤에 꿈을 꾸었어. 저녁 무렵 그녀는 말했다. 예전에 내가 기르던 개 말이야.

스피츠 종류였는데, 이놈이 너무 늙어서 치매에 걸렸었거든. 제 주인도 물고, 할 수 없이 수의사한테 데려가 안락사를 시켰지, 꿈에 글쎄, 그놈이 보이더라고. 날 잔뜩 원망하는 눈빛으로 보고 서 있는 꿈이었어.

겨울의 흑해엔 가끔 폭풍이 불어왔다.

내해라지만 흑해도 바다는 바다였다. 폭풍이 부는 밤엔 파도 소리 때문에 잠을 이룰 수가 없었고, 길이 잔뜩 얼어붙어 있어 해안 거리조차도 내려갈 수 없었다. 그녀의 눈은 더욱 깊어졌고, 부었는지 몸집은 가을보다 불어나 있었다. 봄엔 큰 도시로 가는 게 좋겠어요. 얄타엔 만일의 경우, 그녀가 위급해지면 갈 만한 충분한 시설을 갖춘 병원이 없었다. 그녀의 마지막을 고통 없이 겪으려면 서울로 돌아가는 것이 제일 좋겠지만 서울 이야기만 나오면 그녀는 단호히 고개를 저었다. 죽기 전엔 물론 죽은 다음에도 서울로 돌아가고 싶지 않다고 했다.

나를 안고 싶지 않아?

그녀가 불현듯 물었다. 그사이 밤이 아주 깊었고, 밖에선 바다가 아우성을 치고 있었다. 나는 잠시 뜸을 들이다가 슬쩍 비켜서면서 반문했다. 선생님은 어떠신데요? 나보다…… 저번에, 당신 자전거 탈 때 보니까, 아직 젊어 뵈던데. 그래서 생각했어. 저 사람 회춘한 게 아닐까 하고. 어때? 가끔은 그게 일어서지 않아?

정말, 가끔요.

나는 웃으며 대답했다.

젊은 여자라면 매일 되겠지. 젊은 게 섹시하거든. 그녀는 쓸쓸한 어조로 대꾸했다. 나는 물론 그녀의 말에 토를 달지 않았다. 팔을 뻗어 침대 끝에 놓인 그녀의 손을 잡았다. 탄력은 없었지만 아직도 그녀의 손등은 보드라웠다. 나는 그녀의 손등을 쓰다듬고 손바닥을 손톱으로 긁어보았다. 손바닥은 그녀의 성감대 중 하나였다. 괜히…… 노인네 놀리지 마……라고 그녀가 수줍은 목소리로 말했다.

내가 그녀의 침대에 처음 든 것은 그 며칠 후였다.

샤워를 끝내고 돌아왔을 때 그녀는 침대에 누워 있었다. 그 무렵까지 알타에서 그녀의 벗은 몸을 본 적은 없었다. 그녀는 나를 씻겨주었지만 그녀가 샤워를 할 때는 한사코 나를 밀어냈기 때문이었다. 그녀는 늘 긴 치마를 입었고 팔목까지 내려오는 셔츠를 입었다. 나는 그녀의 침대 밑에 무릎 꿇고 앉아서 침대 위의 그녀에게 깊은 키스를 했다. 아, 이러지 마. 그녀의 말을 나는 듣지 않았다. 우리는 피차 육체의 구석구석까지 다 알고 있는 사이였다. 그녀는 그러나 첫 경험을 하듯이 굴었다. 낯설고 애틋하고 정다웠다. 좀 전에 샤워를 하고 나왔는데도 그녀에게선 부패한 듯한 냄새가 나고 있었다. 나는 그녀가 내 입술을 피할 수 없도록 머리를 잡아 안고서 혀를 깊이 빨아들이고, 손을 그녀의 셔츠 속으로 밀어 넣었다.

안, 안 돼.

그 순간 그녀가 다급하게 소리쳤다.

그녀는 뜻밖에 강력하게 내 손을 자신의 허리춤에서 떼어내고 벌떡 상반신을 일으켰다. 커튼을 닫지 않았으므로 실내등을 꺼놓았어도 안은 희뿌옇게 밝았다. 울었던가. 실루엣처럼 드러난 그녀의 관자놀이에 번질번질 묻어난 눈물 자국이 보였다. 왜 그러세요? 그녀는 대답 대신 침대에서 빠져나와 문 쪽으로 갔다. 눈바람이 불고 있는가 보았다. 다르르 떨리는 창에 희끗희끗한 것들이 달려와 쓰러지고 있었다.

한 가지만 약속해줘.

그녀가 이윽고 말했다. 내 몸을 만지는 건 안 돼. 원한다면 대신 내가 당신을 데울게. 그녀는 커튼까지 닫고 나서 손을 잡아끌어 나를 침대에 뉘었다. 마치 어머니가 어린아이를 안아 재우려는 것 같았다. 그녀는 그러고 나서 내게 키스했고, 내 전신을 혀와 손끝으로 애무하기 시작했다. 그녀는 목에서 발끝까지 닿는 실크 잠옷을 입고 있었다. 혀가 가슴을 직진해 내려갔고 손톱이 대퇴부를 따라 올라왔다. 여전히 섬세하고 강렬하며 자극적이었다. 그녀는 내 몸의 모든 세포들과 실핏줄의 감도까지도 알고 있었다. 그녀를 만지려고 실크 잠옷 속으로 손을 넣으려 했으나 그때마다 그녀가 완강히 제지했으므로 나는 순종하는 어린 양처럼 그녀에게 몸을 내맡기고 있었다. 비죽 하고 고개를 든 나의 그것이 놀란 듯이 직립했다. 그녀는 그것에 자신의 타액을 듬뿍 묻힌 다음 잠옷을 입은 채 말처럼 나를 타고 앉았다. 애액이 거의 없었을 테니 그녀는 보나마나 어둠 속에서 자신의 그것에게 오일을 충분히 발랐을 터였다. 그런데도 불구하고 나의 그것이 그녀의 문 안에 들었을 때, 나는 그녀의 중심이 사막처럼 메말라 있다고 느꼈다.

　사막처럼.

　나는 속으로 중얼거렸다.

　내가 사막처럼……이라고, 다시 소리 내어 중얼거린 것은 이튿날 아침이었다. 눈을 떴을 때 그녀는 침대에 없었다. 나는 평소보다 조금 늦게 눈을 떴는데, 눈을 뜨자마자 사막처럼……이라는 말이 나도 모르게 내 입에서 튀어나왔다. 이제 그녀는 예순이 아닌가. 건강하더라도 사막이 될 때도 됐다고 나는 생각했다. 그녀는 그런데 나의 애무를 왜 한사코 피하는 걸까. 투석 치료를 하면 한동안 거짓말처럼 부스럼이 가라앉았다는 사실을 나는 상기했다. 세바스토폴로 나가 투석 치료를 한 게 불과 얼마 전이었다. 그러나 줄곧 내 코끝을 자극하던 냄새는 무엇인가. 아, 하고 나는 입을 벌렸다. 종기인지 열꽃인지, 복사꽃 같은 부스럼이 퍼져나간 그것이, 이제 투석 치료에도 불구하고 온몸으로 퍼져 깊숙이 그녀의 살을 왕성히 먹어치우고 있을 가능성이 많았다. 그녀는 그러나 모처럼 환하게 웃으며 나를 맞아주었다.

생선으로 국을 끓였어.

그녀는 생선국을 아침 식탁에 올려놓아주었다.

선교사님이 생선을 구해 왔지 뭐야. 그녀는 덧붙였다. 여민 셔츠와 칼라 위로 분명히 열꽃의 편린이 삐죽이 솟아 올라와 있었다. 양념이 뭐 있어야지. 그냥 고춧가루만 넣고 간 맞췄을 뿐인데 맛이 어떤가 모르겠네. 그녀는 계속 말했다. 좋은걸요. 맛있어요. 짐짓 나도 웃으며 대답했다. 다음 날 나는 그녀의 침대에 내 침대를 붙여놓았고, 서로 손을 잡은 채 잤다. 키스는 오래 했으나 섹스는 하지 않았다.

섹스를 다시 시도한 것은 그로부터 이틀 후였다.

그녀에게선 여전히 썩어가는, 나쁜 냄새가 났다. 오일을 바른 사막의 어둔 그늘을 따라 나는 맨발로 걷듯이 그녀에게 들어갔다. 그녀는 마지못해 내게 길을 열어주었다. 문제는 그녀 쪽이 아니라 오히려 내 쪽이었다. 문 안에 들 때 잠깐 단단해졌던 그것이 문 안에 들어서서 제 풀에 주저앉고 만 것이었다. 그녀가 정성을 다해 애무했지만 소용없었다.

괜찮아. 젊은 애들도 이럴 때가 있는걸.

그녀는 땀을 흘리며 말했다. 다른 젊은 여자를 만나면 괜찮을 거야. 그러나 기진맥진해진 그녀가 침대 바닥으로 쓰러져 누울 때, 내 감정의 가닥이 갑자기 맹렬히 감겼다. 나는 돌발적으로 방심해 누운 그녀를 위에서 갑자기 찍어 눌렀다. 죽은 것이 돌연 다시 고개를 들고 있었다. 나를 애무하느라 기진맥진해 쓰러진 그녀를 보는 순간, 어쩌면 내가 극기했다고 착각했던 것, 검은 망토를 뒤집어쓴 죽음의 그림자를 나는 얼핏 본 것 같았다. 이유는 그것뿐이었다. 일종의 적개심 같은 것이 나의 세포들을 다시 깨우기 시작했다고 할 수 있었다. 왜, 왜 이래……라고, 그녀가 말했지만 소용없었다. 나는 그녀에게 강렬한 키스를 퍼부었고, 그녀의 저항을 거칠게 제압, 잠옷 속으로 손을 밀어 넣었고, 그녀의 잠옷을 급기야 위로 말아 올렸다. 죽어 있던 나의 그것이, 내 서슬에 놀라 더욱더 곤두서는 걸 나는 느꼈다. 제발……이라고 그녀가 애원했지만 나는 듣지 않았다. 실내가 캄캄해 그녀를 볼 순 없었으나 그녀의 몸을 느낄 수는 있었다. 예상대로 그녀의 전신엔 크고 작은 종기들이 잔뜩 돋아나 있었다. 나의 입술은 종기들을 쓰다듬고 올라가 그녀의 젖꼭지를 단호하게 물었다. 이 미친, 미친 자식! 그녀가 숨을 헐떡이며 씹어뱉었다. 그 비명은 오히려 그녀가 본래의 그녀에게로 돌아왔다는 신호음처럼 내게 들렸다. 넌 한낱 동물이야, 라고 말하던 피 어린 오크니에서의 그녀로.

당신은 날 사랑하지 않아요, 지금도요.

말하고 싶었으나 나는 말하지 않았다. 그녀의 몸은 기형이었다. 손발은 아이처럼 말랐고, 처진 가슴은 부스럼이 거의 점령했으며 배는 임신한 것처럼 잔뜩 부풀어 올라 있었다. 복수가 가득 차 있는 모양이었다. 나는 배를 덮고 있는 부스럼들에게 도 입 맞췄다.

당신의…… 배 속으로 들어가고 싶어요.

나는 속으로 말했다.

나를, 임신해주세요. 자궁, 불임은 곧 사막……이라던 그녀의 말이 떠올랐다. 사막이란 죽음 그 자체일 터였다. 나는 고개를 가로저었다. 성욕으로서가 아니라, 완전한 멸망, 죽음의 그림자 를 단번에 짓부수고 싶은 욕망으로 나는 진저리를 쳤다. 내 입 은 어느덧 그녀의 발기된 종환들을 빨고 있었다. 부푼 부스럼 과 속이 꽉 찬 종기들이 툭, 툭 입 안에서 터지는 느낌이 나를 사로잡았다. 나의 어깨를 그녀가 힘껏 깨문 것은 그다음 순간 이었다. 나는 비명을 지르면서 침대 밑으로 나가떨어졌다.

넌 미쳤어!

그녀가 낮게 씹어뱉고 방을 나갔다.

다음 날 아침에 그녀는 집에 없었다. 식탁 위엔 나를 위한 밥 상이 차려져 있었고, 햇빛 내리쬐는 언덕길엔 한 떼의 사이클 대열이 아름답게 질주하고 있었다. 나는 창가에 서서 투명한 아침 햇빛에 두 손을 내밀고 보다가 흠칫 몸을 떨었다. 공포감 이 엄습했다. 그녀의 부스럼들을 만졌던 손톱 밑과 손가락엔 잔뜩 피고름이 엉겨 붙어 있었다.

그녀가 돌아온 것은 이틀 후였다.

정오가 될 때까지도 뿌옇게 낀 안개가 걷히지 않고 있던 날이었는데, 그녀는 안개 뒤에서 불현듯 나타났다. 요염한 빨간 투피스 차림에 챙이 긴 빨간 모자를 쓰고 있었다. 그러나 죽음의 그림자가 그녀를 완연히 뒤덮고 있다고 나는 느꼈다. 나무 밑에 앉아 있다가 일어서는 나를 향해 그녀는 웃었다. 앞니 하나가 쑥 빠져나간 것을 나는 단번에 알았다.

세바스토폴에 갔었어.

세바스토폴은 남쪽으로 자리 잡은 흑해 함대의 본거지였다. 기원전에 그리스의 식민 도시로 이미 건설된 세바스토폴은 높은 도시라는 뜻을 지닌 지명답게, 오랜 역사 속에서 번영과 쇠퇴를 거듭하며 오늘에 이른 늙은 도시라고 할 수 있었다. 크림 전쟁 때 1년이 넘게 포위 공격을 견뎌낸 세바스토폴 요새의 위용은 톨스토이의 《세바스토폴 이야기》에 장엄하게 그려져 있으며, 2차 세계대전에서 독일군의 공격을 250여 일이나 견뎌낸 것으로도 유명했다. 그러나 지금은 못쓰게 된 전함들만 을씨년 스럽게 버려져 있더라고, 그녀는 말했다.

나, 이빨을 3개나 뺐어.

그녀가 빠진 앞니 자국을 드러내 보였다.

어금니 2개하고 앞니 하나. 시설이 너무 형편없더라고. 의사가 글쎄, 집게를 가지고 덤벼들기에 죽었구나 했는데 그저, 쑥

뽑혀 나오지 뭐야. 노쇠해서 빠져나오는 거라 고통이 없대. 쑥, 쑤욱, 잘 나오더라니까. 무 뽑히듯이. 보기에 어때? 흉측하지? 웃기지?

그녀는 웃었지만 나는 웃지 않았다.

안개가 빠른 속도로 걷히고 있었다. 그녀는 욕탕 안으로 들어가 오래오래 빨래를 했다. 그 무렵의 그녀는 사실 힘든 노동을 거의 견디지 못했다. 짐짓 아무 일도 없었던 것처럼 행동하려고 빨래를 핑계 삼은 것이었다. 아무 일도 없었던 것처럼 굴었지만 아무 일도 없었던 것은 아니었다. 인간 실존적 조건이 부딪치는 최악의 밑바닥을 나는 지난밤에 보고 느꼈다고 생각했다.

자전거 좀 타고 올게요.

나는 욕탕 안을 향해 말했다.

대답은 없었다. 날씨가 좀 차가웠지만 나는 반바지에 붉은 헬멧을 쓰고 자전거를 끌고 나왔다. 길은 쾌적하게 비어 있었다. 나는 엉덩이를 뒤로 세운 채 힘껏 페달을 밟았다. 그녀가 나를 내려다보고 있는지 어쩐지는 알 수 없었다. 세바스토폴 쪽으로 달리다 보면 얄타의 끝, 언덕길 아래로 고르바초프가 사용하던 별장이 있었다. 20세기 최대의 변화를 주도했던 고르바초프가 연금됨으로써 세기말의 역사를 바꾸었던 별장 건물은 정문에 바리케이드가 쳐진 채 인적이 전혀 없었다. 나는 자전거에서 내려 붉은 지붕 안채 건물을 망연히 바라보았다. 잡초

들이 자라나 있었다. 텅 빈 역사의 중심, 퇴락과 소진의 끝에 놓인 건물을 보는데, 그녀의 메마른, 푹 꺼진 자궁이 그것에 오버랩되어 보였다. 아기를 담아본 적이 없는 자궁이라 더 황막해 보였다. 아기가 있다면 그녀의 삶이 좀 달랐을 것 같았다. 눈시울이 뜨거워졌다.

당신이 자전거 타는 걸 여기서 내려다봤어.

집으로 돌아온 내게 그녀가 말했다. 그녀는 무릎을 세워 껴안고 뜰에 앉아 있었다. 처음 나를 쫓아 당신이 오크니에 왔을 때……라고, 그녀는 계속 말을 이었다. 바닷가 이탤리언 작은 성당으로 이어진 백야로 젖은 텅 빈 길이 내 눈앞에 떠올랐다. 그녀가 성당 안에서 등 뒤로 다가선 내게 느림보라고, 얼마나 기다렸는데 이제야 왔느냐면서, 나를 껴안아, 내가 든 칼끝을 자신의 가슴에 끌어다 대면서, 칼끝을 대고 힘껏 찔러 넣기만 하면 돼……라고, 나의 살해 욕구를 부추기던 기억이었다.

그때의 당신은.

그녀는 말을 계속했다.

당신 자신이 아녔어. 당신이 누구인지 모를 때였지. 우리에겐 그게 찬스였는데 당신…… 나를 찌르지 못하고…… 결국 당신 자신만을 칼로 찔렀어.

지금은…… 나 자신도 찌르고 싶지 않아요.

바로 그거야. 벚나무 아래에서 사이클 페달을 밟는 당신을 보고 있다가 난 깨달았어. 저 사람은 강해졌구나, 하고. 저 사람은 제 자유를 찾았구나, 하고. 당신은 마침내…… 내 위에 선 거야. 이 천예린을 이긴 거라구.

선생님을 이긴 게 아니라 나를 이기고자 노력했어요.

어쨌든 당신은 이겼고, 나는 졌어. 나는 동의할 수 없었다. 이기고 지고의 문제가 아니라고 봐요. 내가 대답했다. 그녀에 대한 편협한 소유욕에서 벗어난 건 사실이었다. 누가 누구를 가질 수 있다는 것은 모두 착각이라는 것도 나는 이제 알고 있었다. 선생님이…… 나를 자연스럽게 받아들이지 않는 게 슬퍼요. 나는 말의 아퀴를 지었다. 물푸레나무 가지들이 달빛을 받아 커튼 자락에 부드럽게 찍혀 있었다. 그녀는 고개를 숙인 채, 내 말에 오래 침묵했다.

울고 있는가.

미동 없이 앉아 있었지만 나는 그녀가 울고 있다고 느꼈다. 나는 손을 뻗어 그녀의 성긴 머리카락을 만졌다. 나는 알고 있었다. 우리가 만나던 처음부터 어쩌면 그랬을 것이라고 나는 생각했다. 소유로서 사랑의 완성을 꿈꾼 것이 아니라, 그녀와 내가 진실로 찾고 싶었던 그 무엇은, 영원이었다. 아아, 영원……이라고, 중얼거리고 나는 한차례 진저리를 쳤다.

잠시 기다려.

그녀가 속삭이듯 말했다.

내 손을 떼어내고 나서 그녀는 곧 안으로 들어갔다. 아무래도 여기를 떠나야겠어. 나는 생각했다. 욕탕 쪽에서 물소리가 났다. 물푸레나무 가지들은 계속해서 흔들리고 있었다. 검은 바닷속으로 지고 있을 별들이 밑도 끝도 없이 떠올랐다. 별들은, 영원의 표상이었다. 그에 비해 차디찬 물에 씻기고 있는, 그녀의 사막 같은 육체는 얼마나 슬픈가.

됐어. 방으로 들어와.

그녀가 안에서 말했다. 나는 어스레한 방 안으로 들어갔다. 불을 켜봐……라고, 그녀가 일렀다. 그녀는 침대에 반듯하게 누워 있었다. 불을 켜보라니까. 그녀가 재촉했다. 그녀의 나신이 희미하게 내 눈에 들어왔다. 망설일 것 없어. 당신에게 더 이상 감추고 싶지 않아. 그녀의 어조는 너무 담담해서 차라리 사무적으로 들렸다. 오크니에서, 우린 늘 불을 켠 채 섹스했잖아. 스위치를 눌러봐. 나는 불을 켰고, 그리고 백열전구 아래 가릴 것 없이 드러난 그녀의 알몸을 보았다. 그녀는 팬티까지 벗은 채 누워 있었다.

오. 선, 선생님…….

나는 나도 모르게 눈을 감았다가 떴다.

오크니에서 어쩌다가 훔쳐보았던 열꽃들과는 비교가 되지 않았다. 그때는 열꽃이라고 불러도 좋았지만 이젠 열꽃이 아니라 하나하나가 다 종기였다. 크고 작은 종기들이 얼굴과 손발만 빼고 그녀의 전신을 뒤덮고 있었다. 어떤 종기는 터질 듯 부풀어 올랐고 어떤 종기는 이미 터져서 피고름이 흐르고 있었다. 허리 아래쪽은 피부까지 썩어 들어가는지 거무죽죽 죽은 빛깔이었다. 그런 상태로는 앉는 것과 눕는 것조차 그동안 고통스럽기 그지없었을 터였다. 나는 비틀비틀 다가가 그녀의 머리맡에 무릎 꿇고 앉았다.

내 몸이 이래.

그녀가 눈을 감고 말했다. 잘 봐둬. 죽음의 독버섯들이니깐. 나는 떨리는 손으로 그녀의 머리를 안았다. 아침에 일어나면 잠옷 전체가 피고름투성이야……라고, 그녀는 여전히 담담한 어조로 덧붙였다. 당신이 깨기 전에 그걸 수습하느라 늘 허둥지둥했었는데, 이제 안 그래도 되니까 잘됐네 뭐. 내 손이 그녀의 뺨을 만지고 목을 만지고 가슴으로 내려왔다. 내용물이 쏙 빠져나가 볼썽사납게 처진 젖가슴의 주름 사이에도 잔뜩 부스럼들이 퍼져 있었다.

봄에, 산천 불태우며 번져나는, 철쭉꽃 봤지?

그녀가 계속 말했다.

글쎄, 부스럼이 그래. 아주 혈기 왕성하다고. 독이 잔뜩 올라 부풀다가 조금만 자극해도 툭, 툭, 터져 꽃으로 피거든. 이제 어떤 치료도 별 효과가 없어. 겉으로만 그러는 게 아냐. 안 보일 뿐, 뿌리는 더 깊은걸. 세상에, 뭐 먹을 게 있다고, 요놈들이, 내 몸에 똬리를 틀고 이처럼 군생(群生)하는지 모르겠어.

내, 내일 저하고 병원에 가요.

소용없대도 그러네. 왜 무서워? 부정할 것 없어. 무섭고 혐오스러울 거야. 나 자신도 그랬으니까. 냄새도 날 거고…… 그러니 끔찍한 게 당연해.

아니에요. 혐오스럽지 않아요.

나는 부정했다. 진실로 무섭거나 혐오스럽지 않았다. 예상보단 참혹했으나 죽음의 열꽃이 그녀를 뒤덮고 있는 건 간밤에도 이미 짐작하고 있었던 일이었다. 내게 다가오는 죽음도 나는 내 안에서 아울러 보았다. 견딜 수 없는 것은 죽음에의 공포감이 아니라 그녀를 향한 나의 연민이었다. 연민 때문에 오히려 공포감이 들었다.

당신, 떠나는 게 좋을 거야.

그녀가 상반신을 일으키면서 말했다.

당신한테 미안한 것은, 당신을 사랑했다……라고, 끝까지 말할 수 없다는 거야. 당신을 사랑한 적은 없었어. 사실이야. 당신처럼 나를 대해준 사람이 없었다는 것만은 알고 있어. 당신은 대단한 사랑을 가졌어. 그래서 더 떠나라는 거야.

선생님…….

나는 비명을 지르듯 소리쳤다. 당신을 두고 떠나지 않겠어요……라는 말이 곧 뒤따라왔지만 목이 잠겨 입 밖으로 말 자체가 뱉어지지 않았다. 나는 자리에서 일어서려는 그녀를 부둥켜안았고 그녀의 가슴으로 얼굴을 들이밀었다. 무슨 짓이야! 그녀가 말하면서 나를 떼어내려 했고, 나는 떨어지지 않았다. 당신을 사랑해요. 내 안에서 그런 말이 아우성을 치고 있었다.

종기 따위, 죽음 따위 무섭지 않아요. 무섭지 않다고요. 밖으로 차마 솟구쳐 나오지 못하는 내 안의 갇힌 말들에게 밀려 나간 나의 입이, 그녀의 가슴 언저리 종기를 덥썩 물었다.

　이러지 마. 제, 제발…… 부탁이야.

　내 서슬에 쓰러져 누운 그녀가 소리쳤다. 나는 그러나 그녀의 말을 듣지 않았다. 죽음의 열꽃들을 내 혀로 쓰다듬기 시작했다. 너희들에게 무릎 꿇진 않겠어……라고, 나는 내 혀에 걸린 열꽃들에게 소리 없이 소리쳤다. 그것들이 그녀의 살은 비록 썩게 할지라도 사랑하는 그녀의 본질적 자아를 죽일 순 없었다. 너희가 두렵지 않아……라고, 나는 계속 외쳤다. 결단코 혐오스럽지도, 그것에서 도망치고 싶지도 않았다. 반역의 지평을 향해 나아가는 전사의 마음이었다. 이 미친……이라고, 그녀가 소리쳤지만 내 전진을 막을 수는 없었다. 나는 그녀의 부스럼들을 핥고, 이미 썩기 시작한 냄새나는 하체를 쓰다듬었으며, 잔뜩 독이 오른 종기들을 먹어치웠다. 뜨거운 눈물이 걷잡을 수 없이 쏟아져 그녀의 피고름과 섞였다. 울고 있기는 그녀도 마찬가지였다. 정말 나는 그 순간 미쳤던 것인지도 모를 일이었다.

　　그것의 아래턱이 땅을 일구고
　　그것의 위턱은 하늘을 일군다.

그녀는 훗날, 어떤 부족의 무가(巫歌)를 패러디한 이런 시를 죽기 전에 썼다. 바이칼에서. 땅과 하늘을 일구는 아래턱과 위턱의 '그것'이 무엇을 비유하는지는 확언할 수 없으나, 그날 밤의 내 아래턱과 위턱이 바로 그러했다. 이윽고 달은 기울고, 밤바다가 포효하며 그녀와 나의 귀밑머리까지 밀려들었는데, 그 바다의 기세까지 몰아, 나의 아래턱과 위턱은 미친 피바람을 타고 죽음의 종환들을 격렬히 먹어치우고 있었다.

나는 계속 피고름을 핥고 빨았다.

그것은 멸망을 멸망시키려는 가열한 몸짓이었다. 돌개바람에 휘말린 나뭇가지들이 저희들끼리 쓰러지고 부딪쳐 마침내 불이 붙는 것과 같은 이치였다. 당, 당신을 사랑해요. 영…… 영원히요! 나는 울부짖었다. 그녀의 음부는, 누렇고 희끄무레하게 변색한 성긴 털 밑으로 짚불처럼 꺼져 들어가 있었다. 그렇다고 완전히 죽은 것은 아니었다. 더러운 종환들, 부풀어 오른 아랫배의 비곗덩어리, 피비린내 뒤섞인 악취들도 상관없었다. 나는 그녀에게, 그녀를 점령한 그것들에게 파죽지세로 달려 들어갔다. 나의 아래턱과 위턱은, 종환으로 뒤덮인 그녀의 육체를 해체, 우물을 찾아 필사적으로 헤매고 있었다.

나는 겨울은 그곳에서 그렇게, 보냈다. 나는 밤마다, 그녀를 억지로 침대에 눕히고 철쭉처럼 다투어 피어나는 그녀의 종기들을 짜내고, 핥고, 빨고, 또 약을 발랐다. 소용없어……라는, 그녀의 말에 나는 동의하지 않았다. 얄타 지방의 민속 처방에 따라 악취 나는 풀을 구해 짓찧어 바르기도 했고, 쑥뜸을 뜨기도 했고, 약초들의 연기를 쐬기도 했다.

두고 보세요.

나는 혼잣말하듯 말했다.

이놈들이 선생님을 먹어치우게 바라만 보고 있진 않겠어요. 생애를 통해서 그때처럼 참다운 전사가 되어 산 적이 없었다. 언제나 불안에 쫓기면서 가파른 시간과 과중한 목표에 눌려 살아온 것은 사실이지만, 진실한 의미로 내가 선택한 싸움에서 내 모든 것을 걸어보긴 그때가 처음이었다. 어떤 때는 2시간이 넘도록 그 일을 한 적도 있었다. 손으로 짜내고 입으로 빨아올린 피고름이 플라스틱 바가지를 반이나 채운 적도 있었다. 나는 땀을 뻘뻘 흘리면서, 씩씩거리면서, 뿌리까지 그것들을 빨아냈다. 뿌리 밑에 그것들을 끝없이 조종하는 죽음이 있을 것이므로.

나는 정말 변태성욕자인가.

그런 질문과 만난 적도 많았다.

그것들을 핥고 빨다가 보면 지칠 때도 있었는데, 그런 가운데에서도 나의 그것은 때때로, 돌연 제 고유한 욕망을 따라 일어났다. 놀라운 오르가슴을 나는 느꼈다. 피고름을 빨다 말고 그녀의 꺼진 길로 나의 그것을 밀어 넣은 적도 여러 번 있었다. 오일과 젤리를 사용하기도 했다. 너는 변태야. 그녀가 말했다.

피고름을 핥고 빨면서 껴안으면, 종환들은 그 실존적 열정에 눌려 터지는 것이었고, 그러면 고통과 함께 잠복한 나의 욕망이 비명처럼 터져 나왔다. 어떻게 그것을 말로 설명할 수 있을 것인가. 어떤 지식, 어떤 상식과 관념, 아무런 체제로도 설명할 수 없는 불가사의하고 불가항력적인 욕망이었다.

이것 좀 봐. 당신, 피투성이야. 더러워.

그녀는 이따금 웃으며 말했다.

때때로 우리는 배꼽을 잡고 서로 상대편을 가리키면서 웃기도 했다. 내 아랫배 좀 보라고. 임신한 돼지 아랫배 같아. 이게 어디 사람이야. 그녀는 그런 말을 하며 쿡쿡, 천진하게 웃었으며, 내 대머리에 젤리를 발라주세요, 나는 젤리를 바른 대머리로 그녀의 냄새나는 아랫배와 가슴을 문지르고 웃었다. 생성의 기쁨과 열정의 충만감에 사로잡힌 웃음이라고 나는 생각했다. 그녀의 몸과 내 몸은 더불어 피고름 칠갑이 되는 게 다반사였다. 아, 나는 기꺼이 그것을 먹어치웠다. 투쟁은 가열하고, 고통스러웠으며, 또 유쾌했다. 죽음의 해면굿이라고 할까. 그 피 어린 제의 과정에서 우리는 자주 어디서 오는지 알 수 없는 빛을 보았으며, 거기, 우리의 육신을 맡겼다.

그 이상하고 이상한 광채를 누가 알리.

가끔 폭풍이 불고, 우리는 밤새 각자의 침대에 누운 채, 서로의 몸을 쓰다듬고 핥으면서 흘러간 옛 노래를 끝없이 부르기도 했다. 가끔은 체호프가 살던 집에 내려가거나 고리키가 건던 해안 거리를 걸었고, 와인 시음소까지 걸어가 공짜로 와인에 취하기도 했으며, 영원의 언덕이라고 이름 붙여진 전망대에 올라가 지중해로 열린 흑해를 아주 먼 데까지 오래오래 바라보는 날도 있었다. 어떤 날은 온종일 재잘거리고 또 어떤 날은 온종일 침묵했다. 크리스마스 날엔 꽃종이로 조그만 화관을 만들어내 그것에 그녀가 장난스럽게 걸어놓기도 했다. 가만히 있어봐……라고, 그녀는 말했다. 수평이 된 그것에게 화관을 걸어놓고 그녀는 부스럼들이 터지는 고통도 잊은 채 방 안을 데굴데굴 뒹굴며 웃었다. 그녀의 온몸에 똬리를 튼 종환들이야말로, 우리들의 실존이었고 실존적인 증거였다. 그렇게 생각했다. 나는 어린아이처럼 천진했고, 악마처럼 잔인했으며, 어버이처럼 헌신적이었고, 죽음처럼 진했다. 그녀의 피고름을 나는 기쁘게 빨아 마셨다. 오크니의 레드 하우스가 본능의 감옥이었다면 얄타 해안은 그것과 또 다른 그로테스크한 신천지였다.

나는 나의 사랑으로 나의 기쁨과 자유를 얻었다.

나를 봐. 내 몸을 보라고.

어떤 날 그녀는 나를 흔들어 깨웠다. 3월 초였고, 햇빛이 유난히 투명하게 창을 뚫고 들어오는 아침이었다. 그녀는 샤워를 하고 나왔는지 수건을 들고 있었다. 나는 눈을 비비면서, 아직도 잠이 덜 깬 눈빛으로 벌거벗은 그녀의 몸을 보았다. 임종을 앞둔 노파처럼 돼버린 주름투성이 그녀의 나신이 낱낱이 눈에 들어왔다.

뭘 보라는 거예요?

부스럼들을 보라고. 딱지가 떨어진 데.

딱지 떨어진 자리가 어째서요? 나는 반문했다. 바보같이, 어째서라니. 그녀는 내 손가락을 잡아당겨 그녀의 가슴에 대었다. 내가 입으로 터트리고 빨아낸 자리마다 딱지가 앉았었는데, 샤워하면서 딱지들이 떨어진 자리에 놀랍게도 새살이 돋아나기 시작한 것이었다. 잘 봐. 이게 바로 생살이야. 전에 없던 일이야. 생살이 돋았어. 그러고 보면 종기들도 전에 비해선 훨씬 줄어들어 있었다. 당신의 정성이 내 종기들을 이겨낸 거야, 라고 그녀는 감동적 낯빛으로 덧붙여 말했다. 생살이라는 낱말이 섬광으로, 내 가슴을 뚫고 들어왔다.

얄타에도 어김없이 다시 봄이 찾아왔다. 크림 산맥 정수리엔 흰 눈이 덮여 있었지만, 밝고 따뜻한 지중해의 푸른빛이 검은 바다 흑해를 지나 얄타의 언덕마다 빠르게 당도하고 있었다. 그녀가 얄타를 떠나겠다고 말한 것은 3월 중순쯤이었다.

어디로 가시려고요?

내가 물었다.

바이칼로 갈 거야.

그녀는 미리 정해두었다는 듯이 명쾌하게 대답했다. 바이칼에 뭐가 있습니까, 나는 반문했고, 바이칼엔 바이칼 호수가 있지, 그녀는 미소 지었다. 그녀는 그사이 건강을 어느 정도 회복했다. 부스럼들도 많이 없어졌고 맹꽁이배처럼 나왔던 아랫배도 반은 꺼져 있었다. 《고기(古記)》에 이르기를, 이라고 그녀가 설명하기 시작했다. 《고기》에 이르기를, 우리 민족의 시조인 천제한님〔天帝桓因〕이 최초로 고통 없는 나라를 열었던바, 그곳이 바로 바이칼 호 동쪽 밝은 땅이었다고 했다. 그럼 바이칼이 우리 민족의 본디 고향이네요? 아주 옛날에, 시베리아 하늘에서 밝은 빛을 온 우주에 비추면서 나타난 신이 있었다는데, 그분이 바로 우리 민족의 시조인 한님〔桓因〕이야. 바이칼 동쪽에 세운 그분의 나라는 남북이 5만 리요 동서가 2만 리라 했어. 그분의 아들인 한웅〔桓雄〕이, 천부인(天簿印)과 동남동녀(童男童女)를 이끌고 백두산 부근에 내려오셔서 신시(神市)를 세운 건 그 후의 일이야. 한웅은 단군의 아버지였다. 그녀의 말은 언제 들어도 재미있었다.

우리는 마침내 3월 중순, 얄타를 떠났다.

길게 뻗어나간 크림 반도의 한끝에 다다르자 불과 4킬로미터 전방에 캅카스 지역의 타만 반도가 마중하듯 뻗어 나와 있었다. 아조프 해와 흑해가 만나는 곳이었다. 우리는 황혼 녘의 해협을 배로 건너면서 계속 천제한님의 나라와 바이칼 이야기를 했다. 옛날엔 바이칼을 천해(天海)라고 불렀던 모양이었다.

《삼성기(三聖記)》라는 고서에 보면, 파나류산(波奈留山) 밑에 한님의 나라가 있으니 천해 동쪽의 땅이다……라고, 나와 있다는 것이었다. 그 나라 백성은 주리거나 추위에 떠는 일이 없었고, 사람과 사람 사이에 원한과 차별도 없었다는 거야.

　맑고 밝은 땅이군요, 바이칼은.

　심지어 사람과 짐승 사이에까지 억울한 차등이 없어 더불어 살았는데, 사철 햇빛만 가득 찬 땅이었대……라고, 그녀는 먼 곳을 보면서 대꾸했다. 놀빛을 받은 그녀의 눈빛은 깊고 밝았다. 질병도 없어 백성조차 오래오래 살았다는 거야. 그녀는 덧붙였다. 흑해와 아조프 해는 경계 없이 한 덩어리 되어 홍조를 띠고 반짝였다. 바이칼 동쪽에 자리 잡은 천제한님의 나라에선 그 권화(權化)가 온 누리에 뻗쳐 오래 살고 누구든 쾌락을 즐겼는데, 모두 지극한 기(氣)를 타고 노닐었대……라고 그녀는 고기를 인용, 토를 달았다. 케르치 해협을 배로 넘는 데는 채 30분이 걸리지 않았다. 타만 반도는 러시아의 크라스노다르 주의 끝이었고, 동시에 북캅카스의 끝이기도 했다. 우리는 그곳에서 밤차를 타고 크라스노다르 주의 주도인 크라스노다르까지 내처 갔다. 인구 60만 정도의 크라스노다르는 19세기 말 철도가 개통되면서 북캅카스의 상업 중심지가 된 도시였다.

　먼 길을 온 탓에 그녀는 물론 나도 꽤 지쳐 있었다.

　우리는 크라스노다르의 인투리스트 호텔 방을 구해 지친 몸을 나란히 뉘었다. 나를 그만 따라와. 부탁이야. 그녀가 갑자기 말했다. 그녀가 뜻밖의 말을 하고 있다는 생각은 들지 않았다. 오래 참았던 말을 그녀는 하고 있는 셈이었다. 마음의 준비는 나도 되어 있었다. 바이칼 동쪽에 있었다는 천제한님의 나라를 나는 계속 생각하고 있었다.

우리들의 마지막 밤으로 해, 오늘을.

그녀의 어조는 아주 담담했다. 나는 아무 말 없이 나란히 누운 그녀의 손을 더듬어 잡았다. 내 걱정 말고, 나를 떠나서, 그냥 편안히 유랑을 즐겨봐. 그녀가 덧붙이고 있었다. 유랑하다가 당신이 머물 데를 찾는다면 더욱 좋은 일이고. 그녀의 손은 너무 말라서 뼈만 남은 것 같았다. 여기서 헤어져도…… 언젠가 결국은 선생님 뒤를 따라가게 될 거예요. 그녀의 손끝에 미세한 떨림이 지나갔다. 함께 동행하겠다고 고집을 부린다면 그녀 또한 나를 받아들일지도 모르나 굳이 혼자 가고 싶다는 그녀의 뜻을 거스르고 싶지 않았다. 함께 있든 헤어져 있든 상관없었다. 나는 변했고, 내 변화의 중심엔 내가 독립된 개체로서 죽을 때까지 자유로운 존재라는 자각이 깊이 심어져 있었다.

내 심정은 출가한 사람과 비슷했다.

어디에 있든 무슨 상관이겠는가. 함께 있어도 좋고 따로 떠나도 그만이었다. 가족을 떠난 것만 해도 벌써 오래전의 일, 한때는 자책으로 괴로웠으나 이제 그들조차 고통 없이 떠올릴 수 있을 만큼 나는 자유로운 존재가 되어 있었다. 그녀와의 관계도 마찬가지였다. 그녀와 나는 하나의 카르마로 맞물려 있었고, 그러므로 각자의 길로 떠나도 그 카르마를 온전히 뛰어넘을 수는 없다는 걸 나는 알고 있었다. 그녀는 캅카스 산맥을 넘어 아제르바이잔 공화국에서 동진, 바쿠에서 카스피 해를 관통하는 배를 타겠다고 했다. 카스피 해를 건너면 사막의 나라 투르크메니스탄 공화국에 닿을 것이고, 실크로드를 따라 동진하면 타클라마칸 사막과 톈샨 산맥을 좌우로 비키며 중앙아시아에 닿을 것이며, 중앙아시아를 통과하면 곧 시베리아였다. 호텔 창엔 달빛이 밝았다. 그녀는 내 팔에 머리를 뉘어놓고 천천히, 손끝에 새기려는 듯이, 나의 머리와 이마와 눈과 코와 광대뼈와 볼과 입술과 턱을 만졌다. 주름 하나하나까지 그녀의 손은 놓치지 않고 쓰다듬었다.

당신이 유랑의 끝에서 뭘 얻는지 보고 싶어.

선생님은 뭘 얻었는데요?

아직. 유랑이 끝나지 않았어. 아니, 유랑이 아니라 반역이야. 당신을 살아서 또 만날지 모르지만, 어쨌든 나는 순종하진 않을 거야, 죽음에게. 설령 신이 있다고 해도 그래. 무릎 꿇지 않고, 차라리 비참하게 죽고 싶어. 그게 나하고 당신하고 다른 점이 될 거라고 봐. 당신은, 나보다 자유로워졌는걸. 나보다 앞서가, 저만큼. 좋아 보여.

선생님은 비참하게 죽지 않을 거예요.

그녀가 모르고 있는 것 중 하나는 내가 그 무엇에도 아직 순종하고 있지 않다는 사실이었다. 내가 느끼는 평화는 순종에서 오는 게 아니었다. 나는 평화롭게 있었지만, 그 평화 밑바닥에 살아 있는 다른 불씨들을 조심스럽게 보고 있었다. 내가 만난 평화와 자유의 뒤에 무엇이 있는지 나는 보고 싶었다. 소유와 유랑으로부터 완전히 자유로워지면 무엇을 만질 수 있는지도. 나는 그녀에게 깊이 입 맞추고, 그녀의 머리를 오래 쓰다듬어 잠재웠다. 그녀는 내 가슴에서 어린아이처럼 쌕쌕 숨을 쉬며 모처럼 편안히 잤다.

그것이 크림 시절의 끝이었다.

새벽녘에야 잠이 든 나는 잠결에 그녀의 메마른 입술이 내 볼에 닿았다가 떨어지는 것을 어렴풋이 느꼈는데, 늦은 아침 눈을 떴을 때, 그녀는 이미 떠나고 없었다. 나는 혼자 늦은 아침 식사를 하고 차돌 같은 눈빛을 지닌 청년 장수철을 찾아, 다시 러시아의 군용 도시 모즈도크로 출발했다. 그녀가 혼자 떠나겠다고 했을 때, 불현듯 장수철이 생각났기 때문이었다.

잘 오셨어요.

수철은 기꺼이 나를 반겼다. 나는 그의 삼촌인 선교사를 쫓아다니며 모즈도크와 체첸의 그로즈니를 함께 넘나들며 지냈다. 전쟁의 상처 때문에 아직도 고통받는 사람들을 돌보기도 했고, 폐허화한 그로즈니 시내에서 품팔이 노동도 마다하지 않았으며, 수철을 따라 새벽 기도를 100일이나 계속 올린 적도 있었다. 캅카스 산맥의 북부 지역 가운데 내 발길이 닿지 않은 곳은 없었다. 모즈도크와 체첸 일대는 물론 아르메니아와의 전쟁으로 상처받은 바 있는 아제르바이잔과 카스피 해 일대를 돌아다녔고, 관습법에 얽매여 사는 산악 마을을 순례했고, 더 북쪽으로는 돈 강 유역을 거지처럼 배회하기도 했다. 삶은 어디서든 계속됐고 상처는 어느 인종이든 깊었다. 나는 유한한 삶과 무한히 되풀이되는 상처, 또는 역사의 그늘을 보았다. 유랑은 그렇게 끝없이 계속됐다. 나는 자유의지를 갖고 내 유랑을 따라 많은 날을 흐르듯 살았다. 아조프 해를 배회할 땐 굶어서 쓰러진 적도 있었다.

나는 그러나 신으로부터 아무런 응답도 얻지 못했다.

내가 신으로부터 응답을 얻은 단 한 가지는, 크림 반도를 떠난 이후, 천예린이 예전처럼 난폭한 종환들에 시달리는 일은 더 이상 없었다는 것이었다. 훗날, 그녀를 찾아 바이칼로 가 다시 만났을 때, 그녀의 몸은 늙어 저승꽃에 둘러싸여 있었으나, 신기하게도 부스럼은 전혀 없었다. 크림 반도를 떠난 뒤부터 종기들은 거의 나지 않았다고 그녀는 말했다. 당신한테 부스럼들이 무릎 꿇은 거지. 대단한 전사야, 당신은. 그녀는 웃으며 말했다.

나의 유랑이 끝난 곳은 바이칼이었다. 그녀가 영원히 눈 감은.

385

반역

　내가 그 전화를 받은 것은 새로 인수한 남대문 상가 내의 의류 가게 일이 어느 정도 자리를 잡을 무렵 새벽녘이었다. '땡장사'를 주로 하는 청계천의 가게를 여동생 선희에게 양도해준 뒤 꽤 오랫동안 놀다가 시작한 일이어서, 밤마다 꼬박 새워야 되는 의류 도매업은 우선 육체적으로 감당하는 것부터 쉽지 않았다. 그날도 악착같이 한 푼이라도 깎으려 드는 지방 의류 업자들과의 흥정에 지칠 대로 지쳐서 근처의 대중 사우나가 문여는 시간만을 기다리고 있는데 휴대전화의 벨이 울렸다.

　여기, 음성경찰섭니다.

　상대편은 다짜고짜 말했다.

　아버지가 돌아온 것은 2000년도 기울고 있던 지난겨울이었다. 그때 어머니는 이미 고인이 된 다음이었고, 아버지는 당신

홀로 내가 미리 마련해둔 고향 집으로 돌아갔다. 내가 고향 집에 돌아가라고 강권한 것은 물론 아니었다. 아버지가 원하기만 한다면 서울에 거처를 마련할 수도 있었지만, 내가 고향 집을 다시 사두었다고 말하자 아버지는 그 말을 듣는 순간 한시라도 바삐 고향 집으로 내려가기를 원했고, 내려간 후로는 지금까지 서울 나들이가 없었다. 심지어 내가 의류 가게를 오픈하는 날조차 아버지는 한사코 서울 나들이를 거부했다. 음성에서 전화가 걸려 왔다면 보나마나 아버지와 관계된 일일 터였다.

김진영 씨가 부친 되십니까?

아니나 다를까, 아버지의 이름이 곧바로 나왔다. 그렇습니다만……이라고, 나는 망설이는 투로 대답했다. 아버지와 경찰서의 연결점을 찾지 못해서 내 목소리는 자연히 어눌한 기색을 띠게 되었다. 상대편은 자못 카랑한 목소리를 지닌 중년 남자였다.

곧 내려오셔야겠습니다.

아버지께 무슨 일이 생겼나요?

그것이, 그러니까…… 돌아가셨습니다.

무거운 짐을 훌쩍 벗어던지는 듯한 상대편의 말이 나를 강하게 후려쳤다. 자세한 말씀은 일단 내려오셔서 하시지요……라고, 그는 재빨리 덧붙이고 전화를 끊었다. 내가 뭐라고 반문할지 훤히 알고 하는 수작이었다. 나는 잠시 가빠진 호흡을 고른 뒤 흩어진 견본품들을 정리하고 있는 미스 황에게 가게를 맡겨놓고 곧 상가를 나왔다. 차가 밀리지 않을 테니 음성까지는 2시간도 채 걸리지 않을 터였다.

도대체 무슨 일이야.

나는 차를 몰고 나오며 중얼거렸다.

돌아가셨다니, 정말 믿을 수가 없었다. 불과 2주일 전에 만난 아버지의 얼굴빛은 그 어느 때보다도 건강해 보였고, 또 정서적으로 안정돼 보였다. 복숭아꽃이 피기 시작한 것을 가리키면서, 두어 주일 후에 만발할 테니 그때 한번 꽃 보러 와라……라고, 아버지는 말했다. 캄차카의 클류쳅스카야 산에서 모셔오던 몇 달 전만 해도 바짝 말라 있었는데, 그사이 살이 올라 풍채가 좋아졌고, 백발이 된 머릿결 또한 전과 달리 윤기가 흘러 보기 좋았다. 눈빛이 맑고 형형한 것은 더 말할 나위도 없었다. 그리고 무엇보다도 아버지는 이제 겨우 채 환갑도 되지 않은 나이였다. 몇 년간의 유랑을 거치며 쇠약해졌다 하더라도, 아직 환갑도 안 된 건강한 아버지가 어떻게 갑자기 죽을 수가 있단 말인가.

먼저 시신 확인을 좀 해주세요.

음성경찰서의 담당 형사가 찾아간 내게 말했다. 형사의 뒤를 따라 경찰서 현관을 나설 때 막 해가 떠올랐다. 햇빛의 화살에 무방비로 눈이 찔린 내가 현관 앞에서 잠시 비틀했다. 괜찮겠느냐고 담당 형사가 뒤돌아서며 물었고, 괜찮습니다, 나는 대답했다.

병원 영안실의 시신은 아버지가 틀림없었다.

비록 건강했다고 할 망정 최근 몇 년 사이 주름살이 많아졌기 때문에 눈감고 누운 아버지의 얼굴은 여든은 넘은 노인과 같았다. 아버지에겐 아무런 외상도 없었고, 죽은 사람 같지 않게, 웃는 것도 같고 우는 것도 같은 무심한 표정을 하고 있었다. 사인은 심장마비였습니다. 담당 형사가 내게 담배를 권하면서 말했다. 심장마비라니요? 내 언성이 툭하고 높아지자, 원하신다면 부검을 통해 사인을 보다 정밀하게 검사해볼 수도 있습니다만……이라고, 형사가 덧붙였다. 나는 형사가 켜준 라이터 불에 담뱃불을 붙였다. 그와 나는 병원 공터 한쪽에 있는 은행나무 밑에 마주 서 있었다. 심장마비는 건강했던 아버지와 도무지 어울리지 않는 사인이 아닐 수 없었다.

아버지가 어디에서 심장마비를 일으켰습니까?

댁에서 일으켰다고 들었는데, 확실하진 않아요. 병원으로 옮겨 왔을 땐 이미 운명하신 상태였다고 합니다. 응급실의 담당 의사가 자술했어요. 자정쯤 병원 응급실에 도착하셨대요.

아버지는 혼자 사십니다.

그건 알고 있어요.

누가 아버지를 발견하고 병원으로 옮겼나요?

글쎄, 그것이 좀……이라고, 형사가 애매한 어조로 말끝을 흐렸다. 나는 화가 났다. 그것이 좀 어떻다는 겁니까. 나는 형사의 눈을 똑바로 노려보았다. 아직…… 신원을 확실히 파악 못 했습니다만. 형사가 마지못해 실토했다. 그사이 보다 높이 떠오른 아침 햇빛이 계속 정면에서 내 눈을 찌르고 있었다. 나는 손차양으로 눈을 가리고 굳이 불쾌한 심사를 숨기지 않고서 다시 반문했다. 병원에 데려온 사람조차 확인 못 했는데 심장마비라 단정합니까? 단정은 의사가 한 거지, 경찰이 한 게 아니에요. 간호사들의 말에 따르면, 김진영 씨를 병원에 데려온 사람은 젊은 여자였대요. 집에서 쓰러졌다고 하더랍니다. 워낙 환자 상태가 화급해서 간호사와 의사가 환자에 신경 쓰는 사이, 김진영 씨를 데려온 그 아가씨는 슬쩍 사라졌다는데, 인적 사항을 알아볼 새가 없었나 봐요.

젊은 아가씨라니, 무슨 말인지 모르겠네요.

그게, 의사와 우리가 파악한 바로는, 말씀드리기 거북하지만, 김진영 씨는 정사 도중 심장마비를 일으킨 게 확실해 보여요. 이를테면, 복상사(腹上死) 같은 거요.

믿을 수 없어요.

목소리가 나도 모르게 한 옥타브 올라갔다.

형사가 얼른 내 팔을 잡았다. 이런 말 듣게 된 아드님 심정은 이해합니다만……이라고, 형사는 내 팔을 잡은 채 재빨리 말을 이었다. 말소리를 낮추세요. 고인의 명예를 생각해서 병원 사람들한테도 소문나지 않게 해달라고 일러놨으니까요. 해가 더욱 높이 떠올랐기 때문일까, 내 이마에서 땀방울이 솟아나는 걸 나는 느꼈다.

　일단 어디 가서 좀 기다리고 계세요.

　형사가 딱하다는 표정으로 말했다. 몇 가지 질문을 더 하고
난 형사가 경찰서로 돌아간 후에도 나는 한참이나 공터의 은행
나무 아래 혼자 서 있었다. 어떻게 믿을 수 있겠는가. 형사의 말
이 믿어지기는커녕 상상도 되지 않았다.

　천예린의 유골을 허보이에 뿌린 뒤 아버지는 곧 바이칼을 떠
나 시베리아 동북 방향으로 흘렀다. 아버지의 몸은 피폐할 대
로 피폐해 있었다. 여러 번 서울로 함께 가자고 했지만, 아버지
는 내 말을 듣지 않았다. 뭔가 더 찾아야 할 것이 있는 눈치였
다. 아버지는 하바롭스크를 거쳐 시베리아 북부의 마가단까지
흘렀고, 거기서 한동안 머물다가 캄차카로 올라갔다. 가끔 편지
를 해왔으므로 나는 아버지의 여행 경로를 알고 있었다.

　캄차카에서 돌아온 것도 애당초 아버지의 자의에 의한 것이
아니었다. 2000년도 저무는 12월 중순, 캄차카 현지 주정부의
연락을 받고 그곳 주도인 페트로파블롭스크캄차츠키에 찾아갔
을 때, 아버지는 심한 동상에다가 고소증의 여러 가지 후유증
으로 거동을 하기 어려운 상태였다. 아버지는 혼자 장비도 없
이 얼어붙은 시베리아 북단에 위치한 얼음산 클류첩스카야 산
을 올랐던가 보았다. 만약 동계 동반을 하던 캐나다의 원정대

391

눈에 띄지 않았다면 아버지는 해발 4700미터가 넘는 클류쳅스카야 산에서 영원히 돌아오지 못했을 것이었다. 4200 고지까지 장비 없이 단신으로 올라간 것도 기적 같은 일이라고 등산 전문가들과 현지 경찰은 혀를 내둘렀다. 내가 찾아가 동상에 걸린 손을 잡았을 때 아버지는 아무 말 없이 돌아누웠다. 나는 너무도 속이 상해 무엇을 찾아 거기 갔느냐, 소리쳐 물었다. 더 이상 유랑할 데가 없으니까 기어코 죽으러 갔던 것이냐고, 참으로 죽기를 바란다면 굳이 산에까지 갈 필요가 없다고, 아버지는 담담히 돌아누웠는데 나는 울면서 악을 썼다. 아버지가 그제야 한 말을 나는 잊을 수가 없었다.

중심이…… 텅 비어 있더라.

아버지는 그렇게 말했다.

천예린에 대해 말하는 법은 없었다.

그녀에 대해 모든 걸 들었지만, 그녀의 마지막에 대해 직접 아버지를 통해 들은 적은 없었다. 경혜가 찾아가 물어도 아버지는 묵묵부답이었다. 그저…… 편안히 돌아가셨다……라고, 아버지는 말했다. 그게 전부였으므로 나중엔 아버지의 기억 속에 과연 그녀가 남아 있기는 한 것인가…… 하고 생각한 적이 있을 정도였다. 어쨌든 아버지는 그녀의 영혼으로부터 자유로워진 게 틀림없었다. 아버지의 영혼은 자유로워졌겠지만, 아버지가 천예린과 당신의 끝에 대해 말하지 않았으므로, 나는 두

392

분의 관계를 여전히 일부분만 이해하고 있었다.

그런데 어떻게 이처럼 허망하게 눈감았는가.

아버지는 음성으로 돌아온 후에도 혼자 올랐던 클류쳅스카야 산을 유난히 그리워하는 눈치였다. 아니 클류쳅스카야 산만이 아니라 전인미답의 다른 산, 예를 들자면 히말라야 산맥 같은 곳을 아버지는 그리워했다. 왜냐하면, 산엔 깊은 고요가 있거든, 원형 같은…… 침묵이……라고, 아버지는 말했다. 나는 산이 깊고 고요한 것은 은밀한 중심에 자궁을 품고 있기 때문, 이라고 쓴 아버지의 메모를 본 적도 있었다. 자궁은 골짜기를 말하느냐고 내가 우직한 질문을 했을 때 아버지는 빙그레 웃었을 뿐이었다. 아무튼 아버지는 눈 덮인 히말라야 산맥의 연봉들이 찍힌 사진을 벽에 붙여놓은 일도 있었고, 조금만 젊었어도 히말라야 등반대에 한번 끼어보련만…… 하고, 중얼거린 적도 있었다.

샹그릴라라고 하는 말, 무슨 뜻인지 아냐?

샹그릴라는 본래 '언덕 저쪽'이라는 뜻으로 히말라야 고산족들이 믿는 이상향이라는 것이었다. 너와 나의 경계도 없고 생로병사의 잔인한 순환도 없으며 사람 사이의 층하도 없는 곳이 바로 샹그릴라인데, 히말라야에 사는 사람들은 그 샹그릴라가 멀리 있는 게 아니라 가까운 언덕 저쪽에 있다는 걸 믿고 산다고 아버지는 설명해주었다. 밭에서 김을 매다가, 아침밥을 먹다가, 산책을 하다가, 호미나 숟가락이나 지팡이를 든 채로 마치

이웃집에 마실 가듯, 산 굽잇길 가볍게 돌아들면 거기, 영원히 죽지 않는 나라가 꿈같이 펼쳐져 있다고 말할 때, 아버지의 눈은 황홀하게 빛났다.

그런 아버지가 복상사라니.

나는 혼자 읍내를 빠져나왔다. 부용산 남쪽 기슭의 아버지 고향 집까지는 불과 20여 분도 채 걸리지 않았다. 일단 아버지가 살던 고향 집으로 가보자고 생각하고 나선 길이었다. 고향 집 부근엔 언제 보아도 푸근해 뵈는 부용산이 우뚝 솟아 있었다. 고향 집으로 올라가는 야트막한 산자락 굽잇길을 돌아들다 말고 어떤 순간 눈앞이 환해져서 나는 차를 세웠다. 사방으로 복사꽃들이 온통 만개해 있었다. 하나씩 보면 담홍색 꽃이지만 전체를 보면 그저 천지간에 흰빛이 가득했다.

아, 아버지.

나는 나도 모르게 중얼거렸다.

바람도 불지 않는데 복사꽃잎들이 하르르하르르 지고 있었다. 왜 복사꽃과 아버지가 하나로 묶여 떠오르는 것일까. 햇빛이 순백색인지 꽃이 순백색인지조차 구별되지 않았다. 꽃이 온통 순백이어서 더불어 햇빛도 순백인 것 같고, 햇빛이 순백이어서 더불어 꽃 또한 순백인 것도 같았다. 겨우 10여 가구나 됨 직한 작은 마을이 구릉과 구릉의 접점에 자리 잡고 있었는데 천지 사방의 만개한 복사꽃 바다 가운데 있기 때문일까, 마을은 순백색 햇빛과 순백색 꽃바다에 눌려 아주 나지막해 보였다. 나는 행여 마을 사람들과 마주칠까, 길을 우회해 걷기 시작했다.

　한번 꽃 보러 와라.

　아버지의 말이 귓전에 계속 울렸다. 나는 아버지의 말에 이끌리듯이 구릉을 따라 위로 올라갔다. 복숭아 가지를 건들면 복사꽃이 함박눈처럼 쏟아져 내려왔다. 고향 집은 마을 왼쪽 조금 높은 구릉에 자리 잡고 있었다. 외딴집이기 때문에 굳이 마을로 내려가지만 않으면, 얼마든지 남의 시선과 관계없이 혼자 지낼 수 있는 곳이었다. 비어 있던 집을 다시 사들인 뒤 여기저기 손을 보았으므로, 아버지의 고향 집은 환하고 정갈했다. 나는 우선 양지바른 툇마루에 앉았다. 한번 꽃 보러 와라……라는 말은 결과적으로 아버지가 이승에서 내게 마지막으로 남긴 말이었다.

　나는 두 눈을 깜짝깜짝했다.

　햇빛인지 꽃빛인지 사방에서 순백의 광채가 달려들어 어디를 보아야 할지 알 수 없었다. 나는 손차양을 하고서 경사진 복숭아밭을 따라 부용산 정상 방향을 애써 보았다. 복숭아밭이 끝나는 곳에 어머니의 묘지가 있었기 때문이었다. 어머니의 묘지는 그러나 복사꽃에 가려 전혀 보이지 않았다.

　방문을 열고 들여다보았다.

　나는 흐트러진 이부자리, 뽑혀 나온 아버지의 머리칼 따위를 상상하고 있었다. 복상사라면, 아버지는 당신에게 닥친 죽음의 열꽃들이 어떻게 산화하는지 그 현장에 흔적을 남겼을 터였다. 그러나 나는 이내 고개를 갸웃했다. 이게 어찌 된 것일까. 방 안은 완벽하게 정돈되어 있었다. 침구들은 잘 개어진 채 내가 새로 들여놓아준 장롱 속에 단정히 쌓여 있었고, 문갑과 책들도 제자리에 정갈히 놓여 있었으며, 방바닥은 막 쓸고 닦은 듯 반지르르했다. 정사는커녕 한동안 비워둔 방처럼 깨끗했고, 또 고요했다.

이건…… 뭔가 잘못된 거야.

심장마비로 쓰러진 남자를 두고 함께 있었던 여자가 청소를 했을 리 없고, 그렇다고 한밤중 경찰들이 와서 방을 치웠을 리도 없었다. 설령 이부자리를 펴놓은 상태에서 일이 벌어지지 않았다 하더라도 죽음의 열꽃들이 터지는 잔인한 현장이라면, 하다못해 머리칼 한 올일지언정, 그 흔적이 남아 있어야 할 것이었다. 혹시 아버지는 다른 곳에서 죽었을까. 나는 잠시 마음의 중심을 놓지 못하고 당혹스러운 기분이 되어 뒷마루에 그냥 앉아 있었다.

복사꽃들이 일제히 졌다.

나는 부용산 쪽을 바라보다가 불현듯 일어섰다. 혹시……라고, 나는 나도 모르게 계속 중얼거렸다. 일시적으로 쏠려 내려간 바람 때문에 마당 가운데까지 복사꽃잎들이 흩날려 시야가 잠시 투명한 백색의 광채로 가득 찼다. 나는 좀 급한 걸음으로 어머니의 묘지 쪽을 향해 복사꽃밭을 가로질러 갔다. 그때, 복사꽃밭 가운데에 놓인 무엇인가가 툭, 내 시선에 끌려 나왔다. 그것은 대자리가 깔린 평상이었다.

저게 왜 저기에 있지?

나는 꽃그늘 사이를 지나 평상 쪽으로 방향을 바꾸었다. 복숭아밭 한가운데 그 평상이 고요히 놓여 있었다. 아주 옛날, 할아버지 할머니가 고향 집에 살던 시절에 사용했던 것으로, 지난번 이곳을 방문했을 때만 해도 분명 마당에 놓여 있었다. 이 평상이 아직도 그대로 있구나. 집에 돌아온 날, 아버지가 감회에 차서 했던 말이 생각났다. 아버지에게 그 평상은 당신의 어머니, 곧 할머니와 한 묶음으로 묶여 있었다. 아주 추운 겨울 한때를 빼고 할머니는 언제나 평상에 앉아 있었다고 했다. 나물을 다듬을 때, 복숭아를 한 아름씩 따다 놓고 고를 때, 노래하고 놀 때, 서울에서 내려온 아들을 맞아들일 때, 남편과 싸울 때, 심지어 잠자고 밥 먹을 때에도 할머니는 늘 그 평상 위에 있었다고 아버지는 기억했다. 아버지의 어머니였던 할머니는 말하자면, 집보다도 오히려 그 평상에서 평생을 산 것과 마찬가지였다.

안방이 아냐. 당신이 숨을 거둔 건 여기였어.

나는 휘청하면서 복숭아 가지 하나를 무의식적으로 붙잡았다. 꽃잎들이 일제히 떨어졌다. 평상 위엔 아버지가 평소 사용하던 주전자와 찻잔 따위가 흩어진 채 놓여 있었고, 구겨진 담요가 한 자락을 땅바닥으로 내려뜨린 채 깔려 있었으며, 책 한

권과 메모지와 노트와 볼펜 따위가 흩어져 있었다. 쓰러진 찻잔에서 흘러나온 커피가 평상의 한 모서리를 아직까지 적시고 있는 걸 나는 보았다.

아, 버, 지…….

어머니의 묘지는 꽃그늘 너머 지척이었다.

평소의 아버지와 부합되는 것은 아니지만, 어쨌든, 어느 대목에선가, 내부의 숨은 격정을 이기지 못하고 평상 밑에 장렬히 쓰러져 눕는 아버지의 모습이 환영으로 선연히 보였다. 죽음을 향해 부나비같이, 뛰어드는 나의 아버지가 바로 그곳에 있었다.

어머니……라는 말은 입 밖에 나오지 않았다.

어제는 음력으로는 보름이었으니 자정쯤이었다면 휘영청 달이 밝았을 터였다. 고개를 돌려 내려다보면 서편으로 금석저수지가 한눈에 들어왔다. 저수지는 달빛 아래 반짝이고 복사꽃들이 하르르 춤추며 떨어질 때, 지척에 놓인 이 평상에서 벌어지는 모든 일들을 낱낱이 보았을 사람은 어머니의 혼백일 터였다. 도대체 이곳에서 간밤에 무슨 일이 일어난 것이냐고, 어머니의 혼백에게 물을 일이지만 나는 도저히 어머니 묘지 쪽은 바라볼 엄두가 나지 않았다.

니 아부지, 미, 미워……하지…… 마…….

어머니가 눈감기 직전에 한 말이었다.

어머니가 위독하다는 사실을 안 것은 아버지의 족적을 따라 바이칼에 두 번째 다녀오고 얼마 후였다. 아버지가 다시 시베리아 얼어붙은 여로를 따라 북진하고 있을 무렵이었다. 어머니는 내가 귀국하고 이틀 만에 정한 많은 생애를 마감했다. 죽기 전 잠시 동안 어머니는 언제 실어증에 걸렸던가 싶게 정신도 또렷해졌을 뿐만 아니라 말도 잘했다. 오랜 여행에서 돌아온 사람 같았다. 그 양반도 그랬겠지만…… 나는 그 양반 용서 못 한다……라고 어머니는 말했다. 어머니는 그 말을 하고 나서 한참이나 숨을 헐떡이며 침묵을 지키다가, 그렇지만 너희들은 달라……라고, 덧붙였다. 다르고 말고. 부모 자식의 연분은 끊을 수가 없거든. 당신 자신이야 어쨌든, 자식인 나와 여동생은 아버지가 돌아온다면 받아들여야 한다는 것이었다. 기운이 없어 어머니는 곧잘 말을 하다가 문장을 끝내지 못하고 잠들곤 했다.

자주 악몽을 꾸기도 했다.

전, 전도사님……이라고, 비명을 지르며 깨어난 적도 있었다. 평생 교회 근처에도 가보지 않은 어머니의 입에서 전도사라는 말이 나오는 걸 여동생은 이해하지 못했다. 잠꼬대로 전도사를 부르셨는데, 무슨 꿈을 꾸셨어요? 여동생의 물음에 어머니의 표정이 금방 심하게 일그러졌다. 괜히 어머니 힘들게 말 시키지 마. 나는 여동생에게 일렀다. 전도사실에서 처음 순결을 유린당한 어머니의 아픈 과거를 나만은 어렴풋이 알고 있었다. 젊은 한때는 아버지의 고통이 되기도 했던 일이었다. 수십 년 묵은 상처가 죽음을 앞두고 마치 무덤의 뗏장이 들리듯, 무의

399

식의 껍데기를 밀어내고 격렬하게 솟구쳐 나와 당신을 괴롭힌
다는 사실에 나는 몸서리를 쳤다. 눈감기 직전, 어머니는 아주
홀가분한 표정이 되어 있었다. 찬물 한 그릇을 달라 했고, 여동
생이 찬물을 주자 끝까지 마셨으며, 가지런히 숨을 쉬었다. 그
양반도 불쌍하지, 니 아부지, 미, 미워하지 마……라고, 어머니
는 또렷이 말했다. 창밖을 보고 싶다 해서, 내가 안아 창밖을 볼
수 있게 해주었더니, 티끌같이…… 내 몸이 가, 가볍구나……
했다.

그러고는 어머니는 숨을 거두었다.

나는 아버지에게 어머니의 마지막을 전하지 않았다. 그러나
말하지 않아도 아버지 역시 어머니의 정한을 알고 있었을 거라
고 나는 상상했다. 메모지 몇 장과 노트 한 권이 평상 아래 땅
바닥에 떨어져 있었다. 나는 그것들을 줍다 말고 멈칫했다. 평
상 밑 어둑한 곳에 떨어져 있는 무엇인가가 내 시선을 끌었기
때문이었다. 팔을 길게 뻗어 간신히 주워 든 그것은 여자들이
머리를 뒤로 묶을 때 쓰는, 고무줄 넣은 일종의 리본이었다. 여
자가 와 있었다는 구체적 증거였다.

나는 평상 한끝에 가만히 앉았다.

새 몇 마리가 머리 위로 날았다. 마당 쪽에서 평상이 놓인 곳
까지 두 줄로 파인 자국이 그때 눈에 들어왔다. 그것은 분명히
마당에 있던 평상을 이곳까지 끌고 올 때 생긴 자국이었다. 파
인 자리의 흙들이 생생한 걸로 보아 아버지가 평상을 이곳으로

끌고 온 것이 극히 최근의 일이었음을 짐작할 수 있었다. 울퉁불퉁한 복숭아밭 사이로 평상을 혼자 옮기기는 쉽지 않았을 터였다.

아버지는 웃통을 벗어부쳤을까.

황혼 녘이었는지 만월의 달이 뜬 다음이었는지는 분명하지 않았다. 아버지는 여자를 불러놓고 여자와의 관계를 꿈꾸면서 평상을 굳이 이곳으로 끌고 왔을 거라고 나는 상상했다. 끙끙거리고 옮기다가 웃통을 벗어 던졌을는지도 몰랐다. 땀을 뻘뻘 흘리면서 어머니의 묘지 쪽을 향하여, 할머니가 평생 앉아서 지냈다는 평상을 복사꽃 사이로 끌고 들어오는 아버지의 모습이 선연히 떠올라 보였다. 벗겨진 머리와 검버섯이 피기 시작한 어깨, 거무튀튀한 팔뚝에서 툭툭 불거져 나오는 검붉은 핏줄, 맨살을 적시고 흐르는 달빛, 그늘 속에 다급히 숨는 밤새들, 아버지의 서슬에 밟히는 밤벌레들의 환영이 다투어 떠올랐다.

어떤 여자를 왜, 아버지는 이곳에 데려왔을까.

아버지가 거대한 돌덩어리를 산 위로 끌고 가듯 평상을 이곳으로 끌고 올 때, 어떤 격정들이 아우성치고 당신의 내장, 살, 뼈를 찌르고 사방팔방 솟아 나올 때, 아버지가 보았던 것은 무엇이었을까. 겨우 복상사라니. 가족을 버리고 떠났을 때처럼 나는 아버지에게 또다시 극심한 배신감을 느꼈다. 때마침 휴대전화의 벨이 울렸다. 읍내로 좀 오시지요. 어떤 남자가 전화기 너머에서 말했다. 아버지의 죽음을 처음 전해준 그 형사였다. 나는 메모지와 노트와 리본을 주머니에 쑤셔 넣고 곧 읍내로 나갔다.

형사가 만나자고 정해준 다방은 버스 터미널 앞이었다. 터미널을 지나 다방 앞에 당도해서야, 불현듯 지난번 내려왔을 때 아버지와 함께 들렀던 곳이 바로 그 다방이라는 데 생각이 미쳤다. 비료를 사야 한다는 아버지를 태우고 읍내로 나오던 날이었다. 차를 날라다 주던 육덕 좋은 젊은 여자의 얼굴이 떠오를 듯 떠오를 듯했다.

과연, 형사 앞엔 어떤 여자가 앉아 있었다.

오래 묵은 한낮의 시골 다방은 손님이 전혀 없었다. 여자들이 2명이나 더 있는 걸 보면 이른바 티켓다방인 것 같았다. 라디오를 틀어놓은 것일까, 스피커에서 우렁우렁한 남자의 목소리가 흘러나와 빈 다방 안에 울리고 있었다. 나는 느릿느릿 걸었다. 먼지가 잔뜩 낀 수족관 앞을 지나 구석진 자리의 형사 곁에 엉덩이를 내려놓는 순간, 이 여자야, 라는 생각이 언뜻 들었다. 맞은편에 앉은 여자는 분명히 지난번 아버지와 함께 왔을 때 차를 날라다 주던 그 여자였다.

이분은 고인의 아들 되시는 분이야.

형사가 여자에게 말했다.

미스 박에게 무슨 죄가 있다는 것도 아니잖아. 비밀로 해줄 테니 말해도 상관없어. 병원에 데려가 간호사와 대질시키면 금방 들통 날 일을 가지고 왜 오리발 내밀고 그래.

글쎄, 전 여기…… 다방에서…….

여자가 고개를 숙인 채 머뭇머뭇 대답했다.

아저씨, 나도 콜라 한 잔만……이라고, 아버지 옆 좌석에 다리를 꼬고 앉아서 코맹맹이 소리를 내던 여자를 나는 상기했다. 내가 여자를 단번에 알아본 것은, 착 달라붙는 셔츠를 팽팽히 밀어 올리고 있는 유난히 큰 여자의 젖가슴 때문이었다. 그냥 큰 정도가 아니었다. 여자의 가슴은, 과장하자면 오래된 왕릉을 연상시켰다. 언젠가 경주에 갔다가 하오의 나른한 햇빛을 받는 풍화된 신라의 왕릉들을 볼 때 느낌이 그랬다. 부드러운 것만이 아니라, 빈 공간들을 사방에서 밀어내면서 가득 채운 너그럽고, 풍요롭고, 기름지고, 자애로운, 그러면서도 아주 고요한 느낌을 오래된 그 왕릉들은 갖고 있었다. 아버지의 시선이 여러 차례 여자의 가슴께로 갔던 것도 확실히 기억났다.

제게 잠깐 시간을 주세요.

내가 형사에게 부탁했다. 잠시 망설이던 형사가, 그러시구려, 대답하더니 곧 늘어지게 하품을 하고 다방을 나갔다. 크기에 비해 수족관 속 열대어는 몇 마리 되지 않았다. 의자의 등받이는 때가 묻어 있었고, 카운터의 목재는 칠이 벗겨져 흉물스러웠으며, 꽃무늬 커튼 또한 올이 이곳저곳 풀려 있었다. 라디오에선 때마침 흘러간 옛 노래가 삭은 듯한 가락으로 흘러나왔다. 나는 여자가 황망 중에 떨어뜨렸을 고무줄로 된 리본을 꺼내 탁자 위에 올려놓았다.

이걸 평상 밑에 떨어뜨렸어요.

나는 담담한 어조로 말했다. 여자의 손이 본능적으로 뻗어
나왔다. 그, 그 노인네…… 라고 여자가 말한 건 그 직후였다.
여자는 한 차례 나를 건너다보았고, 애써 자신을 수습하려는
듯 어깨까지 흩어져 내려온 머리칼을 양손으로 쓸어 쥐더니,
내가 내민 리본을 받아 먼저 흘러 내려온 머리를 모아 잡고 야
무지게 묶어 올렸다. 여자의 눈엔 눈물이 그렁했다.

그 노인네…… 미쳤어요.

여자는 마시다 둔 커피를 단숨에 마셨다.

커피 잔에 앉아 있다 날아오른 파리 한 마리가 여자의 머리
위로 떠올랐다가 탁자 모서리로 다시 내려왔다. 난요, 죄 없어
요. 그 노인네가 낮에 와서…… 돈을 20만 원이나 주고 갔기 때
문에…… 가게 문 닫고서, 거길 찾아간 죄밖에 없다고요. 여자
는 말했다. 노, 노인네라고만 생각했는데 세상에…… 산삼만
삶아 먹고 살았는지 원, 무슨 노인네가…… 말로는 다 못해요.
나도 뭐 죽는 줄 알았다니까요. 보다 보다 첨이에요. 온몸이 땀
투성이 돼갖고 짐승같이 비명을 내지르며 내 가슴 위로 노인
네가 납작 쓰러졌을 때…… 얼마나 무서웠는지 알기나 하세
요? 여자가 한차례 몸서리를 치고 나서 두 손바닥으로 얼굴을
가렸다.

난요. 진짜 아무 잘못 없어요.

여자는 한참 만에 말을 이었다.

차 있는 데까지 그 노인네 업고 나오는 것만 해도 얼마나 힘들었는데요. 놔두고서 도망치고 싶었지만 그래도 살리려고 저는 최선을 다했단 말이에요. 정말이에요. 이번엔 내가 물었다. 무슨 특별한 말은 없으셨나요? 처음엔요, 소주에 차를 타서 마셨어요. 내게도 권했지만 나는 한 잔밖에 안 마셨어요. 운전을 하고 돌아가야 하니까요. 여자가 대답했다. 그때까진 말이 별로 없었고요. 그러다가 갑자기 그런 말을 하는 거예요. 달빛을 향해 여자가 다리를 벌리고 있으면 애를 밴다든가 뭐 그런 말요. 그러면서 나보고 달을 향해 다리를 벌리래요. 보름달이 밝았거든요. 그때부터 이 노인네가 미쳤나, 그런 생각이 들었어요. 여자는 손거울을 꺼내 들고 얼룩진 눈 화장을 고치기 시작했다. 다른 말도 물론 했지요. 생각은 안 나지만, 지구라나 자유라나, 그런 것, 중심? 맞아요, 중심이 텅 비어 있다…… 그런 말도 한 것 같아요. 횡설수설이었어요. 영원, 시간…… 그런 말도 했고요. 참, 말도 안 돼, 나보고 자궁 속을 들여다보자는 거예요. 거기도 아니고 자궁을요. 그리고 참, 오크 뭐라나, 외국의 섬 얘기도요. 시작하니까 말을 많이 하더라고요. 약 먹은 노인네 같았어요, 글쎄, 곱사춤도 추었는걸요. 옷을 모조리 벗고서요. 취했었나 봐요. 땀을 뻘뻘 흘리며 춤출 땐, 노인네가 무슨 힘이 그리 좋은지, 발을 내려놓을 때마다 쿵, 쿵, 쿵, 땅이 다 울리더라고요. 달빛을 받으면 애를 밴다는 말이 가장 신기했어요. 달빛이 처녀막을 찢고 들어간다니 그게 말이 돼요. 나는 처녀막이 없다고 했어요. 그 말을 듣더니 화가 났던가 봐요. 갑자기 화난 사람처럼 달려들어 나를 쓰러뜨리고, 벗기고, 달빛 향해 다리를 쫙 벌려놓고…… 그 노인네, 미친 게 맞아요, 그때는.

발작하기 직전 혹시 무슨 말이라도…….

나는 한숨을 쉬며 또 물었다.

아버지가 무슨 말을 했는지 여자는 토막토막으로밖에 기억하지 못했으며, 기억했더라도 일일이 듣고 있을 필요도 없는 일이었다. 뜨내기 젊은 여자를 불러놓고 아버지가 진심으로 하고 싶었던 말을 했을 것 같지도 않았다. 달빛에 다리를 벌려 보이라는 주문도 특별한 의미가 있었다고 생각되지 않았다. 천지엔 복사빛 가득 차고 달빛은 원융했으니, 육덕 좋은 젊은 여자의 나신을 그 달빛에 적셔보고 싶은 것은, 의미의 문제가 아니라, 차라리 감수성의 미학으로 보였다. 아버지는 어쩌면 달빛과 희롱하며 한바탕 꿈같이 놀고 싶었던 것이 아닐까.

있었지요, 마지막에…….

여자는 피식 바람 빠지는 소리를 냈다.

격렬한 정사의 정점에서 심장마비를 일으켰을 테니, 아버지로선 무슨 말을 남기고 말고 할 것도 없었으리라. 여긴 내 예상이 깨지는 순간이었다. 나는 여자를 똑바로 바라보았다. 여자의 표정에 모멸의 느낌 같기도 하고 천진한 어린아이의 장난기 같기도 한 웃음이 언뜻 떠오르는 것도 미상불 내 관심을 불러일으켰다. 여자는 찻잔을 만지작만지작하면서 수줍은 듯 내 시선을 슬쩍 피하고 말했다.

어, 엄마요.

엄마라니? 내가 다급하게 반문하는 순간 다방 문이 열리면서 중년 남자 서넛이 왁자한 분위기로 들어왔다. 여자가 반사적으로 일어섰다. 어서 오세요오……라고, 길게 어미가 끌리는 여자의 어조엔 어느덧 생기와 교태가 물씬 묻어났다. 본능적인 표정의 변화였다. 여자는 재빨리 찻잔을 수습해 쟁반에 담고 있었다. 나는 여자와 눈높이를 맞추려고 일어서서, 엄마라니, 그게 무슨 말이에요? 끈질기게 눈빛으로 물었다.

엄마, 엄마…… 했다고요.

여자가 내 귀에 대고 재빨리 말했다.

때마침 찻잔을 담은 쟁반을 들어 올려 가슴에 살짝 댔으므로, 여자의 풍만한 젖가슴이 출렁 움직였다. 정말이에요, 라고 여자는 귀엣말로 덧붙였다. 우는 것도 같았지만, 울면서 말했는지는 확실하지 않아요. 암튼, 내 가슴으로 파고들면서 엄마, 엄마, 했어요. 여자는 웃었고, 나는 주먹을 쥐었다. 엄마, 엄마, 해서, 나도 응, 응, 응, 대답해주었어요. 웃기죠? 여자는 소리 없이 이를 드러내고 환히 웃었다. 모멸의 웃음이 아니었다. 아주 뿌듯하고 너그러운 웃음이었다. 만삭의 행복한 임신부 같은 표정을 여자는 짓고 있었다. 여자가 아름다워 보인 건 그 순간이었다. 그게 끝이에요. 여자가 종종걸음으로 중년 남자들을 향해 걸어갔다.

엄마, 엄마, 해서, 나도 응, 응, 응, 대답해주었어요.

여자의 말이 계속 내 귀에 남아 있었다. 중심이 텅 비어 있다, 라는 말도 역시 마음에 남았다. 아버지는 어디를 향해, 무엇을 품고, 어떻게 가고 싶었던 것일까. 폭발을 견디지 못하고 쓰러 졌을망정, 아버지가 단순히 본능을 좇아 여자를 데려다놓고 죽 음의 질주를 감행했다곤 생각되지 않았다. 시간의 잔인한 순행 을 향한 계획된 반역이었다고 단정할 수도 없었다. 내가 최종 적으로 알고 싶은 것은, 아버지가 텅 빈…… 생의 중심에서 다 시 날아오르고자 했을 때, 마지막에 행복했을까, 고통스러웠을 까, 하는 점이었다. 아버지의 주검으로는 그것을 구분할 수 없 었다. 눈감고 누워 있는 아버지의 얼굴은, 수천 년을 살아온 사 람처럼 주름살이 유난히 많아 그로테스크한 하회탈 같은 느낌 을 내게 주었다.

나는 고향 집으로 가 다시 천천히 걸어 어머니 묘지로 갔다. 하오의 햇빛을 받은 복사꽃들은 오전보다 더 희디흰 광채 속에 서 고요했다. 전화가 울리고 있었으나 받진 않았다. 보다 나은 화가의 길을 좇아 경혜가 프랑스로 떠나도록 예정된 날이 오늘 이라는 걸 나는 언뜻 떠올렸다. 경혜는 훌륭한 화가의 길을 걸 어갈 터였다. 전화벨 소리에 놀란 복사꽃들이 하르르하르르 졌 다. 내 눈에 떠올라 보이는 것은 경혜가 아니라, 원융하고 충만 해 보였던 다방 여자의 마지막 표정이었다.

어머니, 저 선우예요.

나는 어머니의 묘지 앞에 앉았다.

절은 하지 않았다. 돌아보면 복사꽃 그늘에 놓인 평상이 저만큼 보일 것이지만 나는 그저 눈을 반쯤 감고 허공의 햇빛을 보았다. 햇빛도 희고 복사꽃도 희니, 내가 보는 것이 햇빛인지 허공인지 복사꽃인지 알 수 없었다. 난 어젯밤 아무것도 못 봤다, 애. 불현듯 어머니의 말이 환청으로 들렸다. 어머니의 목소리는 부드럽고 따뜻했다.

나는 다음 순간 무릎이라도 칠 듯 입을 벌렸다.

내가 보관하고 있는 앨범의 첫 페이지에 꽂힌 낡은 흑백사진 한 장이 떠올랐기 때문이었다. 그것은 어머니가 나를 밴 채, 남산 같은 배를 안고 복사꽃을 배경으로 찍은 사진이었다. 다방을 나서기 직전에 보았던, 엄마, 엄마, 해서요, 나도 응, 응, 응, 대답해주었어요……라고 할 때, 그 다방 여자의 표정이 사진 속 어머니의 표정과 꼭 닮았다는 걸, 나는 비로소 깨달았다. 만삭의 배를 안고 복사꽃밭에 서서 사진을 찍히는 포만의 순간, 어머니의 배 속, 깊고 어둡고 따뜻한 자궁에서 부드러운 물에 둘러싸인 나의 표정도 그랬었을까, 하고 나는 생각해보았다. 빈데 없이, 원융하게 들어찬, 그 충만한.

나는 아버지를 어머니 곁에 묻었다.

아버지가 그것을 원했는지 원하지 않았는지는 상관없었다.

어머니는 아버지가 당신 곁으로 돌아올 날이 꼭 있으리라 믿었을 터였다. 아버지의 혼백이 자유롭다면, 어머니의 육체가 당신의 마지막 말처럼 깃털보다 가볍다면, 그리고 바이칼의 전인미답, 그 황홀한 물빛 광채 속으로 돌아간 천예린이 마침내 만신으로서의 에젠이 되었다면, 각자 어디에 묻힌들 그게 무슨 상관이겠는가. 아버지를 묻고 나서 나는 아버지의 노트를 펴고 읽었다. 아버지의 노트 속엔 천예린의 마지막 모습이 간결하고 격렬한 문장으로 쓰여 있었다. 아버지가 최종적으로 싸우고자 했던 생의 중심에 무엇이 놓여 있었는지, 아버지는 무엇을 찾아 헤맸는지, 아버지가 남긴 노트의 글을 보고 어렴풋이 나는 알게 되었다. 그러나 어렴풋이 알 뿐, 확신은 서지 않았다.

우리가 생이라고 부르는 것의 원형이 어떤 형상의 집 속에 갇혀 있는지 나는 모른다. 그 집은 지금도 침묵의 은유로서 우리에게 별빛 같은 예시를 보내고 있을 터이다. 그러나 그 별빛 같은 예시를 좇아 깊고 고요한 생의 우물 밑을 들여다보기엔 아직 나는 너무 젊다. 그래서 나는 아버지가 노트에 남긴 글의 마지막 부분을 여기 옮겨놓고 이 이야기에서 떠나려고 한다. 천예린의 최후 모습과 캄차카에 있을 때의 아버지 심경을 묘사한 대목이다. 그러나 이것은 참다운 피리어드가 아니다. 나는 그렇게 생각하고 있다. 생애를 통해 아버지가 그러했듯이, 아버지가 그리워한 알 수 없는 그 무엇의 심연까지, 생의 끝까지, 자유의 중심까지, 나 또한 계속 걸어가보려 한다. 나는 아버지를 묻었으나 당신을 떠나보낸 것은 아니다. 어머니도, 천예린도 마찬가지다. 나는 당신들을 아버지, 어머니, 선생님이라는 한정적인 이름에서 해방시켜드리고 싶다. 그리하여 생의 심연으로 가는 길에 오래오래 나의 텍스트로 삼을 요량이다. 그곳, 생의 심연으로 내려가는 어둡고 푸른 길을 상상하면 가슴이 두근거린다.

아버지, 아니 인간 김진영이 내게 남긴 선물이다.

빈 중심

내가 바이칼에 도착한 것은 10월도 설핏 기울 무렵이었다.

내 사랑 천예린, 그녀는 그때 거의 죽어가고 있었으나, 알타이에서 재회했을 때 그랬듯이, 왔네……라고, 말했다. 내가 캅카스 산맥의 군용 도시 모즈도크를 떠나 타클라마칸 사막과 톈산 산맥과 중앙아시아와 동시베리아를 거쳐, 바이칼까지 따라온 긴 여로를 환히 들여다보고 있었다는 표정이었다. 당신이 따라올 줄 알고 있었어……라고도 그녀는 덧붙였다.

그녀의 말년 몇 달은 격렬하고도 조용했다.

그녀는 미친 듯이 시를 썼고, 시를 쓰기 위해 바이칼 주변의 민속적 자료들을 찾아다녔다. 손이 떨려 쓸 수 없는 날은 내가 받아썼다. 돌이켜보면 바이칼에서의 몇 달간, 그녀는 가장 격렬한 창조적 삶을 살았다. 그녀는 찢고 또 쓰고, 찢고 또 썼다. 그녀가 말한 바 있는, 시간에의 반역이 창조적 나날로 이어지는 그 격정적 과정은, 캅카스 산맥의 눈빛이나 크림 반도의 물빛이나 바이칼의 햇빛보다도 아름답고 감동적이었다. 어둠 속에 한줄기 섬광이 흘러가는 것이 바로 시적 상상력이야……라고, 그녀는 말했다. 그녀의 말년은, 그녀 자신이 쫓아온 파멸 속에 있지 않았다. 경계와 층하와 질병도 없이, 온 백성이 더불어 살았다는 천제한님의 나라 바이칼에서, 우리 민족의 시원에서, 그녀는 분명히 격렬한, 멸망과 생성의 창조적 시간을 살았던 것이었다. 내가, 그녀가 북극해의 이끌림에서 마침내 벗어나 햇빛 가득 찬 바이칼로 온 것은 그 때문이었고, 내가 그녀에게 이끌린 것도 그 때문이었다.

  타락한 사람은 무당이 되고
  쇠약해진 양은 말이 된다.
  우리가 타라사에 있을 때
  우리는 다섯 사람과 관계를 끊었다.
  우리가 아르다에 있을 때
  우리는 열 사람과 관계를 끊었다.
  달란가를 치우지 마라

나의 77년을─나는 바친다.

　가령 이런 시구들은 부랴트족의 희생 제례에 사용하는 주술적 무가였다. 그녀는 시를 쓰기 위해 시베리아에 보존된 다양한 종족들의 원형적 문화를 쫓아다녔다. 오래 사는 현대인에겐 희망이 없어. 그녀는 말했다. 오히려 평균수명이 짧았던 옛날 사람들의 문화 속에는 영원을 향한 섬광 같은 통로가 있었다고 했다. 그들은 멸망과 생성을 둘로 나누지 않고, 오로지 순정적 직관으로 시간을 보고 만졌다는 것이었다.
　어떤 지름길이 있다고 보나요?
　나는 그녀가 품고 있는 희망에 대해 물었다. 수십 수백 세기 동안 사라지지 않고 계속돼온 영원을 향한 숨은 꿈들의 통로가 시베리아 부족들의 문화적인 원형 속에 감춰져 있다고 그녀는 믿는 눈치였다. 길은 사멸과 생성, 밤과 낮, 유랑과 회귀 사이의 어떤 틈에 숨겨져 있는 게 아닐까. 그녀는 대답했다.

　그녀는 어떤 유일신도 믿지 않았으며, 끝내 믿지 않고 죽었다. 바이칼 호 주변의 부랴트족의 샤머니즘엔 자연의 세계와 인간의 세계를 동시에 이해하려는 전통의 본질이 있었다. 그녀는 그 두 가지의 합일을 통해 부랴트인들이 신성을 얻어내려 한다고 설명해주었다. 바이칼 동쪽에 있었다는 천제한님의 나라 사람들도 그랬을 터였다. 그녀는 멀고 먼 길을 돌아와서야 비로소 본디 자신이 가졌던 신성을 본 듯했다.

부랴트인들의 운명을 관장하는 것은 에젠이다.

산과 숲과 강과 호수와 별과 해와 인간에게 깃들어 있는 영은 99개나 되었다. 아흔아홉이라는 숫자가 가리키는 의미는 무수하다는 뜻일 터, 부랴트인들은 타일라간이라는 의식을 통해 99개의 영과 만나 교접하고, 그 교접을 통해 신위(神威)에 깃들어, 마침내 영원한 생성을 꿈꾼다는 게 그녀의 해석이었다. 그녀는 바이칼의 물로 돌아간 자전거 탄 부랴트 남자에게도 에젠이 깃들어 있다고 말했다. 물론 그녀와 그 남자가 살아 있을 때 한 말이었다. 자전거 탄 실성한 부랴트 남자는 마을에서 어느 누구의 말도 듣지 않았지만 그녀의 말이라면 신기할 만큼 순종했다. 그 남자는 '쇠약한 양'처럼 그녀를 따랐다. 한번은 그녀가 그의 더러운 볼과 입술에 키스한 적이 있었는데, 놀랍게도 실성한 그 부랴트 남자는, 울었다. 짐승의 가죽으로 된 털북숭이 벙거지를 쓴 데다 테가 부러진 도수 높은 안경을 걸친 남자였다. 그녀를 뒤따라 그 남자가 바이칼 호수로 날아들어 생을 마감한 것을 그러므로 나는 충분히 이해했다.

그것은 예정되어 있던 일이었다.

사람은 세 부분으로 나누어진대.

그녀는 그런 말도 했다. 삼분법은 부랴트인의 모든 사고 속에 내재되어 있었다. 영적 세계도 그렇고 사회조직도 그러했다.

영적 세계는 낮은 단계, 중간 단계, 높은 단계로 나뉘고 사회는 노예와 평민과 상류층으로 나뉘어 있다고 그들은 믿었다. 그것은 선험적인 구분이었다. 영적 세계의 맨 아래 단계는 베예로서 육체적인 삶을 말하며, 살아 있는 조직체 속의 호흡과 생명의 원리를 가리켜 둘째 단계 아민이라 하고, 베예와 아민을 다스리는 참된 영혼인 휘네헨은 삼각 구도의 꼭짓점에 놓인 맨 위의 단계였다. 그녀의 시가 베예와 아민에 머물러 있다면, 영매로서 그녀의 영혼은 휘네헨에 이르렀다. 죽음에 대한 피 어린 반역을 통해 그녀는 마침내 그녀 자신이 꿈꾸어온 대로 99개의 모든 영과 교접하는 에젠이 된 것이었다.

커튼을 열어봐.

어떤 날 저물녘, 그녀는 말했다.

나를 데리러 그가 와 있지? 그가 누구를 말하는 것인지 나는 알 수 없었다. 아무도 없는걸요. 창밖을 내다보며 내가 대답했다. 살진 누에 같은 함박눈이 소리 없이 내리고 있었다. 호수와 땅과 하늘이 전혀 경계 없이 한 덩어리로 보였다. 감은 것도 같고 뜬 것도 같은 그녀의 눈빛이 어디를 향해 열려 있는지도 알 수 없었다.

그럴 리 없어. 그가 올 테니 계속 열어둬.

그라니요. 도대체 누굴 기다리는데요?

내 영혼을 데려갈…… 나의 에젠…… 휘네헨…….

바로 그때, 바람도 없이 흔들렸던 것일까. 소나무 위에 쌓여 있던 눈들이 툭, 투둑, 투두둑 떨어져 안개 같은 설연(雪煙)을 날리는가 싶었는데, 그 설연 사이로 홀연히 자전거를 탄 부랴트 남자가 나타났다. 나는 아, 하고 나도 모르게 신음을 냈다. 더러운 그 남자에게 키스를 해주던 그녀의 모습이 떠올랐다. 눈이 자주 내리기 시작한 후로는 첫 방문이었다. 마을과 이곳 사이엔 이미 눈이 많이 쌓여 있어 자전거로 온다는 것은 상상할 수도 없었다. 켜켜로 쌓인 눈길을 어떻게 뚫고 왔을까. 도수 높은 안경에다가 벙거지를 꾹 눌러쓴 남자는 한 발을 자전거 뒤에 턱 올려놓은 모습이 여느 때보다 아주 당당해 보였다.

　미치광이일 뿐이에요.

　내가 탁 커튼을 닫고 말했다. 나를 씻겨줘……라고, 그녀가 편안한 어조로 대꾸했다. 씻고 나서 호수를 보러 나가야겠어. 그 말을 듣는 순간 나는 그녀의 임종이 다가왔다는 걸 단박 알아차렸다. 놀이 암갈색으로 잦아들 무렵이었다.

　사위는 금방 어두워졌다.

　나는 그녀를 벗겼고, 따뜻한 물수건으로 전신을 닦아내기 시작했다. 저승꽃이 온몸을 뒤덮고 있었으나 신기하게도 열꽃이나 종기는 없었다. 다만 밭을 대로 밭은 그녀의 전신은 뼈에 가죽만 씌워놓은 듯 앙상했다. 처음 만날 때만 해도 젊은 유모 같았던 젖가슴은 바람 빠진 풍선처럼 쭈글쭈글했고, 아랫배 역시 쪼그라들어 피부가 두 겹 세 겹 겹쳐 있었으며, 사타구니의 보랏빛 중심은 짚불의 삭은 재같이 꺼져 내려앉아 있었다. 한때 나의 본능을 매일 불길처럼 태웠던 그곳은, 털조차 대부분 빠져 달아났기 때문에 육질이 빠진 죽은 닭 볏 같은 음순에 덮인 그곳은, 언제나 꽉 차 있다고 상상했던 그곳은, 그저 살이 찢어진 상처의 더러운 흔적처럼 보일 뿐이었다.

텅 빈…… 자유가 거기 있네. 침묵의 방이…….

그녀가 죽은 닭 볏을 가리키며, 또박또박 말했다.

오크니의 바람 소리…… 검은…… 파도 소리를…… 기, 기억하지? 그녀가 물었다. 물론 나는 기억했다. 거기에…… 귀를…… 대고 들어봐. 오크니…… 바람 소리 들릴 텐데…… 그녀는 숨을 헐떡이며 간신히 덧붙였다. 나는 그녀가 시키는 대로 그녀의 사타구니에 한참이나 귀를 대고 있었다. 그곳에선 아무 소리도 들리지 않았다. 그곳은…… 우리 중심은…… 텅 비어 있어. 당신은 나를…… 이 천예린을 사랑한 게 아닐는지 몰라. 내 자궁을 빌어…… 불임의 생을…… 벗어나고 싶었겠지…… 상대를…… 잘못 고른 거야……라고 또 그녀가 말했다. 나는 미친 듯이 시를 쓰던 그녀의 지난 몇 달을 생각했다. 아니에요. 당신은 충분히 창조적인 인생을 살았어요. 나는 그러나 아무 말도 하지 않았다.

입혀야 할 옷은 준비되어 있었다.

그녀의 뜻에 따라 미리 준비해둔 옷은 순결을 상징하는 눈부

시게 하얀 드레스였다. 새 신부같이…… 화장을…… 화장을 해
줘……라고, 그녀는 주문했다. 나는 하얀 드레스를 입히고, 또
그녀의 볼에 연지를 발랐으며, 눈썹과 입술을 그려주었다. 자신
의 시신을 묻지 말고 두었다가 봄이 오면 태워서 올혼 섬 북단
의 들꽃들 위로 유골을 뿌려달라는 말도 그녀는 했다.

영, 영……원…….

그녀가 마지막에 한 말은 그것이었다.

내가 그녀의 소원대로 우리가 늘 나란히 앉아서 바이칼 호
를 내려다보곤 했던 평상 위로 그녀를 안아다 앉혔을 때, 그녀
는 이미 숨이 끊어져 있었다. 나는 향기 나는 자작나무 잔가지
로 화관을 만들어 그녀의 머리에 씌워주었다. 자전거 탄 부랴
트 남자는 보이지 않았다. 그녀가 숨을 거두었으므로 그 남자
의 입장에선 거기 더 머물 이유가 없었을 터였다.

오가는 사람은 전혀 없었다. 마을로 이어지는 길 없는 길엔
벌써 1미터가 훨씬 넘는 눈이 쌓여 있었다. 봄이 오기 전까진
누구도 이곳에 오지 않을 것이었다. 나는 낮엔 대체로 그녀 곁
에 앉아서 눈 쌓인 바이칼을 바라보며 지냈고 밤엔 집 안에 들
어가 난로에 장작을 쟁여놓고 잠들었다. 바이칼에 눈이 덮여
있어요……라든지, 눈이 많이 내리니 흰옷 입은 선생님을 저승
의 시종들이 알아볼지 모르겠네요……라고 간간이 그녀에게
말을 걸기도 했다. 그녀의 표정은 편안하고 고요했다. 눈이 많

이 내리는 날엔 자다가도 일어나 그녀의 어깨와 화관 위에 쌓인 눈을 털어주었다.

그렇다고 내 마음속이 여일했던 건 아니었다.

여러 날이 지나면서 차츰 하나의 강한 회의가 가슴속으로 들어왔다. 그 첫째는 소유로부터 내가 자유로워진 건 사실이지만, 유랑으로부터 완전히 자유로워진 것은 아니라는 자각이었다. 내 핏줄 속에는 여전히 불온한 바람이 불고 있었다. 선우가 바이칼을 다녀간 뒤, 북극해가 보이는 베르호얀스크로 떠난 것도 그 때문이었다. 알 수 없는 그 무엇인가가 내게 자꾸 손짓을 하고 있다고 느꼈다.

그리고 봄이 다가왔다.

사방에서 눈과 얼음이 녹고, 바이칼 주변은 당연히 신세계가 되었다. 풀들이 자라기 시작했고 어디서든 물이 흘렀다. 그녀의 시신을 수습하여 허보이 언덕에 뿌린 뒤엔 더 이상 바이칼에 머물 이유가 없었다. 호젓하고 허허로웠다. 나는 배낭을 메고 다시 길을 떠났다. 서쪽으로부터 바이칼에 왔으니 시베리아를 동쪽으로 횡단할 계획이었다. 선우가 들어오라고 재촉하는 연락이 더러 있었으나 아직 선우에게 돌아갈 마음의 준비는 되어 있지 않았다. 대륙의 동쪽 끝까지 갔더니 태평양이었다. 더 이상 갈 길이 없었다. 그래서 나는 북쪽으로 여로를 틀어 잡았다. 내게 남겨진 유랑의 최종적인 프로그램을 따라간다는 느낌이 들었다. 아니면 바람의 원심력이 나를 부르고 있는 건지도 몰랐다.

타락한 사람은 무당이 되고

　쇠약해진 양은 말이 된다.

　그녀의 말이 계속 나를 따라다녔다. 무엇보다 나는 쇠약해지
는 일이 너무도 고통스러웠다. 어느 땐 비틀거리면서 걸어야
했고, 어느 마을에선가는 몸이 불덩어리가 되어 일주일이나 마
을 촌장의 집에 비몽사몽 누워 있어야 했다. 아주 쇠약해진 양
이 절룩거리며 걷는 것을 꿈에서 보는 날도 있었다. 절룩거리
며 걷는 양은 바로 나 자신이었다. 나는 울었다. 쇠약해진 양이
불쌍했고, 아직도 힘이 샘솟는 말〔馬〕로 다시 태어나고 싶은 나
의 남은 꿈이 불쌍했다.

　이곳은 대륙의 끝, 캄차카 반도.

　동진에 동진을 거듭하여 오호츠크 해까지 갔다가 더 이상 동
진할 수 없어 해안을 끼고 돌아 마침내 이곳 캄차카 반도 끝까
지 흘러온 게 벌써 일주일쯤 전이었다. 봄이 왔다고는 하나 시
베리아의 최북단은 여전히 얼어 있었다. 나는 추위에 떨었다.
내가 애당초 바란 것은 이런 침묵이 아니었다. 부드럽고, 따뜻
하고, 깊고, 둥근, 원형의 고요였다.

　더 이상 나아갈 대륙이 이젠 없었다.

　베링 해가 아득히 바라보였다. 죽음의 바다, 라고 생각했다. 나
는 차가운 바다로 가고 싶은 생각은 없었다. 캄차카 강변은 아직

도 잔설에 덮여 있었다. 나는 강을 따라 오르내리며, 좀 더 부드러운 바람이 불어오기를 오로지 기다렸다. 캄차카 강변을 매일 걸었다. 캄차카 강에선, 수천 리 머나먼 길을 거슬러 돌아오는 연어 떼를 볼 수 있다고 누군가 말해주었기 때문이었다. 그들이 지향해 수천 리를 돌아오는 근원은 무엇일까. 중심일까, 변방일까. 연어 떼의 회귀 본능이 지향하는 참된 중심을 또렷이 볼 수 있다면 유랑을 끝내고 고향으로 돌아갈 수 있을 것도 같았다.

계절을 잘못 선택해 왔구려.

연어에 대해 묻자 어떤 알류트족 남자는 말했다.

더 많이 기다려야 한다는 것이었다. 여비는 떨어져가고 있었고 몸은 날로 쇠약해졌다. 기다려야지요, 다른 남자가 말했고, 기다리면 결국 그들이 오는 걸 볼 거예요, 또 다른 알류트족 여자가 말했다. 얼마나 기다려야 하느냐는 내 말에 어떤 노인은 껄껄대고 웃으면서, 그거야 연어들이나 알겠지, 하고 대답해주었다. 그 말은, 유랑할 땅도 더 이상 남아 있지 않는데 유랑을 계속하라는 말처럼 들렸다. 죽음의 바다와 교접한 이곳의 날씨는 아직도 영하권을 맴도니, 대체 언제 연어 떼의 황홀한 귀향, 그 부드럽고, 따뜻하고, 깊은 원형의 고요를 만나겠는가.

나는 산을 내다보고 있었다. 허술한 숙소의 창을 가로막고 서 있는 클류쳅스카야 산은 해발 4700미터가 넘었다. 산은 깊은 자궁을 품고 있다고 말한 건 그녀였다. 산이 품고 있는 자궁은 임종 직전의 죽은 닭 볏에 덮인 그녀의 그곳과 달리, 더 힘

차고 생생할 것이라고 나는 상상했다. 몸이 떨렸다. 연어 떼처럼 물결을 거슬러 내가 돌아가야 할 곳이 자궁일는지 모른다는 소박한 자각이 전광석화 들었기 때문이었다. 생각해보면, 끝없이 나를 불러들이고 끝없이 나를 내팽개쳐온 것도 겨우 자궁이었던 것 같았다. 그렇다면 내가 불의 격정으로 가고 싶었던 최종 지점도 그것인지 모를 일이었다. 내가 가고 싶은 것은 자궁이었는데 이제까지 겨우 자궁의 바깥문만 드나든 꼴이었다. 아, 하고 나는 신음을 냈다.

　　도대체 자궁은 얼마나 깊어,
　　그 안에 생성의 알을 품는단 말인가.

　그녀가 쓴 시에도 그런 구절이 있었다. 클류쳅스카야 산은 만년 빙하로 뒤덮여 있으나, 언제 대폭발을 시작할지 모르는 살아 있는 화산의 하나였다. 얼음으로 뒤덮인 정상을 중심으로 기슭에는 수십 개의 기생화산이 흩어져 있었다. 내가 머물고 있는 숙소에서 오른쪽으로 눈을 돌리면 토치카 같은 러시아의 화산 관측소도 빤히 보였다.

　나는 열흘째 거의 숙소에서 나가지 않았다.

　내 육신은 머물러 있었지만 내 혼은 눈바람을 따라 천지 사방 흘러 다녔다. 베링 해에선 밤마다 폭풍이 불어왔다. 이곳에선 아직도 봄이 먼 손님처럼 느껴졌다. 클류치 마을의 주재 경찰관이 두 번 찾아와 나의 여행 목적 따위를 시시콜콜 묻고 갔지만, 나는 계속 어둠침침한 방에서 누에처럼 몸을 오그리고 누워 있거나 손바닥만 한 창을 통해 클류쳅스카야 산을 바라보거나 하고 있었다. 터무니없는 상상이 시시때때로 나를 자꾸 손짓했다. 요컨대 자궁인가. 나는 생각했다. 부드럽고 따뜻하고 깊고 둥근 것, 완전히 원융한 것을 저 산이 품고 있는 건 아닐까.

내 머리맡엔 그녀가 놓여 있었다.

북극해……라는 표제가 붙은 천예린의 유고 시집이었다. 지난번 바이칼에 왔던 경혜가 주고 간 시집 뒤표지에서 웃고 있는 그녀의 사진을 나는 한참 동안 바라보았다. 자유의, 유랑의 중심은 텅 비어 있다는 그녀의 말을 떠올렸다. 불임의 생을…… 벗어나고 싶었겠지…… 상대를…… 잘못 고른 거야……라던 마지막 말도. 고개를 하늘로 젖힌 채 활짝 웃고 있는 그녀의 얼굴은 아직 청춘의 그림자가 남아 있는 젊은 모습이었다. 그 사진을 찍을 때만 해도 그녀는 자신의 행로 끝에 어떤 참혹한 결말이 예비되어 있는지 전혀 짐작도 못했을 터였다. 부랴트인 무가를 패러디한 그녀의 시 한 편을 나는 천천히 읽었다.

일곱 살이 되었을 때
책은 여섯 줄로 정돈되어 있었고
나는 유창하게 읽었으며

나는 틀린 것 없이 썼다.

열 살이 되었을 때

책은 백 줄로 줄을 섰고

나는 유장하게 죽었으며

나는 상처 없이 사랑했다.

내 사랑 에젠.

페도토의 아들 에젠의 딸인 나는

말의 새끼처럼 온순하다.

나의 노란 가죽신은 닳아 해지지 않으니

젊게 태어났으므로

결단코 나의 북극해는 죽지 않는다.

퇴레그, 퇴레그 하이한.

명치끝에 무엇인가 걸려 있는 느낌이 들었다. 이것은…… 무엇일까. 나는 그녀의 시를 몇 번이나 읽었다. 고개를 돌리면 그녀를 지우면서 클류쳅스카야 산의 빛나는 정수리가 턱 다가들었다. 가슴에 통증이 지나갔다. 면도날 같은 것이 에이고 가는 통증이었다. 클류쳅스카야 산의 정수리는 다른 어느 곳보다 투명하고 밝아 보였다. 나는 시선을 돌려 그녀의 시집을 다시 바라보았다. 웃느라 반쯤 감겨 있다시피 한 그녀의 두 눈에서 바로 그때, 어떤 섬광이 반짝, 내 눈을 찌르고 들어왔다.

텅 빈…… 자유가 거기 있네. 침묵의 방이…….

그녀가 말하고 있었다. 죽은 닭 볏 같은 음순에 뒤덮인 사타구니를 가리키며 그녀가 죽기 전 한 말이었으나, 지금 바로, 그녀가 똑바로 나를 향해 그 말을 하는 것처럼 들렸다. 텅 빈……텅 빈……이라고, 그녀는 계속 말했다. 마치 높이 4700미터가 넘는, 얼음으로 뒤덮인, 얼음으로 뒤덮였으나 언제 생생히 살아날지 모르는 클류쳅스카야 산이 제 깊은 골을 모조리 울려 내는 소리 같았다. 너무도 생생한 목소리였다. 분노가 갑자기 솟구쳤다. 감당하기 힘든 분노였다. 나는 비틀, 하면서 나도 모르게, 들고 있던 시집을 거칠게 구석으로 내동댕이쳤다.

아니야! 아니라고!

나는 낮게 부르짖었다.

평생의 모든 삶을 바쳐 소유한 전부를 버리고 나서, 멀고 먼 유랑 끝에 비로소 얻었다고 믿었던 나의 자유에 대한 반역을 받아들일 수는 없다고 나는 생각했다. 그것은 모욕이었고 모멸이었다. 어둡고 차갑고, 그러면서 텅 빈 침묵의 집은 그녀의 집일는지 모르지만 나의 집이 아니라고 말하고 싶었다. 유랑의 중심도 비어 있어…… 생의 중심도……라고, 그녀가 이어서 말했다. 나는 고개를 힘차게 저으면서, 발작적으로 달려가 팽개쳐진 그녀의 시집을 발로 꽉 밟았다.

그녀에 대한 놀랍고도 잔인한 적개심이 나를 사로잡았다.

시간의 주름

나로선 참으로 추억이 많은 소설이다.

그해 봄꽃들은 유난히 빨리 졌고 여름엔 자주 폭우가 쏟아졌으며 가을은 속절없이 침몰했다. 이 작품의 초고를 쓰던 1999년 세기말의 풍경이 그랬다. 그 무렵 내 가슴은, 시간의 주름살이 더께로 얹히면서 강력한 사막화가 진행되고 있었다. 나는 제목을 '침묵의 집'으로 정하고 '문학동네'에서 처음 두 권으로 간행했다. 신세기였고, 2600여 매나 되는 긴 소설이었다. 지나치게 말이 많았거나 참을성 없이 비명을 질러댄 것은 아닐까, 하고 나는 생각했다.

완간된 책을 받아 든 날은 가슴속 동통이 심해 강소주를 병째 마셨다. 뭐랄까, 앞으로도 오래《침묵의 집》으로부터 내가 떠날 수 없을 것 같은 불온한 예감이 들었다. 써버리고만 것에 대한 자탄과 회한 때문에 한번 책을 내면 다시 돌아보지 않는 내 습성과 견주어볼 때 아주 드물고 특별한 사적 감정이 아닐 수 없었다. 나는 《침묵의 집》을 잘 보이지 않는 뒷줄 책장에 처박아두고 이것으로부터 떠나려고 애썼다.

신세기의 시간은 가파르게 다가와 횡포하게 흘렀다. 눈을 감으면 자주 천지 사방에서 꽃들이 지는 것이었고, 바늘귀 같은 협곡 사이로 어깨를 한껏 구부린 내가 걷는 꿈을 매일같이 꾸고 살았다. 맹목적인 분노와 비탄과 자학이 나를 괴롭혔다. 나는 훈련받은 사회적 자아를 앞세워 그 폭력적인 감정의 단층들과 피어리게 투쟁했다. 견딜 수 없으면 지체 없이 히말라야로 떠났으며 유랑의 길 끝에서 '텅 빈 중심'과 만나 혼자 울기도 했다. 산협을 혼자 헤매다가 남루한 찬 방에 몸을 뉘었을 때, 술에 취해 변기 속으로 코를 박고서 토하고 났을 때, 이승인지 저승인지 모를 가파른 벼랑길을 비몽사몽 걸을 때, 뒷머리털이 쭈뼛 곤두설 만큼 등 뒤로부터 나를 날카롭게 잡아채는 것이 언제나 있었다. 주술적인 느낌이었다. 아무것도 없는 듯하지만 분명히 거기에 존재함으로써 나의 50대를 잔인하게 가두고 있던 것.

그리고 무려 7년이 지나서 나는 서가 뒷줄 구석에 처박아 놓았던 《침묵의 집》을 다시 꺼내 들었다. 그로부터 어차피 떠날 수 없다면 그와 정면으로 마주치는 게 낫다고 여겼기 때문이었다. 2600여 매 소설을 1500여 매 이하로 아프게 깎아냈다. 1000매 이상 깎아낸 소설이니 제목을 바꿔도 좋을 권리를 내가 갖게 됐다고 생각했다.《주름》으로 제목을 바꾸고 랜덤하우스에서 재출간한 게 2006년이었다. 나를 묶어놓고 있는 세계로부터 떠날 수 있는 단독자로서의 존재론적 권리를 갖고 있다고, 선언하듯이 생각하기도 했다.

당신도 단독자로서의 당신 권리를 행사할 수 있다.

예순 살이나 된 내 주인공의 치명적인 유랑과 반역적 모럴리티, 그리고 피고름을 기꺼이 먹는 끔찍한 성적(性的) 자멸의 상세 묘사에 대해 불화살의 비난을 아끼지 않더라도, 그것은 당신의 고유한 권리이다. 소리쳐 욕을 해도 상관없다. 그것은 내 것이 아니고 내 주인공의 것도 아니기 때문이다. 다만 충고하거니와, 이 소설《주름》을 단순히 부도덕한 러브 스토리로만 읽지 않기를 바란다. 나는 시간의 주름살이 우리의 실존을 어떻게 감금하는지 진술했고, 그것에 속절없이 훼손당하면서도 결코 무릎 꿇지 않고 끝까지 반역하다 처형된 한 존재의 역동적인 내면 풍경을 가차 없이 기록했다고 여긴다. 시간은 우리 모두에게 언제나 단두대를 준비해두고 있다.

혹 여전히 젊다고 생각하는가. 생이, 환하던가.

다시 9년여 《주름》을 새로 내기 위해, 나는 지난겨울 《주름》을
또 손질했다. 300여 매쯤 깎아냈고 결정적인 장면의 서술을 일
부 바꿨다. 그러고 보면 거의 16년여 동안 내가 《주름》에서 떠나
지 못한 셈이다. 이처럼 집요하게 한 작품을 붙들고 있기는 처음
이다. 혹 알 수 없는 일이다. 다시 7~8년이 지나고 나면 또 깎아내
는 짓을 할는지. 깎아내고 깎아내고 하다가 마침내 단 한 줄로 삶
의 유한성이 주는 주름의 실체를 그려낼 수 있게 된다면 그때 아
마 나는 작가로 성숙했다는 느낌을 가질 것이다.

오늘 사방에서 봄꽃들이 지쳐 들어오는 호숫가를 오래 걸으면
서 생각했다. 평생 내가 손으로 잡고 싶었던 건 바람이었고, 평생
내가 알고 싶었던 건 '시간의 주름'이었다고. 글쓰기는 핑계에 불
과했을는지도 모른다고. 바람을 잡지 못하고 시간의 주름을 알지
못하니 한사코 글쓰기의 길을 우겨온 거라고.

2015년 4월
조정리 물가에서
박범신

주름
ⓒ 박범신 2015

초판 1쇄 발행 2015년 4월 30일
초판 4쇄 발행 2016년 2월 22일

지은이 박범신
펴낸이 이기섭
편집인 김수영
기획편집 김준섭
마케팅 조재성 정윤성 한성진 정영은 박신영
경영지원 김미란 장혜정

펴낸곳 한겨레출판(주) www.hanibook.co.kr
주소 서울시 마포구 효창목길 6(공덕동) 한겨레신문사 4층
전화 02-6383-1602~3
팩스 02-6383-1610
대표메일 munhak@hanibook.co.kr

ISBN 978-89-8431-898-4 03810